Viele »Robinson Crusoes« habe »der Wunsch zur Rückkehr in eine Zeit der Einfalt und Unschuld« in jene unerforschte Region mit mythischer Ausstrahlung getrieben, schrieb Immanuel Kant in seinem Kommentar zu Jean-Jacques Rousseau, und tatsächlich fühlten sich auch berühmte Europäer – von Montaigne über Chateaubriand und Herder bis zu Stevenson und Gauguin – immer wieder fasziniert von der Ursprünglichkeit und Wildheit der südpazifischen Wasserwüste.
Es mag der Zauber der Lektüre von Melvilles Erstlingsroman *Taipi* gewesen sein, der den jungen, dem sozialen Abgrund seines proletarischen Elends entfliehenden Jack London nicht mehr losgelassen hat: Unter den schwierigsten Bedingungen kreuzte Jack London schließlich 1907/08 – als die Alaska-Erzählungen ihm schon Weltruhm eingebracht hatten – mit seinem selbstgebauten Boot, der »Snark« in der Südsee. Die Erfahrungen dieser Zeit liegen den vierzehn Südseegeschichten zugrunde, auch wenn London ihren fiktiven Charakter ausdrücklich betont hat. Das Leben der Insulaner und ihre bedingungslose Freiheitsliebe stehen in existentiellem Widerspruch zu den weißen Abenteurern, die mit unvorstellbarer Brutalität die archaisch-naive Welt der einheimischen Bevölkerung zu unterwerfen suchten. Zauberglaube und Kannibalismus gegen Herrenmenschentum und Sklavenhandel: Ein erbarmungsloser Kampf auf Leben und Tod vor dem Hintergrund einer Natur, die weit mehr als Kulisse ist. Die Südsee mit ihren gefährlichen Stürmen und Riffen wird zum Spiegel jener anderen – menschlichen – ›Naturgewalten‹, die hier aufeinanderprallen.

Jack London, 1876 in San Francisco geboren, schlug sich als Fabrikarbeiter, Austernpirat, Matrose, Goldsucher, Eisenbahntramp und Landstreicher durch; 1904 Kriegsberichterstatter im Russisch-Japanischen Krieg. London gilt als bedeutendster Repräsentant des amerikanischen Naturalismus und einer der produktivsten Schriftsteller seiner Zeit. Literarisch war er von Kipling, Stevenson und Melville, weltanschaulich von Darwin, Marx und Nietzsche geprägt. 1916 nahm er sich auf seiner Farm in Kalifornien das Leben.

Im Fischer Taschenbuch Verlag: ›Der Seewolf‹ (Bd. 10140), ›Alaska-Erzählungen‹ (Bd. 10141) und ›Ruf der Wildnis/Wolfsblut‹ (Bd. 10142). Mit den ›Südseegeschichten‹ ist die Jack London-Werkausgabe abgeschlossen.

JACK LONDON

SÜDSEEGESCHICHTEN

Neuübersetzung aus dem
Amerikanischen von Renate Sandner
Ausgewählt und mit einem Nachwort
von Uwe Böker

FISCHER TASCHENBUCH VERLAG

Veröffentlicht im Fischer Taschenbuch Verlag GmbH,
Frankfurt am Main, April 1995

Lizenzausgabe mit freundlicher Genehmigung des
Artemis & Winkler Verlags, München
Jack Londons Werke werden in »Winkler Weltliteratur«
von Ulrich Horstmann herausgegeben.
Die amerikanische Originalausgabe der ›Südseegeschichten‹
erschien 1911 unter dem Titel ›South Sea Tales‹.

Druck und Bindung: Clausen & Bosse, Leck
Printed in Germany
ISBN 3-596-10144-1

Gedruckt auf chlor- und säurefreiem Papier

INHALT

ANHANG

KOOLAU, DER AUSSÄTZIGE

Weil wir krank sind, nehmen sie uns unsere Freiheit. Wir haben die Gesetze befolgt. Wir haben nichts Unrechtes getan. Und doch wollen sie uns ins Gefängnis stecken. Denn Molokai ist ein Gefängnis. Das wißt ihr. Nehmt Niuli dort, seine Schwester wurde vor sieben Jahren nach Molokai geschickt. Seither hat er sie nicht mehr gesehen. Und er wird sie auch nie wiedersehen. Sie muß dort bleiben, bis sie stirbt. Das ist nicht ihr Wille. Es ist auch nicht Niulis Wille. Es ist der Wille der weißen Männer, die das Land beherrschen. Und wer sind diese weißen Männer?

Wir wissen es. Wir haben es von unseren Vätern und den Vätern unserer Väter. Sie kamen wie die Lämmer und machten schöne Worte. Sie hatten allen Grund dazu, denn wir waren viele, und wir waren stark, und alle Inseln gehörten uns. Wie gesagt, sie machten schöne Worte. Sie waren von zweierlei Art. Die einen baten uns um Erlaubnis, um unsere gütige Erlaubnis, uns das Wort Gottes zu predigen. Die anderen baten um Erlaubnis, um unsere gütige Erlaubnis, Handel zu treiben. Das war der Anfang. Heute gehören alle Inseln ihnen, alles Land, alles Vieh – alles gehört ihnen. Die, die das Wort Gottes, und die, die das Evangelium des Rums verkündeten, haben sich zusammengetan und sind große Häuptlinge geworden. Sie leben wie Könige in Häusern mit vielen Zimmern, mit Unmengen von Dienern, die für sie sorgen. Sie, die nichts hatten, besitzen jetzt alles, und wenn ihr oder ich oder irgendein Eingeborener hungrig ist, so lachen sie höhnisch und sagen: ›Nun, warum arbeitest du nicht? Es gibt doch die Plantagen.‹«

Koolau hielt inne. Er hob eine Hand, und mit knotigen, verkrümmten Fingern nahm er den flammendroten Hibiskuskranz ab, der sein schwarzes Haar krönte. Der Mond tauchte die Landschaft in silbernes Licht. Es war eine friedliche Nacht, wenn auch seine Zuhörer, die um ihn herumsaßen, wie die übel zugerichteten Überlebenden einer Schlacht aussahen. Sie hatten Löwengesichter. Hier gähnte in einem Gesicht ein Loch, wo eine Nase hätte sein sollen, dort zeigte ein Armstumpf, wo eine Hand abgefallen war. Sie waren Männer und Frauen außerhalb der menschlichen Gesellschaft, alle dreißig, denn das Zeichen des Tieres war ihnen aufgedrückt worden.

Mit Blumenkränzen geschmückt saßen sie in der von Wohlgerüchen erfüllten, klaren Nacht, ihre Lippen brachten seltsame Laute hervor, und aus ihren Kehlen löste sich nach Koolaus Rede zustimmendes heiseres Gekrächze. Einst waren diese Geschöpfe Männer und Frauen gewesen. Doch nun waren sie keine Männer und Frauen mehr. Sie waren Ungeheuer – von Angesicht und Gestalt groteske Karikaturen alles Menschlichen. Sie waren schrecklich verstümmelt und entstellt und sahen aus wie Wesen, die jahrtausendelang in der Hölle gefoltert worden waren. Ihre Hände, sofern sie welche besaßen, glichen Harpyienkrallen. Ihre Gesichter waren die Ausrutscher und Verirrungen eines wahnsinnigen Gottes, der an der Maschinerie des Lebens herumgespielt und sie dabei verunstaltet und deformiert hatte. Hier und da sah man Züge, die der wahnsinnige Gott zur Hälfte ausgelöscht hatte, und eine Frau weinte heiße Tränen aus zwei entsetzlichen Höhlen, wo einst Augen gewesen waren. Einige hatten Schmerzen und stöhnten aus tiefer Brust. Andere husteten, daß es klang, als würde Stoff zerrissen. Zwei waren schwachsinnig und glichen eher riesigen Mißgeburten von Affen, so daß im Vergleich mit ihnen ein Affe geradezu als Engel erschien. Sie schnitten Grimassen und plapperten im Mondlicht unter Kränzen welk herabhängender goldener Blüten. Einer, dessen aufgetriebenes Ohrläppchen wie ein Fächer bis auf seine Schulter hing, hob eine herrliche orange- und scharlachrote Blume auf und schmückte damit sein monströses Ohr, das bei jeder Bewegung hin und her pendelte.

Und über diese Geschöpfe war Koolau König. Und dies war sein Königreich – eine blumenüberwucherte Schlucht mit Felsvorsprüngen und Klippen, von denen das Meckern wilder Ziegen erscholl. Auf drei Seiten ragten schroffe, mit phantastischen Vorhängen aus tropischen Pflanzen geschmückte Wände empor, durchbohrt von Höhleneingängen – den Felsbehausungen der Untertanen Koolaus. Auf der vierten Seite tat sich ein ungeheurer Abgrund auf, in dessen Tiefe man die Gipfel kleinerer Bergspitzen und Felsen sehen konnte, an deren Fuß die Brandung des Pazifiks rauschte und schäumte. Bei gutem Wetter konnte ein Boot am felsigen Strand landen, der den Zugang zum Kalalau-Tal bildete, aber es mußte schon sehr gutes Wetter sein. Und ein kaltblütiger Bergsteiger konnte wohl vom Strand zum Kalalau-Tal hinaufklettern, zu dieser Schlucht zwischen den Bergkuppen, wo Koolau herrschte; aber ein solcher Bergsteiger mußte schon sehr kaltblütig sein, und er mußte auch die Steige der wilden Ziegen kennen. Ein Wunder war es, daß diese Menge von menschlichen Wracks, die das Volk Koolaus bildeten, imstande gewesen sein sollte, ihr hilfloses Elend auf den schwindelerregenden Ziegenpfaden zu diesem unzugänglichen Ort zu schleppen.

»Brüder«, begann Koolau.

Aber eine der Fratzen schneidenden, affenartigen Karikaturen stieß ein wildes und irres Geheul aus, und Koolau wartete, während das schrille Gelächter von den Felswänden hin- und hergeworfen wurde und in der Ferne und der nächtlichen Stille widerhallte.

»Brüder, ist es nicht seltsam? Uns gehörte das Land, und

seht, das Land gehört uns nicht mehr. Was haben diese Verkünder des Wortes Gottes und des Evangeliums des Rums uns für das Land gegeben? Hat einer von euch einen Dollar, auch nur einen einzigen Dollar für das Land erhalten? Und doch gehört es ihnen, und zum Dank sagen sie uns, daß wir auf dem Land, ihrem Land, arbeiten können und daß das, was wir mit Mühe und Plage erzeugen, ihnen gehören soll. Doch früher brauchten wir nicht zu arbeiten. Und wenn wir krank werden, nehmen sie uns auch noch unsere Freiheit.«

»Wer brachte uns die Krankheit, Koolau?«, fragte Kiloliana, ein magerer, sehniger Mann mit einem Gesicht, das so sehr dem eines lachenden Fauns glich, daß man fast erwartete, seine Beine in gespaltenen Hufen enden zu sehen. Gespalten waren seine Füße tatsächlich, aber die Furchen rührten von großen Geschwüren und bläulicher Fäulnis her. Und doch war er, Kiloliana, der verwegenste Kletterer von allen, der Mann, der jeden Ziegenpfad kannte und der Koolau und sein unglückseliges Gefolge in die Schlupfwinkel von Kalalau geführt hatte.

»Das ist eine gute Frage«, erwiderte Koolau. »Weil wir die riesigen Zuckerrohrfelder nicht abernten wollten, auf denen einst unsere Pferde weideten, brachten sie chinesische Sklaven übers Meer. Und mit ihnen kam die chinesische Krankheit – an der wir jetzt leiden und deretwegen sie uns auf Molokai einsperren möchten. Wir sind auf Kauai geboren. Wir waren auch auf den anderen Inseln, einige hier, andere dort, auf Oahu, Maui, Hawaii, in Honolulu. Und doch sind wir immer wieder nach Kauai zurückgekehrt. Und warum sind wir zurückgekommen? Das muß doch seinen Grund haben. Weil wir Kauai lieben. Wir sind hier geboren. Wir haben hier gelebt. Und hier werden wir sterben – es sei denn – es sei denn – es gibt Feiglinge unter uns. Die können wir nicht gebrauchen. Die passen besser nach Molokai. Und wenn solche unter uns sind, so sollen sie nicht bleiben. Morgen landen die Soldaten am Strand. Laßt die Furchtsamen zu ihnen hinuntergehen. Dann werden sie schnell nach Molokai geschickt. Wir anderen aber werden hierbleiben und kämpfen. Doch wißt, daß wir nicht sterben werden. Wir haben Gewehre. Ihr kennt die schmalen Pfade, auf denen einer hinter dem anderen kriechen muß. Ich, Koolau, der ich einst Cowboy auf Niihau war, kann einen solchen Pfad allein gegen tausend Mann verteidigen. Hier ist Kapalei, der einst über Menschen zu Gericht gesessen hat und ein angesehener Mann war, jetzt aber eine gejagte Ratte ist wie ihr und ich. Hört ihn an. Er ist weise.«

Kapalei erhob sich. Einst war er Richter gewesen. Er hatte die Universität in Punahou besucht. Er hatte mit Fürsten und Häuptlingen und den hohen Repräsentanten fremder Mächte, die die Interessen der Händler und Missionare schützten, an einer Tafel gespeist. Das war Kapalei gewesen. Jetzt aber war er, wie Koolau gesagt hatte, eine gejagte Ratte, eine Kreatur außerhalb des Gesetzes, so tief im Morast menschlichen Grauens versunken, daß er sowohl über dem Gesetz als auch unter ihm stand. Sein Gesicht besaß keine Züge mehr, außer den klaffenden Öffnungen und den lidlosen Augen, die unter haarlosen Brauen brannten.

»Wir wollen niemandem Ärger machen«, begann er. »Wir verlangen nur, daß man uns in Frieden läßt. Lassen sie uns aber nicht in Frieden, dann sollen sie ihren Ärger bekommen und haben sich das selbst zuzuschreiben. Meine Finger sind nicht mehr da, wie ihr seht.« Er hielt seine Handstümpfe hoch, damit es alle sehen konnten. »Aber das Glied eines Daumens ist mir noch geblieben, und mit dem kann ich einen Gewehrabzug ebenso sicher betätigen, wie früher mit dem verlorenen Nachbarfinger. Wir lieben Kauai. Laßt uns hier leben oder hier sterben, aber laßt uns nicht ins Gefängnis von Molokai gehen. Es ist nicht unsere Krankheit. Wir haben nicht gesündigt. Die Männer, die das Wort Gottes und das Evangelium des Rums predigten, brachten die Krankheit mit den Kulis, die das gestohlene Land bearbeiten. Ich bin Richter gewesen. Ich kenne das Gesetz und die Gerechtigkeit, und ich sage euch, daß es Unrecht ist, einem Mann das Land zu stehlen, ihm die chinesische Krankheit anzuhängen und dann diesen Mann auf Lebenszeit ins Gefängnis zu sperren.«

»Das Leben ist kurz, und die Tage sind voller Schmerzen«, sagte Koolau. »Laßt uns trinken und tanzen und so glücklich wie möglich sein.«

Aus einer der Felsenhöhlen wurden Kalebassen gebracht und herumgereicht. Sie waren mit dem scharfen Destillat aus den Wurzeln der Ti-Pflanze gefüllt; und als das flüssige Feuer sie durchströmte und ihnen zu Kopf stieg, vergaßen sie, daß sie einst Männer und Frauen gewesen waren, denn sie wurden es wieder. Das Geschöpf, das heiße Tränen aus offenen Augenhöhlen weinte, verwandelte sich wirklich in eine lebensvolle Frau, als sie die Saiten eines Ukulele zupfte und einem wilden Liebeswerben ihre Stimme lieh, wie es einst aus den dunklen Tiefen eines vorzeitlichen Urwaldes aufgestiegen sein mochte. Sogar die Luft schwang mit bei ihrem unwiderstehlichen und verführerischen Gesang. Auf einer Matte tanzte Kiloliana nach dem Rhythmus des Liedes, das die Frau sang. Was er tanzte, war unverkennbar. Liebe sprach aus all seinen Bewegungen, und zu ihm gesellte sich eine Frau, deren volle Hüften und üppige Brüste ihr von der Krankheit zerfressenes Gesicht Lügen straften, und tanzte mit ihm. Es war ein Tanz lebender Leichname, denn in ihren verwesenden Körpern liebte und sehnte sich immer noch das Leben. Unentwegt sang die Frau, deren blinde Augen heiße Tränen weinten, ihr Liebeslied, unentwegt gaben die Tanzenden in der warmen Nacht ihrer Liebe Ausdruck, unentwegt kreisten die Kalebassen, bis in jedem Hirn die Maden der

Erinnerung und des Verlangens sich zu regen begannen. Und mit der Frau auf der Matte tanzte ein schlankes junges Mädchen, dessen Gesicht schön und unversehrt war. Die verkrümmten Arme jedoch, die sich hoben und senkten, zeigten die Verwüstungen der Krankheit. Und abseits tanzten die beiden Idioten, plappernd und seltsame Laute ausstoßend, grotesk und phantastisch ihr Zerrbild der Liebe, so wie sie selbst durch das Leben zu Zerrbildern geworden waren.

Doch abrupt brach das Liebeslied der Frau ab, die Kalebassen wurden gesenkt, und die Tänzer hielten inne, während alle in den Abgrund über dem Meer blickten, wo eine Rakete wie ein bleiches Phantom in der mondhellen Nacht aufflakkerte.

»Das sind die Soldaten«, sagte Koolau. »Morgen wird es zum Kampf kommen. Es ist gut, wenn wir jetzt schlafen, um gerüstet zu sein.«

Die Aussätzigen gehorchten und krochen zu ihren Felsenlagern, bis nur noch Koolau übrigblieb, der mit dem Gewehr über den Knien reglos im Mondlicht saß und seinen Blick nicht von den tief unten am Strand anlegenden Booten abwendete.

Der obere Teil des Kalalau-Tales war ein gut gewählter Zufluchtsort. Mit Ausnahme von Kiloliana, der die Schleichwege über die Steilwände kannte, konnte kein Mensch in die Schlucht gelangen, ohne einen messerscharfen Grat zu überqueren. Dieses Wegstück war etwa neunzig Meter lang, und seine breiteste Stelle betrug höchstens dreißig Zentimeter. Zu beiden Seiten gähnte der Abgrund. Ein Fehltritt, und man stürzte rechts oder links in den Tod. Doch wem es geglückt war, mit heiler Haut hinüberzugelangen, der fand sich in einem Paradies auf Erden wieder. Ein Meer von Vegetation überflutete die Landschaft, ergoß seine grünen Wogen von Wand zu Wand, troff in üppigen Rankenmassen von den Klippenrändern herab und schleuderte eine Gischt von Farnen und Luftwurzeln in die unzähligen Risse und Spalten. In den vielen Monaten von Koolaus Herrschaft hatten er und seine Gefolgsleute gegen dieses Pflanzenmeer angekämpft. Der erstickende Dschungel mit seinem Blütengewirr war von wildwachsenden Bananen, Orangen und Mangos zurückgedrängt worden. Auf kleinen Lichtungen gedieh wilde Pfeilwurz; auf Steinterrassen, die mit mühsam zusammengekratzter Erde aufgefüllt waren, wurden Taro und Melonen angebaut, und auf jedem freien Fleckchen, wohin die Sonne drang, gab es die mit goldgelben Früchten beladenen Papaya-Bäume.

Koolau war aus dem tiefergelegenen Tal in der Nähe des Strandes hierher abgedrängt worden. Und sollte er auch von diesem Zufluchtsort vertrieben werden, dann kannte er Schluchten in dem Gewirr der Bergspitzen weiter landeinwärts, wohin er seine Untertanen führen und wo er sich niederlassen konnte. Und jetzt lag er da, sein Gewehr neben sich, und spähte durch ein verfilztes Laubgeflecht zu den Soldaten am Strand hinunter. Er bemerkte, daß sie große Geschütze bei sich hatten, die das Sonnenlicht wie Spiegel reflektierten. Der messerscharfe Paß lag genau vor ihm. Auf dem Pfad, der zu ihm hinaufführte, konnte er winzige Punkte kriechen sehen. Er wußte, daß es nicht das Militär, sondern die Polizei war. Hatte sie keinen Erfolg, dann würden sich die Soldaten einmischen.

Liebevoll strich er mit seiner verkrüppelten Hand über den Gewehrlauf und vergewisserte sich, daß das Visier sauber war. Er hatte als Jäger auf Niihau schießen gelernt, und seine Fertigkeiten als Scharfschütze blieben auf dieser Insel unvergessen. Als die Menschenpunkte sich näher heranarbeiteten und größer wurden, schätzte er die Entfernung, die Abdrift durch den Wind, der im rechten Winkel zur Schußlinie wehte, und die Wahrscheinlichkeit ab, über Ziele, die so weit unterhalb seines Standortes lagen, hinwegzuschießen. Aber er feuerte nicht. Erst als sie den Anfang des Passes erreicht hatten, machte er sich bemerkbar. Er zeigte sich ihnen nicht, sondern redete aus dem Dickicht heraus.

»Was wollt ihr?« fragte er.

»Wir wollen Koolau, den Aussätzigen«, antwortete der Mann, der die eingeborenen Polizisten anführte, er selbst ein blauäugiger Amerikaner.

»Ihr müßt umkehren«, sagte Koolau.

Er kannte den Mann, einen Hilfssheriff, denn er war es gewesen, der ihn von Niihau vertrieben, über ganz Kauai bis zum Kalalau-Tal und aus dem Tal bis in die Schlucht gejagt hatte.

»Wer bist du?« fragte der Sheriff.

»Ich bin Koolau, der Aussätzige«, lautete die Antwort.

»Dann komm heraus. Du wirst gesucht. Tot oder lebendig. Es sind tausend Dollar auf deinen Kopf ausgesetzt. Du kannst uns nicht entkommen.«

Koolau lachte laut in seinem Dickicht.

»Komm heraus!« befahl der Sheriff, erhielt aber nur Schweigen zur Antwort.

Er beriet sich mit seinen Polizisten, und Koolau sah, daß sie ihn überrumpeln wollten.

»Koolau«, rief der Sheriff, »Koolau, ich komme jetzt rüber, um dich zu holen.«

»Dann schau dir vorher die Sonne und das Meer und den Himmel genau an, denn das wird das letzte Mal sein, daß du sie siehst.«

»Schon gut, Koolau«, sagte der Sheriff beschwichtigend. »Ich weiß, daß du ein erstklassiger Schütze bist, aber du wirst mich doch nicht erschießen. Ich habe dir nie ein Unrecht zugefügt.«

Koolau in seinem Gebüsch brummte nur.

»Ich sage, du weißt doch, daß ich dir nie ein Unrecht zugefügt habe, nicht wahr?« beharrte der Sheriff.

»Du tust mir Unrecht, wenn du versuchst, mich ins Gefängnis zu stecken«, war die Antwort. »Und du tust mir Unrecht, wenn du versuchst, dir die tausend Dollar zu holen, die auf meinen Kopf ausgesetzt sind. Wenn dir dein Leben lieb ist, dann bleib, wo du bist.«

»Ich muß rüberkommen und dich holen. Es tut mir leid. Aber es ist meine Pflicht.«

»Du wirst sterben, bevor du herüberkommst.«

Der Sheriff war kein Feigling. Dennoch war er unschlüssig. Er starrte in den Abgrund zu beiden Seiten und ließ seinen Blick den messerscharfen Grat entlangwandern, den er überqueren mußte. Dann traf er seine Entscheidung.

»Koolau«, rief er.

Aber das Dickicht blieb stumm.

»Schieß nicht, Koolau. Ich komme jetzt.«

Der Sheriff drehte sich um und gab den Polizisten einige Anweisungen, dann machte er sich auf den gefährlichen Weg. Er ging langsam. Es war, als balanciere er auf einem gespannten Seil. Außer der Luft hatte er nichts, woran er sich festhalten konnte. Das Lavagestein unter seinen Füßen bröckelte ab, und auf beiden Seiten polterten die losgebrochenen Stücke in die Tiefe. Die Sonne brannte auf ihn nieder, und sein Gesicht war schweißgebadet. Immer weiter rückte er vor, bis er die Mitte erreicht hatte.

»Halt!« befahl Koolau aus dem Dickicht. »Noch einen Schritt weiter, und ich schieße.«

Der Sheriff blieb stehen und suchte schwankend das Gleichgewicht zu bewahren, als er über dem Abgrund balancierte. Sein Gesicht war zwar blaß, aber sein Blick drückte Entschlossenheit aus. Er fuhr mit der Zunge über seine trockenen Lippen, ehe er sprach:

»Koolau, du wirst mich nicht erschießen. Ich weiß, daß du es nicht tun wirst.«

Er setzte sich wieder in Bewegung. Die Kugel wirbelte ihn halb herum. Auf seinem Gesicht lag ein Ausdruck ungläubigen Erstaunens, als er den Boden unter den Füßen verlor. Er versuchte sich zu retten, indem er sich mit seinem Körper quer über den Felsgrat warf; doch im selben Augenblick spürte er, daß sein Ende gekommen war. Im nächsten Moment war der messerscharfe Kamm verwaist. Dann folgte der Sturmangriff, fünf Polizisten liefen im Gänsemarsch mit bewundernswerter Sicherheit auf dem Grat entlang. Im gleichen Augenblick eröffneten die übrigen Männer des Trupps das Feuer auf das Dickicht. Es war Wahnsinn. Fünfmal drückte Koolau ab, so schnell, daß seine Schüsse wie ein Rattern klangen. Er wechselte seinen Standort, duckte sich tief unter den Kugeln, die durch die Büsche pfiffen, und sah hinaus. Vier Polizisten waren wie der Sheriff abgestürzt. Der fünfte lag quer über dem Kamm und lebte noch. Auf der anderen Seite standen die übrigen Polizisten und feuerten nicht mehr. Auf dem nackten Fels gab es keine Hoffnung für sie. Ehe sie hinuntergeklettert wären, hätte Koolau auch noch den letzten Mann abschießen können. Aber er tat es nicht, und nach kurzer Beratung zog einer der Überlebenden sein weißes Unterhemd aus und schwenkte es als Fahne. Von einem zweiten gefolgt, arbeitete er sich auf dem Grat bis zu seinem verwundeten Kameraden vor. Koolau rührte sich nicht, sondern sah zu, wie sie sich langsam zurückzogen und wieder zu kleinen Punkten wurden, während sie in das tiefergelegene Tal hinabstiegen.

Zwei Stunden später beobachtete Koolau von einem anderen Gebüsch aus einen Polizeitrupp, der den Aufstieg von der entgegengesetzten Seite des Tales aus versuchte. Er sah die wilden Ziegen vor den Männern fliehen, als sie immer höher kletterten, bis er schließlich an seinem eigenen Verstand zu zweifeln begann und nach Kiloliana schickte, der zu ihm ins Dickicht gekrochen kam.

»Nein, dort gibt es keinen Weg«, sagte Kiloliana.

»Und die Ziegen?« fragte Koolau.

»Sie kommen aus dem angrenzenden Tal, aber sie können nicht herüberklettern. Es gibt keinen Weg. Diese Männer sind nicht klüger als die Ziegen. Sie werden sich vielleicht zu Tode stürzen. Behalten wir sie im Auge.«

»Es sind tapfere Männer«, sagte Koolau. »Behalten wir sie im Auge.«

Seite an Seite lagen sie zwischen den Purpurwinden, während die gelben Blüten des Hau-Baumes auf sie herabrieselten, und beobachteten die winzigen Figuren, die sich bergauf quälten, bis es passierte und drei von ihnen ins Rutschen kamen, über einen Felsvorsprung schlitterten und senkrecht etwa hundertfünfzig Meter in die Tiefe stürzten.

Kiloliana kicherte.

»Jetzt werden sie uns nicht mehr belästigen«, sagte er.

»Sie haben Geschütze«, entgegnete Koolau. »Noch haben die Soldaten nicht eingegriffen.«

Am schläfrigen Nachmittag lagen die meisten Aussätzigen in tiefem Schlummer in ihren Felslöchern. Koolau, das frischgereinigte und schußbereite Gewehr auf den Knien, döste im Eingang zu seiner Höhle. Das Mädchen mit dem verkrümmten Arm lag unten im Gebüsch und bewachte den schmalen Paß. Plötzlich gab es eine Detonation am Strand; Koolau schreckte auf und war hellwach. Im nächsten Augenblick zerfetzte es die Luft auf unfaßbare Weise. Das furchtbare Geräusch machte ihm Angst. Es war, als hätten alle Götter das Himmelszelt mit ihren Händen gepackt und rissen es entzwei, so wie eine Frau ein Stück Baumwollstoff auseinandertrennt. Doch es war ein so ungeheures Reißen, und es kam rasch näher. Koolau sah besorgt nach oben, als erwarte er, etwas zu sehen. Da explodierte die Granate in der Felswand über ihnen in einer schwarzen Rauchfontäne. Gestein wurde abgesprengt, und die Felsbrocken stürzten bis zum Fuß des Kliffs hinunter.

Koolau wischte sich mit der Hand über die schweißnasse

Stirn. Er war furchtbar mitgenommen. Noch nie hatte er Granatfeuer erlebt, und dies war schrecklicher als alles, was er sich vorgestellt hatte.

»Eins«, sagte Kapahei, dem es plötzlich einfiel, mitzuzählen.

Eine zweite und eine dritte Granate flogen heulend über die Felswand hinweg und explodierten außer Sichtweite. Kapahei zählte systematisch mit. Die Aussätzigen versammelten sich auf dem freien Platz vor ihren Höhlen. Anfangs waren sie sehr verängstigt, als aber die Granaten immer wieder über ihre Köpfe hinwegflogen, beruhigten sie sich und begannen das Schauspiel zu bewundern. Die beiden Idioten kreischten vor Vergnügen und führten bei jeder Granate, die über ihnen die Luft zerschnitt, groteske Tänze auf. Koolau wurde langsam wieder zuversichtlicher. Es war noch keinerlei Schaden angerichtet worden. Offenbar konnten sie so große Geschosse auf solche Entfernung nicht mit der Genauigkeit eines Gewehrschusses ins Ziel bringen.

Doch dann änderte sich die Situation. Die Granaten fielen kürzer. Eine explodierte unten in dem Dickicht bei dem schmalen Paß. Koolau erinnerte sich an das Mädchen, das dort auf Wache lag und rannte hinunter, um nachzusehen. Der Rauch stieg noch aus den Büschen auf, als er hineinkroch. Er war verblüfft. Die Zweige waren geborsten und abgebrochen. Wo das Mädchen gelegen hatte, war jetzt ein Loch im Boden. Das Mädchen selbst war zerfetzt worden. Die Granate war direkt über ihr explodiert.

Nachdem Koolau zuerst hinuntergespäht und sich vergewissert hatte, daß sich keine Soldaten über den Paß wagten, rannte er zu den Höhlen zurück. Während der ganzen Zeit rauschten, winselten, heulten die Granaten vorbei, und das Tal dröhnte und hallte von den Detonationen wider. Als er in dic Nähe der Höhlen kam, sah er die beiden Idioten, die herumtollten und sich dabei mit ihren Fingerstümpfen bei der

Hand hielten. Noch während Koolau lief, sah er eine schwarze Rauchsäule dicht neben den Schwachsinnigen vom Boden aufsteigen. Sie wurden durch die Explosion auseinandergeschleudert. Der eine blieb reglos liegen, doch der andere schleppte sich auf seinen Händen zur Höhle. Seine Beine schleiften nutzlos nach, und das Blut strömte aus seinem Körper. Er schien in Blut gebadet zu sein und winselte wie ein junger Hund, als er weiterkroch. Die übrigen Aussätzigen waren mit Ausnahme Kapaheis in die Höhlen geflüchtet.

»Siebzehn«, sagte Kapahei. »Achtzehn«, fügte er hinzu.

Diese letzte Granate war genau in eine der Höhlen eingedrungen. Die Explosion hatte zur Folge, daß sich alle Höhlen wieder leerten. Doch aus dieser einen kam niemand mehr heraus. Koolau kroch durch den beißenden, stechenden Qualm hinein. Drinnen lagen vier fürchterlich verstümmelte Leichen. Eine von ihnen war die blinde Frau, deren endlose Tränen erst jetzt versiegt waren.

Draußen fand Koolau seine Leute in panischer Angst vor; sie waren schon im Begriff, den Ziegenpfad hinaufzuklettern, der aus der Schlucht in das Gewirr von Bergen und Klüften führte. Der verwundete Idiot, der leise vor sich hin wimmerte und sich kraftlos mit den Händen über den Boden schleppte, versuchte, ihnen zu folgen. Doch bei dem ersten Steilstück der Felswand überwältigte ihn seine Hilflosigkeit, und er fiel zurück.

»Es wäre besser, ihn zu töten«, sagte Koolau zu Kapahei, der immer noch am selben Platz saß.

»Zweiundzwanzig«, antwortete Kapahei. »Ja, es wäre das Beste, ihn zu töten. Dreiundzwanzig – vierundzwanzig.«

Der Idiot wimmerte durchdringend, als er das Gewehr auf sich gerichtet sah. Koolau zögerte, dann ließ er die Waffe sinken.

»Es fällt mir schwer«, meinte er.

»Du bist ein Narr, sechsundzwanzig, siebenundzwanzig«, sagte Kapahei. »Komm, ich zeig's dir.«

Er stand auf und näherte sich der verwundeten Kreatur mit einem schweren Felsbrocken in der Hand. Als er den Arm hob, um zuzuschlagen, explodierte eine Granate genau über ihm. Sie befreite ihn so von der Notwendigkeit, die Tat auszuführen, und machte gleichzeitig dem Mitzählen ein Ende.

Koolau war allein in der Schlucht. Er sah zu, wie die letzten seiner Leute ihre verkrüppelten Leiber über den Bergkamm schleppten und verschwanden. Dann drehte er sich um und ging zu dem Dickicht hinunter, wo das Mädchen getötet worden war. Das Granatfeuer hielt unvermindert an, aber er blieb, denn tief unten konnte er die Soldaten heraufklettern sehen. Eine Granate explodierte sechs Meter von ihm entfernt. Er preßte sich flach auf den Boden und hörte den Splitterhagel über seinen Körper hinwegsausen. Ein Schauer von Hau-Blüten regnete auf ihn herab. Er hob den Kopf, um zu dem Pfad hinunterzuspähen und seufzte. Er fürchtete sich sehr. Gewehrkugeln hätten ihn nicht geängstigt, doch dieses Granatfeuer war schrecklich. Jedesmal, wenn ein Geschoß vorbeipfiff, durchfuhr ihn ein Schaudern, und er duckte sich; aber jedesmal hob er wieder den Kopf, um den Pfad zu beobachten.

Schließlich hörte der Beschuß auf. Das, so nahm er an, lag daran, daß die Soldaten immer näher kamen. Im Gänsemarsch krochen sie den Pfad entlang, und er versuchte, sie zu zählen, bis er durcheinander geriet. Auf alle Fälle waren es mindestens um die hundert – und alle hatten es auf Koolau, den Aussätzigen, abgesehen. Er fühlte einen Anflug von Stolz in sich aufsteigen. Mit Kriegsgeschütz und Gewehren, Polizeiaufgebot und Soldaten jagten sie ihn, und er war nur ein einzelner Mann, ein verkrüppeltes Wrack von einem Mann obendrein. Sie boten tausend Dollar für ihn, tot oder lebendig. In seinem ganzen Leben hatte er nicht so viel Geld besessen. Dieser Gedanke war bitter. Kapahei hatte recht gehabt. Er, Koolau, hatte nie etwas Böses getan. Nur weil die Haoles Arbeitskräfte brauchten, um das gestohlene Land zu bestellen, hatten sie die chinesischen Kulis hergebracht, und mit ihnen war die Krankheit gekommen. Und weil er sich mit dieser Krankheit angesteckt hatte, war er auf einmal tausend Dollar wert – die aber nicht ihm gehören sollten. Es war sein wertloser Kadaver, sein von der Krankheit zerfressener oder von einer explodierenden Granate zerrissener Körper, der all das Geld aufwog.

Als die Soldaten den schmalen Grat erreichten, fühlte er sich versucht, sie zu warnen. Doch dann fiel sein Blick auf die Leiche des gemordeten Mädchens, und er schwieg. Als sich sechs auf die Felsspitze gewagt hatten, eröffnete er das Feuer. Und er hörte auch nicht auf, als der Grat gesäubert war. Er leerte sein Magazin, füllte und leerte es wieder. Er schoß immer weiter. Alles Unrecht, das ihm widerfahren war, loderte in seinem Gehirn auf, und er raste vor Rachedurst. Den ganzen Ziegenpfad entlang feuerten die Soldaten, und obwohl sie flach auf der Erde lagen und hinter den Bodenwellen Deckung suchten, boten sie sich ihm dar wie Zielscheiben. Kugeln pfiffen und schlugen um ihn herum ein, und hier und da surrte ein Querschläger durch die Luft. Eine Kugel hinterließ eine Furche in seiner Kopfhaut, und eine zweite streifte das Schulterblatt, ohne ihn nennenswert zu verletzen.

Es war ein Massaker, bei dem nur ein einziger Mann tötete. Die Soldaten begannen sich zurückzuziehen und versuchten, ihre Verwundeten zu bergen. Während Koolau sie einzeln abschoß, nahm er den Geruch von verbranntem Fleisch wahr. Er sah sich erst um und entdeckte dann, daß es seine eigenen Hände waren. Das Gewehr war heiß geworden. Die Lepra hatte die meisten Nerven in seinen Händen zerstört. Zwar verbrannte sein Fleisch, und er roch es auch, doch er fühlte nichts.

Er lag im Dickicht und lächelte, bis ihm die Kanonen einfielen. Zweifellos würden sie wieder auf ihn zielen, und diesmal genau auf das Gebüsch, von wo aus er das Unheil angerichtet hatte. Kaum hatte er seine Stellung gewechselt und sich in einen geschützten Winkel hinter einem kleinen Felsvorsprung zurückgezogen, weil dort, wie er bemerkt hatte, keine Granaten einschlugen, da setzte das Bombardement wieder ein. Er zählte die Geschosse. Noch weitere sechzig wurden in die Schlucht gefeuert, bevor die Geschütze schwiegen. Das kleine Fleckchen Erde war von den Explosionen ganz durchlöchert worden, und es schien unmöglich, daß irgendein Geschöpf das überlebt haben könnte. Der Ansicht waren auch die Soldaten, denn unter der sengenden Nachmittagssonne kletterten sie wieder den Ziegenpfad herauf. Und wieder wurde ihnen der Übergang über den messerscharfen Grat verwehrt, und wieder mußten sie den Rückzug zum Strand antreten.

Noch zwei Tage lang hielt Koolau den Paß, obwohl sich die Soldaten damit begnügten, Granaten in sein Versteck zu feuern. Dann erschien Pahau, ein aussätziger Junge, auf der Felswand am Ende der Schlucht und rief zu ihm hinunter, daß Kiloliana, als er Ziegen jagte, damit sie etwas zu essen bekämen, abgestürzt und dabei umgekommen sei und daß die Frauen sich fürchteten und nicht wüßten, was sie tun sollten. Koolau rief den Jungen zu sich herunter und ließ ihn mit einem Reservegewehr zurück, um den Grat zu bewachen. Er fand seine Leute entmutigt vor. Die meisten von ihnen waren zu hilflos, um sich unter solch widrigen Umständen selbst mit Nahrung zu versorgen, und alle hatten Hunger. Er wählte zwei Frauen und einen Mann aus, bei denen die Krankheit noch nicht soweit fortgeschritten war, und schickte sie zur Schlucht zurück, um Nahrungsmittel und Matten zu holen. Den übrigen sprach er Mut und Trost zu, bis selbst die Schwächsten dabei halfen, einfache Schutzhütten zu bauen.

Doch jene, die Nahrung holen sollten, kamen nicht zurück, und so machte er sich wieder auf den Weg in die Schlucht. Als er zum Rand der Felswand kam, gingen ein halbes Dutzend Gewehre auf einmal los. Eine Kugel brachte ihm eine Fleischwunde an der Schulter bei, und seine Wange wurde von einem Steinsplitter aufgerissen, als eine zweite Kugel gegen die Felswand prallte. In dem Augenblick, in dem das alles geschah und er zurücksprang, sah er, daß es in der Schlucht von Soldaten nur so wimmelte. Seine eigenen Leute hatten ihn verraten. Das Granatfeuer war zu schrecklich gewesen, und sie hatten dem Gefängnis von Molokai den Vorzug gegeben.

Koolau zog sich zurück und schnallte einen seiner schweren Patronengürtel ab. Zwischen den Felsen liegend, wartete er, bis sich Kopf und Schultern des ersten Soldaten deutlich abzeichneten, ehe er abdrückte. Das geschah zweimal, und dann tauchte nach einer Pause anstatt eines weiteren Oberkörpers eine weiße Fahne über dem Rand der Felswand auf.

»Was willst du?« fragte er.

»Ich will dich, wenn du Koolau, der Aussätzige, bist«, lautete die Antwort.

Koolau vergaß, wo er war, er vergaß alles, als er dalag und sich über die seltsame Hartnäckigkeit dieser Haoles wunderte, die ihren Willen durchsetzen wollten, und wenn der Himmel darüber einstürzte. Ja, sie würden ihn allen Menschen und allen Dingen aufzwingen und selbst den Tod dafür in Kauf nehmen. Er konnte einfach nicht umhin, sie wegen dieses Willens zu bewundern, der stärker als das Leben war und der alles ihrem Gebot unterwarf. Er war von der Aussichtslosigkeit seines Kampfes überzeugt. Diesem furchtbaren Willen der Haoles konnte man sich nicht widersetzen.

Und wenn er tausend Mann tötete, so würden sie doch am Ende so zahlreich werden wie der Sand am Meer und ihn weiter verfolgen. Sie wußten nie, wann sie besiegt waren. Das war ihr Fehler und zugleich ihre Stärke. Das war es, was seiner eigenen Rasse fehlte. Jetzt wurde ihm klar, wie diese Handvoll von Evangelisten Gottes und des Rums das Land erobert hatten. Weil sie ...

»Nun, was hast du zu sagen? Wirst du mitkommen?«

Es war die Stimme des unsichtbaren Mannes unter der Fahne. Wie jeder Haole steuerte er ohne Umschweife direkt auf das einmal gesetzte Ziel zu.

»Laß uns darüber reden«, sagte Koolau.

Kopf und Schultern kamen zum Vorschein, dann sein ganzer Körper. Er war ein blauäugiger junger Mann von fünfundzwanzig, mit glattrasiertem Gesicht, schlank und schmuck in seiner Hauptmannsuniform. Er kam näher, bis ihm Halt geboten wurde, und setzte sich dann in etwa vier Metern Entfernung nieder. »Du hast Mut«, sagte Koolau erstaunt. »Ich könnte dich wie eine Fliege töten.«

»Nein, das könntest du nicht«, kam die Antwort.

»Warum nicht?«

»Weil du ein Mann bist, Koolau, wenn auch einer von der schlimmen Sorte. Ich kenne deine Geschichte. Du tötest nur auf faire Art.«

Koolau knurrte, aber insgeheim freute es ihn.

»Was habt ihr mit meinen Leuten gemacht?« wollte er wissen. »Mit dem Jungen, den beiden Frauen und dem Mann?«

»Sie haben sich ergeben, wozu ich dich jetzt auch auffordere.«

Koolau lachte ungläubig.

»Ich bin ein freier Mensch«, verkündete er. »Ich habe nichts Unrechtes getan. Ich verlange nur, daß man mich in Frieden läßt, das ist alles. Ich habe als freier Mensch gelebt, und ich will als freier Mensch sterben. Ich werde mich nicht ergeben.«

»Dann sind deine Leute klüger als du«, entgegnete der junge Hauptmann. »Sieh nur – dort kommen sie.«

Koolau drehte sich um und sah den Rest seiner Schar näherwanken. Stöhnend und seufzend schleppten sie ihr Elend an ihm vorbei – ein gespenstischer Zug. Koolau waren noch bittere Augenblicke beschieden, denn im Vorbeigehen überschütteten sie ihn mit Verwünschungen und Beschimpfungen; und das keuchende alte Weib, das den Zug beschloß, blieb stehen, streckte ihre dürren Harpyienkrallen aus, wiegte knurrend ihren Totenschädel hin und her und stieß einen Fluch aus. Einer nach dem andern überquerte den Kamm und ergab sich den in Deckung gegangenen Soldaten.

»Du kannst dich jetzt zurückziehen«, sagte Koolau zu dem Hauptmann. »Ich werde mich nie ergeben. Das ist mein letztes Wort. Leb wohl.«

Der Hauptmann verschwand hinter dem Felsen bei seinen Soldaten. Gleich darauf hob er ohne Parlamentärsflagge die Mütze auf seiner Säbelscheide in die Höhe, und Koolaus Kugel durchschlug sie. An diesem Nachmittag beschossen sie ihn vom Strand aus mit Granaten, und als er sich in die hochgelegenen, unzugänglichen Schlupfwinkel weiter oben zurückzog, folgten ihm die Soldaten.

Sechs Wochen lang jagten sie ihn von einem Versteck zum andern, über die Vulkangipfel und die Ziegenpfade entlang. Als er sich im Lantanendschungel verbarg, bildeten sie Reihen von Treibern und hetzten ihn wie ein Kaninchen durch das Guavengestrüpp. Aber immer wieder wechselte er die Richtung, schlug Haken und entwischte ihnen. Sie konnten ihn nicht in die Enge treiben. Kamen sie ihm zu nahe, stellte sein zuverlässiges Gewehr den gebührenden Abstand wieder her, und sie trugen ihre Verwundeten den Ziegenpfad hinunter zum Strand. Zuweilen feuerten auch sie, wenn sein brauner Körper sich für einen Augenblick im Unterholz zeigte. Einmal erwischten ihn fünf von ihnen auf einem ungeschützten Ziegenpfad zwischen den Verstecken. Sie schossen ihre Gewehre auf ihn leer, während er hinkend den schwindelerregenden Steig emporkletterte. Danach fanden sie Blutspuren und wußten, daß er verletzt war. Nach sechs Wochen gaben sie auf. Soldaten und Polizei kehrten nach Honolulu zurück, und das Kalalau-Tal wurde ganz ihm überlassen, wenngleich sich von Zeit zu Zeit Kopfgeldjäger dorthin wagten und in ihr Verderben rannten.

Zwei Jahre später verkroch sich Koolau zum letzten Mal in einem Dickicht und legte sich zwischen Ti-Blättern und wilden Ingwerblüten nieder. Als freier Mann hatte er gelebt, und als freier Mann starb er. Ein leichter Nieselregen setzte ein, und er zog eine zerlumpte Decke über seine verstümmelten Gliederreste. Sein Körper war mit einem Mantel aus Ölzeug bedeckt. Quer über die Brust legte er sich sein Mausergewehr und wischte zärtlich die Feuchtigkeit vom Lauf. Die Hand, mit der er das tat, besaß keinen einzigen Finger mehr, um abzudrücken.

Er schloß die Augen, denn an der Schwäche in seinem Körper und dem benommenen Aufruhr, der in seinem Gehirn herrschte, erkannte er, daß sein Ende nahte. Wie ein wildes Tier hatte er sich zum Sterben in einem Versteck verkrochen. Nur halb bei Bewußtsein und ziellos umherschweifend, durchlebte er in Gedanken noch einmal die Zeit als junger Mann auf Niihau. Während das Leben erlosch und das Tropfen des Regens in seinen Ohren immer schwächer wurde, schien es ihm, als sei er gerade dabei, Pferde zuzureiten, als bockten und bäumten sich die wilden Hengstfüllen unter ihm, der mit unter dem Pferdebauch zusammengebundenen Steigbügeln ritt, oder als jagten sie wie verrückt in der Zureitkoppel umher und scheuchten die Cowboys, die helfen wollten, über das Gatter. Im nächsten Augenblick sah er sich

– und es schien ihm ganz natürlich – die wilden Bullen auf den Hochlandweiden verfolgen, sie mit dem Lasso einfangen und ins Tal bringen. Wieder brannten der Schweiß und der Staub des Brandpferchs in seinen Augen und stachen ihm in die Nase.

Seine ganze fröhliche, unversehrte Jugend stand vor ihm auf, bis die bohrenden Schmerzen der nahen Auflösung ihn in die Wirklichkeit zurückbrachten. Er hob seine verstümmelten Hände und starrte sie verwundert an. Aber wie? Warum? Warum mußte die Unversehrtheit seiner ungezügelten Jugend sich in so etwas verwandeln? Dann erinnerte er sich, und einen Augenblick lang war er wieder Koolau, der Aussätzige. Seine Lider sanken müde herab, und seine Ohren nahmen das Geräusch der Regentropfen nicht länger wahr. Ein anhaltendes Zittern überfiel seinen Körper. Dann hörte auch das auf. Er hob den Kopf ein wenig, aber der fiel zurück. Dann öffneten sich die Augen und schlossen sich nicht wieder. Sein letzter Gedanke galt seinem Mausergewehr, und er preßte es mit seinen zusammengelegten, fingerlosen Händen an die Brust.

DER SHERIFF VON KONA

Man muß dieses Klima einfach lieben«, sagte Cudworth als Antwort auf mein Loblied auf die Küste von Kona. »Ich war ein junger Bursche, als ich vor achtzehn Jahren frisch von der Universität hierherkam. Ich bin niemals wieder nach Hause zurückgekehrt, von gelegentlichen Besuchen einmal abgesehen. Und ich warne Sie, wenn Sie irgendein Fleckchen auf dieser Erde haben, das Ihnen teuer ist, dann halten Sie sich nicht zu lange auf, sonst wird Ihnen das hier noch mehr ans Herz wachsen.«

Das Abendessen lag hinter uns; man hatte es auf dem großen *Lanai* serviert, dem einzigen, der der Nordseite ausgesetzt war, wenn auch »ausgesetzt« in so einem angenehmen Klima eine wahrhaft unpassende Bezeichnung ist.

Die Kerzen waren gelöscht, und ein schlanker, weißgekleideter Japaner glitt wie ein Geist durch das silberne Mondlicht, bot uns Zigarren an und verschwand im Dunkel des Bungalow. Ich blickte durch einen Wandschirm aus Bananenstauden und Eisenholzbäumen über das Guavengestrüpp hinweg auf das ruhige, etwa dreihundert Meter tiefer liegende Meer. Eine Woche lang, seit ich von dem winzigen Küstendampfer an Land gesetzt worden war, wohnte ich nun schon bei Cudworth, und während dieser Zeit hatte nicht ein Windhauch die glatte See gekräuselt. Zwar hatte hin und wieder eine Brise geweht, aber es waren die sanftesten Zephire, die je über Inseln des ewigen Sommers strichen. Es waren keine Windstöße; es waren Seufzer – lange, linde Seufzer einer ruhenden Welt.

»Ein Land des süßen Nichtstuns«, sagte ich.

»Wo ein Tag dem andern gleicht und jeder Tag paradiesisch ist«, entgegnete er. »Es geschieht nie etwas. Es ist nicht zu heiß. Es ist nicht zu kalt. Es ist immer angenehm. Haben Sie bemerkt, wie Land und Meer abwechselnd atmen?«

Dieses herrliche, rhythmische Atmen war mir tatsächlich aufgefallen. Jeden Morgen hatte ich die Seebrise beobachtet, die an der Küste begann, sich langsam über das Meer ausdehnte und dabei dem Land den mildesten, sanftesten Ozonhauch zufächelte. Sie strich spielerisch über das Meer und verdunkelte leicht seine Oberfläche, ließ je nach Laune hier und da und überall zwischen ihren Küssen lange Bahnen völliger Stille frei, die sie verschob, verwandelte und vor sich hertrieb. Und jeden Abend hatte ich beobachtet, wie sich der Atem des Meeres in einer himmlischen Ruhe verlor, und gehört, wie der Atem des Landes sich sanft seinen Weg durch die Kaffee- und Topffruchtbäume bahnte.

»Es ist ein Land immerwährender Stille«, sagte ich. »Kommt hier überhaupt jemals Wind auf? – Ein richtiger Wind? Sie wissen schon, was ich meine.«

Cudworth schüttelte den Kopf und zeigte nach Osten.

»Wie kann er wehen, wenn eine solche Barriere ihn abhält?«

Hoch über uns türmten sich die riesigen Bergstöcke des Mauna Kea und Mauna Loa und schienen den halben Sternenhimmel zu verschlucken. Mehr als viertausend Meter über unseren Köpfen erhoben sie ihre eigenen Häupter, weiß von jenem Schnee, den nicht einmal die Tropensonne zu schmelzen vermochte.

»Ich möchte wetten, daß es fünfzig Kilometer von hier in diesem Augenblick stürmt, und zwar mit einer Geschwindigkeit von fünfundsechzig Stundenkilometern.«

Ich lächelte ungläubig.

Cudworth ging zu dem Telefon auf dem Lanai. Er rief nacheinander Waimea, Kohala und Hamakua an. Bruchstükken seiner Unterhaltung konnte ich entnehmen, daß es dort tatsächlich blies: »Stürmisch mit starken Böen, ja? ... Wie lange schon? ... Erst seit einer Woche? ... Hallo, bist du es, Abe? ... Ja, ja... Du willst also Kaffee an der Hamakua-Küste pflanzen... Zum Teufel mit deinen Windabweisern! Du solltest *meine* Bäume sehen.«

»Es stürmt«, sagte er, als er den Hörer einhängte und sich zu mir umwandte. »Ich muß Abe einfach immer mit seinem Kaffee aufziehen. Er hat zweihundert Hektar bepflanzt und vollbringt in Sachen Windschutz wahre Wunder, aber wie er es anstellt, daß die Wurzeln in der Erde bleiben, ist mir ein Rätsel. Wind? Es geht immer ein Wind an der Küste von Hamakua. Kohala meldet einen Schoner, der unter doppelt gerefften Segeln in der Straße zwischen Hawaii und Maui kreuzt und schwer zu kämpfen hat.«

»Kaum zu glauben«, sagte ich ohne Überzeugungskraft. »Geschieht es denn nie, daß sich dort drüben ein kleines Lüftchen selbständig macht und hierher kommt?«

»Nicht ein Hauch. Unsere Landbrise hat überhaupt nichts damit zu tun, denn sie entsteht erst diesseits des Mauna Kea und des Mauna Loa. Sehen Sie, das Land strahlt seine Wärme schneller ab als die See, und deshalb atmet das Land des Nachts auf die See hinaus. Tagsüber erwärmt sich das Land stärker als die See, und so kehrt sich der Luftstrom um... Hören Sie! Da kommt jetzt der Atem des Landes, der Bergwind.«

Ich konnte ihn hören, wie er herankam, leise durch die Kaffeesträucher strich, die Topffruchtbäume bewegte und durch das Zuckerrohr seufzte. Auf dem Lanai war es noch still. Dann war er zum erstenmal zu spüren, der Bergwind, gelinde duftend, angenehm und würzig, und kühl, herrlich kühl, eine seidige Kühle, wie kühler Wein – so kühl, wie nur der Bergwind von Kona sein kann.

»Wundert es Sie noch, daß ich vor achtzehn Jahren mein

Herz an Kona verlor?« fragte er. »Jetzt könnte ich nie mehr von hier fortgehen. Ich glaube, es wäre mein Tod. Es wäre schrecklich. Aber es gab einen anderen Menschen, der diesen Ort liebte, ebenso sehr liebte wie ich. Er liebte ihn wahrscheinlich sogar noch mehr, denn er war hier an der Küste von Kona geboren. Er war ein großartiger Mann, mein bester Freund, mir mehr als ein Bruder. Aber er ging fort und starb dennoch nicht.«

»Liebe?« erkundigte ich mich. »Eine Frau?«

Cudworth schüttelte den Kopf.

»Er wird auch niemals zurückkehren, obgleich sein Herz hier bleiben wird, bis er stirbt.«

Er hielt inne und starrte hinunter auf die Lichter am Strand von Kailua. Ich rauchte schweigend und wartete.

»Er liebte schon jemanden... seine Frau. Er hatte auch drei Kinder, und die liebte er ebenfalls. Sie sind jetzt in Honolulu. Der Junge besucht die Universität.«

»Eine Affekthandlung?« fragte ich nach einer Weile ungeduldig.

Er schüttelte den Kopf. »Er hat weder ein Verbrechen begangen, noch wurde er einer strafbaren Handlung beschuldigt. Er war Sheriff von Kona.«

»Sie haben wohl eine Vorliebe fürs Paradoxe«, sagte ich.

»Vermutlich klingt es so«, gab er zu, »und das ist gerade das Grausame daran.«

Er sah mich einen Augenblick prüfend an und begann dann plötzlich zu erzählen.

»Er hatte Lepra. Nein, er wurde nicht damit geboren – keiner wird damit geboren. Sie hat ihn befallen. Dieser Mann – ach, was liegt schon daran? Lyte Gregory war sein Name. Jeder *Kamaaina* kennt die Geschichte. Er war rein amerikanischer Abstammung, aber gebaut wie einst die Häuptlinge im alten Hawaii. Er maß einen Meter neunzig und wog ohne Kleider zweihundert Pfund, und davon bestand jedes Gramm aus schieren Muskeln und Knochen. Er war der kräftigste Mann, den ich je gesehen habe. Er war ein Athlet und ein Riese. Er war ein Gott. Er war mein Freund. Und sein Herz und seine Seele waren ebenso groß und prachtvoll wie sein Körper.

Was würden Sie wohl tun, wenn Sie zusehen müßten, wie Ihr Freund, Ihr Bruder, am schlüpfrigen Rand eines Abgrunds ausglitte und immer weiter abrutschte, und Sie nichts dagegen unternehmen könnten. Genauso war es. Ich konnte nichts dagegen tun. Ich sah es kommen und konnte nichts tun. Mein Gott, Mann! Was konnte ich denn tun? Da war es, bösartig und unleugbar, das Zeichen der Krankheit auf seiner Stirn. Kein anderer sah es. Ich allein sah es, davon bin ich überzeugt, weil ich ihn so liebte. Ich mochte meinen eigenen Augen nicht trauen. Es war einfach zu entsetzlich. Und doch war es da, auf seiner Stirn, an seinen Ohren. Ich hatte sie bemerkt, die leichte Schwellung der Ohrläppchen – ach, so leicht, kaum wahrnehmbar. Ich beobachtete sie über Monate hinweg. Dann als nächstes, während ich immer noch ein letztes Fünkchen Hoffnung hegte, färbte sich die Haut über beiden Augenbrauen dunkler – ach, ganz schwach nur, wie die Andeutung eines Sonnenbrandes. Ich hätte es für einen Sonnenbrand gehalten, wäre da nicht dieser Schimmer gewesen, so ein unmerklicher Schimmer, wie ein Glanzlicht, das man nur für einen Moment wahrnimmt und das im nächsten Augenblick schon wieder verschwunden ist. Ich versuchte, daran zu glauben, daß es nur ein Sonnenbrand sei, doch es gelang mir nicht. Ich wußte es besser. Keiner außer mir bemerkte es. Kein einziger, außer Stephen Kaluna, und das erfuhr ich erst später. Aber ich sah es kommen, in seiner ganzen verfluchten, unbeschreiblichen Schrecklichkeit; doch ich weigerte mich, an die Zukunft zu denken. Ich hatte Angst. Ich konnte es nicht. Und nachts weinte ich deswegen.

Er war mein Freund. Wir angelten zusammen Haie auf

Niihau. Wir jagten wilde Rinder auf dem Mauna Kea und Mauna Loa. Wir ritten Pferde zu und drückten den jungen Stieren auf der Carter Ranch das Brandzeichen auf. Wir spürten die Ziegen auf dem Haleakala auf. Er brachte mir das Tauchen und Wellenreiten bei, bis ich fast so geschickt war wie er, und er war geschickter als die meisten Kanaken. Ich habe ihn fast dreißig Meter tief tauchen sehen, und er konnte zwei Minuten unten bleiben. Er war ein Amphibienwesen und ein Bergsteiger. Er konnte noch dort klettern, wo sich nur eine Ziege hinwagte. Er fürchtete sich vor nichts. Er war auf der *Luga*, als sie Schiffbruch erlitt und schwamm achtundvierzig Kilometer in sechsunddreißig Stunden bei schwerem Seegang. Er konnte sich durch Brecher hindurchkämpfen, die Sie und mich zu Brei zermalmen würden. Er war ein großartiger, strahlender Halbgott. Wir machten zusammen die Revolution mit. Beide waren wir romantische Königstreue. Er wurde zweimal angeschossen und zum Tode verurteilt. Aber er war ein zu großer Mann, als daß die Republikaner ihn hätten beseitigen können. Er lachte sie aus. Später erwiesen sie ihm die Ehre und machten ihn zum Sheriff von Kona. Er war ein einfacher Mensch, ein Junge, der nie erwachsen wurde. Er besaß kein kompliziertes Denkmuster. Seine Gedankengänge waren ohne Winkelzüge oder Spitzfindigkeiten. Er ging geradewegs auf eine Sache los, und seine Absichten waren immer leicht zu verstehen.

Und er war ein Optimist. Nie habe ich einen so zuversichtlichen Menschen mit einem so zufriedenen und glücklichen Naturell gekannt. Er verlangte nichts mehr vom Leben. Es gab nichts, was er sich noch wünschen konnte. Ihm war das Leben nichts schuldig geblieben. Es hatte ihn voll ausbezahlt, bar auf den Tisch und im voraus. Was konnte er sich mehr wünschen als einen prächtigen Körper, diese eiserne Konstitution, diese Widerstandskraft gegen alle gewöhnlichen Krankheiten, und diese durch und durch gesunde Seele?

Körperlich war er vollkommen. Er war nie im Leben krank gewesen. Er wußte nicht, was Kopfschmerzen sind. Wenn ich davon geplagt wurde, sah er mich immer verwundert an und brachte mich durch seine unbeholfenen Versuche, mir sein Mitgefühl zu zeigen, zum Lachen. So etwas wie Kopfschmerzen verstand er einfach nicht, konnte er nicht verstehen. Optimistisch? Kein Wunder. Wie konnte er auch anders sein bei dieser ungeheuren Lebenskraft und dieser sagenhaften Gesundheit?

Nur um Ihnen zu zeigen, wie fest er an seinen Glücksstern glaubte und wieviel Grund er auch zu diesem Glauben hatte, erzähle ich Ihnen folgende Geschichte. Er war damals ein junger Kerl – ich hatte ihn gerade kennengelernt –, als er bei einer Pokerrunde in Wailuku mitmachte. Zu der Runde gehörte auch ein dicker Deutscher namens Schultz, der brutal und selbstherrlich spielte. Noch dazu hatte er eine Glückssträhne gehabt und war ganz unerträglich, als Lyte Gregory dazukam und mitmachte. Gleich beim ersten Spiel gab Schultz den Einsatz vor. Lyte hielt mit, wie die anderen auch, und Schultz erhöhte so lange, bis sie paßten – alle, bis auf Lyte. Dem gefiel der Ton des Deutschen nicht, und er setzte dagegen. Daraufhin erhöhte Schultz, und Lyte überbot Schultz wieder. So ging es hin und her. Die Einsätze waren hoch. Und wissen Sie, was Lyte in der Hand hatte? Ein Paar Könige und drei niedrige Treffs. Das war kein Pokern. Lyte spielte nicht Poker. Er spielte seinen Optimismus aus. Er wußte nicht, was Schultz in der Hand hatte, aber er bot immer höher, bis er Schultz dazu brachte, nach neuen Karten zu fragen, und dabei hatte Schultz die ganze Zeit über drei Asse in der Hand. Stellen Sie sich das vor! Ein Mann mit einem Paar Könige zwingt drei Asse zum Kaufen.

Also gut, Schultz verlangte zwei neue Karten. Ein anderer Deutscher gab, obendrein ein Freund von Schultz. Da wußte Lyte, daß er gegen einen Dreierpasch spielte. Und was tat er?

Was hätten Sie getan? Drei Karten gekauft und natürlich die Könige behalten. Nicht so Lyte, er spielte ja seinen Optimismus aus. Er warf die Könige ab, behielt die drei niedrigen Treffs und zog zwei Karten. Er schaute sie sich nicht einmal an. Er sah zu Schultz hinüber und wartete auf dessen Einsatz, und Schultz setzte hoch. Da er selbst drei Asse besaß, wußte er, daß er Lyte schon in der Tasche hatte, denn er spielte gegen Lyte um drei gleiche Karten, und die mußten notgedrungen niedriger sein. Armer Schultz! Unter diesen Voraussetzungen hatte er ja völlig recht. Sein Irrtum war nur, daß er glaubte, Lyte spiele Poker. Fünf Minuten ging es hin und her, bis Schultz' Sicherheit zu schwinden begann. Und die ganze Zeit über hatte Lyte noch keinen Blick auf seine beiden Karten geworfen, und Schultz wußte das. Ich konnte sehen, wie Schultz überlegte, neuen Mut faßte und noch höher einstieg. Doch die Spannung war zu groß für ihn.

›Hören Sie auf, Gregory‹, sagte er schließlich. ›Ich hatte Sie schon von Anfang an geschlagen. Ich will nichts von Ihrem Geld. Ich habe –‹ ›Es ist mir einerlei, was Sie haben‹, unterbrach ihn Lyte. ›Sie wissen nicht, was ich habe. Ich denke, ich werd' es mir jetzt einmal ansehen.‹

Das tat er und setzte noch weitere hundert Dollar gegen den Deutschen. Dann ging es wieder so weiter, hin und her und her und hin, bis Schultz nachgab, paßte und seine drei Asse hinlegte. Auch Lyte deckte seine fünf Karten auf. Sie waren alle schwarz. Er hatte noch zwei Treffs dazugekauft. Sie begreifen, daß er damit Schultz' Poker-Nerv getroffen hatte. Der nämlich erreichte seine alte Form nie wieder. Danach fehlte es ihm einfach an Selbstvertrauen, und er war immer etwas unsicher.

›Aber wie war das nur möglich?‹ fragte ich Lyte hinterher. ›Du wußtest doch, daß er dich geschlagen hatte, als er nur zwei Karten kaufte. Und außerdem hast du dir deine eigenen gar nicht angesehen.‹

›Ich brauchte sie nicht anzusehen‹, entgegnete Lyte. ›Ich wußte die ganze Zeit, daß es zwei Treffs waren. Es mußten einfach zwei Treffs sein. Glaubst du denn, ich wollte mich von diesem dicken Deutschen unterkriegen lassen? Unmöglich, daß er mich schlagen würde. Für gewöhnlich werde ich nicht besiegt. Ich muß einfach gewinnen. Also, es hätte für mich die größte Überraschung von der Welt bedeutet, wenn es nicht lauter Treffs gewesen wären.‹

So war Lyte, und vielleicht können Sie jetzt seinen ungeheuren Optimismus etwas besser begreifen. Wie er es darstellte, mußte er einfach Erfolg haben, gesund sein und vorwärtskommen. Und durch diesen Vorfall, wie auch durch zehntausend andere, sah er sich bestätigt. Die Sache war die, daß er tatsächlich Erfolg hatte, tatsächlich vorwärtskam. Das war der Grund, weshalb er sich vor nichts fürchtete. Ihm konnte einfach nie etwas zustoßen. Er wußte das, weil ihm noch nie etwas zugestoßen war. Damals, als die *Luga* untergegangen war und er achtundvierzig Kilometer weit schwamm, war er zwei volle Nächte und einen Tag im Wasser. Und während der ganzen Zeit verlor er nicht ein einziges Mal die Hoffnung, zweifelte nicht einen Augenblick an dem glücklichen Ausgang. Er wußte einfach, daß er es zum Land schaffen würde. Er hat es mir selbst erzählt, und ich bin sicher, daß es stimmte.

Ja, so ein Mensch war Lyte Gregory. Er war von anderem Schlag als die gewöhnlichen, geplagten Sterblichen. Er war ein göttliches Wesen, unberührt von alltäglichen Gebrechen und Mißgeschicken. Was er sich auch wünschte, er bekam es. Er eroberte seine Frau – eine Caruther, eine kleine Schönheit –, obwohl sich ein Dutzend Nebenbuhler um sie bewarben. Und sie widmete sich ganz ihm und wurde ihm die beste Frau von der Welt. Er wünschte sich einen Sohn, und er bekam ihn. Er wünschte sich eine Tochter und noch einen Sohn. Er bekam sie. Und sie waren prächtig, ohne Makel oder Fehler, mit Brustkästen wie kleine Fässer und mit dem ganzen Erbteil seiner eigenen Gesundheit und Kraft.

Und dann geschah es. Das Zeichen des Tieres wurde ihm aufgedrückt. Ich beobachtete es ein ganzes Jahr lang. Es brach mir das Herz. Aber er wußte es nicht, noch ahnte es sonst jemand, außer diesem verfluchten *Hapa-haole* Stephen Kaluna. Er wußte es, doch das wußte ich nicht. Und – ja – Doktor Strowbridge wußte es auch. Er war der Amtsarzt und hatte im Lauf der Zeit einen Blick für die Lepra entwickelt. Sie müssen wissen, daß es unter anderem zu seinen Aufgaben gehörte, Verdächtige zu untersuchen und sie in die Aufnahmestation von Honolulu zu schicken. Und Stephen Kaluna hatte ebenfalls einen Blick für die Lepra bekommen. Die Krankheit war in seiner Familie stark verbreitet, und vier oder fünf von seinen Verwandten befanden sich bereits auf Molokai.

Der ganze Verdruß fing mit Stephen Kalunas Schwester an. Als sie in Verdacht geriet, erkrankt zu sein, schaffte ihr Bruder sie fort und versteckte sie, ehe Dr. Strawbridge sie untersuchen konnte. Lyte war Sheriff von Kona, und es war seine Pflicht, sie aufzustöbern.

Wir waren an diesem Abend alle drüben in Hilo bei Ned Austin. Als wir hereinkamen, saß Stephen Kaluna schon da, allein, betrunken und streitsüchtig. Lyte lachte über irgendeinen Witz – lachte dieses gewaltige, glückliche Lachen eines Riesenjungen. Kaluna spuckte verächtlich auf den Fußboden. Lyte bemerkte es wie alle anderen auch, beachtete den Kerl jedoch nicht. Kaluna suchte Streit. Er empfand es als eine persönliche Beleidigung, daß Lyte seine Schwester festnehmen wollte. Er zeigte auf ein halbes Dutzend verschiedene Arten sein Mißfallen über Lytes Anwesenheit, aber Lyte ignorierte ihn einfach. Ich vermutete, daß er Lyte wohl ein bißchen leid tat, denn das Festnehmen von Leprakranken war die schwerste Bürde seines Amtes. Es war nicht angenehm, in das Haus eines Menschen zu gehen, einen Vater, eine Mutter oder ein Kind herauszuholen, die nichts Unrechtes getan hatten, und so jemanden in die ewige Verbannung nach Molokai zu schicken. Natürlich ist es zum Schutz der Gesellschaft notwendig, und Lyte, davon bin ich fest überzeugt, wäre der erste gewesen, der seinen eigenen Vater festgenommen hätte, wenn er verdächtigt worden wäre.

Schließlich platzte Kaluna heraus: ›Hören Sie, Gregory, Sie glauben, daß Sie Kalaniweo finden werden, aber das werden Sie nicht!‹

Kalaniweo war seine Schwester. Lyte blickte zu ihm hin, als sein Name fiel, antwortete aber nicht. Kaluna war wütend. Er steigerte sich immer mehr in seinen Zorn hinein.

›Eins will ich Ihnen sagen!‹ rief er. ›Bevor Sie Kalaniweo dorthin bringen, werden Sie sich selbst auf Molokai wiederfinden. Ich will Ihnen sagen, was Sie sind. Sie haben kein Recht, sich in der Gesellschaft ehrlicher Leute aufzuhalten. Sie haben furchtbar viel von Ihrer Pflicht geredet, nicht wahr? Sie haben viele Aussätzige nach Molokai geschickt und wußten dabei die ganze Zeit, daß Sie selbst dorthin gehören.‹

Ich hatte Lyte mehr als einmal wütend gesehen, aber nie so wütend wie in diesem Augenblick. Über Lepra, müssen Sie wissen, scherzt man bei uns nicht. Er machte einen Satz quer durch den Raum, packte Kaluna am Kragen und zog ihn von seinem Stuhl hoch. Er schüttelte ihn wild hin und her, bis man die Zähne des Mischlings klappern hörte.

›Was meinen Sie damit?‹ fragte Lyte. ›Heraus damit, Mann, oder ich werde Sie so lange würgen, bis Sie's ausspucken!‹

Sie wissen, daß es im Westen eine bestimmte Redensart gibt, die man nur mit einem Lächeln über die Lippen bringen darf. So ist es auch bei uns auf den Inseln, nur geht es bei unserer Redensart um den Aussatz. Was Kaluna auch immer sein mochte, ein Feigling war er nicht. Sobald Lyte den Griff um seinen Hals lockerte, antwortete er:

›Ich werde Ihnen sagen, was ich meine. Sie sind selbst ein Aussätziger.‹

Lyte stieß den Mischling plötzlich seitwärts in einen Stuhl, wobei er noch recht schonend mit ihm umging. Dann brach er in ein aufrichtiges, herzliches Lachen aus. Aber er lachte ganz allein, und als er das merkte, blickte er sich um und sah in unsere Gesichter. Ich war an seine Seite getreten und versuchte, ihn zum Fortgehen zu bewegen, aber er nahm keine Notiz von mir. Er starrte wie gebannt auf Kaluna, der sich verwirrt und nervös über den Hals strich, als wolle er die Ansteckung durch die Finger, die ihn umklammert hatten, abwischen. Die Bewegung war nicht bedacht, völlig unwillkürlich.

Lyte wandte sich zu uns um; langsam wanderte sein Blick von einem Gesicht zum anderen.

›Mein Gott, Freunde! Mein Gott!‹ sagte er.

Er sprach diese Worte nicht, es war mehr ein heiseres Flüstern des Schreckens und Grauens. Es war Furcht, die in seiner Kehle zitterte, und ich glaube nicht, daß er je zuvor in seinem Leben Furcht gekannt hatte.

Dann aber brach sein ungeheurer Optimismus durch, und er lachte wieder.

›Ein guter Witz – wer auch immer ihn sich ausgedacht hat‹, sagte er. ›Ich gebe eine Runde aus. Für einen Augenblick habt ihr mir einen ganz schönen Schrecken eingejagt. Aber macht das nie wieder, Freunde, mit keinem. Es ist zu ernst. Ich sage euch, in diesem Moment bin ich tausend Tode gestorben. Ich dachte an meine Frau, meine Kinder und . . .‹

Die Stimme versagte ihm, und der Mischling, der sich immer noch den Hals abwischte, zog seinen Blick auf sich. Er war verwirrt und beunruhigt.

›John‹, sagte er und wandte sich zu mir.

Seine heitere, volltönende Stimme klang mir in den Ohren. Aber ich konnte nicht antworten. Ich mußte in diesem

Augenblick schwer schlucken, und außerdem wußte ich, daß mein Gesichtsausdruck mich verraten würde.

›John‹, rief er noch einmal und kam einen Schritt näher.

Es klang ängstlich, und von allen schrecklichen Alpträumen war dies der schlimmste: Ängstlichkeit in Lyte Gregorys Stimme zu hören.

›John, John, was soll das heißen?‹ fuhr er noch furchtsamer fort. ›Es ist doch ein Scherz, nicht wahr? John, hier ist meine Hand. Wenn ich ein Aussätziger wäre, würde ich dir dann meine Hand reichen? Bin ich ein Aussätziger, John?‹

Er hielt mir seine Hand hin, und was, zum Teufel, kümmerte es mich? Er war mein Freund. Ich nahm seine Hand, obwohl es mir ins Herz schnitt, zu sehen, wie sich sein Gesicht erhellte.

›Es war nur ein Scherz, Lyte‹, sagte ich. ›Wir haben uns einen Spaß mit dir erlaubt. Aber du hast recht. Es ist zu ernst. Wir werden es nicht wieder tun.‹

Diesmal lachte er nicht. Er lächelte wie ein Mensch, der aus einem bösen Traum erwacht und immer noch unter dem Eindruck dieses Traumes steht.

›Na gut‹, meinte er. ›Aber macht so etwas nicht noch einmal, und ich werde euch eine Runde spendieren. Ich kann euch sagen, daß ihr Burschen mich für einen Augenblick ganz schön aus der Fassung gebracht habt. Seht nur, wie ich schwitze.‹

Er seufzte und wischte sich den Schweiß von der Stirn, während er sich anschickte, zur Bar zu gehen.

›Es ist kein Scherz‹, sagte Kaluna plötzlich.

Ich sah ihn mordlüstern an, und ich hätte ihn auch wirklich umbringen können. Doch ich wagte weder zu sprechen noch zuzuschlagen. Das hätte die Katastrophe nur beschleunigt, und ich hatte ja immer noch die unsinnige Hoffnung, sie abwenden zu können.

›Es ist kein Scherz‹, wiederholte Kaluna. ›Sie sind ein

Aussätziger, Lyte Gregory, und Sie haben nicht das Recht, mit Ihren Händen den Körper anständiger Menschen zu berühren – den gesunden Körper anständiger Menschen.‹

Da ging Gregory hoch.

›Der Spaß ist jetzt weit genug gegangen! Hören Sie auf damit! Hören Sie auf damit, sag' ich, Kaluna, oder ich verpasse Ihnen eine Tracht Prügel!‹

›Lassen Sie zuerst eine bakteriologische Untersuchung machen‹, entgegnete Kaluna, ›dann können Sie mich zusammenschlagen – totschlagen, wenn Sie wollen. Mann, schauen Sie sich doch dort im Spiegel an. Sie können es sehen. Jeder kann es sehen. Sie bekommen schon das Löwengesicht. Haben Sie nicht bemerkt, daß die Haut dort über den Augenbrauen dunkler geworden ist?‹

Lyte starrte und starrte, und ich sah, wie seine Hände zitterten.

›Ich kann nichts feststellen‹, sagte er schließlich und wandte sich zu dem *Hapa-haole* um. ›Sie haben eine schwarze Seele, Kaluna. Und ich schäme mich nicht, Ihnen zu sagen, daß Sie mir einen Schrecken eingejagt haben, den kein Mensch einem anderen einjagen darf. Ich nehme Sie beim Wort. Ich werde der Sache sofort auf den Grund gehen. Ich gehe jetzt gleich zu Doktor Strowbridge. Und wenn ich zurückkomme, dann nehmen Sie sich in acht!‹

Er sah uns nicht mehr an, sondern steuerte auf die Tür zu.

›Warte hier, John‹, sagte er und hielt mich mit einer Handbewegung zurück, als ich ihn begleiten wollte.

Wir standen da wie eine Schar von Gespenstern.

›Es ist die Wahrheit‹, sagte Kaluna. ›Sie konnten sich mit eigenen Augen davon überzeugen.‹

Sie schauten mich an, und ich nickte. Harry Burnley hob sein Glas an die Lippen, setzte es aber wieder ab, ohne getrunken zu haben. Dabei vergoß er die Hälfte über den Tresen. Seine Lippen zitterten wie bei einem Kind, das gleich weinen wird. Ned Austin rumorte im Eisschrank herum. Er suchte nichts Bestimmtes. Ich glaube, er wußte gar nicht, was er tat. Keiner sagte etwas. Harry Burnleys Lippen bebten noch heftiger als zuvor. Mit einer fürchterlichen, haßerfüllten Miene versetzte er Kaluna plötzlich einen Faustschlag ins Gesicht. Und er schlug weiter zu. Wir machten keinen Versuch, sie zu trennen. Es war uns einerlei, ob er den Mischling tötete. Es war eine schreckliche Prügelei. Aber uns interessierte es nicht. Ich kann mich nicht einmal mehr erinnern, wann Burnley aufhörte und dem armen Teufel erlaubte, sich aus dem Staub zu machen. Wir waren alle viel zu verstört.

Doktor Strowbridge hat mir später erzählt, wie es bei ihm zuging. Er saß noch spät über einem Bericht, als Lyte sein Sprechzimmer betrat. Lyte hatte bereits seinen Optimismus wiedergewonnen und kam voller Schwung herein; zwar ein bißchen verärgert über Kaluna, gewiß, aber ganz selbstsicher. ›Was sollte ich tun?‹ fragte der Doktor mich. ›Ich wußte ja, daß er es hatte. Ich hatte es seit Monaten kommen sehen. Ich konnte ihm nicht antworten. Ich konnte nicht ja sagen. Ich schäme mich auch nicht, Ihnen zu erzählen, daß ich die Fassung verlor und zu weinen anfing. Er bat mich inständig um den bakteriologischen Test. ‚Schnippeln Sie ein Stück heraus, Doktor', sagte er immer wieder. ‚Schnippeln Sie ein Stückchen Haut heraus und machen Sie den Test.'‹

Daß Dr. Strowbridge in Tränen ausbrach, mußte Lyte überzeugt haben. Am nächsten Morgen fuhr die *Claudine* nach Honolulu ab. Wir erwischten ihn noch, als er gerade an Bord ging. Er wollte nämlich nach Honolulu, um sich selbst der Gesundheitsbehörde zu stellen. Wir konnten nichts bei ihm ausrichten. Er hatte zu viele nach Molokai geschickt, um jetzt selbst hierbleiben zu können. Wir versuchten ihn dazu zu überreden, nach Japan zu fahren. Doch davon wollte er nichts hören. ›Ich muß meine Medizin schlucken, Freunde‹, war alles, was er darauf entgegnete, und er sagte es immer wieder. Er war wie besessen von dem Gedanken.

Er regelte alle seine Angelegenheiten von der Aufnahmestation in Honolulu aus und fuhr dann nach Molokai. Dort ging es ihm nicht gut. Der auf der Insel wohnende Arzt schrieb uns, daß er nur noch ein Schatten seiner selbst sei. Er sorgte sich um seine Frau und die Kinder, wissen Sie. Zwar wußte er, daß wir uns ihrer annahmen, aber trotzdem schmerzte es ihn. Nach einem halben Jahr etwa fuhr ich nach Molokai. Ich saß auf einer Seite eines verglasten Schalterfensters, er auf der anderen. Wir sahen uns durch die Glasscheibe an und redeten durch eine Art Sprachrohr miteinander. Aber es war hoffnungslos. Er hatte sich entschlossen zu bleiben. Vier endlose Stunden lang versuchte ich, ihn umzustimmen. Am Ende war ich erschöpft. Außerdem signalisierte mein Dampfer seine Abfahrt.

Aber wir konnten das nicht einfach so hinnehmen. Drei Monate später charterten wir den Schoner *Halcyon*. Er war ein Opiumschmuggler und segelte wie der Teufel. Sein Kapitän war ein Skandinavier, der für Geld zu allem bereit war, und wir mieteten ihn für eine Fahrt nach China, bei der er auf seine Kosten kam. Er fuhr von San Francisco los, und ein paar Tage später stachen wir mit der Schaluppe von Landhouse in See. Sie war nur eine Jacht von fünf Tonnen, aber wir trieben sie fünfzig Meilen gegen den Wind in den Nordostpassat hinein. Seekrank? Ich habe in meinem ganzen Leben noch nie so gelitten. Als das Land außer Sicht war, trafen wir auf die *Halcyon*, und Burnley und ich gingen an Bord.

Wir nahmen Kurs auf Molokai, wo wir gegen elf Uhr nachts ankamen. Der Schoner drehte bei, und wir ruderten mit einem Walfängerboot durch die Brandung nach Kalawao – das ist der Ort, wo Pater Damien starb, wissen Sie. Dieser

Skandinavier war gleich mit von der Partie. Mit einem Paar Revolvern, die er sich umgeschnallt hatte, schloß er sich uns an. Alle drei marschierten wir nun über die Halbinsel nach Kalaupapa, eine Strecke von etwa drei Kilometern. Stellen Sie sich vor, Sie sollten mitten in der Nacht in einer Kolonie von über tausend Aussätzigen nach einem Mann suchen. Wenn Alarm geschlagen wurde, verstehen Sie, dann wäre es mit uns ausgewesen. Es war unbekanntes Gelände und stockdunkle Nacht. Die Hunde der Aussätzigen kamen heraus und bellten uns an, und wir stolperten umher, bis wir nicht mehr weiterwußten.

Der Skandinavier fand schließlich eine Lösung. Er führte uns in die erste einzeln stehende Hütte. Wir schlossen die Tür hinter uns und machten Licht. Sechs Aussätzige lagen drinnen. Wir holten sie aus ihren Betten, und ich redete in der Eingeborenensprache mit ihnen. Was ich brauchte, war ein *Kokua*. Ein Kokua ist, wörtlich übersetzt, ein Helfer, ein Eingeborener, der gesund ist, der in der Kolonie wohnt und von der Gesundheitsbehörde bezahlt wird, um die Aussätzigen zu pflegen, ihre Wunden zu verbinden und dergleichen mehr. Wir blieben im Haus, um die Bewohner im Auge zu behalten, während der Skandinavier einen von ihnen mitnahm, um einen Kokua zu finden. Das gelang ihm auch, und er brachte ihn mit dem Revolver im Anschlag zu uns herüber. Doch der Kokua war in Ordnung. Während der Skandinavier auf das Haus aufpaßte, führte der Kokua Burley und mich zu Lytes Behausung. Er war ganz allein

›Ich dachte mir schon, daß ihr kommen würdet‹, sagte Lyte. ›Rühr mich nicht an, John. Wie geht's Ned und Charley und der ganzen Bande? Laß nur, erzähl' es mir später. Ich bin jetzt bereit mitzukommen. Ich habe inzwischen neun Monate hinter mir. Wo ist das Boot?‹

Wir machten uns auf den Rückweg zu dem anderen Haus, um den Skandinavier mitzunehmen. Doch da war schon

Alarm gegeben worden. In den Häusern gingen die Lichter an, und Türen wurden geschlagen. Wir hatten ausgemacht, nicht zu schießen, wenn es nicht unbedingt notwendig war, und als wir aufgehalten wurden, gingen wir mit den Fäusten und Revolverknäufen auf sie los. Ich geriet in ein Handgemenge mit einem großen Mann. Obwohl ich ihm zweimal ziemlich kräftig mit der Faust ins Gesicht schlug, konnte ich ihn mir nicht vom Leibe halten. Er umklammerte mich, und wir fielen beide hin, wälzten uns auf dem Boden, schlugen um uns und versuchten, uns gegenseitig zu packen. Er hatte mich schon fast überwältigt, als jemand mit einer Laterne herbeigerannt kam. Da sah ich sein Gesicht. Wie soll ich diesen grauenhaften Anblick beschreiben! Das war kein Gesicht mehr – nur verwüstete oder der Verwüstung preisgegebene Züge: eine lebendige Verwesung, ohne Nase, ohne Lippen und mit einem Ohr, das geschwollen und verunstaltet auf seine Schulter herabhing. Ich war außer mir. Bei einer Umklammerung drückte er mich so fest an sich, daß mir dieses Ohr ins Gesicht klatschte. Da habe ich wohl den Verstand verloren. Es war einfach zu entsetzlich. Ich begann mit meinem Revolver auf ihn einzuschlagen. Wie es geschah, weiß ich nicht, aber gerade, als ich von ihm freikam, schnappte er mit seinen Zähnen nach mir. Meine ganze Handkante steckte in seinem lippenlosen Mund. Da schlug ich ihm mit dem Revolverknauf genau zwischen die Augen, und seine Zähne ließen los.«

Cudworth zeigte mir seine Hand im Mondlicht, und ich konnte die Narben erkennen. Sie sah aus wie von einem Hund zerbissen.

»Hatten Sie denn keine Angst?« fragte ich.

»Und ob. Sieben Jahre wartete ich. So lange dauert es nämlich, bis die Krankheit zum Ausbruch kommt. Ich wartete hier in Kona, und nichts passierte. Aber es verging kein Tag und keine Nacht in diesen sieben Jahren, in denen ich mir nicht all das hier immer wieder anschaute...« Die Stimme versagte ihm, als er seinen Blick von der im Mondlicht gebadeten See zu den schneebedeckten Gipfeln schweifen ließ. »Ich könnte den Gedanken nicht ertragen, das alles zu verlieren, Kona nie wiederzusehen. Sieben Jahre! Ich blieb gesund. Aber das ist der Grund, weshalb ich allein lebe. Ich war verlobt. Ich durfte es nicht wagen zu heiraten, solange ein Zweifel bestand. Sie hat es nicht verstanden. Sie ging in die Staaten und heiratete dort. Ich habe sie seither nicht wiedergesehen.

Gerade in dem Augenblick, als ich von dem aussätzigen Polizisten freikam, hörte ich Lärm und Hufeklappern wie bei einer Kavallerieattacke. Es war der Skandinavier. Er hatte Schwierigkeiten befürchtet und die Zeit genutzt, um von diesen verflixten Aussätzigen, die er bewachte, vier Pferde satteln zu lassen. Wir waren bereit. Lyte hatte drei Kokuas erledigt, und gemeinsam befreiten wir Burnley von etlichen anderen. Inzwischen war die ganze Kolonie in Aufruhr geraten, und als wir davonstürmten, eröffnete jemand mit einer Winchester das Feuer auf uns. Es muß Jack McVeigh, der Oberaufseher von Molokai, gewesen sein.

Das war ein Ritt! Mit Pferden von Aussätzigen, Sätteln von Aussätzigen, Zügeln von Aussätzigen, stockfinstere Nacht, pfeifende Kugeln und eine Straße, die nicht gerade die beste war. Und das Pferd des Skandinaviers war ein Maulesel, und reiten konnte er auch nicht. Aber wir schafften es zum Walfängerboot, und als wir durch die Brandung vom Land abstießen, konnten wir die Pferde hören, die den Hügel von Kalaupapa heruntergeschnaubt kamen.

Sie fahren doch nach Shanghai. Suchen Sie Lyte Gregory auf. Er ist dort bei einer deutschen Firma angestellt. Laden Sie ihn zum Essen ein. Bestellen Sie Wein. Geben Sie ihm von allem das Beste, aber lassen Sie ihn nichts bezahlen. Die Rechnung schicken Sie mir. Seine Frau und die Kinder sind in

Honolulu, und er braucht sein Geld für sie. Ich weiß es. Er schickt ihnen den größten Teil seines Gehaltes und lebt selbst wie ein Einsiedler. Und erzählen Sie ihm von Kona. Erzählen Sie ihm so viel wie möglich von Kona.«

LEB WOHL, JACK

Hawaii ist schon ein merkwürdiges Fleckchen Erde. Die Gesellschaftsordnung scheint mir gewissermaßen aus den Fugen geraten zu sein. Nicht, daß es nicht korrekt zuginge. Fast wird dabei des Guten zuviel getan. Aber dennoch stehen die Dinge irgendwie kopf. Die allerexklusivste Schicht bildet dort der »Missionarsklüngel«. Wenn man erfährt, daß auf Hawaii der unscheinbare, nach Märtyrertum strebende Missionar zuoberst an der Tafel der Geldaristokratie sitzt, ist man zunächst doch ziemlich überrascht. Aber es ist so. Die bescheidenen Neuengländer, die im dritten Jahrzehnt des neunzehnten Jahrhunderts hier landeten, kamen mit dem hehren Vorsatz, die wahre Religion, die Verehrung des einzig echten und nicht zu verleugnenden Gottes zu lehren. Und so viel Erfolg hatten sie damit sowie mit dem Versuch, dem Kanaken die Zivilisation beizubringen, daß er nach der zweiten oder dritten Generation praktisch ausgestorben war. Während ersteres die Frucht der Verkündigung des Evangeliums darstellte, war letzteres die Frucht der Lenden der Missionare (ihrer Söhne und Enkel) und hatte die Besitznahme der Inseln selbst – des Grund und Bodens, der Häfen, der Städte und der Zuckerrohrplantagen – im Gefolge. Der Missionar, der gekommen war, das Brot des Lebens zu bringen, blieb, um sich den ganzen heidnischen Festschmaus einzuverleiben.

Doch das ist nicht das Merkwürdige an Hawaii, auf das ich eingangs anspielte. Man kann nur nicht über hawaiische Angelegenheiten berichten, ohne die Missionare zu erwähnen. So stammt auch Jack Kersdale, der Mann, von dem ich erzählen wollte, von den Missionaren ab. Das heißt, von seiten seiner Großmutter. Sein Großvater war der alte Benjamin Kersdale, ein Yankee-Händler, der in den frühen Tagen den Grundstock für seine erste Million mit dem Verkauf von billigem Whisky und Wacholderschnaps verdiente. Da haben wir noch eine merkwürdige Geschichte. Die alten Missionare und die alten Händler waren Todfeinde, denn ihre Interessen standen ja im Widerspruch zueinander. Ihre Kinder jedoch setzten sich darüber hinweg, heirateten einander und teilten die Inseln unter sich auf.

Das Leben auf Hawaii ist ein Lied. Wie Stoddard es in seinem »Hawaii Noi« ausdrückte:

»Dein Leben ist Musik – o Schicksal mach' die Noten lang!
Eilande werden Verse und das Ganze ein Gesang.«

Und er hatte recht. Fleisch hat dort die Farbe des Goldes. Jede eingeborene Frau eine sonnengereifte Juno, jeder Mann ein bronzegetönter Apoll. Sie singen und tanzen, und alle sind mit Blumen geschmückt und bekränzt. Und die Weißen, die nicht zu dem gestrengen »Missionarsklüngel« gehören, ergeben sich dem Klima und der Sonne und sind, so viel sie auch zu tun haben mögen, stets dazu aufgelegt, zu tanzen, zu singen und sich Blumen hinter das Ohr und ins Haar zu stecken. Jack Kersdale war einer von ihnen. Er hatte wahrhaftig alle Hände voll zu tun. Er war mehrfacher Millionär. Er war Zuckerkönig, Kaffeepflanzer, Pionier bei der Gummigewinnung, Viehzüchter und Förderer von drei Vierteln aller neuen Unternehmen, die auf den Inseln gestartet wurden. Er war auf allen Gesellschaften zu finden, verkehrte in den Clubs, segelte eine Yacht, war Junggeselle und darüber hinaus ein so gutaussehender Mann, daß er von den Müttern heiratsfähiger Töchter entsprechend hofiert wurde. Außerdem hatte er seinen Universitätsabschluß in Yale gemacht, und sein Kopf war mit mehr wichtigen Statistiken und wissenswerten Einzelheiten über Hawaii vollgestopft als der jedes anderen Inselbewohners, den ich kennengelernt habe. Er bewältigte ein ungeheures Arbeitspensum, und doch sang und tanzte er und steckte sich mit der gleichen Begeisterung Blumen ins Haar wie nur irgendeiner von den Müßiggängern.

Er war mutig und hatte bereits zwei Duelle ausgefochten – beide Male aus politischen Gründen –, als er kaum mehr als ein unreifer Jüngling war, der seine ersten Schritte in die Politik wagte. Tatsächlich spielte er bei der letzten Revolution, als das eingeborene Herrscherhaus gestürzt wurde, eine überaus ehrenvolle und tapfere Rolle, und er konnte damals nicht älter als sechzehn gewesen sein. Ich betone ausdrücklich, daß er kein Feigling war, damit man die späteren Ereignisse besser verstehen kann. Ich habe ihn auf der Zureitkoppel der Haleakala-Ranch gesehen, als er einen vierjährigen Wildfang bezwang, der zwei Jahre lang von Tempskys besten Cowboys getrotzt hatte. Und noch etwas muß ich erzählen. Es war unten in Kona – oder vielmehr oben, denn die Leute von Kona haben etwas dagegen, in weniger als dreihundert Metern Höhe zu wohnen. Wir befanden uns alle auf dem *Lanai*, der Veranda von Doktor Goodhues Bungalow. Ich unterhielt mich gerade mit Dottie Fairchild, als es geschah. Ein großer Tausendfüßler – er war achtzehn Zentimeter lang, denn wir haben ihn später gemessen – fiel von dem Pergolabalken über uns genau in ihre Frisur. Ich muß gestehen, daß ich von dem scheußlichen Anblick wie gelähmt war. Ich konnte mich nicht rühren. Mein Verstand setzte aus. Dort, keinen Schritt von mir entfernt, ringelte sich das häßliche, giftige Ungeheuer in ihrem Haar. Jeden Augenblick drohte es auf ihre entblößten Schultern zu fallen – wir waren gerade vom Abendessen herausgekommen.

»Was ist da?« fragte sie und wollte sich mit der Hand an den Kopf fassen.

»Nicht!« rief ich. »Nicht!«

»Aber was ist es denn?« wiederholte sie und bekam es langsam mit der Angst zu tun, da sie die Angst in meinen Augen und auf meinen stammelnden Lippen las.

Durch meinen Ausruf wurde Kersdale auf uns aufmerksam. Er warf uns einen flüchtigen Blick zu, mit dem er gleichwohl die ganze Situation erfaßte. Dann schlenderte er zu uns herüber.

»Bitte bewegen Sie sich nicht, Dottie«, sagte er ruhig.

Er zögerte nicht einen Moment, überstürzte aber auch nichts und beging keinen Fehler.

»Erlauben Sie«, sagte er.

Und mit einer Hand ergriff er ihren Schal und zog ihn fest um ihre Schultern, so daß der Tausendfüßler nicht in ihr Mieder fallen konnte. Mit der anderen Hand – der rechten – faßte er in ihr Haar, packte das widerwärtige Scheusal so nah wie möglich hinter dem Kopf und hielt es fest zwischen Daumen und Zeigefinger, als er es aus ihrem Haar entfernte. Es war ein so furchtbarer und heldenhafter Anblick, wie man ihn sich nur wünschen konnte. Mich überlief es kalt. Der Tausendfüßler, achtzehn Zentimeter krabbelnder Beine, wand, drehte und krümmte sich um seine Hand, schlang den Leib um Kersdales Finger, grub die Beine in seine Haut und zerkratzte ihn, als er versuchte, sich zu befreien. Das Tier biß ihn zweimal – ich habe es gesehen –, wenngleich er den Damen versicherte, daß er nicht verletzt sei, als er es auf den Weg fallen ließ und im Kies tottrat. Doch ich sah ihn fünf Minuten später im Sprechzimmer, wo Dr. Goodhue die Wunden aufschnitt und mit Kaliumpermanganat spülte. Am nächsten Morgen war Kersdales Arm so dick wie ein Faß, und es dauerte drei Wochen, ehe die Schwellung zurückging.

All das hat nichts mit meiner Geschichte zu tun, aber ich konnte nicht umhin, es zu erzählen, um zu zeigen, daß Jack Kersdale alles andere als ein Feigling war. Es war der schönste Beweis von Beherztheit, den ich je gesehen habe. Er zuckte nicht mit der Wimper. Das Lächeln wich nicht von seinen Lippen. Und er fuhr mit Daumen und Zeigefinger so unbekümmert in Dottie Fairchilds Haar, als handelte es sich um eine Dose mit gesalzenen Mandeln. Und doch sollte ich es erleben, wie dieser Mann von einer Angst gepackt wurde, die tausendmal schrecklicher war als meine Angst angesichts dieses sich windenden Scheusals in Dottie Fairchilds Frisur, das über ihren Augen und dem Ausschnitt ihres Mieders baumelte.

Ich interessierte mich für Lepra, und wie über jedes andere die Insel betreffende Thema, besaß Kersdale auch hierüber umfassende Kenntnisse. Tatsächlich war die Lepra eines seiner Steckenpferde. Er war ein glühender Verfechter der Kolonie von Molokai, wo alle Aussätzigen der Inseln isoliert wurden. Unter den Eingeborenen gab es viele von Demagogen geschürte und emotionsgeladene Diskussionen über die Grausamkeiten auf Molokai, wo Männer und Frauen nicht nur von Freunden und Familie getrennt waren, sondern in aufgezwungener Isolation bis zu ihrem Tode leben mußten. Es gab keine Begnadigung, keine Revision des Urteils. »Laßt alle Hoffnung fahren«, stand über dem Tor von Molokai geschrieben.

»Ich sage Ihnen, sie sind dort glücklich«, behauptete Kersdale mit Nachdruck. »Und es geht ihnen unendlich viel besser als ihren Freunden und Verwandten anderswo, denen nichts fehlt. Diese Horrorgeschichten über Molokai sind nur dummes Zeug. Ich kann Sie durch ein beliebiges Krankenhaus oder Elendsviertel einer großen Weltstadt führen und Ihnen tausendmal Schlimmeres zeigen. Der lebendige Tod! Die Geschöpfe, die einst Menschen waren! Alles Unsinn! Sie sollten diese lebenden Toten einmal bei ihrem Pferderennen am vierten Juli, dem Jahrestag der Unabhängigkeitserklärung, sehen. Einige von ihnen haben Boote. Einer besitzt sogar eine motorgetriebene Barkasse. Sie haben nichts anderes zu tun, als sich zu amüsieren. Nahrung, Unterkunft, Kleidung, ärztliche Betreuung, alles wird gestellt. Sie sind die Schutzbefohlenen des Staates. Das Klima ist viel besser als in Honolulu, und die Landschaft ist großartig. Ich selbst hätte nichts dagegen, den Rest meiner Tage dort zu verbringen. Es ist ein herrliches Fleckchen Erde.«

So sprach Kersdale über die fröhlichen Aussätzigen. Er fürchtete sich nicht vor der Lepra. Das waren seine eigenen Worte, und er sagte auch, daß die Chance, diese Krankheit zu bekommen, für ihn oder jeden anderen Weißen nicht einmal eins zu einer Million stünde, wenn er auch später einräumte, daß einer seiner Schulfreunde, Alfred Starter, sich angesteckt habe, nach Molokai geschickt worden und dort gestorben sei.

»Wissen Sie, in alten Zeiten«, erklärte Kersdale, »gab es noch keinen sicheren Lepratest. Irgend etwas Ungewöhnliches oder Abnormes an einem Menschen genügte damals, um ihn nach Molokai zu deportieren. Die Folge war, daß Dutzende von Leuten dorthin gebracht wurden, die ebensowenig vom Aussatz befallen waren wie Sie oder ich. Doch solch ein Irrtum kommt jetzt nicht mehr vor. Die Tests der Gesundheitsbehörde sind unfehlbar. Das Komische daran ist, daß sie damals, als dieser Test erfunden wurde, sofort nach Molokai fuhren und ihn anwandten und dabei eine ganze Reihe von Leuten entdeckten, die keine Lepra hatten. Diese wurden dann sofort von der Insel gebracht. Ob es sie froh stimmte wegzukommen? Beim Verlassen der Kolonie jammerten sie noch schlimmer als an jenem Tag, als sie von Honolulu aus dorthin verfrachtet worden waren. Einige weigerten sich zu gehen und mußten wirklich dazu gezwungen werden. Einer von ihnen heiratete sogar eine Aussätzige im letzten Krankheitsstadium und schrieb dann ergreifende Briefe an die Gesundheitsbehörde, in denen er gegen seine Ausweisung mit der Begründung protestierte, daß niemand so gut wie er für seine arme alte Frau sorgen könne.«

»Was ist das für ein unfehlbarer Test?« fragte ich.

»Der bakteriologische Test. Da kann sich niemand herausmogeln. Doktor Hervey – er ist unser Experte, müssen Sie wissen – hat ihn hier als erster angewandt. Er ist ein wahrer Zauberkünstler. Er weiß mehr über Lepra als jeder andere Sterbliche, und falls man je ein Heilmittel dafür finden sollte, dann wird er der Entdecker sein. Der Test selbst ist ganz einfach. Es ist ihnen gelungen, den Leprabazillus zu isolieren und genau zu untersuchen. Jetzt erkennen sie ihn, sobald sie ihn sehen. Sie brauchen nichts weiter zu tun, als dem Verdächtigen ein Stückchen Haut abzuschnipseln und es dem bakteriologischen Test zu unterziehen. Ein Mensch ohne irgendwelche sichtbare Symptome kann voll von Leprabazillen sein.«

»Dann ist es also möglich, daß es in uns jetzt davon wimmelt, ohne daß wir die leiseste Ahnung haben?« meinte ich.

Kersdale zuckte mit den Achseln und lachte.

»Wer weiß das schon? Die Inkubationszeit beträgt sieben Jahre. Wenn Sie irgendwelche Zweifel haben, dann gehen Sie zu Doktor Hervey. Er wird Ihnen ein Stückchen Haut abschnipseln und sofort Bescheid geben.«

Später machte er mich mit Dr. Hervey bekannt, der mich mit Berichten der Gesundheitsbehörde und Broschüren zu diesem Thema überhäufte und mich mit nach Kalihi, der Aufnahmestation von Honolulu, hinausnahm, wo die Verdächtigen untersucht und erwiesenermaßen Leprakranke bis zur Überführung nach Molokai festgehalten werden. Diese Deportationen fanden etwa einmal im Monat statt. Die Aussätzigen wurden dann nach den letzten Abschiedsgrüßen an Bord eines kleinen Dampfers, der *Noeau*, gebracht und in die Kolonie abtransportiert.

Eines Nachmittags, ich saß gerade im Klub und schrieb Briefe, kam Jack Kersdale herein.

»Sie habe ich gesucht«, war seine Begrüßung. »Ich werde Ihnen den traurigsten Aspekt der ganzen Geschichte zeigen – das Wehklagen der Leprakranken, wenn sie nach Molokai abfahren. Die *Noeau* wird sie in ein paar Minuten an Bord nehmen. Aber ich warne Sie, lassen Sie sich nicht von Ihren Gefühlen überwältigen. So echt ihr Kummer auch sein mag, so würden sie doch in einem Jahr noch viel schlimmer jammern, falls die Gesundheitsbehörde versuchen sollte, sie wieder von Molokai fortzubringen. Wir haben gerade noch Zeit für einen Whisky-Soda. Ich habe eine Kutsche draußen. Wir sind in weniger als fünf Minuten am Kai unten.«

Wir fuhren also zum Kai. Etwa vierzig unglückselige Geschöpfe hockten mit ihren Matten, Decken und den verschiedensten Gepäckstücken auf der Landungsbrücke. Die *Noeau* war gerade angekommen und machte an einem Leichter fest, der zwischen ihr und dem Kai lag. Ein gewisser Mr. McVeigh, der Vorsteher der Kolonie, beaufsichtigte das Einschiffen, und ihm wurde ich vorgestellt, wie auch Dr. Georges, einem der Ärzte der Gesundheitsbehörde, dem ich bereits in Kalihi begegnet war. Die Aussätzigen waren eine traurige Schar. Die Gesichter der meisten sahen grauenvoll aus – zu schrecklich, um sie zu beschreiben. Aber hier und da bemerkte ich recht gut aussehende Menschen ohne sichtbare Anzeichen der grausamen Krankheit. Ein kleines weißes Mädchen fiel mir auf, nicht älter als zwölf, mit blauen Augen und goldblondem Haar. Auf einer Wange jedoch war die typische Leprabeule zu sehen. Auf meine Bemerkung hin, wie traurig und fremd sie sich unter den braunhäutigen Kranken fühlen mußte, antwortete Dr. Georges: »Ach, ich denke nicht. Es ist ein glücklicher Tag in ihrem Leben. Sie kommt aus Kauai. Ihr Vater ist ein Scheusal. Und jetzt, wo die Krankheit bei ihr zum Ausbruch gekommen ist, soll sie zu ihrer Mutter in die Kolonie fahren. Ihre Mutter wurde vor drei Jahren dorthin geschickt – ein sehr schlimmer Fall.«

»Man kann nicht immer nach dem Äußeren gehen«, erklärte Mr. McVeigh. »Dieser Mann dort, dieser große Kerl, der so blühend aussieht, als fehlte ihm nicht das geringste, von dem weiß ich zufällig, daß er ein offenes Geschwür am Fuß und am Schulterblatt hat. Und da sind noch andere – dort, sehen Sie die Hand des Mädchens, das eine Zigarette raucht. Sehen Sie ihre verkrümmten Finger. Das ist die mit Schmerzunempfindlichkeit einhergehende Krankheitsform. Sie befällt die Nerven. Man könnte ihr die Finger mit einem stumpfen Messer abschneiden oder auf einer Muskatreibe abhobeln, und sie würde überhaupt nichts dabei spüren.«

»Ja, aber die schöne Frau dort«, fuhr ich fort; »ihr kann doch unmöglich etwas fehlen. Sie sieht einfach zu wundervoll und blendend aus.«

»Ein trauriger Fall«, erwiderte Mr. McVeigh über die Schulter hinweg, da er sich bereits abgewandt hatte, um mit Kersdale den Kai hinunterzugehen.

Sie war eine schöne Frau und eine reinblütige Polynesierin. Nach meiner dürftigen Kenntnis dieser Rasse und ihrer Typen mußte ich zu dem Schluß kommen, daß sie von einem alten Häuptlingsgeschlecht abstammte. Sie konnte nicht älter als drei- oder vierundzwanzig sein. Ihre Gestalt und ihre Proportionen waren prachtvoll, und sie begann eben erst die üppigen Formen der Frauen ihrer Rasse auszubilden.

»Es war für uns alle ein Schlag«, erzählte Dr. Georges. »Sie meldete sich noch dazu freiwillig. Niemand hatte eine Ahnung. Aber irgendwie hat es sie erwischt. Wir waren alle sehr betroffen, das versichere ich Ihnen. Wir haben jedoch dafür gesorgt, daß es nicht in die Presse kommt. Niemand außer uns und ihrer Familie weiß, was aus ihr geworden ist. Ja, wenn Sie irgend jemanden in Honolulu nach ihr fragen würden, so würde er Ihnen antworten, sie sei zur Zeit wohl in Europa. Sie hat darum gebeten, daß wir nichts darüber verlauten ließen. Armes Mädchen, sie besitzt soviel Stolz.«

»Aber wer ist sie?« wollte ich wissen. »So wie Sie von ihr sprechen, muß sie zweifellos eine bekannte Persönlichkeit sein.«

»Haben Sie je von Lucy Mokunui gehört?«, fragte er.

»Lucy Mokunui?« wiederholte ich, und irgendwie kam mir der Name bekannt vor. Ich schüttelte den Kopf. »Wenn mir der Name schon begegnet ist, dann muß er mir wieder entfallen sein.«

»Nie von Lucy Mokunui gehört! Der hawaiischen Nachtigall! Ach ja, verzeihen Sie. Sie sind ja ein *Malahini*, und man kann von Ihnen nicht erwarten, daß Sie sie kennen. Also, Lucy Mokunui war der Liebling von Honolulu – von ganz Hawaii eigentlich.«

»Sie sagen, war«, unterbrach ich ihn.

»Und das meine ich auch. Es ist vorbei mit ihr.« Er zuckte mitleidig die Achseln. »Ein Dutzend Haoles – Verzeihung, Weiße – haben irgendwann einmal ihr Herz an sie verloren. Und ich zähle dabei nicht die große Masse. Das Dutzend Männer, das ich meine, waren Haoles von Rang und Namen.

Sie hätte den Sohn des Oberrichters heiraten können, wenn sie gewollt hätte. Sie finden sie schön, nicht wahr? Aber Sie sollten sie erst singen hören. Die wundervollste eingeborene Sängerin auf ganz Hawaii. Ihre Kehle ist pures Silber und eingeschmolzener Sonnenschein. Wir beteten sie an. Sie machte ihre erste Tournee durch Amerika mit der Royal Hawaiian Band. Danach hat sie allein noch zwei Rundreisen gemacht und Konzerte gegeben.«

»Ah!« rief ich aus. »Jetzt erinnere ich mich. Ich habe sie vor zwei Jahren im Konzertsaal des Bostoner Symphonieorchesters gehört. Das ist sie also. Jetzt erkenne ich sie.«

Eine tiefe Traurigkeit lastete plötzlich auf mir. Das Leben war etwas so Nichtiges, bestenfalls. Zwei kurze Jahre nur, und dieses herrliche Geschöpf, auf dem Gipfel ihres wunderbaren Erfolges, gehörte jetzt zu der Schar der Aussätzigen, die auf ihre Deportation nach Molokai warteten. Die Verse Henleys kamen mir in den Sinn:

»Der arme alte Vagabund rechtfertigt seine armen alten Schwären;
Das Leben, mein ich, ist nur Schmach und Pfuscherei.«

Mich schauderte vor meiner eigenen Zukunft. Wenn dieses furchtbare Schicksal Lucy Mokunui traf, was würde dann mein Los sein – oder das der anderen? Mir war sehr wohl bewußt, daß wir mitten im Leben vom Tod umfangen sind. Aber vom lebendigen Tod umfangen zu sein, zu sterben und doch nicht tot, eines von diesen Geschöpfen zu sein, die einst Männer, ja, und Frauen waren wie Lucy Mokunui, der Inbegriff aller Reize Polynesiens und obendrein eine Künstlerin und von der Männerwelt angebetet – ich fürchte, ich muß meine Bestürzung verraten haben, denn Doktor Georges beeilte sich, mir zu versichern, daß sie in der Kolonie alle sehr zufrieden seien.

Es war alles zu unbegreiflich, zu schrecklich. Ich konnte ihren Anblick nicht ertragen. Nicht weit entfernt, hinter einem von einem Polizisten bewachten Seil standen die Verwandten und Freunde der Leprakranken. Sie durften nicht näher herankommen. Es gab keine letzten Umarmungen, keine Abschiedsküsse. Sie konnten sich nur noch etwas zurufen – letzte Botschaften, letzte Liebesworte, letzte wiederholte Anweisungen. Und die hinter dem Seil blickten mit angestrengter, schrecklicher Unverwandtheit hinüber. Zum letzten Mal würden sie die Gesichter ihrer Lieben sehen, denn sie waren lebende Tote, die auf dem Begräbnisschiff zum Friedhof Molokai geschafft wurden.

Doktor Georges gab den Befehl, und die unglücklichen Geschöpfe kamen mühsam auf die Beine und wankten langsam unter der Last ihres Gepäcks zu dem Leichter und an Bord des Dampfers. Es war ein Leichenzug. Auf einmal fing das Wehklagen hinter dem Seil an. Es ließ einem das Blut in den Adern gerinnen, es war herzzerreißend. Nie zuvor hatte ich solches Klagen vernommen, und ich hoffe, nie wieder so etwas zu hören. Kersdale und McVeigh standen noch am anderen Ende des Piers und waren in ein ernstes Gespräch vertieft – über Politik natürlich, denn beide waren mit Herz und Seele dabei. Als Lucy Mokunui an mir vorbeiging, betrachtete ich sie verstohlen. Sie war wirklich schön. Auch nach unserem Maßstab war sie schön – eine dieser seltenen Blumen, wie sie nur einmal in vielen Generationen erblühen. Und von allen Frauen war gerade sie dazu verurteilt, nach Molokai zu gehen. Wie eine Königin schritt sie über den Leichter geradewegs an Bord und nach achtern auf das offene Deck, wo sich die Aussätzigen an der Reling drängten und jetzt ihren Lieben am Ufer zujammerten.

Die Leinen wurden losgeworfen, und die *Noeau* entfernte sich langsam vom Pier. Das Wehklagen wurde stärker. Welcher Kummer, welche Verzweiflung! Ich hatte gerade beschlossen, nie wieder der Abfahrt der *Noeau* beizuwohnen, als McVeigh und Kersdale zurückkehrten. Kersdales Augen sprühten, und seine Lippen konnten ein erfreutes Lächeln nicht ganz unterdrücken. Offenbar war ihre politische Unterredung ganz zu seiner Zufriedenheit verlaufen. Das Absperrungsseil war nun gelöst worden, und die wehklagenden Verwandten drängten sich jetzt rechts und links von uns auf der Landungsbrücke.

»Das ist ihre Mutter«, flüsterte Doktor Georges und deutete auf eine alte Frau neben mir, die hin- und herschwankte und mit tränenblinden Augen auf die Reling des Dampfers starrte. Ich bemerkte, daß Lucy Mokunui ebenfalls weinte. Plötzlich hörte sie auf und blickte zu Kersdale herüber. Dann streckte sie mit dieser anbetungswürdigen, sinnlichen Geste, mit der Olga Nethersole ihr Publikum gleichsam umfängt, die Hände aus. Und mit ausgebreiteten Armen rief sie:

»Leb wohl, Jack! Leb wohl!«

Er hörte den Ruf und sah zu ihr hin. Nie wurde ein Mensch von so vernichtender Furcht übermannt. Er taumelte auf dem Steg, sein Gesicht wurde weiß bis zu den Haarwurzeln, und er schien einzuschrumpfen und in seinen Kleidern zusammenzufallen. Er warf die Hände empor und stöhnte: »Mein Gott! Mein Gott!« Dann bekam er sich mit großer Anstrengung wieder in die Gewalt.

»Leb wohl, Lucy! Leb wohl!« rief er.

Und er blieb auf dem Kai stehen und winkte ihr mit beiden Händen zu, bis die *Noeau* schon weit fort war und die an der Achterreling aufgereihten Gesichter verschwammen und ihre Konturen verloren.

»Ich dachte, Sie wüßten es«, sagte McVeigh, der ihn neugierig beobachtet hatte. »Gerade Sie hätten es doch wissen müssen. Ich dachte, daß Sie deshalb hier wären.«

»Jetzt weiß ich es«, entgegnete Kersdale mit ungeheurem Ernst. »Wo ist der Wagen?«

Schnell ging er – rannte beinahe – zu ihm hin. Ich mußte selbst fast laufen, um mit ihm Schritt zu halten.

»Fahr zu Doktor Hervey«, befahl er dem Kutscher. »Fahr so schnell du kannst.«

Keuchend und nach Luft ringend ließ er sich in den Sitz fallen. Sein Gesicht war noch bleicher geworden. Er hatte die Lippen zusammengepreßt, und der Schweiß stand ihm auf Stirn und Oberlippe. Er schien von einer entsetzlichen Todesangst gepackt.

»Um Gottes willen, Martin, laß die Pferde laufen!« brach es plötzlich aus ihm heraus. »Gib ihnen die Peitsche! – Hörst du? – Gib ihnen die Peitsche!«

»Sie werden durchgehen, Sir«, wandte der Kutscher ein.
»Und wenn schon«, erwiderte Kersdale. »Ich werde deine Geldbuße zahlen und die Sache mit der Polizei regeln. Gib's ihnen. So ist es recht. Schneller! Schneller!«

»Und ich habe nichts gewußt, nichts gewußt«, murmelte er, als er auf den Sitz zurücksank und sich mit zitternden Händen den Schweiß abwischte.

Die Kutsche schüttelte uns durch, schwankte und bog in so rasendem Tempo um die Ecken, daß eine Unterhaltung unmöglich war. Und es gab ja auch nichts zu sagen. Aber immer wieder hörte ich ihn murmeln: »Und ich habe nichts gewußt, ich habe nichts gewußt.«

CHUN AH CHUN

Es war nichts Auffallendes an der äußeren Erscheinung Chun Ah Chuns. Er war, wie die meisten Chinesen, ziemlich klein, hatte die für Chinesen typischen schmalen Schultern und ihren hageren Körper. Der Durchschnittstourist, der ihn zufällig auf den Straßen Honolulus sah, würde ihn für einen freundlichen kleinen Chinesen, vermutlich den Besitzer einer gutgehenden Wäscherei oder Schneiderwerkstatt gehalten haben. Was Freundlichkeit und Wohlstand angeht, wäre das Urteil richtig, aber trotzdem nicht ganz zutreffend gewesen, denn Ah Chun war nicht weniger freundlich als wohlhabend, nur – wie wohlhabend er tatsächlich war, darüber wußte kein Mensch auch nur annähernd Bescheid. Es war zwar allgemein bekannt, daß er enorm reich sein mußte, aber in seinem Fall stand die Bezeichnung »enorm« nur als Symbol für das Unbekannte.

Ah Chun hatte kluge Äuglein, schwarze, glänzende Knöpfe, und so winzig, daß sie Bohrlöchern glichen. Aber sie standen weit auseinander und wurden von einer Stirn überwölbt, die ganz offensichtlich die Stirn eines Denkers war. Denn Ah Chun hatte seine Probleme, und er hatte sie sein ganzes Leben lang gehabt. Trotzdem hatte er sich deswegen nie Sorgen gemacht. Er war von seinem Wesen her ein Philosoph, und seine innere Ausgeglichenheit blieb bestehen, ob er nun Kuli oder Multimillionär und Herr über viele Menschen war. Er führte stets ein von heiterem Gleichmut, seelischer Harmonie und Ruhe bestimmtes Leben, das weder durch Glück noch durch Unglück erschüttert werden konnte. Alle Dinge wendeten sich bei ihm zum Guten, ob es die

Schläge des Aufsehers in den Zuckerrohrfeldern waren oder der Preisverfall auf dem Zuckermarkt, als diese Felder schon ihm gehörten. Und so meisterte er von dem festverankerten Fels seiner sicheren Zufriedenheit aus schwierige Aufgaben, wie sie nur wenige Menschen, und fraglos kein anderer chinesischer Bauer, zu lösen haben.

Und genau das war er – ein chinesischer Bauer, dazu geboren, sein Leben lang wie ein Tier auf den Feldern zu rackern, aber vom Schicksal ausersehen, den Feldern zu entkommen wie der Prinz im Märchen. Ah Chun erinnerte sich nicht an seinen Vater, einen kleinen Bauern in der Gegend von Kanton, auch nicht an seine Mutter, die starb, als er sechs Jahre alt war. Doch an seinen angesehenen Onkel erinnerte er sich gut, denn ihm hatte er von seinem sechsten bis zu seinem vierundzwanzigsten Lebensjahr als Sklave gedient. Aus diesem Dasein floh er dann, indem er sich drei Jahre lang als Kuli verdingte, um für fünfzig Cents am Tag auf den Zuckerrohrplantagen Hawaiis zu arbeiten.

Ah Chun war ein aufmerksamer Beobachter. Er nahm Kleinigkeiten wahr, die unter Tausenden kein einziger je bemerkte. Drei Jahre lang arbeitete er auf den Feldern, danach verstand er mehr vom Zuckerrohranbau als die Aufseher oder selbst der Inspektor, und dieser wiederum wäre erstaunt gewesen über die Kenntnisse, die der schmächtige Kuli über die Verarbeitungsvorgänge in der Mühle besaß. Aber Ah Chun studierte nicht nur die Zuckerverarbeitung. Er versuchte herauszufinden, wie manche es fertigbrachten, selbst Besitzer von Zuckermühlen und Plantagen zu werden. Zu einem Schluß gelangte er bald, nämlich daß man nicht durch seiner eigenen Hände Arbeit reich wurde. Das wußte er genau, denn er selbst hatte sich zwanzig Jahre lang abgerackert. Leute, die reich wurden, wurden es durch die Arbeit der Hände anderer. Der Mann war am reichsten, der die größte Anzahl seiner Mitmenschen für sich schuften ließ.

Als sein Kontrakt abgelaufen war, steckte Ah Chun daher seine Ersparnisse in ein kleines Importgeschäft und tat sich mit einem gewissen Ah Yung zusammen. Das Unternehmen wurde schließlich die große Firma »Ah Chun & Ah Yung«, die mit allem, von indischer Seide und Ginseng bis hin zu Guano-Inseln und Briggs für die Arbeiterwerber, Handel trieb. In der Zwischenzeit verdingte Ah Chun sich als Koch. Er war ein guter Koch, und nach drei Jahren war er der bestbezahlte Küchenchef von Honolulu. Seine Zukunft war gesichert, und er war ein Narr, das aufzugeben, wie Dantin, sein Arbeitgeber, ihm sagte; aber Ah Chun wußte selbst am besten, was er wollte, und dafür wurde er ein dreifacher Narr geheißen und erhielt, zusätzlich zu dem Lohn, der ihm zustand, noch ein Geschenk von fünfzig Dollar.

Die Firma von Ah Chun & Ah Yung blühte und gedieh. Ah Chun brauchte nicht mehr als Koch zu arbeiten. Es waren Zeiten wirtschaftlichen Aufschwungs auf Hawaii. Zuckerrohr wurde im großen Stil angebaut, und dazu benötigte man Arbeitskräfte. Ah Chun witterte seine Chance und verlegte sich auf die Einfuhr von Arbeitern. Er brachte Tausende von kantonesischen Kulis nach Hawaii, und sein Reichtum begann zu wachsen. Er legte das Geld an. Seine schwarzen Knopfaugen entdeckten dort gute Geschäfte, wo andere Leute nur den Bankrott sahen. Für ein Butterbrot kaufte er einen Fischteich, der ihm später fünfhundert Prozent Gewinn einbrachte und der den ersten Schritt zur Monopolisierung des Fischhandels von Honolulu darstellte. Er trat weder öffentlich in Erscheinung, noch spielte er in der Politik eine Rolle oder mischte bei Revolutionen mit, sah aber Ereignisse klarer und früher voraus als selbst die Männer, die die Dinge dann in Gang brachten. Vor seinem geistigen Auge erschien Honolulu als eine moderne Stadt mit elektrischer Beleuchtung, und das zu einer Zeit, als es sich noch verwahrlost und versandet auf einem öden, aus dem Wasser ragenden Korallenriff ausbreitete. Also kaufte er Land. Er erwarb Grundstücke von Kaufleuten, die schnell Bargeld brauchten, von mittellosen Eingeborenen, von den in Saus und Braus lebenden Söhnen von Händlern, von Witwen und Waisen und von den Aussätzigen, die nach Molokai deportiert wurden. Und irgendwie stellte es sich im Lauf der Zeit heraus, daß die Grundstücke, die er erstanden hatte, für Warenhäuser, Bürogebäude oder Hotels benötigt wurden. Er pachtete und mietete, verkaufte und kaufte und verkaufte wieder.

Aber er befaßte sich auch mit anderen Dingen. Er setzte sein Vertrauen und sein Geld auf Kapitän Parkinson, den Renegaten, auf den sich keiner verlassen mochte. Und Parkinson unternahm geheimnisvolle Fahrten auf der kleinen *Vega*. Ah Chun sorgte für Parkinson bis zu seinem Tode, und Jahre später staunte ganz Honolulu, als die Nachricht durchsickerte, daß die Guano-Inseln Drake und Acorn für eine dreiviertel Million an die britische Phosphatgesellschaft verkauft worden waren. Dann folgten die fetten, einträglichen Tage unter König Kalakaua, als Ah Chun dreihunderttausend Dollar für die Opiumkonzession zahlte. Wenn er auch eine Drittelmillion für das Drogenmonopol berappen mußte, so war es doch eine gute Investition, denn von den Dividenden kaufte er die Kalalau-Plantage, die ihm wiederum siebzehn Jahre lang dreißig Prozent Gewinn einbrachte und die er dann schließlich für eineinhalb Millionen abstieß.

Es war vor Zeiten unter den Kamehamehas, daß er seinem eigenen Land als Konsul diente – ein Amt, das nicht ganz unrentabel war, und es geschah unter Kamehameha IV., daß er seine Staatsangehörigkeit wechselte und ein Bürger Hawaiis wurde, um Stella Allendale heiraten zu können, die selbst eine Untertanin dieses braunhäutigen Königs war, obwohl mehr angelsächsisches als polynesisches Blut in ihren Adern floß. Tatsächlich waren die Anteile der verschiedenen Rassen in ihr so verdünnt, daß sie nach Achteln oder

Sechzehnteln berechnet werden mußten. Zu einem Sechzehntel hatte sie das Blut ihrer Urgroßmutter Paahao in sich – der Prinzessin Paahao, denn sie stammte von der Königsfamilie ab. Stella Allendales Urgroßvater war ein gewisser Kapitän Blunt gewesen, ein englischer Abenteurer, der in den Dienst Kamehamehas I. getreten und selbst zu einem Tabu-Häuptling ernannt worden war. Ihr Großvater war ein Walfängerkapitän aus New Bedford, während durch ihren eigenen Vater eine schwache Beimischung italienischen und portugiesischen Bluts, die auf seinen eigenen englischen Stammbaum aufgepfropft worden war, dazukam. Dem Gesetz nach eine Hawaiianerin, hatte Ah Chuns Ehefrau jedoch mehr von jeder der drei anderen Nationalitäten in sich.

Und diesem bunten Durcheinander fügte Ah Chun noch die mongolische Mischung hinzu. So waren also seine Kinder, die er mit Frau Ah Chun zeugte, zu einem Zweiunddreißigstel Polynesier, zu einem Sechzehntel Italiener, einem Sechzehntel Portugiesen, zur Hälfte Chinesen und zu elf Zweiunddreißigstel Engländer und Amerikaner. Es könnte gut sein, daß Ah Chun nicht geheiratet haben würde, hätte er die wundervolle Familie voraussehen können, die dieser Verbindung entsproß. Wundervoll war sie in vielerlei Hinsicht. Erstens durch ihre Größe. Er hatte fünfzehn Söhne und Töchter, größtenteils Töchter. Die Söhne wurden zuerst geboren, drei an der Zahl, und darauf folgte, ohne Unterbrechung, ein rundes Dutzend Mädchen. Die Mischung war ausgezeichnet. Sie erwies sich nicht nur als fruchtbar, denn die gesamte Nachkommenschaft war ausnahmslos gesund und ohne Fehl und Tadel. Doch das Verblüffendste an der Familie war ihre Schönheit. Alle Mädchen waren schön – von einer zarten, ätherischen Schönheit. Die runden Linien der Mama Ah Chun schienen Papa Ah Chuns kantige Hagerkeit zu mildern, so daß die Töchter zwar gertenschlank, aber nicht dürr, wohlgeformt, aber nicht mollig waren. Jeder ihrer Gesichtszüge wies einen leichten asiatischen Einschlag auf, der aber vom alten England, Neuengland und südlichen Europa beeinflußt und überdeckt wurde. Keiner, der sie sah, hätte ohne Kenntnis der näheren Umstände den starken Anteil chinesischen Blutes in ihren Adern vermutet; doch andererseits konnte kein Beobachter, nachdem er eingeweiht war, die chinesischen Merkmale übersehen.

Als Schönheiten waren die Ah Chun Mädchen etwas Neues, nie zuvor Dagewesenes. Sie glichen nichts und niemandem so sehr, wie sie einander glichen, und doch unterschieden sie sich deutlich voneinander. Man konnte sie nicht miteinander verwechseln. Andererseits wiederum erinnerte einen die blauäugige und blonde Maud sofort an Henrietta, eine Brünette mit olivfarbenem Teint, großen, sehnsuchtsvollen, dunklen Augen und blauschwarzem Haar. Diese leichte Ähnlichkeit, die bei ihnen allen vorhanden war und jede Andersartigkeit wieder ausglich, war der Beitrag Ah Chuns. Er hatte gleichsam den Malgrund geliefert, auf dem die miteinander vermischten Muster der Rassen aufgetragen worden waren. Ihm war das feinknochige chinesische Gerüst zu verdanken, dem dann die Feinheiten und Raffinessen angelsächsischen, romanischen und polynesischen Fleisches aufmodelliert wurden.

Frau Ah Chun hatte ihre eigenen Ideen, die Ah Chun respektierte, die er jedoch unterdrückte, sobald sie seiner persönlichen philosophischen Ruhe abträglich waren. Sie war von Jugend an gewohnt gewesen, auf europäische Art zu leben. Nun gut. Ah Chun gab ihr ein Herrenhaus im europäischen Stil. Später, als seine Söhne und Töchter groß genug waren, um eine eigene Meinung zu äußern, baute er den Bungalow, ein geräumiges, weitläufiges Gebäude, ebenso schlicht wie großzügig. Und im Lauf der Zeit entstand auf dem Tantalus ein Berghaus, in das sich die Familie zurückziehen konnte, wenn der »ungesunde« Wind aus dem Süden wehte. Und am Strand von Waikiki errichtete er ein Haus auf einem riesigen Grundstück, dessen Lage so gut gewählt war, daß er später, als es die Regierung der Vereinigten Staaten für Festungsanlagen zwangsenteignete, dafür mit einer immensen Summe entschädigt wurde. In allen Häusern gab es Billard-, Rauch- und Gästezimmer im Überfluß, denn die wundervolle Nachkommenschaft Ah Chuns legte Wert auf großzügige Gastlichkeit. Die Ausstattung war von extravaganter Schlichtheit. Königliche Summen wurden dafür ausgegeben, ohne daß die Einrichtung – dank des kultivierten Geschmacks der Nachkommenschaft – protzig wirkte.

Ah Chun hatte es bei ihrer Erziehung an nichts fehlen lassen. Achte nicht auf die Kosten, hatte er in den alten Tagen zu Parkinson gesagt, als dieser lustlose Seemann keine Veranlassung sah, die *Vega* seetüchtig zu machen. »Du segelst den Schoner, ich zahle die Rechnungen.« Und ebenso hielt er es mit seinen Söhnen und Töchtern. Es war ihre Sache gewesen, sich eine gute Bildung anzueignen, um die Kosten brauchten sie sich nicht zu kümmern. Harold, der Erstgeborene, hatte in Harvard und Oxford studiert, Albert und Charles hatten denselben Studiengang in Yale absolviert. Und die Töchter, von der ältesten bis hinunter zur jüngsten, hatten sich im Mills Seminar in Kalifornien auf ihr Studium am Vassar, Wellesley oder Bryn Mawr College vorbereitet. Auf ihren eigenen Wunsch hin holten sich einige den letzten Schliff in Europa. Und aus der ganzen Welt kehrten Ah Chuns Söhne und Töchter zu ihm zurück, um ihm mit Anregungen und Ratschlägen bei der stilgerechten Ausschmückung seiner prächtigen Wohnsitze zur Seite zu stehen. Ah Chun selbst zog den üppigen Glanz orientalischer Prachtentfaltung vor; aber er war ein Philosoph und sah ein, daß der Geschmack seiner Kinder nach westlichem Maßstab der richtige war.

Natürlich kannte man seine Nachkommen nicht unter dem

Namen Ah Chun. So wie er sich vom einfachen Kuli zum Multimillionär entwickelt hatte, so hatte sich auch sein Name entwickelt. Mama Ah Chun hatte ihn A'Chun buchstabiert, doch ihre klügeren Sprößlinge ließen das Apostroph weg und schrieben ihn Achun. Ah Chun hatte nichts dagegen. Die Schreibweise seines Namens beeinträchtigte seine Bequemlichkeit oder seine philosophische Ruhe nicht im geringsten. Außerdem war er nicht stolz. Als sich jedoch seine Kinder zu einem gestärkten Hemd mit steifem Kragen und einem Gehrock für ihn verstiegen, störten sie seine Bequemlichkeit und Ruhe sehr wohl. Ah Chun wollte nichts davon wissen. Er zog die locker fallenden Gewänder Chinas vor, und sie konnten ihn weder durch gutes Zureden noch durch massives Drängen dazu bewegen, sich anders zu kleiden. Sie versuchten es auf beide Arten, und gerade bei der zweiten Methode versagten sie aufs Kläglichste. Nicht umsonst waren sie in Amerika gewesen. Sie hatten gelernt, welche Wirkung ein von einer gewerkschaftlich organisierten Arbeiterschaft ausgeübter Boykott hat, und nun boykottierten sie ihn, ihren Vater Chun Ah Chun, in seinem eigenen Haus, und Mama Achun unterstützte und ermutigte sie dabei auch noch. Doch Ah Chun war zwar mit der westlichen Kultur nicht vertraut, kannte sich aber sehr gut mit den westlichen Arbeitsbedingungen aus. Selbst ein großer Arbeitgeber, war er solchen Taktiken durchaus gewachsen. Er veranlaßte sofort die Aussperrung seines aufrührerischen Nachwuchses und seiner abtrünnigen Ehefrau. Er entließ die große Dienerschar, verriegelte seine Ställe, verschloß seine Häuser und zog ins Royal Hawaiian Hotel, dessen größter Aktionär er zufällig war. Die Familie suchte bestürzt und aufgeregt reihum bei Freunden Unterschlupf, während Ah Chun in aller Ruhe seine zahlreichen Geschäfte abwickelte, die lange Pfeife mit dem winzigen Silberkopf rauchte und über das Problem seiner wundervollen Nachkommenschaft nachsann.

Dieses Problem brachte ihn jedoch nicht aus seiner Ruhe. Er wußte in seiner philosophischen Seele, daß er es lösen würde, sobald die Zeit dafür reif war. Unterdessen erteilte er seiner Familie die Lektion, daß er trotz seiner Nachgiebigkeit doch der absolute Herrscher über das Geschick der Achuns war. Die Familie hielt eine Woche durch, kehrte dann aber, zusammen mit Ah Chun und der großen Dienerschaft, wieder in den Bungalow zurück. Und von da an gab es keinerlei Debatten mehr, wenn es Ah Chun einfiel, seinen prachtvollen Salon im blauseidenen Gewand, mit wattierten Pantoffeln und schwarzem, mit einem roten Knopf verzierten Seidenkäppchen zu betreten, oder wenn er auf einer der breiten Veranden oder im Herrenzimmer mitten unter den Zigaretten und Zigarren rauchenden Offizieren und Zivilisten lieber an seiner langen, schlanken Pfeife mit dem Silberkopf zog.

Ah Chun hatte in Honolulu eine einzigartige Stellung inne. Obwohl er nicht am Gesellschaftsleben teilnahm, war er doch überall gern gesehen. Abgesehen von seinen Besuchen bei den chinesischen Kaufleuten der Stadt, ging er niemals aus. Doch er empfing gerne Gäste und war stets der Mittelpunkt seines Haushalts und führte den Vorsitz an der Tafel. Obgleich als chinesischer Bauer geboren, herrschte bei ihm doch eine von Kultur und Eleganz erfüllte Atmosphäre, die nirgendwo auf den Inseln überboten wurde. Auch gab es niemanden, der zu stolz gewesen wäre, über seine Schwelle zu treten und seine Gastfreundschaft zu genießen. Vor allem herrschte im Achunschen Bungalow ein tadelloser Ton. Zudem besaß Ah Chun Macht. Und schließlich war Ah Chun ein Ausbund der Tugend und ein ehrlicher Geschäftsmann. Trotz der Tatsache, daß die Geschäftsmoral auf den Inseln an sich schon höher war als auf dem Festland, übertraf Ah Chun die Geschäftsleute von Honolulu noch an Gewissenhaftigkeit und unbeugsamer Redlichkeit. Es hieß allgemein, daß sein Wort ebenso gut sei wie ein von ihm signierter Schuldschein. Man brauchte, um ihn zu verpflichten, keineswegs seine Unterschrift. Er brach sein Wort nie. Zwanzig Jahre, nachdem Hotchkiss von der Hotchkiss-Morterson-Gesellschaft gestorben war, fand man unter verlegten Papieren einen kurzen Vermerk über ein Darlehen an Ah Chun von dreißigtausend Dollar. Das war zu einer Zeit gewesen, als Ah Chun Geheimer Rat bei Kamehameha II. war. In der Geschäftigkeit und dem Tumult dieser Blütezeit, dieser Tage des großen Geldes, war die Sache dem Gedächtnis Ah Chuns entfallen. Es gab keinen Schuldschein, keine rechtsgültigen Dokumente, doch er beglich den Hotchkiss-Erben ihre Forderung vollständig und zahlte noch freiwillig die Zinseszinsen, die den ursprünglichen Betrag lächerlich gering erscheinen ließen. Ebenso ging es, als er für das unselige Kakiku-Kanalisierungsprojekt zu einer Zeit eine mündliche Garantieerklärung abgab, als selbst der Vorsichtigste sich nicht träumen ließ, daß eine Bürgschaft nötig sei. »Er unterschrieb einen Scheck über mehr als zweihunderttausend, ohne mit der Wimper zu zucken, meine Herren, ohne mit der Wimper zu zucken«, berichtete der Sekretär dieses bankrotten Unternehmens, den man in der fast aussichtslosen Hoffnung, etwas über Ah Chuns Absichten in Erfahrung zu bringen, vorgeschickt hatte. Zu all dem und vielen ähnlichen Fällen, in denen er sein Wort gehalten hatte, kam noch, daß es kaum einen angesehenen Mann auf den Inseln gab, dem Ah Chun nicht bei irgendeiner Gelegenheit finanzielle Unterstützung gewährt hätte.

Kein Wunder, daß ganz Honolulu beobachtete, wie sich seine wundervolle Familie zu einem umfassenden Problem auswuchs, und man ihn insgeheim bedauerte, denn keiner konnte sich vorstellen, wie er damit fertigwerden wollte. Aber Ah Chun sah das Problem klarer als alle anderen. Niemand wußte so gut wie er selbst, in welchem Maße er als

Fremder in seiner eigenen Familie lebte. Und die Familienangehörigen ahnten es nicht einmal. Er erkannte, daß für ihn kein Platz mehr war inmitten der wunderbaren Saat seiner Lenden, und er blickte voraus auf die Jahre, die ihm noch blieben, und wußte, daß er ihnen immer fremder werden würde. Er begriff seine Kinder nicht. Ihre Unterhaltung drehte sich um Dinge, die ihn nicht interessierten und von denen er nichts verstand. Die Kultur des Westens war an ihm vorbeigegangen. Er war Asiate bis in die letzte Faser, was wiederum bedeutete, daß er ein Heide war. Ihr Christentum war für ihn reiner Humbug. Aber all das würde er als etwas Unwesentliches und Unbedeutendes beiseite gewischt haben, hätte er sich nur in die jungen Leute selbst hineinversetzen können. Sagte Maud zum Beispiel, daß der Haushalt im Monat dreißigtausend kostete – so verstand er das, wie er auch Alberts Bitte um fünftausend Dollar verstand, mit denen er den Schoner *Muriel* kaufen und Mitglied des hawaiischen Jachtclubs werden wollte. Doch es waren ihre indirekteren, komplizierteren Wünsche und Denkweisen, die ihn verwirrten. Er entdeckte bald, daß die Gedankenwelt jedes Sohnes und jeder Tochter ein geheimes Labyrinth war, in das vorzudringen er nie hoffen durfte. Immer wieder stieß er auf die Wand, die den Osten vom Westen trennt. Er fand keinen Zugang zu ihrer Seele, und daher wußte er, daß auch sie keinen Zugang zu seiner Seele fanden.

Außerdem stellte er fest, daß er sich mit zunehmendem Alter immer mehr zu seiner eigenen Rasse hingezogen fühlte. Die starken Gerüche des Chinesenviertels waren aromatische Düfte für ihn. Er sog sie voller Wohlbehagen ein, wenn er durch die Straßen ging, führten sie ihn doch in Gedanken in die engen, winkeligen Gassen Kantons zurück, wo es von buntem Leben und Treiben nur so wimmelte. Er bedauerte, daß er seinen Zopf abgeschnitten hatte, um Stella Allendale in der Zeit vor ihrer Hochzeit zu gefallen, und erwog ernsthaft, ob er sich nicht den Schädel rasieren und einen neuen Zopf wachsen lassen sollte. Die Speisen, die sein hochbezahlter Chefkoch ihm bereitete, konnten seinen Gaumen nicht auf dieselbe Weise kitzeln wie die eigenartigen Gerichte in dem stickigen Restaurant unten im Chinesenviertel. Ein halbes Stündchen lang mit zwei oder drei alten chinesischen Freunden zu rauchen und zu plaudern bereitete ihm viel mehr Vergnügen, als den Vorsitz bei den üppigen und eleganten Abendeinladungen zu führen, für die sein Haus berühmt war und bei denen die Spitzen der amerikanischen und europäischen Gesellschaft, Herren und Damen nebeneinander, an seiner langen Tafel saßen – die Damen mit Juwelen geschmückt, die in dem gedämpften Licht auf ihren weißen Dekolletés und Armen funkelten, die Herren im Abendanzug. Und alle plauderten und lachten über Themen und scherzhafte Bemerkungen, die zwar nicht unbedingt böhmische Dörfer für ihn waren, ihn aber nicht interessierten und auch nicht amüsierten.

Aber das Problem war nicht nur sein Gefühl des Fremdseins und sein immer größer werdender Wunsch, zu seinen chinesischen Fleischtöpfen zurückzukehren. Da war auch noch sein Reichtum. Er hatte sich auf ein friedliches Alter gefreut. Er hatte schließlich schwer gearbeitet. Dafür sollte er eigentlich mit Ruhe und Frieden belohnt werden. Aber er wußte, daß ihm bei einem so ungeheuer großen Vermögen Ruhe und Frieden nicht zuteil werden würde. Dafür gab es bereits gewisse Anzeichen und Hinweise. Ähnliche Schwierigkeiten hatte er früher schon mitbekommen. Da war sein alter Arbeitgeber, Dantin, dessen Kinder ihm durch ordentlichen Gerichtsbeschluß des Verfügungsrechts über seinen Besitz beraubt hatten, indem sie ihn unter Vormundschaft stellen ließen. Ah Chun wußte, und wußte sehr wohl, daß man Dantin, wäre er ein armer Mann gewesen, für zurechnungsfähig genug gehalten hätte, um seine eigenen Angelegenheiten zu regeln. Und der alte Dantin hatte nur drei Kinder und eine halbe Million, während er, Chun Ah Chun, fünfzehn Kinder und, keiner außer ihm wußte, wieviele Millionen besaß.

»Unsere Töchter sind schöne Frauen«, sagte er eines Abends zu seiner Gattin. »Es gibt doch so viele junge Männer. Das Haus ist immer voll davon. Meine Zigarrenrechnungen sind sehr hoch. Weshalb kommt es nie zu einer Hochzeit?«

Mama Achun zuckte die Schultern und schwieg abwartend.

»Frauen sind Frauen, und Männer sind Männer – es ist schon seltsam, daß es nie eine Hochzeit gibt. Vielleicht mögen die jungen Männer unsere Töchter nicht.«

»Ach doch, sie mögen sie schon«, entgegnete Mama Achun, »aber weißt du, sie können nicht vergessen, daß du der Vater deiner Töchter bist.«

»Und doch hast du vergessen, wer mein Vater war«, meinte Ah Chun ernst. »Alles, was du von mir verlangt hast, war, daß ich meinen Zopf abschneide.«

»Die jungen Männer sind etwas anspruchsvoller, als ich es war, nehme ich an.«

»Was ist das Größte auf der Welt?« fragte Ah Chun scheinbar zusammenhanglos.

Mama Achun überlegte einen Augenblick und erwiderte dann: »Gott.«

Er nickte. »Es gibt Götter und Götter. Einige sind aus Papier, einige aus Holz, andere aus Bronze. Ich benutze einen kleinen im Büro als Briefbeschwerer. Im Bishop-Museum gibt es viele Götter aus Korallen- und Lavagestein.«

»Aber es gibt nur einen Gott«, erklärte sie bestimmt, und ihre volle Figur straffte sich angriffslustig.

Ah Chun bemerkte das Gefahrensignal und wich aus.

»Was ist denn größer als Gott?« fragte er. »Ich werde es dir sagen. Es ist das Geld. In meinem Leben habe ich mit Juden und Christen, Mohammedanern und Buddhisten und mit kleinen schwarzen Männern von den Salomonen und aus Neuguinea, die ihren Gott, in Ölpapier eingewickelt, bei sich trugen, Geschäfte gemacht. Sie hatten alle verschiedene Götter, diese Menschen, aber alle beteten sie das Geld an. Da ist dieser Captain Higginson. Henrietta scheint ihm zu gefallen.«

»Er wird sie nie heiraten«, gab Mama Achun zurück. »Er wird es bis zum Admiral bringen, bevor er das Zeitliche segnet – «

»Konteradmiral«, warf Ah Chun ein. »Ja, ich weiß. Das werden sie, wenn sie ihren Abschied nehmen.«

»Seine Familie in den Vereinigten Staaten ist sehr vornehm. Sie würden wohl nicht einverstanden sein, wenn er ... wenn er nicht ein amerikanisches Mädchen heiraten würde.«

Ah Chun klopfte die Asche aus seiner Pfeife und stopfte ihren silbernen Kopf gedankenvoll mit einer kleinen Portion Tabak. Er zündete sie an und rauchte zu Ende, ehe er sich äußerte.

»Henrietta ist die Älteste. Am Tag ihrer Hochzeit werde ich ihr dreihunderttausend Dollar geben. Das wird diesen Captain Higginson und seine vornehme Familie schon für sie einnehmen. Sieh zu, daß er es erfährt. Ich überlasse das dir.«

Und Ah Chun blieb sitzen und rauchte weiter, und in den aufsteigenden Rauchkringeln sah er das Gesicht und die Figur von Toy Shuey Gestalt annehmen – von Toy Shuey, dem Mädchen für alles im Haus seines Onkels in dem kantonschen Dorf, dessen Arbeit nie endete und das für die Arbeit eines ganzen Jahres einen Dollar erhielt. Und er sah sich selbst als jungen Mann in den Tabakschwaden, als den jungen Mann, der sich achtzehn Jahre lang auf dem Feld seines Onkels für nur wenig mehr abgeplagt hatte. Und jetzt gab er, Ah Chun, der Bauer, seiner Tochter eine Mitgift von dreihunderttausend Jahren solcher Plackerei. Und sie war nur eine von einem Dutzend Töchtern. Dieser Gedanke machte ihn nicht besonders stolz. Es kam ihm plötzlich in den Sinn, was für eine komische, launenhafte Welt das war, und er kicherte laut und schreckte dadurch Mama Achun aus einer Träumerei auf, die sich, wie er wußte, in den verborgensten Winkeln ihres Inneren, wohin er nie vorgedrungen war, abspielte.

Ah Chuns Versprechen machte heimlich die Runde, und es wurde überall darüber geflüstert. Und Captain Higginson vergaß seine Karriere als Konteradmiral und seine vornehme Familie und heiratete die dreihunderttausend Dollar und ein gebildetes, kultiviertes Mädchen, das zu einem Zweiunddreißigstel polynesischer, einem Sechzehntel italienischer, einem Sechzehntel portugiesischer, elf Zweiunddreißigstel englischer und amerikanischer und zur Hälfte chinesischer Abstammung war.

Ah Chuns Freigebigkeit verfehlte ihre Wirkung nicht. Seine Töchter wurden plötzlich standesgemäße und begehrte Partien. Clara war die nächste, aber als der Verwaltungschef formell um ihre Hand anhielt, ließ Ah Chun ihn wissen, daß er warten müsse, bis er an die Reihe käme, daß Maud die Älteste sei und zuerst verheiratet werden müsse. Es war eine kluge Politik. Die ganze Familie hatte auf einmal ein lebhaftes Interesse daran, Maud unter die Haube zu bringen, was ihr nach drei Monaten mit Ned Humphreys, dem Einwanderungskommissar der Vereinigten Staaten, glückte. Sowohl er als auch Maud beklagten sich, denn die Mitgift betrug nur zweihunderttausend. Ah Chun erklärte, daß er sich anfangs nur so freigebig gezeigt habe, um das Eis zu brechen, und daß seine Töchter jetzt nichts anderes erwarten könnten, als billiger wegzugehen.

Auf Maud folgte Clara, und danach gab es innerhalb von zwei Jahren in dem Bungalow eine nicht abreißende Reihe von Hochzeiten. In der Zwischenzeit war Ah Chun nicht untätig geblieben. Eine Geldanlage nach der anderen wurde gekündigt. Er verkaufte seine Anteile an vielen Unternehmen, und Schritt für Schritt, um nicht einen plötzlichen Preisverfall auf dem Markt zu verursachen, trennte er sich von seinem großen Grundbesitz. Bei der letzten Transaktion indessen verursachte er doch noch einen Preissturz und verkaufte mit Verlust. Der Grund für diese Eile waren die Gewitterwolken, die er bereits am Horizont aufziehen sah. Als Lucille verheiratet war, dröhnte schon der Widerhall von Streit und Eifersüchteleien in seinen Ohren. Die Luft war erfüllt von Intrigen und Gegenintrigen, um seine Gunst zu gewinnen und ihn gegen den einen oder anderen oder alle außer einem seiner Schwiegersöhne einzunehmen. Und all das trug nicht gerade zu dem Frieden und der Ruhe bei, die er sich für sein Alter gewünscht hatte.

Er beschleunigte seine Bemühungen. Seit langer Zeit stand er mit den führenden Banken in Schanghai und Makao in Briefwechsel. Jeder abgehende Dampfer hatte seit mehreren Jahren Zahlungsanweisungen zugunsten eines gewissen Chun Ah Chun zur Einlage in diesen fernöstlichen Banken mitgenommen. Die Beträge wurden jetzt größer. Seine beiden jüngsten Töchter waren noch nicht verheiratet. Er wartete nicht, sondern gab jeder eine Mitgift von Hunderttausend, die in der Bank von Hawaii hinterlegt wurden, Zinsen brachten und auf den Hochzeitstag warteten. Albert übernahm die Firma Ah Chun & Ah Yung, Harold, der Älteste, entschloß sich dazu, sich mit einer Viertelmillion in England niederzulassen, Charles, der Jüngste, bekam Hunderttausend, einen gesetzlichen Vormund und einen Kursus in einem Keeley-Institut. Mama Achun erhielt den Bungalow, das Berghaus auf dem Tantalus und eine neue Villa am Meer, anstelle derjenigen, die Ah Chun an die Regierung verkauft hatte. Außerdem bekam Mama Achun noch eine halbe Million, die solide angelegt war.

Ah Chun war jetzt bereit, den Kern des Problems anzugehen. Eines schönen Morgens, als die Familie beim Frühstück saß – er hatte dafür gesorgt, daß alle seine Schwiegersöhne und Töchter anwesend waren – verkündete er, daß er in das Land seiner Vorfahren zurückkehren werde. In einer hübschen kleinen Predigt legte er dar, daß er für seine Familie in ausreichendem Maß Vorsorge getroffen hätte, und stellte verschiedene Regeln auf, die sie, da sei er sicher, sagte er, in die Lage versetzen würden, in Frieden und Harmonie miteinander zu leben. Auch gab er seinen Schwiegersöhnen geschäftliche Ratschläge, predigte die Vorzüge eines mäßigen Lebens und sicherer Geldanlagen und ließ sie von seinem umfassenden Wissen über die industriellen und geschäftlichen Verhältnisse in Hawaii profitieren. Dann verlangte er nach seinem Wagen, fuhr in Begleitung der weinenden Mama Achun zu dem pazifischen Postdampfer hinunter und hinterließ panische Bestürzung im Bungalow. Captain Higginson forderte ungestüm eine gerichtliche Verfügung. Die Töchter vergossen ausgiebig Tränen. Einer ihrer Ehemänner, ein ehemaliger Bundesrichter, zweifelte an Ah Chuns Geisteszustand und eilte zu den zuständigen Behörden, um ihn überprüfen zu lassen. Er kehrte mit der Information zurück, daß Ah Chun am Tag zuvor vor der Kommission erschienen war, eine Untersuchung verlangt und sie glänzend bestanden hatte. Es war nichts zu machen, und so fuhren sie zum Hafen hinunter und sagten dem kleinen Mann Lebewohl, der ihnen vom Promenadendeck aus zum Abschied zuwinkte, als der große Dampfer durch das Korallenriff Kurs aufs offene Meer nahm.

Aber der kleine alte Mann fuhr nicht nach Kanton. Er kannte sein eigenes Land und die Erpressungen der Mandarine zu gut, um sich mit dem ansehnlichen Vermögen, das ihm noch geblieben war, dorthin zu wagen. Er reiste nach Makao. Nun hatte Ah Chun lange die Macht eines Königs ausgeübt und besaß auch die Autorität eines Königs. Als er in Makao an Land ging und sich in die Rezeption eines der größten europäischen Hotels begab, um sich in die Gästeliste einzutragen, klappte ihm der Portier das Buch vor der Nase zu. Chinesen wurden nicht aufgenommen. Ah Chun ließ den Direktor holen und wurde auch von ihm von oben herab abgefertigt. Er fuhr weg, kam aber zwei Stunden später wieder. Er ließ den Portier und den Direktor rufen, gab ihnen ein Monatsgehalt und entließ sie. Er hatte das Hotel gekauft und bezog dort während der vielen Monate, in denen sein prächtiger Palast am Stadtrand gebaut wurde, die schönste Suite. In der Zwischenzeit erhöhte er mit der ihm eigenen unvermeidlichen Tüchtigkeit die Einkünfte seines großen Hotels von drei auf dreißig Prozent.

Die Schwierigkeiten, vor denen Ah Chun geflüchtet war, begannen schon bald. Einige Schwiegersöhne hatten das Geld schlecht angelegt, andere brachten die Achunsche Mitgift mit einem verschwenderischen Lebensstil durch. Nachdem sie sich nicht mehr an Ah Chun wenden konnten, richteten sie ihre Aufmerksamkeit auf Mama Achun und die halbe Million, und dadurch gewannen ihre Gefühle füreinander nicht gerade an Wärme. Die Rechtsanwälte wurden dick und fett bei den Bemühungen, Treuhandverträge auf ihre Hieb- und Stichfestigkeit hin abzuklopfen. Die Gerichte Hawaiis konnten sich vor Klagen, Nebenklagen und Gegenklagen kaum mehr retten. Auch die Strafkammer entging dieser Prozeßflut nicht. Es gab wütende Zusammenstöße, bei denen harte Worte fielen und noch härtere Schläge ausgeteilt wurden. Es wurden sogar Blumentöpfe geworfen, um den Worten, die hin- und herflogen, noch mehr Gewicht zu verleihen. Und es kam wiederum zu Verleumdungsklagen, die sich durch die verschiedenen Instanzen schleppten und ganz Honolulu mit den Enthüllungen der Zeugen in Atem hielten.

In seinem Palast raucht unterdessen Ah Chun, von allen

ihm teuren Köstlichkeiten des Orients umgeben, friedlich sein Pfeifchen und lauscht dem Tumult von jenseits des Ozeans. Mit jedem Postdampfer geht ein auf einer amerikanischen Schreibmaschine in fehlerlosem Englisch getippter Brief von Makao nach Honolulu, in dem Ah Chun mit goldenen Worten und Ratschlägen seine Familie ermahnt, in Eintracht und Harmonie miteinander zu leben. Was ihn selbst angeht, so hat er mit der Sache nichts mehr zu tun und ist darüber sehr froh. Er hat Frieden und Ruhe erlangt. Dann und wann kichert er und reibt sich die Hände, und seine kleinen schwarzen Schlitzäugelchen blinzeln heiter bei dem Gedanken an diese seltsame Welt. Denn von seinem ganzen Dasein und seiner Philosophie ist ihm das eine geblieben – die Überzeugung, daß dies schon eine sehr komische Welt ist.

DAS HAUS DES STOLZES

Percival Ford fragte sich, weshalb er eigentlich gekommen war. Er tanzte nicht. Er machte sich auch nicht viel aus Militärangehörigen. Aber er kannte sie alle, die dort über den breiten *Lanai* des Hotel Seaside dahinglitten und sich im Kreise drehten, die Offiziere in ihren frischgestärkten weißen Uniformen, die Zivilisten in Weiß und Schwarz und die Damen mit entblößten Schultern und Armen. Nach zweijährigem Aufenthalt in Honolulu sollte das Zwanzigste Regiment nun zu seinem neuen Standort in Alaska abziehen, und Percival Ford mußte als einer der wichtigen Männer auf den Inseln nun einmal mit den Offizieren und ihren Damen Umgang pflegen.

Doch zwischen Kennen und Mögen lagen Welten. Die Offiziersfrauen machten ihm ein wenig Angst. Sie waren in ihrer Art ganz anders als die Frauen, die ihm am besten gefielen – die älteren Frauen und die alten Jungfern, die bebrillten jungen Mädchen und die überaus seriösen Damen jeden Alters, denen er in Kirchen-, Bibliotheks- und Kindergartenkomitees begegnete und die ihn demütig um Geldspenden und Rat baten. Diese Frauen beherrschte er durch seinen überlegenen Geist, seinen großen Reichtum und den hohen Rang, den er in der Geschäftswelt Hawaiis einnahm. Und vor ihnen hatte er auch keinerlei Scheu. Ihr Geschlecht drängte sich bei ihnen nicht in den Vordergrund. Ja, das war es. Sie besaßen etwas anderes oder etwas mehr als die lebensbejahende grobe Sinnlichkeit. Er war da eigen; das gestand er sich selbst ein; und diese Offiziersfrauen mit ihren bloßen Schultern und nackten Armen, ihrem direkten Blick, ihrer

Vitalität und herausfordernden Weiblichkeit verletzten sein Zartgefühl.

Nicht viel besser erging es ihm mit den männlichen Armeeangehörigen, die das Leben von der leichten Seite nahmen, sich durch die Welt tranken, rauchten und fluchten und nicht weniger schamlos als ihre Frauen der Derbheit des Fleisches anhingen. Er fühlte sich in ihrer Gesellschaft stets unbehaglich. Auch sie schienen sich in seiner Gegenwart nicht recht wohl zu fühlen. Und immer glaubte er, daß sie ihn heimlich auslachten oder bemitleideten oder sich eben einfach mit ihm abfanden. Zudem schienen sie durch ihre bloße Nähe das hervorzuheben, was ihm fehlte, die Aufmerksamkeit auf Eigenschaften zu lenken, die er nicht besaß, Gott sei dank nicht besaß. Pfui! Sie waren wie ihre Frauen!

Tatsächlich war Percival Ford ebensowenig ein Freund der Frauen, wie er ein Freund der Männer war. Schon der erste Blick verriet den Grund dafür. Er besaß zwar eine kräftige Konstitution, hatte noch nie nähere Bekanntschaft mit Krankheiten gemacht, nicht einmal mit leichten Unpäßlichkeiten, aber es mangelte ihm an Vitalität. Sein Organismus war negativ. Kein heiß aufwallendes Blut konnte dieses lange, schmale Gesicht, diese dünnen Lippen, diese mageren Wangen und diese kleinen, scharfen Augen genährt und geformt haben. Der sandfarbene, struppige und spärliche Haarschopf zeigte den kargen Nährboden an ebenso wie die schmale, fein modellierte Nase, die entfernt an einen Schnabel erinnerte. Sein verwässertes Blut hatte ihm viel vom Leben vorenthalten und ihm die Ausschweifung nur in einem gestattet, und das war Tugendhaftigkeit. Er rang verzweifelt um untadeliges Verhalten und grübelte darüber nach; und das Rechte zu tun war für seine Natur ebenso notwendig, wie es für den gewöhnlichen Sterblichen notwendig ist, zu lieben und geliebt zu werden.

Er saß unter den Johannisbrotbäumen zwischen dem Lanai und dem Strand. Sein Blick schweifte über die Tanzenden, dann wandte er den Kopf und starrte über die sanft rauschende Brandung hinweg aufs Meer hinaus zu dem tief unten am Horizont leuchtenden Kreuz des Südens. Die entblößten Schultern und Arme der Frauen irritierten ihn. Hätte er eine Tochter, er würde ihr so etwas nie erlauben, niemals. Aber seine Hypothese war rein abstrakter Natur. Die Überlegung wurde von keinem Phantasiebild begleitet. Vor seinem geistigen Auge entstand keine Tochter mit Armen und Schultern. Statt dessen lächelte er über die entfernte Möglichkeit einer Heirat. Er war fünfunddreißig, und da er bis jetzt die Liebe noch nicht selbst erlebt hatte, sah er sie nicht als etwas Mythisches, sondern als etwas Animalisches an. Heiraten konnte jeder. Die japanischen und chinesischen Kulis, die sich auf den Zuckerrohrplantagen und Reisfeldern plagten, heirateten auch. Sie heirateten unweigerlich bei der erstbesten Gelegenheit. Und zwar deshalb, weil sie auf einer so niederen Lebensstufe standen. Für sie gab es keine Alternative. Sie waren wie die Soldaten und ihre Frauen. Doch er war für andere, höhere Dinge bestimmt. Er unterschied sich von ihnen, ihnen allen, und war stolz darauf, so zu sein, wie er war. Er war nicht aus einer unbedeutenden Liebesbeziehung entstanden, sondern aus der hehren Auffassung von Pflicht und Hingabe an eine Sache. Sein Vater hatte nicht aus Liebe geheiratet. Liebe war eine Tollheit, die Isaac Ford nie heimgesucht hatte. Als er der Berufung folgte, den Heiden die Botschaft des Lebens zu bringen, verschwendete er keinen Gedanken an Heirat, noch hatte er das Verlangen danach. Darin glichen sie einander, sein Vater und er. Aber der Missionsrat dachte ökonomisch. Mit neuenglischer Sparsamkeit wog er das Für und Wider ab, entschied, daß verheiratete Missionare pro Kopf billiger kämen und wirksamer seien. Also ordnete der Missionsrat an, daß Isaac Ford zu heiraten habe. Darüber hinaus besorgte er ihm eine Ehefrau, eine ebenso glaubenseifrige Seele, der der Sinn nicht nach Verehelichung stand, sondern die nur danach strebte, bei den Heiden das Werk des Herrn zu verrichten. Sie sahen sich zum ersten Mal in Boston. Der Missionsrat brachte sie zusammen, arrangierte alles, und gegen Ende der Woche waren sie verheiratet und begaben sich auf die weite Reise um das Kap Hoorn.

Percival Ford war stolz darauf, aus einer solchen Verbindung zu stammen. Er war hochgeboren und hielt sich für einen geistigen Aristokraten. Und er war stolz auf seinen Vater. Das war ihm zur Leidenschaft geworden. Die aufrechte, strenge Gestalt Isaac Fords hatte sich seinem Stolz unauslöschlich eingeprägt. Auf seinem Schreibtisch stand eine Miniatur dieses Streiters für den Herrn. In seinem Schlafzimmer hing das Porträt Isaac Fords, zu der Zeit gemalt, als er unter der Monarchie als Premierminister gedient hatte. Nicht etwa, daß Isaac Ford nach Rang und weltlichem Reichtum verlangt hätte, doch als Premierminister und später als Bankier konnte er der Sache der Mission von größerem Nutzen sein. Die deutsche Kolonie, die englische Kolonie und die ganze übrige Handelsclique hatten über Isaac Ford als seelenrettenden Krämer die Nase gerümpft, aber er, sein Sohn, wußte es besser. Als die Eingeborenen sich plötzlich von ihrem Feudalsystem befreiten und ihnen ihre großen Felder durch die Finger rannen, weil sie die Bedeutung und den Wert des Grundbesitzes nicht ermessen konnten, war es Isaac Ford, der zwischen die Händler und ihre Beute getreten war und ausgedehnte, fruchtbare Ländereien in Besitz genommen hatte. Kein Wunder, daß die Handelsleute sein Andenken nicht hochhielten. Aber er hatte seinen enormen Reichtum nie als sein eigen betrachtet. Er hatte sich stets als Verwalter des Herrn gesehen. Von den Einnahmen hatte er Schulen, Krankenhäuser und Kirchen gebaut. Auch war es nicht seine Schuld, daß Zucker nach der Absatzkrise vierzig Prozent Gewinn brachte, daß die von ihm gegründete Bank beim Eisenbahnbau eine glückliche Hand hatte und daß beispielsweise die zwanzigtausend Hektar Weideland auf Oahu, die er für einen halben Dollar pro Hektar gekauft hatte, jetzt alle achtzehn Monate einen Ertrag von zwanzig Tonnen Zucker pro Hektar abwarfen. Nein, Isaac Ford war wahrhaftig eine heroische Gestalt und hätte es verdient gehabt, davon war Percival Ford im stillen überzeugt, neben der Statue Kamehamehas I. vor dem Justizgebäude zu stehen. Isaac Ford war gestorben, aber er, sein Sohn, führte das gute Werk mindestens ebenso unerschütterlich, wenn auch nicht so meisterhaft fort.

Er wandte den Blick wieder dem Lanai zu. Worin bestand der Unterschied, so fragte er sich, zwischen den schamlosen Hulatänzen in Grasröcken und den Tänzen dieser dekolletierten Frauen seiner eigenen Rasse? War es ein grundlegender oder nur ein gradueller Unterschied?

Während er noch über dieses Problem nachsann, legte sich eine Hand auf seine Schulter.

»Hallo, Ford, was machen Sie denn hier? Geht es Ihnen hier nicht zu ausgelassen zu?«

»Ich versuche, Nachsicht walten zu lassen, Dr. Kennedy, wenn ich zusehe«, entgegnete Percival Ford ernst. »Wollen Sie nicht Platz nehmen?«

Dr. Kennedy setzte sich und klatschte laut in die Hände. Rasch kam ein weißgekleideter japanischer Diener herbei.

Kennedy bestellte schottischen Whisky mit Soda, wandte sich dann dem andern zu und meinte: »Sie brauche ich natürlich erst gar nicht zu fragen.«

»Aber sicher werde ich etwas trinken«, entgegnete Ford bestimmt. Die Augen des Doktors zeigten Verwunderung, und der Diener blieb abwartend stehen. »Boy, eine Limonade, bitte.«

Der Doktor lachte herzlich, als hätte sich der andere einen Scherz mit ihm erlaubt, und spähte zu den Musikern unter dem Hau-Baum hinüber.

»Das ist doch das Aloha-Orchester«, sagte er, »ich dachte,

die würden am Dienstagabend immer im Hawaiian Hotel spielen. Hat vermutlich Krach gegeben.«

Sein Blick blieb für einen Moment an dem Mann hängen, der die Gitarre spielte und zur Begleitung der übrigen Instrumente ein hawaiisches Lied sang. Sein Gesicht wurde ernst, als er den Sänger betrachtete, und war immer noch ernst, als er sich wieder zu seinem Tischgenossen umdrehte.

»Sagen Sie, Ford, wäre es nicht langsam an der Zeit, daß Sie Joe Garland in Ruhe ließen. Wie ich höre, sind Sie dagegen, daß die Werbekommission ihn zu diesen Surfing-Vorführungen in die Staaten schicken will, und ich wollte schon lange mit Ihnen darüber sprechen. Ich dachte, Sie wären froh, wenn er außer Landes geht. Da böte sich doch eine gute Gelegenheit, mit der Jagd auf ihn Schluß zu machen.«

»Jagd?« Die Brauen Percival Fords hoben sich fragend.

»Nennen Sie es, wie Sie wollen«, fuhr Kennedy fort, »Sie haben diesen armen Teufel jahrelang verfolgt. Er kann nichts dafür. Selbst Sie werden das zugeben müssen.«

»Er kann nichts dafür?« Percival Ford preßte seine dünnen Lippen für einen Augenblick fest aufeinander. »Joe Garland ist liederlich und faul. Er ist immer schon ein Taugenichts, ein lasterhafter Mensch gewesen.«

»Aber das ist doch kein Grund, daß Sie ihm ständig auf diese Art und Weise zusetzen. Ich habe Sie von Anfang an beobachtet. Das erste, was Sie taten, als Sie von der Universität zurückkamen und ihn auf der Plantage als *Luna* arbeiten sahen, war, daß Sie ihn hinauswarfen – Sie mit Ihren Millionen, und er mit seinen sechzig Dollar im Monat.«

»Nicht das erste«, entgegnete Percival Ford sachlich, in dem richterlichen Ton, wie er ihn bei Ausschußsitzungen anzuschlagen pflegte. »Er erhielt von mir eine Verwarnung. Der Verwalter meinte, er sei ein fähiger Aufseher. In dieser Beziehung hatte ich also nichts gegen ihn einzuwenden. Wohl aber gegen das, was er außerhalb der Arbeitszeit tat. Er zerstörte mein Werk schneller, als ich es aufbauen konnte. Was nützten die Sonntagsschulen, der Abendunterricht und die Nähkurse, wenn anschließend dieser Joe Garland mit seinem schrecklichen, ewigen Gitarren- und Ukulelegeklimper, seinem Alkohol und seinen Hulatänzen kam? Nachdem ich ihn verwarnt hatte, traf ich ihn zufällig – ich werde das nie vergessen – unten bei den Hütten. Es war abends. Ich konnte die Hula-Gesänge bereits hören, ehe ich sah, was sich abspielte. Und als ich es dann sah, erkannte ich die Mädchen, die schamlos im Mondlicht tanzten – jene Mädchen, denen ich mühsam einen einwandfreien Lebenswandel und anständiges Benehmen beizubringen versuchte. Und drei Mädchen waren darunter, das weiß ich noch, die gerade erst die Missionsschule absolviert hatten. Natürlich entließ ich Joe Garland. Ich weiß, in Hilo war es dasselbe. Die Leute sagten, ich hätte alle Hebel in Bewegung gesetzt, um Mason und Fitch dazu zu bringen, ihn zu entlassen. Aber die Missionare baten mich darum. Durch sein verwerfliches Beispiel machte er alle ihre Anstrengungen zunichte.«

»Später, als er bei der Eisenbahn, Ihrer Eisenbahn, untergekommen war, hat man ihm ohne Grund gekündigt«, wandte Kennedy ein.

»Keineswegs«, wurde ihm lebhaft widersprochen. »Ich ließ ihn in mein Privatkontor kommen und unterhielt mich eine halbe Stunde mit ihm.«

»Sie entließen ihn wegen Unfähigkeit?«

»Wegen seines unmoralischen Lebenswandels, wenn Sie gestatten.«

Dr. Kennedy lachte trocken auf. »Wer, zum Teufel, hat Sie zum Richter und Geschworenen eingesetzt? Verleiht Ihnen Ihr Grundbesitz die Macht über die unsterblichen Seelen jener Menschen, die für Sie arbeiten? Ich bin immer Ihr Arzt gewesen. Muß ich deshalb morgen Ihren Ukas erwarten, daß ich entweder auf meinen Whisky mit Soda oder auf Ihre

Gönnerschaft zu verzichten habe? Pah! Ford, Sie nehmen das Leben viel zu ernst. Außerdem, als Joe in diese Schmuggelaffäre geraten war (er stand damals nicht in Ihren Diensten), Ihnen eine Nachricht schickte und Sie bat, die Geldstrafe für ihn zu bezahlen, da ließen Sie ihn lieber seine sechs Monate Schwerarbeit auf dem Riff ableisten. Vergessen Sie nicht, daß Sie damals Joe Garland schmählich im Stich gelassen haben. Sie ließen ihn fallen, und er fiel hart; aber ich erinnere mich noch an den Tag, als Sie an unsere Schule kamen – wir gehörten zum Internat, und Sie waren nur ein Externer – und Ihre Feuertaufe erhalten sollten. Dreimal Untertauchen im Schwimmbecken – Sie wissen, das war die übliche Dosis, die jeder neue Junge bekam. Und Sie sträubten sich. Sie sagten, Sie könnten nicht schwimmen. Sie hatten einfach Angst, schreckliche Angst.«

»Ja, ich weiß«, sagte Percival Ford langsam. »Ich hatte Angst. Und es war eine Lüge, denn ich konnte schwimmen ... Und ich hatte wirklich Angst.«

»Und erinnern Sie sich noch, wer sich für Sie einsetzte? Wer für Sie log, schlimmer, als Sie selbst lügen konnten, und alles bestätigte und beschwor? Wer ins Bassin sprang und Sie nach dem ersten Untertauchen herauszog und dafür von den anderen Jungen, die inzwischen herausgefunden hatten, daß Sie doch schwimmen konnten, fast ertränkt wurde?«

»Natürlich weiß ich das«, entgegnete der andere kühl. »Aber eine edelmütige Tat als Knabe entschuldigt nicht ein lebenslanges Fehlverhalten.«

»Er hat Ihnen doch nie etwas Unrechtes getan? – Ihnen persönlich und direkt, meine ich?«

»Nein«, lautete Percival Fords Antwort. »Das ist es ja, was meine Position unangreifbar macht. Ich hege keinen persönlichen Groll gegen ihn. Er ist schlecht, das ist alles. Sein Leben ist schlecht –«

»Was anders ausgedrückt heißt, daß er bei der Frage, wie

man sein Leben führen soll, nicht Ihrer Auffassung ist«, unterbrach ihn der Doktor.

»Nennen Sie es meinetwegen so. Es ist nebensächlich. Er ist ein Tagedieb –«

»Aus gutem Grund«, kam der Einwurf, »wenn man bedenkt, aus wieviel Arbeitsstellen Sie ihn vertrieben haben.«

»Er ist unmoralisch –«

»Jetzt hören Sie aber auf, Ford. Reiten Sie nicht dauernd darauf herum. Sie stammen aus einer rein neuenglischen Familie. Joe Garland ist zur Hälfte Südseeinsulaner. Ihr Blut ist dünn. Das seine ist heiß. Sie verstehen unter Leben etwas ganz anderes als er. Er lacht und singt und tanzt durchs Leben, heiter, selbstlos, wie ein Kind und als jedermanns Freund. Sie gehen durchs Leben wie eine wandelnde Gebetsmühle, sind nur der Freund der Rechtschaffenen, und die Rechtschaffenen sind jene, die mit Ihnen darin übereinstimmen, was recht ist. Aber wer weiß das schließlich schon? Sie leben als Eremit. Joe Garland lebt als liebenswürdiger Zeitgenosse. Wer hat dem Leben mehr abgewonnen? Wir werden für das Leben belohnt. Ist der Lohn zu dürftig, werfen wir die Arbeit hin. Das ist der Grund, glauben Sie mir, für jeden vernunftbedingten Selbstmord. Joe Garland würde bei dem Lohn, den Sie vom Leben erhalten, verhungern. Sehen Sie, er ist anders beschaffen. Und ebenso würden Sie verhungern bei seinem Lohn, der Singen ist und Liebe –«

»Sinnliche Begierde, wenn Sie gestatten«, unterbrach Ford ihn.

Dr. Kennedy lächelte.

»Liebe ist für Sie ein Wort mit fünf Buchstaben und eine Definition, die Sie dem Lexikon entnommen haben. Aber Liebe, wirkliche Liebe, die zärtlich, erquickend wie Tau ist und die das Herz höher schlagen läßt, kennen Sie nicht. Wenn Gott Sie und mich und Männer und Frauen erschaffen hat, glauben Sie mir, dann hat er auch die Liebe erschaffen. Aber um darauf zurückzukommen – es ist jetzt an der Zeit, daß Sie aufhören, Jagd auf Joe Garland zu machen. Es ist Ihrer unwürdig, und es ist feige. An Ihnen ist es jetzt, ihm die Hand zu reichen und ihm zu helfen.«

»Warum ausgerechnet ich und nicht Sie?« fragte der andere. »Warum helfen Sie ihm nicht?«

»Das habe ich getan. Ich helfe ihm gerade im Moment. Ich versuche, Sie dazu zu bringen, daß Sie den Vorschlag der Werbekommission, ihn ins Ausland zu schicken, nicht boykottieren. Ich habe ihm die Stellung in Hilo bei Mason und Fitch besorgt. Ich habe ihm ein halbes Dutzend Jobs verschafft, und aus jedem haben Sie ihn vertrieben. Aber lassen wir das. Vergessen Sie nur eins nicht – ein wenig Offenheit wird Ihnen nicht schaden –, es ist nicht fair, Joe Garland den Fehler eines anderen zur Last zu legen; und Sie wissen, daß Sie, Sie am allerwenigsten das Recht dazu haben. Mann, das ist doch geschmacklos. Es ist geradezu unanständig.«

»Jetzt kann ich Ihnen nicht mehr folgen«, antwortete Percival Ford. »Sie schweben in den Wolken irgendeiner unverständlichen wissenschaftlichen Theorie über Vererbung und persönliche Unverantwortlichkeit. Aber wie selbst die abstruseste Theorie Joe Garland seine Missetaten abnehmen und gleichzeitig mich persönlich dafür verantwortlich machen kann – verantwortlicher als jeden anderen, einschließlich Joe Garland –, das geht über meinen Verstand.«

»Vermutlich sind es wieder die Gebote des Feingefühls oder des guten Geschmacks, die Sie daran hindern, mir zu folgen«, brauste Dr. Kennedy auf. »Es mag ja schön und gut sein, in Gesellschaft gewisse Dinge stillschweigend zu übergehen, aber Sie tun mehr, als sie schweigend zu übergehen.«

»Darf ich fragen, was ich stillschweigend übergehe?«

Dr. Kennedy wurde zornig. Eine tiefere Röte als die

übliche von Whiskey mit Soda hervorgerufene überzog sein Gesicht, als er antwortete:

»Den Sohn Ihres Vaters.«

»Was wollen Sie damit sagen?«

»Verdammt noch mal, Mann, Sie können doch von mir nicht verlangen, daß ich noch deutlicher werde. Aber schön, wenn Sie unbedingt wollen – Sie übergehen Isaac Fords Sohn Joe Garland, Ihren Bruder.«

Percival Ford rührte sich nicht, sein Gesicht zeigte einen verstörten und entsetzten Ausdruck. Kennedy sah ihn neugierig an, dann, als die Minuten sich endlos hinzogen, wurde er verlegen und bekam es mit der Angst zu tun.

»Mein Gott!« rief er schließlich, »Sie wollen mir doch nicht etwa weismachen, daß Sie nicht im Bilde waren!«

Als Antwort wurden Percival Fords Wangen allmählich aschfahl.

»Das ist ein abscheulicher Witz«, sagte er, »ein abscheulicher Witz.«

Der Doktor hatte sich wieder in der Gewalt.

»Jeder weiß es«, sagte er. »Ich dachte, Sie wüßten es auch. Andernfalls wird es höchste Zeit, daß Sie es endlich erfahren, und ich bin froh, daß sich die Gelegenheit ergeben hat, Ihnen reinen Wein einzuschenken. Joe Garland und Sie sind Brüder – Halbbrüder.«

»Das ist eine Lüge«, rief Ford. »Das ist nicht Ihr Ernst. Joe Garlands Mutter war Eliza Kunilio.« (Dr. Kennedy nickte.) »Ich kann mich noch gut an sie erinnern, mit ihrem Ententeich und ihrem *Taro*-Feld. Sein Vater war Joseph Garland, der sich immer am Strand herumtrieb.« (Dr. Kennedy schüttelte den Kopf.) »Er starb erst vor zwei oder drei Jahren. Er hat sich immer betrunken. Von ihm hat Joe seine Zügellosigkeit. Da haben Sie Ihre Vererbung.«

»Und keiner hat es Ihnen erzählt?« fragte Kennedy nach einer Weile verwundert.

»Dr. Kennedy, Sie haben da etwas Furchtbares gesagt, das ich nicht einfach so hinnehmen kann. Sie müssen es entweder beweisen, oder …«

»Finden Sie den Beweis doch selbst. Drehen Sie sich um und schauen Sie ihn sich an, dort drüben im Profil. Sehen Sie seine Nase. Es ist die Nase Isaac Fords. Ihre ist nur ein schwacher Abklatsch davon. Ja, das stimmt. Schauen Sie nur. Die Züge sind voller, aber sie sind alle vorhanden.«

Percival Ford betrachtete den Kanakenmischling, der unter dem Hau-Baum spielte, und ihm war, als starrte er dank irgendwelcher Beleuchtungstricks auf seinen gespenstischen Doppelgänger. Zug um Zug offenbarte sich jetzt plötzlich die unverkennbare Ähnlichkeit. Oder vielmehr war er der geisterhafte Zwilling dieses anderen, muskulösen, prachtvoll gebauten Mannes. Und seine Züge erinnerten ebenso wie die Züge des anderen Mannes an Isaac Ford. Und niemand hatte es ihm gesagt. Er kannte jede Linie in Isaac Fords Gesicht. Miniaturen, Photographien und Porträts seines Vaters ließ er im Geist Revue passieren, und er entdeckte immer wieder, mal hier, mal dort, Ähnlichkeiten und schwache Andeutungen von Gleichartigkeit in dem Gesicht vor sich. Es war ein Werk des Teufels, dieses Wiederaufscheinen der strengen Züge Isaac Fords in jenem weichen und sinnlichen Gesicht dort drüben. Einmal wandte sich der Mann um, und für einen kurzen Moment schien es Percival Ford, als blicke ihn sein längst verstorbener Vater aus John Garlands Gesicht an.

»Es hat ja gar nichts zu sagen«, hörte er Dr. Kennedy wie aus weiter Ferne sagen. »In jenen frühen Tagen ging alles drunter und drüber. Das wissen Sie auch. Sie haben das selbst Ihr ganzes Leben lang gesehen. Matrosen heirateten Königinnen und zeugten Prinzessinnen und so weiter. Das war nichts Ungewöhnliches auf den Inseln.«

»Aber nicht bei meinem Vater«, unterbrach Percival Ford ihn.

»Da haben Sie's.« Kennedy zuckte die Schultern. »Kosmische Kraft und brodelndes Leben. Der alte Isaac Ford war sittenstreng und all das, und ich weiß, daß es nicht zu erklären ist, am allerwenigsten war es das für ihn selber. Er verstand es ebensowenig wie Sie. Brodelndes Leben, das ist alles. Und vergessen Sie eines nicht, Ford. Es war ein Schuß unruhigen Blutes im alten Isaac Ford, und Joe Garland erbte das – das alles, das brodelnde Leben und die kosmische Kraft –, wohingegen Sie das ganze asketische Blut des alten Isaac Ford mitbekamen. Und nur weil Ihr Blut kalt, ordentlich und gezügelt ist, haben Sie kein Recht, mit Mißbilligung auf Joe Garland herabzublicken. Wenn Joe Garland Ihr Werk zerstört, dann denken Sie daran, daß es auf beiden Seiten nur der alte Isaac Ford ist, der mit der einen Hand zunichte macht, was er mit der anderen schafft. Sie sind, sagen wir, Isaac Fords rechte Hand, Joe Garland ist seine linke.«

Percival Ford antwortete nicht, und in dem Schweigen trank Dr. Kennedy seinen Whisky mit Soda aus, den er ganz vergessen hatte. Auf der anderen Seite der Rasenfläche hupte ein Automobil gebieterisch. »Das ist mein Wagen«, sagte Dr. Kennedy und erhob sich. »Ich muß weiter. Es tut mir leid, daß ich Sie so durcheinandergebracht habe, und gleichzeitig bin ich froh darüber. Und eines sollen Sie wissen: Der Schuß unruhigen Blutes in Isaac Ford war außerordentlich gering, und Joe Garland hat ihn ganz bekommen. Und noch etwas. Wenn die linke Hand Ihres Vaters sie stört, hauen Sie sie nicht ab. Außerdem ist Joe ganz in Ordnung. Offen gestanden, wenn ich die Wahl hätte, mit Ihnen oder Joe auf einer einsamen Insel zu leben, würde ich mich für Joe entscheiden.«

Kleine Kinder mit nackten Beinen tollten um ihn herum und spielten auf dem Gras, aber Percival Ford bemerkte sie nicht. Er starrte unverwandt auf den Sänger unter dem Hau-Baum. Einmal wechselte er sogar den Platz, um näher an ihn heranzukommen. Der Buchhalter des Seaside kam altersschwach vorbeigehumpelt und zog mühsam seine widerstrebenden Füße nach. Seit vierzig Jahren lebte er nun schon auf den Inseln. Percival Ford winkte ihm, und der Buchhalter trat ehrerbietig näher, verwundert darüber, daß Percival Ford überhaupt Notiz von ihm genommen hatte.

»John«, sagte Ford, »ich hätte gern eine Auskunft von Ihnen. Möchten Sie sich nicht setzen?«

Der Buchhalter nahm verlegen Platz, ganz überwältigt von der unverhofften Ehre. Er sah den anderen nicht an und murmelte: »Ja, Sir, vielen Dank.«

»John, wer ist Joe Garland?«

Der Buchhalter starrte ihn an, blinzelte, räusperte sich und sagte nichts.

»Nur heraus damit«, befahl Percival Ford. »Wer ist er?«

»Sie machen sich einen Spaß mit mir«, brachte der andere schließlich heraus.

»Ich meine es ernst.«

Der Buchhalter wich vor ihm zurück.

»Sie wollen damit doch nicht sagen, daß Sie es nicht wissen?« fragte er, und allein die Frage war schon Antwort genug.

»Ich möchte es erfahren.«

»Nun, er ist –« John brach ab und sah ihn hilflos an. »Sollten Sie nicht besser jemand anderen fragen? Jeder dachte, Sie wüßten Bescheid. Wir glaubten immer ...«

»Ja, nur zu.«

»Wir glaubten immer, daß Sie ihn deshalb auf dem Kieker hätten.«

Photographien und Miniaturen Isaac Fords zogen im Geist an seinem Sohn vorbei, und Geistererscheinungen Isaac Fords schienen ihn zu umschweben. »Ich wünsche Ihnen eine gute Nacht, Sir«, hörte er den Buchhalter sagen und sah, wie er forthumpeln wollte.

»John«, rief er plötzlich.

John kehrte wieder um und blieb, blinzelnd und sich nervös die Lippen leckend, dicht vor ihm stehen.

»Sie haben es mir ja noch nicht gesagt, wissen Sie.«

»Oh, das mit Joe Garland?«

»Ja, das mit Joe Garland. Wer ist er?«

»Er ist Ihr Bruder, Sir, mit Ihrer gütigen Erlaubnis.«

»Danke, John. Gute Nacht.«

»Und Sie haben es nicht gewußt?« fragte der Alte, der nun, da der kritische Augenblick überstanden war, nichts dagegen hatte, noch länger zu bleiben.

»Danke, John. Gute Nacht«, erhielt er zur Antwort.

»Jawohl, Sir, vielen Dank. Ich glaube, es fängt an zu regnen. Gute Nacht, Sir.«

Aus einem klaren, nur mit Sternen und Mondschein erfüllten Himmel fiel ein so feiner und leichter Regen, daß er an zerstäubten Dampf erinnerte. Niemand kümmerte sich darum, die Kinder spielten weiter, liefen mit bloßen Beinen über das Gras und hüpften in den Sand; und nach wenigen Minuten hatte der Regen wieder aufgehört. Im Südosten hob sich die Silhouette des Diamond Head mit seinem Krater als scharf umrissener, schwarzer Klecks gegen die Sterne ab. In einschläfernden Abständen spülte die Brandung ihre Gischt über den Sand bis ins Gras, und weit draußen konnte man die Schwimmer als dunkle Punkte unter dem Mond sehen. Die Stimmen der Männer, die einen Walzer begleiteten,verhallten; und in der Stille stieg von irgendwo unter den Bäumen ein Frauenlachen herauf, das wie ein Liebeswerben klang. Es schreckte Percival Ford auf und erinnerte ihn an Dr. Kennedys Worte. Unten bei den Auslegerkanus, die auf den Sand gezogen waren, sah er Männer und Frauen, Eingeborene, die sich wohlig schlaff wie Lotosesser zurücklehnten, die Frauen in weißen *Holokus*; und auf einem solchen Holoku entdeckte er den dunklen Kopf des Rudergängers, der an der Schulter der Frau ruhte. Weiter unten, wo der Sandstreifen bei der Laguneneinfahrt breiter wurde, erblickte er, Seite an Seite, einen Mann und eine Frau. Als sie sich dem erleuchteten Lanai näherten, konnte er beobachten, wie die Hand der Frau zur Taille hinunterglitt und den Arm, der sie umfangen hielt, löste. Als sie an ihm vorbeikamen, nickte Percival Ford einem ihm bekannten Hauptmann und der Tochter eines Majors zu. Brodelndes Leben, das war es, ein Ausdruck, der alles sagte. Und wieder ertönte unter den dunklen Johannisbrotbäumen das Lachen einer Frau, das ein Liebeswerben war, und an seinem Sitzplatz wurde ein barfüßiger Junge von einem scheltenden japanischen Kindermädchen vorbeigeführt, um zu Bett gebracht zu werden. Die Sänger stimmten sanft und mit schmelzendem Timbre ein hawaiisches Liebeslied an, und die Offiziere und ihre Damen glitten und wirbelten eng umschlungen über den Lanai; und wieder lachte die Frau unter den Johannisbrotbäumen.

Und Percival Ford konnte all das nur mißbilligen. Er war irritiert durch das Liebeslachen der Frau, den Rudergänger, der seinen Kopf auf den weißen Holoku bettete, die Paare, die am Strand spazierengingen, die tanzenden Offiziere mit ihren Frauen und durch die Stimmen der Sänger mit ihren Liebesliedern und durch seinen Bruder, der mit ihnen dort unter den Hau-Bäumen musizierte. Die lachende Frau irritierte ihn besonders. Ein sonderbarer Gedanke wurde in ihm wach. Er war Isaac Fords Sohn, und was Isaac Ford widerfahren war, konnte auch ihm passieren. Er fühlte bei der Vorstellung die schwache Glut einer Röte in seine Wangen steigen und spürte ein brennendes Schamgefühl. Er war entsetzt über das, was ihm im Blut lag. Es war, als habe er plötzlich erfahren, daß sein Vater ein Aussätziger gewesen sei und daß auch er in seinem eigenen Blut den Keim dieser schrecklichen Krankheit mit sich herumtragen könne. Isaac Ford, der gestrenge Streiter des Herrn – der alte Heuchler!

Welcher Unterschied bestand zwischen ihm und irgendeinem Herumtreiber? Das Haus des Stolzes, das Percival Ford errichtet hatte, stürzte jetzt über ihm zusammen.

Die Stunden verrannen, die Offiziere lachten und tanzten, das Eingeborenenorchester spielte weiter, und Percival Ford kämpfte mit dem jäh aufgetauchten und überwältigenden Problem, das ihm aufgebürdet worden war. Er betete still, den Ellbogen auf den Tisch gestützt, den Kopf in die Hand gelegt, so daß er den Anschein eines müden Zuschauers erweckte. Zwischen den Tänzen kamen die Militärs mit ihren Damen und die Zivilisten zu ihm heraufgeschwärmt und überfielen ihn mit dem üblichen nichtssagenden Geplauder, und wenn sie dann auf den Lanai zurückkehrten, nahm er seinen Kampf dort wieder auf, wo er ihn unterbrochen hatte.

Er begann sein lädiertes Idealbild von Isaac Ford wieder zusammenzuflicken, und als Kitt benutzte er eine ausgeklügelte und verzwickte Logik. Sie war von der Art, wie sie in den Geheimlaboratorien von selbstgefälligen Menschen, von Egoisten, konstruiert wird, und sie tat ihre Wirkung. Es war unbestritten, daß sein Vater aus einem feineren Holz geschnitzt war als die Menschen, die ihn umgaben; aber doch war der alte Isaac erst im Prozeß des Werdens begriffen, während er, Percival Ford, bereits vollendet war. Zum Beweis rehabilitierte er seinen Vater und erhöhte dadurch gleichzeitig sich selbst. Sein mageres kleines Ego blähte sich zu ungeheuren Dimensionen auf. Er war groß genug, um zu verzeihen. Bei dem Gedanken glühte er vor Stolz. Isaac Ford war groß gewesen, doch er war größer, denn er konnte Isaac Ford vergeben und ihn sogar wieder in den heiligen Schrein seines Andenkens einsetzen, wenn auch dieser Schrein nicht mehr ganz so heilig war wie vordem. Auch zollte er Isaac Ford dafür Beifall, daß er die Folge seines einzigen Fehltritts ignoriert hatte. Sehr gut, er würde sie auch ignorieren.

Der Tanzabend ging zu Ende. Die Kapelle hatte »Aloha

Oe« gespielt und schickte sich an, nach Hause zu gehen. Percival Ford klatschte in die Hände, um den japanischen Diener herbeizurufen.

»Sag dem Mann dort, daß ich mit ihm reden will«, befahl er und zeigte auf Joe Garland. »Sag ihm, er soll herkommen, sofort.«

Joe Garland näherte sich und blieb respektvoll in einigen Schritten Entfernung stehen, wobei er nervös an seiner Gitarre zupfte, die er immer noch umhängen hatte. Der andere bot ihm keinen Platz an.

»Du bist mein Bruder«, sagte er.

»Ja, das weiß doch jeder«, lautete die verwunderte Antwort.

»Wie ich höre, stimmt das«, sagte Percival Ford kühl. »Aber ich habe es bis zum heutigen Abend nicht gewußt.«

Der Halbbruder wartete unbehaglich in dem Schweigen, das nun folgte, während Percival Ford gelassen überlegte, was er als nächstes sagen würde.

»Erinnerst du dich noch daran, als ich zum ersten Mal in die Schule kam und die Jungen mich untertauchten?« fragte er. »Warum hast du für mich Partei ergriffen?«

Der Halbbruder lächelte verlegen.

»Weil du es wußtest?«

»Ja, deshalb.«

»Aber ich wußte es nicht«, bemerkte Percival Ford in demselben kühlen Ton.

»Ja«, sagte der andere.

Wieder trat Schweigen ein. Diener begannen die Lichter auf dem Lanai zu löschen.

»Sie wissen ... es jetzt«, sagte der Halbbruder schlicht.

Percival Ford runzelte die Stirn. Dann musterte er den anderen nachdenklich.

»Wieviel muß ich dir geben, damit du die Insel verläßt und nie wiederkommst?« wollte er wissen.

»Nie wiederkommen?« stammelte Joe Garland. »Das ist das einzige Land, das ich kenne. Andere Länder sind kalt. Ich kenne keine anderen Länder. Hier habe ich viele Freunde. In anderen Ländern würde keine einzige Stimme zu mir sagen: ›*Aloha*, Joe, mein Junge‹.«

»Ich sagte, damit du nie wiederkommst«, wiederholte Percival Ford. »Die *Alameda* läuft morgen nach San Francisco aus!«

Joe Garland war bestürzt.

»Aber weshalb?« fragte er. »Sie wissen jetzt, daß wir Brüder sind.«

»Eben deshalb«, war die Antwort. »Wie du selbst sagtest: Alle Leute wissen es. Ich werde dich gut dafür bezahlen.«

Alle Unbeholfenheit und Verlegenheit fiel von Joe Garland ab. Die durch Geburt und Rang bedingte Ungleichheit wurde überbrückt, ja umgekehrt.

»Sie möchten, daß ich fortgehe?« fragte er.

»Ich möchte, daß du fortgehst und nie mehr zurückkehrst«, erwiderte Percival Ford.

Und in diesem einen flüchtigen Moment war ihm eine Vision beschieden, in der sein Bruder ihn wie ein Berg überragte und er selbst einschrumpfte und zu mikroskopischer Bedeutungslosigkeit verkümmerte. Aber die Wahrheit bekommt einem Menschen nicht, und keiner kann sich lange so wahrnehmen und dabei am Leben bleiben; und nur in diesem einzigen, flüchtigen Augenblick sah Percival Ford sich und seinen Bruder unverzerrt. Im nächsten Moment wurde er schon wieder von seinem mageren, unersättlichen Ego beherrscht.

»Wie ich schon sagte, es wird sich für dich lohnen. Es soll dein Schaden nicht sein. Ich will dich gut dafür bezahlen.«

»Schön«, sagte Joe Garland. »Ich werde abreisen.«

Er wandte sich zum Gehen.

»Joe«, rief der andere. »Du kannst morgen früh meinen

Anwalt aufsuchen. Fünfhundert sofort und zweihundert jeden Monat, solange du fortbleibst.«

»Sie sind sehr freundlich«, entgegnete Joe Garland sanft. »Zu freundlich, aber wie dem auch sei, ich will Ihr Geld nicht. Ich fahre morgen mit der *Alameda* ab.«

Er ging davon, ohne Lebewohl zu sagen.

Percival Ford klatschte in die Hände.

»Boy«, sagte er zu dem Japaner, »eine Limonade.«

Und über seiner Limonade lächelte er lange und zufrieden in sich hinein.

DER HEIDE

Ich begegnete ihm zum erstenmal in einem Orkan, und obwohl wir diesen Orkan auf demselben Schoner durchgestanden hatten, bekam ich ihn erst zu Gesicht, als das Schiff unter unseren Füßen in Stücke gegangen war. Zweifellos hatte ich ihn vorher unter der Kanakenmannschaft an Bord gesehen, doch seine Existenz nicht zur Kenntnis genommen, da die *Petite Jeanne* ziemlich vollgestopft war. Neben ihren acht oder zehn eingeborenen Matrosen, dem weißen Kapitän, dem ebenfalls weißen Steuermann und Frachtaufseher und den sechs Kajütreisenden war sie mit etwa fünfundachtzig Deckpassagieren von Rangiroa ausgelaufen – Eingeborenen aus Paumotu und Tahiti, Männern, Frauen und Kindern, die allesamt mit Kisten und Kästen ausgestattet waren, um von den Schlafmatten, Decken und Kleiderbündeln erst gar nicht zu reden.

Die Zeit der Perlenfischerei auf den Paumotu-Inseln war vorüber, und alle Saisonarbeiter kehrten nach Tahiti zurück. Wir sechs Kajütpassagiere waren Perlenaufkäufer. Zwei von uns waren Amerikaner, einer war Ah Choon (der weiseste Chinese, der mir je begegnet ist), einer war Deutscher, einer ein polnischer Jude, und ich machte das halbe Dutzend voll.

Es war eine erfolgreiche Saison gewesen. Keiner von uns hatte Grund zu klagen, die fünfundachtzig Deckpassagiere eingerechnet. Alle hatten gut verdient, und alle freuten sich auf eine Verschnaufpause und eine vergnügliche Zeit in Papeete.

Natürlich war die *Petite Jeanne* überladen. Sie hatte nur siebzig Tonnen und hätte von Rechts wegen nicht einmal ein

Zehntel dieser Menschenmenge mit an Bord nehmen dürfen. Unter Deck war sie bis zum Rande mit Perlmutt und Kopra vollgepfropft. Selbst das Warenlager hatte herhalten müssen. Es war ein Wunder, daß die Matrosen überhaupt die Segel bedienen konnten. Auf den Decks war kein Vorwärtskommen. So hangelten sie sich einfach an der Reling entlang.

In der Nacht stiegen sie über die Schläfer, die, mein Wort darauf, in zwei Schichten übereinander lagen. Ach, und dann waren da auch noch Schweine und Hühner an Deck und Säcke mit Yamswurzeln; und jedes freie Fleckchen war mit Girlanden aus Trinkkokosnüssen und Bananenbüscheln behängt. Zwischen den Fock- und den Großmastwanten hatte man auf beiden Seiten Geitaue gespannt, gerade so hoch, daß die Baumfock noch übergehen konnte, und auch von jedem dieser Taue baumelten mindestens fünfzig Bananenstauden.

Die Überfahrt versprach alles andere als gemütlich zu werden, selbst wenn wir es in den zwei bis drei Tagen schaffen sollten, die bei frischem Südostpassat erforderlich waren. Doch der wehte nicht. Nach den ersten fünf Stunden erstarb der Wind wie mit einem Dutzend keuchender Atemzüge. Die ganze Nacht lang und auch noch den darauffolgenden Tag dauerte die Windstille an – eine dieser gleißenden, glasklaren Flauten, bei denen einem allein schon der Gedanke, die Augen zu öffnen, um in sie hineinzusehen, Kopfschmerzen verursacht.

Am zweiten Tag starb ein Mann – er stammte von den Osterinseln und war in dieser Saison einer der besten Taucher in der Lagune gewesen. Er starb an Pocken, wie sich herausstellte, obwohl mir das unerklärlich ist, weil noch kein einziger Fall an Land aufgetreten war, als wir Rangiroa verließen. Aber es stimmte – es waren die Pocken –, ein Mann war tot, und drei andere hatte es bereits erwischt.

Und uns waren die Hände gebunden. Weder konnten wir die Kranken von den anderen isolieren, noch konnten wir sie pflegen. Wir reisten zusammengepfercht wie die Ölsardinen. Es blieb uns nichts anderes übrig, als dahinzusiechen und zu sterben – das heißt, nach der Nacht, die auf den ersten Todesfall folgte, blieb uns nichts anderes übrig. In dieser Nacht verschwanden der Steuermann, der Frachtaufseher, der polnische Jude und vier eingeborene Taucher mit dem großen Walboot. Man hörte nie wieder etwas von ihnen. Am nächsten Morgen ließ der Kapitän prompt die übrigen Boote anbohren – und da saßen wir nun fest.

An diesem Tag gab es zwei Todesfälle; am folgenden Tag drei; dann erhöhte sich die Zahl auf acht. Es war seltsam zu beobachten, wie wir damit fertig zu werden versuchten. Die Eingeborenen zum Beispiel verfielen in einen Zustand sprachloser, lähmender Angst. Der Kapitän – er hieß Oudouse, ein Franzose – wurde sehr unruhig und redselig. Er bekam sogar nervöse Zuckungen. Er war ein großer, massiger Mann, der mindestens neunzig Kilo wog, und in kürzester Zeit entwickelte er eine verblüffende Ähnlichkeit mit einem bebenden Berg von Fett.

Der Deutsche, die beiden Amerikaner und ich kauften den gesamten Whiskyvorrat an Bord auf und sprachen kontinuierlich dem Alkohol zu. Die Theorie war grandios – wenn wir uns so aufgeheizt hielten, würde jeder Erreger, der mit uns in Berührung kam, sofort zu Asche verglühen. Und es funktionierte, obwohl ich zugeben muß, daß auch Kapitän Oudouse und Ah Choon von der Krankheit verschont blieben. Der Franzose trank überhaupt nicht, während sich Ah Choon auf ein Gläschen pro Tag beschränkte.

Es war eine nette Zeit. Die Sonne, die in die nördliche Deklination eintrat, stand direkt über uns. Es herrschte Windstille, abgesehen von häufigen Sturmböen, deren Dauer von fünf Minuten bis zu einer halben Stunde variierte und die uns zum Abschied mit Wolkenbrüchen überschütteten. Nach jeder Bö kam dann die schreckliche Sonne wieder hervor und ließ Dampfschwaden von den durchtränkten Decks aufsteigen.

Dieser Dampf war nicht angenehm. Es war der Dunst des Todes, beladen mit Millionen und Abermillionen von Krankheitskeimen. Jedesmal, wenn wir ihn von den Toten und Sterbenden aufsteigen sahen, gossen wir uns noch einen Schluck ein – und meistens genehmigten wir uns zwei oder drei besonders kräftig gemischte Gläser. Wir machten es uns auch zur Regel, uns immer noch ein paar Extragläser zu gönnen, wenn sie die Toten über Bord warfen und den Haien, die uns umschwärmten, überließen.

So hielten wir es eine Woche lang; dann ging uns der Whisky aus. Das war auch gut, denn sonst wäre ich jetzt nicht mehr am Leben. Um das, was nun folgte, zu überstehen, mußte man schon nüchtern sein, wie mir jeder zugeben wird, wenn ich ergänzend hinzufüge, daß nur zwei es tatsächlich geschafft haben. Der andere war der Heide – so nannte jedenfalls Kapitän Oudouse ihn in dem Augenblick, als ich diese Person zum erstenmal bewußt wahrnahm. Aber darauf komme ich später zurück.

Es war am Ende der Woche – die Whiskyvorräte waren aufgebraucht und die Perlenhändler nüchtern –, als mein Blick zufällig auf das Barometer fiel, das am Niedergang hing. Sein Normalstand im Paumotu-Archipel betrug 29,90, und Schwankungen zwischen 29,85 bis 30,0 oder sogar 30,05 waren durchaus üblich; doch selbst der betrunkenste Perlenhändler, der je seine Pockenbazillen mit schottischem Whisky verbrannt hatte, würde wieder nüchtern werden, wenn er es wie ich auf dem Tiefstand von 29,62 gesehen hätte.

Ich machte Kapitän Oudouse darauf aufmerksam, nur um von ihm zu erfahren, daß er den fallenden Luftdruck bereits seit mehreren Stunden beobachte. Da war nicht viel zu machen, doch das wenige erledigte er in Anbetracht der Umstände sehr gut. Er holte die Schönwettersegel ein, ließ

Sturmbesegelung anschlagen, spannte Rettungsleinen und wartete auf das Unwetter. Fehler machte er erst, als es da war. Er drehte über Backbord bei, was südlich des Äquators richtig ist, wenn – und das ist der springende Punkt – *wenn* man sich *nicht* genau in der Bahn des Wirbelsturms befindet.

Wir befanden uns aber genau in seiner Bahn. Ich konnte das an der ständig zunehmenden Windstärke und an dem ebenso unaufhaltsam fallenden Barometer erkennen. Ich wollte, daß er wendete und vor raum-achterlichem Wind lief, solange das Barometer noch fiel, und dann beidrehte. Wir stritten, bis er hysterisch wurde, aber er wollte nicht nachgeben. Das Schlimmste war, daß ich die übrigen Perlenhändler nicht auf meine Seite bringen konnte. Wer war ich denn schon, daß ich mehr über die See und ihre Tücken wissen wollte als ein richtiger Kapitän? – so stellte sich das aus ihrer Sicht fraglos dar.

Mit dem Wind wurde natürlich auch der Seegang immer stärker, und ich werde niemals die drei ersten Brecher vergessen, die die *Petite Jeanne* überrollten. Sie war abgefallen, wie es Schiffe manchmal tun, nachdem sie beigedreht haben, und schon die erste See schlug hoch über ihr zusammen. Die Rettungsleinen halfen nur den Kräftigen und Gesunden, und selbst denen nützten sie nicht viel, als Frauen und Kinder, Bananen und Kokosnüsse, Schweine und Kisten, Kranke und Sterbende als kompakte, schreiende und stöhnende Masse mit fortgerissen wurden.

Die zweite See flutete die Decks der *Petite Jeanne* bis an die Reling, und als ihr Heck versank und der Bug sich gen Himmel reckte, schwappte die ganze elende Ladung beseelter und unbeseelter Gegenstände nach achtern. Es war ein menschlicher Sturzbach. Mit Kopf oder Füßen voraus, auf der Seite, sich immer wieder überschlagend, verrenkt, verkrümmt, sich windend und verknäuelt, so kamen sie dahergeschossen. Ab und zu gelang es jemandem, sich an einem Pfosten oder einem Tau festzuhalten, doch die Wucht der nachfolgenden Leiber riß ihn unwiderstehlich mit.

Einen Mann sah ich, der geradewegs Kurs auf den Steuerbordpoller nahm. Sein Schädel zerschellte daran wie eine Eierschale. Mir war klar, was passieren würde, und ich kletterte auf das Kajütendach und von dort in das Großsegel. Ah Choon und einer der Amerikaner versuchten, mir zu folgen, aber ich war ihnen eine Nasenlänge voraus. Der Amerikaner wurde nach achtern mitgerissen und verschwand hinter dem Heck wie ein Stückchen Spreu im Wind. Ah Choon bekam eine Speiche des Steuerrades zu fassen und duckte sich dahinter. Doch eine stämmige *Wahine* (Frau) aus Raratonga – sie muß mindestens zwei Zentner gewogen haben – wurde gegen ihn gedrückt und schlang einen Arm um seinen Hals. Er packte den eingeborenen Rudergänger mit der anderen Hand – und gerade in dem Moment holte der Schoner nach Steuerbord über.

Der Strom von Körpern und Seewasser, der sich durch den Backbordgang zwischen Kajüte und Reling wälzte, änderte jäh seine Fließrichtung und ergoß sich nach Steuerbord. Weg waren sie – Wahine, Ah Choon und der Rudergänger; und ich schwöre, Ah Choon grinste mich mit philosophischer Schicksalsergebenheit an, als er über die Reling gespült wurde und versank.

Die dritte Sturzsee – die größte von den dreien – richtete nicht so viel Schaden an. Als sie kam, waren fast alle in der Takelage. Auf Deck rollten vielleicht noch ein Dutzend keuchender, halbertrunkener und halbbetäubter armer Teufel umher oder versuchten sich kriechend in Sicherheit zu bringen. Sie gingen über Bord, ebenso wie die Trümmer der beiden übriggebliebenen Boote. Die anderen Perlenhändler und ich konnten noch etwa fünfzehn Frauen und Kinder in die Kajüte bringen und hinter ihnen die Luken schließen.

Letzten Endes half es jedoch den armen Wesen auch nicht viel.

Sturm? Nach allem, was ich erlebt hatte, hätte ich es nie für möglich gehalten, daß ein Sturm so wüten konnte. Man kann es einfach nicht beschreiben. Wie kann man einen Alptraum in Worte fassen? Mit dem Sturm war es ebenso. Er riß uns die Kleider vom Leib. Und ich meine das wörtlich, wenn ich sage, *er riß sie uns vom Leib*. Ich verlange ja nicht, daß man mir glaubt. Ich erzähle nur, was ich sah und was ich fühlte. Es gibt Zeiten, da ich es selbst nicht für möglich halte. Ich habe es durchgemacht, und das genügt. Man konnte sich diesem Sturm nicht entgegenstemmen, ohne mit dem Leben zu bezahlen. Er war ein Ungeheuer, und das Ungeheuerlichste an ihm war, daß er immer noch an Stärke zunahm.

Man muß sich ungezählte Millionen, ja Milliarden Tonnen von Sand vorstellen, sich vorstellen, daß sich dieser Sand mit einhundertfünfzig, einhundertsechzig, einhundertneunzig oder noch mehr Stundenkilometern vorwärtsbewegt. Man muß sich überdies auch noch ausmalen, daß diese Materie zwar unsichtbar und nicht zu greifen ist, jedoch die Wucht und Dichte von Sand besitzt. Wessen Einbildungskraft dabei nicht versagt, der bekommt vielleicht eine vage Ahnung davon, was für ein Sturm das war.

Sand ist möglicherweise nicht der richtige Vergleich. Eher war es wie Schlamm, unsichtbar, ungreifbar, aber schwer wie Schlamm. Nein, es war noch schlimmer. Man denke sich jedes einzelne Luftmolekül als einen ganzen Schlammwall für sich. Dann muß man versuchen, sich den ständigen Aufprall dieser Schlammassen vorzustellen. Nein, das übersteigt mein Ausdrucksvermögen. Die Sprache mag ausreichen, um die durchschnittlichen Lebensumstände zu schildern, aber sie kann unmöglich die Bedingungen beschreiben, die bei einem derartigen Sturm herrschen. Ich wäre besser bei meiner ursprünglichen Absicht geblieben und hätte erst gar keine Schilderung versucht.

Nur so viel will ich sagen: Die See, die sich zuerst aufgebäumt hatte, wurde durch diesen Wind niedergewalzt. Mehr noch – es schien, als sei der ganze Ozean in den Schlund des Orkans gesogen und durch den Teil des Raumes hochgerissen worden, den zuvor die Luft eingenommen hatte.

Unsere Segel waren natürlich längst verschwunden. Doch Kapitän Oudouse hatte etwas auf der *Petite Jeanne*, das ich vorher nie auf einem Südseeschoner gesehen habe – einen Treibanker. Er bestand aus einem spitz zulaufenden Segeltuchbeutel, dessen Öffnung durch einen großen Eisenreifen aufgehalten wurde. Der Treibanker war aufgehängt etwa wie ein Papierdrache, so daß er im Wasser schwebte wie ein Drache in der Luft – nur mit einem Unterschied. Der Seeanker blieb knapp unter der Wasseroberfläche in senkrechter Stellung. Ein langes Tau verband ihn mit dem Schoner. Infolgedessen drehte die *Petite Jeanne* ihren Bug immer in den Wind und gegen die anrollende See.

Die Situation wäre eigentlich recht günstig gewesen, hätten wir uns nicht mitten in der Bahn des Sturmes aufgehalten. Zwar riß der Wind unsere Segel aus den Zeisingen, hievte die Marsstengen heraus und verknäulte das laufende Gut, doch würden wir noch heil davongekommen sein, wenn wir uns nicht genau vor dem herannahenden Sturmzentrum befunden hätten. Dadurch saßen wir in der Klemme. Ich war durch den ständigen Winddruck am Ende meiner Kräfte, fühlte mich wie betäubt und gelähmt und war wohl drauf und dran, aufzugeben und mit dem Leben abzuschließen, als uns das Sturmzentrum traf. Der Schlag, den wir erhielten, bestand in absoluter Windstille. Kein Lufthauch war zu spüren. Die Wirkung auf uns war gräßlich.

Man darf nicht vergessen, daß wir stundenlang unter furchtbarer Muskelanspannung gestanden hatten, um dem schrecklichen Andruck zu widerstehen. Und dann war dieser Druck plötzlich nicht mehr da. Ich weiß, daß ich das Gefühl hatte, mich unaufhaltsam aufzublähen und fast schon zu zerplatzen. Jedes einzelne Atom meines Körpers schien jedes andere Atom abzustoßen und nahe daran zu sein, sich im Weltraum zu verlieren. Doch dieser Zustand dauerte nur einen Augenblick. Dann kam der Untergang.

Nun, da der Winddruck gewichen war, bäumte sich die See auf. Sie sprang, schnellte, schoß geradewegs auf die Wolken zu. Dieser unvorstellbare Sturm, das darf man nicht vergessen, toste aus allen Himmelsrichtungen auf das Ruhezentrum zu. Die Folge war, daß die Sturzseen auch aus allen Himmelsrichtungen aufschossen. Kein Wind hielt sie in Schach. Sie tauchten plötzlich auf wie Korken, die sich vom Boden eines Wassereimers gelöst haben. Sie besaßen keinerlei System, keine Stabilität. Es waren hohle, kochende Sturzseen. Sie waren mindestens fünfundzwanzig Meter hoch. Es waren überhaupt keine Wellen. Sie glichen keiner Welle, die je ein Mensch gesehen hat.

Es waren Spritzer, monströse Spritzer – mehr nicht. Fünfundzwanzig Meter hohe Spritzer. Fünfundzwanzig! Sie waren höher als fünfundzwanzig. Sie reichten über unsere Masttopps. Es waren Fontänen, Explosionen. Sie benahmen sich wie Betrunkene. Sie entstanden, irgendwie und überall. Sie rempelten sich gegenseitig an; stießen aneinander. Sie stürmten aufeinander los und brachen übereinander zusammen und zerstoben wie tausend Wasserfälle auf einmal. Kein Mensch hätte sich je einen Ozean auch nur träumen lassen, der aussah wie dieses Orkanzentrum. Es war ein dreimal verfluchtes, heilloses Chaos. Es war Anarchie. Es war ein Hexenkessel tobenden Seewassers.

Die *Petite Jeanne*? Ich habe keine Ahnung. Der Heide erzählte mir später, er hätte es auch nicht richtig mitbekommen. Sie wurde buchstäblich auseinandergerissen, aufgeschlitzt, zu Brei zerstoßen, zu Kleinholz zermalmt, völlig vernichtet. Als ich wieder zu mir kam, war ich im Wasser, und obwohl ich mehr als halb ertrunken war, machte ich automatisch Schwimmbewegungen. Wie ich dorthin gekommen war, konnte ich nicht sagen. Ich entsann mich, daß ich noch sah, wie die *Petite Jeanne* zerlegte, aber in diesem Augenblick muß mir der Orkan auch mein eigenes Bewußtsein ausgeblasen haben. Doch da war ich nun, und es blieb mir nichts anderes übrig, als das Beste daraus zu machen, und dieses Beste schien nicht gerade vielversprechend. Der Sturm hatte wieder eingesetzt, der Seegang war viel geringer und regelmäßiger geworden, und ich wußte, daß das Zentrum über mich hinweggezogen war. Zum Glück waren keine Haie in der Nähe. Der Orkan hatte die gefräßige Bande zerstreut, die das Todesschiff umschwärmt und sich an den Leichen gütlich getan hatte.

Es waren gegen Mittag, als die *Petite Jeanne* in Stücke ging, und es mußte zwei Stunden später gewesen sein, als ich auf einen Lukendeckel stieß. Um diese Zeit regnete es in Strömen, und es war reiner Zufall, der mich und den Lukendeckel aneinander geraten ließ. Ein kurzes Stück Leine hing vom Griff herab, und ich wußte, daß ich zumindest für einen Tag gerettet war, falls die Haie nicht zurückkehrten. Drei Stunden, vielleicht auch etwas mehr, hielt ich mich an dem Deckel fest und konzentrierte mich mit geschlossenen Augen ganz auf die Aufgabe, genug Luft einzuatmen, um am Leben zu bleiben, ohne gleichzeitig soviel Wasser zu schlucken, daß ich ertrank. Dann schien es mir, als hörte ich Stimmen. Der Regen hatte aufgehört, und Wind und Wellen beruhigten sich auf wunderbare Weise. Keine sechs Meter von mir entfernt, sah ich Kapitän Oudouse und den Heiden mit einem anderen Lukendeckel. Sie kämpften um seinen Besitz – zumindest der Franzose tat es.

»Païen noir!« hörte ich ihn schreien und sah zur gleichen Zeit, wie er nach dem Kanaken trat.

Nun hatte Kapitän Oudouse alle seine Kleider außer seinem Schuhwerk, derben Stiefeln, verloren. Es war ein roher Tritt, denn er traf den Heiden am Mund und an der Kinnspitze und betäubte ihn halb. Ich wartete darauf, daß er zurückzahlen würde, doch er begnügte sich damit, drei Meter entfernt und folglich außer Reichweite hilflos umherzuschwimmen. Sobald ihn eine Welle näher heranwarf, trat der Franzose, der sich mit beiden Händen festhielt, nach ihm. Und bei jedem Tritt schimpfte er den Eingeborenen einen schwarzen Heiden.

»Für zwei Centimes würde ich rüberkommen und dich ertränken, du weißes Ungeheuer!« schrie ich.

Das einzige, was mich davon abhielt hinüberzuschwimmen, war meine Erschöpfung. Allein schon der Gedanke an die damit verbundene Anstrengung verursachte mir Übelkeit. So lud ich den Kanaken ein, meinen Lukendeckel mitzubenutzen. Sein Name sei Oto'o, sagte er mir; er erzählte mir auch, daß er von Bora Bora, der westlichsten der Gesellschaftsinseln, stamme. Wie ich später erfuhr, hatte er den Lukendeckel zuerst erwischt, war nach einiger Zeit auf Kapitän Oudouse gestoßen, hatte ihm angeboten, den Deckel mit ihm zu teilen und war zum Dank dafür von dem Neuankömmling heruntergestoßen worden.

Und so begegneten Oto'o und ich uns zum erstenmal. Er war kein Kämpfer. Er bestand nur aus Sanftmut und Milde, ein Wesen voller Liebe, obwohl er fast einsachtzig maß und mit Muskeln wie ein Gladiator ausgestattet war. Er war kein Kämpfer, aber er war auch kein Feigling. Er besaß das Herz eines Löwen – und in den folgenden Jahren sah ich ihn Gefahren auf sich nehmen, denen ich mich nicht im Traum ausgesetzt hätte. Ich meine damit, daß er, obwohl er kein Kämpfer war und es stets vermied, einen Streit heraufzubeschwören, dennoch niemals vor irgendwelchen Schwierigkeiten davonrannte. Und wenn Oto'o dann einmal in Aktion trat, hieß es »aufgepaßt«. Ich werde nie vergessen, wie er mit Bill King verfuhr. Es passierte auf Deutsch-Samoa. Bill King war zum Schwergewichtsmeister der amerikanischen Marine ausgerufen worden. Er war ein großer, roher Kerl, ein wahrer Gorilla, einer dieser aggressiven Schlägertypen, die ihre Fäuste zu gebrauchen wissen. Er brach den Streit vom Zaun, und er trat zweimal nach Oto'o und schlug ihn einmal, bevor Oto'o es für nötig hielt, zu kämpfen. Ich glaube, es dauerte keine vier Minuten, bis Bill King der unglückselige Besitzer von vier gebrochenen Rippen, einem gebrochenen Unterarm und einem ausgerenkten Schulterblatt war. Oto'o verstand nichts von der hohen Schule des Boxens. Er schlug einfach drauflos, und Bill King brauchte etwa drei Monate, um sich von den paar Schlägen zu erholen, die er an jenem Nachmittag am Strand von Apia einstecken mußte.

Doch ich greife dem Gang meiner Geschichte vor. Wir teilten uns den Lukendeckel. Abwechselnd lag einer flach auf dem Deckel und ruhte sich aus, während der andere sich, bis zum Hals im Wasser, nur mit den Händen festhielt. Zwei Tage und zwei Nächte trieben wir so, jeder turnusmäßig eine Weile auf dem Deckel, dann wieder im Wasser, auf dem Ozean dahin. Gegen Ende zu halluzinierte ich die meiste Zeit; und zuweilen hörte ich auch Oto'o in seiner Muttersprache stammeln und phantasieren. Unser ständiges Eintauchen bewahrte uns zwar vor dem Verdursten, dafür lieferte Meerwasser und Sonnenschein aber auch die schönste Kombination von Pökellake und Sonnenbrand, die sich denken läßt.

Am Ende rettete Oto'o mir das Leben, denn als ich zu mir kam, lag ich, durch ein paar Palmblätter vor der Sonne geschützt, sechs Meter vom Wasser entfernt am Strand. Kein anderer als Oto'o konnte mich dorthin geschleppt und die Blätter als Schattenspender aufgepflanzt haben. Er lag neben mir. Ich verlor erneut das Bewußtsein, und als ich wieder aufwachte, war kühle, sternklare Nacht, und Oto'o hielt mir eine Kokosnuß zum Trinken an die Lippen.

Wir waren die einzigen Überlebenden der *Petite Jeanne*. Kapitän Oudouse mußte der Erschöpfung erlegen sein, denn einige Tage später trieb sein Lukendeckel ohne ihn an. Oto'o und ich lebten eine Woche lang bei den Eingeborenen des Atolls, bevor wir von einem französischen Kreuzer aufgenommen und nach Tahiti gebracht wurden. Unterdessen hatten wir jedoch die Zeremonie des Namenstausches vollzogen. In der Südsee bindet eine derartige Zeremonie zwei Männer fester aneinander als Blutsbrüderschaft. Die Anregung war von mir ausgegangen, und Oto'o war von meinem Vorschlag mehr als angetan.

»Das ist gut«, sagte er in der Sprache der Eingeborenen. »Denn wir sind zwei Tage lang Gefährten auf den Lippen des Todes gewesen.«

»Aber der Tod kam ins Stottern«, lächelte ich.

»Es war eine gute Tat, die du getan hast, Herr«, antwortete er, »und der Tod war nicht niederträchtig genug, um sich zu Wort zu melden.«

»Warum nennst du mich ›Herr‹?« fragte ich und tat, als sei ich verletzt. »Wir haben unsere Namen getauscht. Für dich bin ich Oto'o. Für mich bist du Charley. Und was uns beide angeht, wirst du immer und ewig Charley, und ich werde Oto'o sein. So ist es Brauch. Und wenn wir sterben und dann irgendwo hinter den Sternen und dem Himmel weiterleben sollten, so wirst du für mich immer noch Charley und ich werde für dich Oto'o sein.«

»Ja, Herr«, entgegnete er mit leuchtenden, vor Freude glänzenden Augen.

»Da sagst du's schon wieder!« rief ich entrüstet.

»Was spielt es für eine Rolle, was mein Mund redet?« wandte er ein. »Es sind ja nur meine Lippen. Aber denken werde ich immer Oto'o. So oft ich an mich denke, werde ich an dich denken. So oft mich Menschen beim Namen nennen, werde ich an dich denken. Und hinter dem Himmel und hinter den Sternen wirst du für immer und ewig Oto'o für mich sein. Ist es so recht, Herr?«

Ich verbarg mein Lächeln und erwiderte, das es so recht sei.

In Papeete trennten wir uns. Ich blieb an Land, um mich zu erholen, und er fuhr mit einem Kutter nach Bora Bora, seiner Heimatinsel. Sechs Wochen später war er wieder da. Das überraschte mich, denn er hatte mir von seiner Frau erzählt und gesagt, daß er zu ihr zurückkehren und die weiten Reisen aufgeben wolle.

»Wohin gehst du, Herr?« fragte er nach unseren ersten Begrüßungsworten.

Ich zuckte die Achseln. Das war eine schwierige Frage.

»Um die ganze Welt«, lautete meine Antwort – »um die ganze Welt, über alle Meere und auf alle Inseln, die es im Meer gibt.«

»Ich will mit dir gehen«, sagte er einfach. »Meine Frau ist tot.«

Ich hatte nie einen Bruder; aber nach dem, was ich von den Brüdern anderer Leute gesehen habe, bezweifle ich, daß jemals ein Mensch einen Bruder besaß, der ihm das war, was Oto'o mir bedeutete. Er war Bruder und Vater und Mutter zugleich. Und eines weiß ich – Oto'os wegen wurde ich zu einem rechtschaffenen und besseren Menschen. Ich gab nicht viel auf die Meinung anderer Leute, aber in Oto'os Augen mußte ich anständig bleiben. Seinetwegen behielt ich eine weiße Weste. Er machte mich zu seinem Ideal, das er, wie ich fürchte, hauptsächlich nach dem Bilde seiner eigenen Liebe und Verehrung schuf; und es gab Zeiten, als ich nah am Abgrund der Hölle stand und mich hineingestürzt hätte, würde mich nicht der Gedanke an Oto'o davon abgehalten haben. Sein Stolz auf mich ging auf mich über, bis es schließlich eine der Hauptregeln meines persönlichen Ehrenkodexes wurde, nichts zu tun, was seine Achtung schmälern könnte.

Natürlich begriff ich seine Gefühle für mich nicht sofort. Er kritisierte nie, tadelte nie, aber langsam wurde mir klar, auf welchem Piedestal ich in seinen Augen stand, und langsam wuchs meine Einsicht, wie sehr ich ihn verletzen würde, wenn ich nicht mein Bestes gab.

Siebzehn Jahre lang waren wir zusammen; siebzehn Jahre lang war er an meiner Seite, wachte über meinen Schlaf, kurierte mein Fieber und meine Wunden, ja, empfing selbst Wunden im Kampf für mich. Er heuerte auf denselben Schiffen an wie ich, und zusammen überquerten wir den Pazifik von Hawaii bis zur Hafeneinfahrt von Sydney und von der Torres-Meerenge bis zu den Galapagos-Inseln. Als Sklavenhändler fuhren wir von den Neuen Hebriden und den Line-Inseln westwärts direkt durch das Louisiade-Archipel bis Neubritannien, Neu-Irland und Neuhannover. Dreimal erlitten wir Schiffbruch – bei den Gilbot-Inseln, den Santa-Cruz- und den Fidschi-Inseln. Und wir handelten, wo immer ein Dollar zu verdienen war, mit Perlen und Perlmutt, Kopra, Trepang, Karrettschildpatt und bargen gestrandete Wracks.

Es begann in Papeete, unmittelbar nach seiner Ankündigung, daß er mit mir über das ganze Meer und zu allen darinliegenden Inseln ziehen würde. In jenen Tagen gab es in Papeete einen Club, in dem sich Perlenaufkäufer, Händler und Kapitäne sowie allerlei Gesindel trafen, das in der Südsee auf Abenteuersuche war. Es wurde hoch gespielt und viel gezecht, und ich fürchte sehr, daß ich oft länger blieb, als mir gut tat oder als es sich schickte. Ganz gleich, zu welcher Uhrzeit auch immer ich den Club verließ – Oto'o wartete auf mich, um mich sicher nach Hause zu geleiten.

Anfangs lächelte ich darüber, danach schalt ich ihn aus. Schließlich sagte ich ihm geradeheraus, daß ich keine Amme brauche. Daraufhin sah ich ihn nicht mehr, wenn ich den Club verließ. Etwa eine Woche später kam ich ganz durch Zufall dahinter, daß er mich, versteckt im Schatten der Mangobäume auf der anderen Straßenseite, immer noch nach Hause begleitete. Was sollte ich tun? Ich weiß, was ich tat.

Unmerklich fing ich an, nicht mehr so lange zu bleiben. In regnerischen und stürmischen Nächten drängte sich mir mitten im ärgsten Trubel und Amüsement der Gedanke an Oto'o auf, der seine öde Wache unter tropfenden Mangobäumen hielt. Wirklich, er machte einen besseren Menschen aus mir. Dabei war er keineswegs puritanisch. Und er wußte nichts von den üblichen christlichen Moralvorstellungen. Alle Leute auf Bora Bora waren Christen, doch er war ein Heide, der einzige Ungläubige auf der Insel, ein derber Materialist, der nicht an ein Leben nach dem Tode glaubte. Er glaubte nur an Anständigkeit und Ehrlichkeit. Engstirnige Niedertracht war seiner Auffassung nach ein beinahe ebenso schlimmes Verbrechen wie mutwilliger Totschlag, und ich denke sogar, daß er vor einem Mörder mehr Achtung hatte als vor einem Mann, der üble kleine Betrügereien beging.

Was meine eigene Person betraf, so war er gegen alles, was mir schadete. Glücksspiel war in Ordnung. Er war selbst ein leidenschaftlicher Spieler. Aber langes Aufbleiben, erklärte er mir, sei schlecht für die Gesundheit. Er hatte gesehen, wie Männer, die nicht auf sich achtgaben, am Fieber starben. Er war kein Abstinenzler und sagte niemals nein zu einem tuchtigen Schluck, wenn es naß und klamm wurde bei der Bootsarbeit. Andererseits war er für Mäßigkeit beim Trinken. Er hatte viele Männer gesehen, die ihr Leben oder ihre Ehre durch Gin oder schottischen Whisky verloren hatten.

Oto'o lag mein Wohlergehen stets am Herzen. Er dachte für mich voraus, prüfte meine Pläne und interessierte sich mehr dafür, als ich es selbst tat. Anfangs war mir dieses Interesse an meinen Angelegenheiten noch nicht bewußt, und er mußte meine Absichten erraten, wie zum Beispiel in Papeete. Damals hatte ich vor, mich mit einem Landsmann bei einem Guanogeschäft zusammenzutun. Ich wußte nicht, daß er ein Spitzbube war. Auch kein anderer Weißer in Papeete wußte es. Ebensowenig Oto'o, aber als er sah, wie eng unsere Freundschaft wurde, fand er es für mich heraus, und zwar ohne daß ich ihn darum gebeten hätte. In Tahiti treiben sich am Strand eingeborene Seeleute herum, die auf allen Weltmeeren gefahren sind, und Oto'o, der bloß Verdacht geschöpft hatte, mischte sich unter sie, bis er genügend Beweise gesammelt hatte, die seine bösen Ahnungen bestätigten. Oh, er hatte einiges auf dem Kerbholz, dieser Randolph Waters. Ich konnte es gar nicht glauben, als Oto'o mir zum erstenmal davon erzählte; doch als ich mir Waters vorknöpfte, gab er ohne einen Mucks klein bei und verschwand mit dem ersten Dampfer nach Auckland.

Offen gesagt, nahm ich es Oto'o anfangs übel, daß er seine Nase in meine Angelegenheiten steckte. Aber ich wußte, daß er vollkommen selbstlos war, und bald schon mußte ich seine Klugheit und Umsicht dankbar anerkennen. Er hatte immer nur meinen Vorteil im Auge und war dabei sowohl scharfsichtig als auch weitblickend. Allmählich wurde er mein Berater, bis er schließlich von meinen Geschäften mehr verstand als ich. Auch meine Belange lagen ihm schließlich mehr am Herzen als mir selbst. Ich besaß die großartige Unbekümmertheit der Jugend, ich zog ein romantisches Erlebnis den Dollars und ein Abenteuer einem bequemen Quartier für die Nacht vor. Deshalb war es gut, daß ich jemanden hatte, der auf mich aufpaßte. Ich weiß, daß ich ohne Oto'o heute nicht hier wäre.

Ich will nur ein Beispiel von vielen anführen. Ich besaß einige Erfahrung im Anwerben von Arbeitskräften, bevor ich als Perlenaufkäufer auf die Paumotu-Inseln ging. Oto'o und ich waren auf Samoa gestrandet – wir saßen buchstäblich auf dem Trockenen – als ich die Chance bekam, als Sklavenwerber an Bord einer Brigg zu gehen. Oto'o heuerte als Matrose an, und für das nächste halbe Dutzend Jahre trieben wir uns auf ebensovielen Schiffen in den wildesten Gegenden Melanesiens herum. Oto'o sorgte dafür, daß er stets in meinem Boot ruderte. Beim Anwerben von Arbeitern wurde der Werber gewöhnlich am Strand abgesetzt. Das Begleitboot zu meinem Schutz lag immer unter Riemen in etwa hundert Metern Entfernung vor der Küste, während das Boot des Werbers, ebenfalls unter Riemen, direkt vor dem Strand im Wasser trieb. Wenn ich mit meiner Tauschware landete und mein Steuerruder hochstellte, verließ Oto'o seinen Platz am Ruder und kam nach achtern, wo unter einem Stück Segeltuch eine schußbereite Winchesterbüchse lag. Auch die Bootsbesatzung war bewaffnet, die Snider-Gewehre steckten unter dem Dollbord hinter Segeltuchlappen. Während ich auf die wollköpfigen Kannibalen einredete und sie davon zu überzeugen versuchte, mit mir zu kommen, um sich auf den Plantagen von Queensland zu verdingen, hielt Oto'o Wache. Und oft genug warnte mich seine leise Stimme vor verdächtigen Bewegungen und drohendem Verrat. Manchmal war ein schneller Schuß aus seiner Büchse, der einen Neger umwarf, die erste Warnung, die ich erhielt. Und wenn ich zum Boot rannte, war seine Hand stets ausgestreckt, um mir beim Sprung an Bord zu helfen. Einmal, es war mit der *Santa Anna*, war das Boot gerade aufgelaufen, als der Ärger losging. Das Begleitboot kam uns in höchster Eile zu Hilfe, aber die Scharen von Wilden hätten uns fraglos vorher erledigt. Da sprang Oto'o mit einem Satz an Land, griff mit beiden Händen in die Tauschwaren und streute Tabak, Glasperlen, Tomahawks, Messer und Kattunstoffe nach allen Seiten aus.

Das war zuviel für die Wollköpfe. Während sie sich noch um die Schätze balgten, schoben wir das Boot in tieferes Wasser, kletterten an Bord und waren auch schon zehn Meter entfernt. Und vier Stunden später hatte ich am selben Strand dreißig Arbeiter geworben.

Ein Fall, an den ich mich besonders gut erinnere, ereignete sich auf Malaita, der wildesten Insel des östlichen Salomon-Archipels. Die Eingeborenen waren auffallend freundlich gewesen; und wie konnten wir auch wissen, daß das ganze Dorf bereits seit über zwei Jahren sammelte, um den Kopf eines weißen Mannes zu kaufen? Diese Kerle sind alle Kopfjäger, und der Kopf eines Weißen ist bei ihnen besonders begehrt. Der Bursche, der den Kopf erbeutete, würde die ganze Kollekte erhalten. Wie ich bereits sagte, sie machten einen sehr freundlichen Eindruck auf mich, und an diesem Tag war ich unten am Strand, fast hundert Meter vom Boot entfernt. Oto'o hatte mich gewarnt, und wie immer, wenn ich nicht auf ihn hörte, geriet ich in Schwierigkeiten.

Ehe ich wußte, wie mir geschah, schwirrte eine Wolke von Speeren aus dem Mangrovensumpf auf mich zu. Mindestens ein Dutzend blieb in mir stecken. Ich begann zu laufen, stolperte jedoch über einen Speer, der aus meiner Wade ragte, und fiel hin. Die Wollköpfe rannten um die Wette, jeder mit einem langstieligen, breitschneidigen Tomahawk bewaffnet, um mir damit den Kopf abzuhacken. Sie waren so gierig nach der Trophäe, daß sie sich gegenseitig ins Gehege kamen. In der Verwirrung entging ich mehreren Axthieben, indem ich mich im Sande nach rechts und nach links wälzte.

Und dann kam Oto'o – der Wehrhafte. Irgendwie war ihm eine schwere Schlachtkeule in die Hände gekommen, und das war im Nahkampf eine viel wirksamere Waffe als ein Gewehr. Er war mitten unter ihnen im dichtesten Gewühl, so daß sie ihre Speere gegen ihn nicht einsetzen konnten, und auch ihre Tomahawks schienen mehr als nutzlos zu sein. Er kämpfte für mich, und er wütete wie ein wahrer Berserker unter ihnen. Es war erstaunlich, wie er die Keule einzusetzen wußte. Ihre Schädel wurden zerquetscht wie überreife Orangen. Erst als er sie zurückgetrieben hatte, mich aufhob und zu laufen anfing, erhielt er seine ersten Blessuren. Er erreichte das Boot mit vier Speerwunden, griff nach seiner Winchester und traf mit jedem Schuß einen Mann. Dann ruderten wir zum Schoner zurück und ließen uns verarzten.

Siebzehn Jahre lang waren wir zusammen. Er machte mich zu dem, was ich heute bin. Ich wäre heute ein Frachtaufseher, ein Werber oder nur noch ein Name auf einem Grabstein, wenn es ihn nicht gegeben hätte.

»Du gibst dein Geld aus, und dann gehst du hin und verdienst wieder etwas«, sagte er eines Tages. »Jetzt ist es leicht, Geld zu verdienen. Doch wenn du in die Jahre kommst und bist dein Geld los, wirst du nicht mehr imstande sein, neues zu verdienen. Ich weiß Bescheid, Herr. Ich habe die weißen Männer beobachtet. An den Stränden gibt es viele Alte, die einmal jung waren und ebenso leicht Geld verdienen konnten. Jetzt sind sie alt, besitzen nichts und warten darauf, daß junge Männer wie du an Land kommen und ihnen ein paar Gläschen spendieren.

Der Schwarze arbeitet als Sklave auf den Plantagen. Er bekommt zwanzig Dollar im Jahr. Er schuftet dafür. Der Aufseher schuftet nicht. Er sitzt auf einem Pferd und sieht zu, wie sich die Schwarzen abrackern. Er bekommt zwölfhundert Dollar im Jahr. Ich bin ein Matrose auf dem Schoner. Ich verdiene fünfzehn Dollar im Monat, und das nur, weil ich ein guter Matrose bin. Ich arbeite schwer. Der Kapitän hat ein doppeltes Sonnensegel und trinkt Bier aus großen Flaschen. Ich habe ihn nie ein Tau einholen oder ein Ruder bedienen sehen. Er bekommt einhundertfünfzig Dollar im Monat. Ich bin ein Matrose. Er ist ein Schiffsführer. Herr, ich glaube, es wäre gut, wenn du lerntest, wie man ein Schiff steuert.«

Oto'o spornte mich an. Er segelte mit mir als zweiter Maat auf meinem ersten Schoner, und er war sehr viel stolzer auf mein Kommando als ich selbst. Später hieß es dann:

»Der Kapitän wird gut bezahlt, Herr, aber das Schiff ist ihm anvertraut, und er hat immer die ganze Verantwortung zu tragen. Der Eigentümer ist derjenige, der besser verdient – der Eigentümer, der an Land sitzt, viele Dienstboten hat und mit seinem Geld Geschäfte macht.«

»Das stimmt, aber ein Schoner kostet fünftausend Dollar – und selbst dafür bekommt man nur einen alten Kahn«, wandte ich ein. »Ich wäre ein Greis, bis ich fünftausend Dollar zusammen hätte.«

»Es gibt schnellere Wege für einen Weißen, um zu Geld zu kommen«, fuhr er fort und zeigte landwärts auf den von Kokospalmen gesäumten Strand.

Wir befanden uns damals auf den Salomon-Inseln und sammelten an der Ostküste von Guadalcanar eine Ladung Elfenbeinnüsse ein.

»Zwischen dieser Flußmündung und der nächsten sind es zwei Meilen«, sagte er. »Die Ebene reicht weit bis ins Landesinnere. Jetzt ist das alles nichts wert. Nächstes Jahr – wer weiß? – oder das Jahr darauf wird man viel Geld dafür zahlen. Der Ankerplatz ist gut. Große Dampfer können dicht unter Land anlegen. Du kannst das Gebiet auf vier Meilen Breite von dem alten Häuptling für zehntausend Streifen Tabak, zehn Flaschen Gin und ein Snider-Gewehr kaufen, was dich vielleicht hundert Dollar kostet. Dann läßt du die Sache von der Kolonialverwaltung absegnen; und nächstes Jahr oder das Jahr darauf verkaufst du und wirst Schiffseigentümer.«

Ich befolgte seinen Rat, und alles traf so ein, wie er es vorausgesagt hatte, wenn es auch nicht zwei, sondern drei Jahre dauerte. Und dann kam das Geschäft mit dem Weideland auf Guadalcanar – achthundert Hektar, gepachtet von der Regierung auf neunundneunzig Jahre und für eine lächerliche Summe. Ich besaß den Pachtvertrag genau neunzig Tage lang, bevor ich ihn für ein halbes Vermögen an ein Unternehmen weiterverkaufte. Immer war es Oto'o, der vorausschauend die günstige Gelegenheit erkannte. Er war es auch, der mich auf die Idee brachte, die *Doncaster* zu bergen – die ich auf der Auktion für hundert Pfund ersteigerte und die mir nach Abzug aller Unkosten einen Nettogewinn von dreitausend Pfund einbrachte. Er wies mich auch auf die Savaii-Plantage und das Geschäft mit dem Kakao auf Upolu hin.

Wir fuhren nicht mehr so oft zur See wie in den alten Tagen. Ich hatte es nicht mehr nötig. Ich heiratete, und mein Lebensstil wurde aufwendiger. Doch Oto'o blieb derselbe alte Oto'o, ging im Haus umher oder wanderte durch das Kontor, die Holzpfeife im Mund, ein Unterhemd für einen Schilling auf dem Leib und eine Lawa-Lawa für vier Schilling um die Lenden. Ich konnte ihn nicht dazu bringen, Geld für sich auszugeben. Und er akzeptierte keinen anderen Lohn als Liebe, und Gott ist mein Zeuge, daß er sie in reichem Maße von uns empfing. Die Kinder beteten ihn an; und wenn er zu verzärteln gewesen wäre, so hätte meine Frau ihn sicher völlig verdorben.

Die Kinder! Eigentlich war er es, der ihnen den Weg ins Leben zeigte. Es fing damit an, daß er ihnen das Laufen beibrachte. Er wachte bei ihnen, wenn sie krank waren. Eines nach dem anderen nahm er sie, kaum daß sie krabbeln konnten, mit zur Lagune hinunter und machte sie zu Amphibien. Er lehrte sie vieles, von dem ich keine Ahnung hatte, über die Lebensweise der Fische und die verschiedenen Möglichkeiten, sie zu fangen. Im Busch war es ebenso. Tom verstand mit sieben mehr von der Jagd, als ich mir je hätte träumen lassen. Mit sechs ging Mary über den Sliding Rock, ohne auch nur mit der Wimper zu zucken – und ich habe gestandene Mannsbilder gesehen, die vor diesem Bravourstück zurückschreckten. Und Frank konnte, kaum daß er sechs geworden war, aus fünf Meter Tiefe Schillinge vom Meeresgrund heraufholen.

»Meine Leute auf Bora Bora mögen keine Heiden – sie sind alle Christen, und ich mag keine Bora-Bora-Christen«, sagte er eines Tages, als ich ihn dazu bringen wollte, etwas von dem Geld auszugeben, das ihm rechtmäßig gehörte, und ihn in dieser Absicht dazu zu überreden versuchte, seiner Heimatinsel auf einem unserer Schoner einen Besuch abzustatten. Es sollte eine besondere Reise werden, von der ich gehofft hatte, daß sie jeden Rekord brechen würde, zumindest was die Höhe der Ausgaben anging.

Ich sage, in einem *unserer* Schoner, obwohl sie nach dem Buchstaben des Gesetzes damals mir gehörten. Ich hatte alle Mühe mit ihm, bis er in eine Partnerschaft einwilligte.

»Wir sind Partner gewesen seit dem Tag, als die *Petite Jeanne* unterging«, sagte er schließlich, »aber wenn dein Herz daran hängt, dann wollen wir auch vor dem Gesetz Partner werden. Ich arbeite nicht und verbrauche doch viel Geld. Ich trinke, esse und rauche eine Menge – das kostet viel, ich weiß. Ich spiele umsonst Billard, weil ich an deinem Tisch spiele; aber das Geld rinnt einem doch durch die Finger. Das Fischen auf dem Riff ist ein Vergnügen, das sich nur ein reicher Mann leisten kann. Unglaublich, wie teuer Haken und Angelschnüre sind. Ja, es geht kein Weg daran vorbei, daß wir ganz gesetzmäßig Partner werden. Ich brauche das Geld einfach. Ich werde es mir von dem Hauptkassierer im Kontor geben lassen.«

Also wurde der Vertrag aufgesetzt und beurkundet. Ein Jahr darauf sah ich mich gezwungen, Klage zu führen.

»Charley«, sagte ich, »du bist ein hinterhältiger alter Schwindler, ein elender Geizhals, eine erbärmliche Landkrabbe. Sieh' mal, dein Gewinnanteil betrug Tausende von Dollars in diesem Jahr. Der Hauptbuchhalter hat mir diese Unterlagen gegeben. Daraus geht hervor, daß du in diesem Jahr nur siebenundachtzig Dollar und 20 Cent in Anspruch genommen hast.«

»Steht mir noch etwas zu?« fragte er irritiert.

»Ich sage dir doch, Tausende und Abertausende«, entgegnete ich.

Seine Miene hellte sich auf, als sei er ungeheuer erleichtert.

»Das ist gut«, sagte er. »Sieh zu, daß der Kassierer ordentlich darüber Buch führt. Wenn ich es brauche, dann will ich es auch haben, und es darf kein Cent fehlen.«

»Falls etwas fehlt«, fügte er nach einer Pause grimmig hinzu, »dann muß es dem Kassierer vom Gehalt abgezogen werden.«

Und die ganze Zeit über lag, wie ich später erfuhr, sein von Carruthers aufgesetztes Testament, das mich zum alleinigen Erben machte, im Safe des amerikanischen Konsuls.

Doch wie jede Verbindung zwischen zwei Menschen einmal abbricht, so fand auch diese ihr Ende. Es geschah in den Salomonen, wo wir in unserer wildbewegten Jugend die tollsten Dinge angestellt hatten und wo wir uns wieder einmal aufhielten – in der Hauptsache, um Ferien zu machen, nebenbei, um nach unseren Besitzungen auf Florida Island zu sehen und die Möglichkeiten für die Perlenfischerei im Mboli-Sund zu prüfen. Wir lagen vor Sawo, das wir angelaufen hatten, um ein paar Sammlerstücke zu erstehen.

Nun wimmelt Sawo von Haien. Der Brauch der Wollköpfe, ihre Toten im Meer zu bestatten, schreckte die Tiere nicht gerade davon ab, sich die umliegenden Gewässer zu ihrem Tummelplatz zu wählen. Das Schicksal wollte es, daß ich in einem winzigen, überladenen Eingeborenenkanu zurück zu unserem Schiff fuhr, als das Ding kenterte. Vier Wollköpfe und ich saßen darin, oder besser, hingen daran. Der Schoner war noch etwa hundert Meter entfernt. Ich wollte gerade ein Boot herbeirufen, als einer der Wollköpfe zu schreien begann. Er hielt sich am hinteren Ende des Kanus fest, als beide, er und dieser Teil des Rumpfes, mehrmals unter Wasser gezogen wurden. Dann lockerte er seinen Griff und verschwand. Ein Hai hatte ihn erwischt.

Die drei übrigen Schwarzen versuchten aus dem Wasser auf die Unterseite des Kanus zu klettern. Ich schrie und fluchte und schlug auf den ersten mit der Faust ein, aber es half nichts. Sie waren verrückt vor Angst. Das Kanu hätte kaum einen von ihnen getragen. Unter dem Gewicht von allen dreien richtete es sich hochkant auf und rollte auf die Seite, so daß sie ins Wasser zurückgeworfen wurden.

Ich ließ das Gefährt im Stich und begann, auf den Schoner zuzuschwimmen, in der Erwartung, schon vorher von dem Boot aufgenommen zu werden. Einer der Neger entschied sich mitzukommen, und wir schwammen schweigend nebeneinander her. Ab und zu tauchten wir unser Gesicht ins Wasser, um nach Haien Ausschau zu halten. Die Schreie des Mannes, der beim Kanu geblieben war, zeigten uns an, wer das nächste Opfer wurde. Ich spähte gerade aus, als ich einen großen Hai direkt unter mir aufsteigen sah. Er war volle fünf Meter lang. Ich sah alles ganz genau. Er packte den Wollkopf an der Taille und schwamm mit dem armen Teufel davon. Kopf, Schultern und Arme ragten dabei noch eine ganze Zeit aus dem Wasser, und der Kerl schrie wie am Spieß. So wurde er vielleicht noch hundert Meter weit fortgeschleppt, bis er endgültig unter die Wasseroberfläche gezerrt wurde.

Ich schwamm verbissen weiter und hoffte, daß dies der letzte beutegierige Hai gewesen war. Doch da war noch einer. Ich weiß nicht, ob es einer der beiden war, die beim Kanu zugepackt hatten, oder einer, der bereits anderswo gut gespeist hatte. Jedenfalls hatte er es nicht so eilig wie die anderen. Ich konnte jetzt nicht so schnell schwimmen, denn ich war die meiste Zeit damit beschäftigt, ihn im Auge zu behalten. Ich beobachtete ihn, als er zum ersten Mal angriff. Zum Glück gelang es mir, ihn mit beiden Händen an der

Nase zu packen, und obwohl mich die Wucht seines Stoßes fast unter Wasser drückte, konnte ich ihn mir doch vom Leib halten. Er drehte ab und begann, mich erneut zu umkreisen. Ein zweites Mal entwischte ich ihm durch das gleiche Manöver. Der dritte Ansturm ging auf beiden Seiten daneben. Er wich in dem Moment aus, als meine Hand auf seiner Nase hätte landen sollen, aber seine Sandpapierhaut (ich trug nur ein ärmelloses Unterhemd) schabte mir an einem Arm die Haut vom Ellenbogen bis zur Schulter ab. Inzwischen war ich völlig erschöpft und gab die Hoffnung auf. Die Entfernung zum Schoner betrug immer noch sechzig Meter. Mein Gesicht war unter Wasser, und ich beobachtete, wie er zu einem erneuten Versuch ansetzte, als ich plötzlich einen braunen Körper zwischen uns vorbeigleiten sah. Es war Oto'o.

»Schwimm zum Schoner, Herr!« sagte er. Und er sagte das so frohgemut, als sei die ganze Sache ein Kinderspiel. »Ich kenne mich aus mit Haien. Der Hai ist mein Bruder.«

Ich gehorchte und schwamm langsam weiter, während Oto'o mich umkreiste, so daß er sich immer zwischen mir und dem Hai befand, dabei seine Angriffe vereitelte und mir Mut zusprach.

»Das Davittakel ist abgelassen, und nun machen sie die Taljen klar«, erklärte er etwa eine Minute später und tauchte dann unter, um eine neue Attacke abzuwehren.

Als der Schoner noch zehn Meter entfernt war, war ich endgultig erledigt. Ich konnte mich kaum noch bewegen. Von Bord flogen uns Leinen zu, aber sie warfen immer zu kurz. Der Hai, der nun merkte, daß ihm nichts geschah, wurde zusehends dreister. Mehrere Male hätte er mich beinahe erwischt, doch Oto'o kam jedesmal gerade noch rechtzeitig dazwischen, bevor es zu spät war. Natürlich hätte sich Oto'o jederzeit in Sicherheit bringen können, aber er blieb bei mir.

»Leb wohl, Charley! Mit mir ist es aus!« konnte ich gerade noch hervorstoßen.

Ich wußte, daß das Ende gekommen war und daß ich im nächsten Augenblick die Hände hochwerfen und untergehen würde.

Doch Oto'o lachte mir ins Gesicht und sagte:

»Ich werde dir einen neuen Trick zeigen. Diesem Hai soll es noch übel werden.«

Er tauchte hinter mir ab, wo der Hai sich gerade anschickte, auf mich loszugehen.

»Etwas mehr nach links!« rief er mir dann zu. »Da schwimmt eine Leine auf dem Wasser. Nach links, Herr – nach links!«

Ich änderte die Richtung und schwamm blind drauflos. Ich war zu diesem Zeitpunkt nahezu bewußtlos. Als meine Hand sich um die Leine schloß, hörte ich einen Aufschrei von Bord. Ich drehte mich suchend um. Von Oto'o keine Spur. Im nächsten Moment kam er an die Oberfläche. Beide Hände waren an den Gelenken abgebissen, und aus den Stümpfen pumpte das Blut.

»Oto'o!« rief er sanft. Und ich konnte in seinem Blick die Liebe sehen, die auch in seiner Stimme mitschwang.

Damals, und nur damals, ganz am Ende all unserer gemeinsamen Jahre, nannte er mich bei diesem Namen.

»Leb wohl, Oto'o!« rief er.

Dann wurde er nach unten gezogen, und mich hievte man an Bord, wo ich in den Armen des Kapitäns das Bewußtsein verlor.

Und so starb Oto'o, dem ich mein Leben verdankte, der mich zum Mann gemacht hatte und der mir zum Schluß erneut das Leben rettete. Wir begegneten uns im Rachen eines Orkans und wurden im Rachen eines Hais voneinander getrennt. Dazwischen lagen siebzehn Jahre einer Kameradschaft, von der ich behaupten darf, daß sie zwei Männer, von denen der eine braun und der andere weiß war, so noch nie erfahren haben. Wenn Jehova auf seinem Himmelsthron über jeden Sperling wacht, der vom Dach fällt, dann wird Oto'o, der einzige Heide von Bora Bora, nicht der Geringste in seinem Reich sein.

PARLAYS PERLEN

I.

Der eingeborene Rudergänger wirbelte das Steuerrad herum, die *Malahini* drehte gegen den Wind und richtete sich auf. Die Vorsegel wurden schlaff, Reffbändsel prasselten, die Baumtaljen schwenkten über, dann krängte das Schiff und ging mit gefüllten Segeln auf den anderen Bug. Obwohl es noch früh am Morgen war und eine ordentliche Brise wehte, waren die fünf Weißen, die über das Achterdeck schlenderten, nur leicht bekleidet. David Grief und sein Gast, der Engländer Gregory Mulhall, steckten noch im Pyjama, chinesische Pantoffeln an den bloßen Füßen. Der Kapitän und der Maat trugen dünne Unterhemden und ungestärkte weiße Leinenhosen, während der Frachtaufseher, der sich nicht zum Anziehen entschließen konnte, sein Hemd immer noch in den Händen hielt. Der Schweiß stand ihm auf der Stirn, und er schien, nach Erfrischung lechzend, seinen nackten Oberkörper dem Wind entgegenzustemmen, der jedoch keine Kühlung brachte.

»Ganz schön schwül für eine solche Brise«, klagte er.

»Und was hat sie hier im Westen zu suchen! Das möchte ich gerne wissen«, stimmte Grief in das allgemeine Lamento ein.

»Der Wind wird nicht anhalten, und er weht auch noch nicht lange«, meinte Hermann, der holländische Steuermann. »Er hat sich schon die ganze Nacht herumgetrieben – fünf Minuten hier, fünf Minuten dort, dann wieder eine Stunde irgendwo anders.«

»Da braut sich was zusammen, da braut sich was zusammen«, prophezeite Kapitän Warfield, spreizte dabei seinen buschigen Bart mit allen zehn Fingern auseinander und hielt, auf der vergeblichen Suche nach Kühlung, das Gestrüpp auf seinem Kinn in den Wind.

»Das Wetter spielt schon seit vierzehn Tagen verrückt. Und seit drei Wochen haben wir keinen anständigen Passat mehr gehabt. Alles ist durcheinander. Das Barometer ist gestern abend bei Sonnenuntergang ständig rauf- und runtergependelt, jetzt tanzt es auch wieder, aber die Wetterpropheten meinen ja, das hätte nichts zu bedeuten. Trotzdem gefällt's mir nicht, dieses Auf und Ab. Geht mir irgendwie auf die Nerven, wissen Sie. War genauso, als wir die *Lancaster* verloren. Ich war damals erst Kadett, aber ich kann mich noch gut daran erinnern. Ein nagelneuer Viermaster, Stahlschiff, auf der Jungfernfahrt. Brach dem Kapitän das Herz. Vierzig Jahre lang war er bei der Gesellschaft gewesen. Ist richtig dahingewelkt, und im Jahr darauf war er tot.«

Trotz des Windes und der frühen Stunde war die Hitze zum Ersticken. Der Wind versprach Kühlung, brachte sie jedoch nicht. Er hätte ebensogut aus der Sahara kommen können, wäre er nicht mit dieser extremen Feuchtigkeit gesättigt gewesen. Es gab nicht die geringste Spur von Nebel oder Dunst, und doch schien über allem ein feiner Schleier zu liegen. Einzelne Wolken waren nicht zu sehen, aber der Himmel war so unklar und trübe, daß die Sonne nicht durchdringen konnte.

»Klar zum Wenden!« befahl Kapitän Warfield mit bedächtiger, scharfer Stimme.

Die braunen, nur mit einem Lendenschurz bekleideten eingeborenen Matrosen begaben sich, lustlos zwar, aber behende an die Vorschoten und Baumtaljen.

»Hart Backbord!«

Nicht gerade sanft ließ der Rudergänger die Spaken einen Vollkreis beschreiben, und die *Malahini* schoß herrlich in den Wind und drehte.

»Donnerwetter! Sie ist eine Hexe!« rief Mulhall bewundernd. »Ich wußte gar nicht, daß ihr Südseefahrer Jachten segelt.«

»Ursprünglich ging sie in Gloucester auf Fischfang«, erklärte Grief, »und die Gloucester-Boote sind von Bauart, Takelage und Beseglung her alles Jachten.«

»Aber Sie nehmen doch geradewegs Kurs auf die Durchfahrt – warum schaffen Sie's nicht hineinzukommen?« kritisierte der Engländer.

»Versuchen Sie es, Kapitän Warfield«, schlug Grief vor. »Zeigen Sie ihm, was es heißt, bei starker Ebbe in eine Lagune zu segeln.«

»Hart am Wind und Kurs halten!« befahl der Kapitän.

»Hart am Wind und Kurs halten«, wiederholte der Kanake und drehte das Rad eine halbe Spake zurück.

Die *Malahini* fuhr geradewegs in die schmale Fahrrinne ein, die die Laguneneinfahrt eines großen Atolls bildete, das die Form eines langgezogenen Ovals besaß. Das Atoll sah aus, als wären drei dieser Koralleninseln während ihrer Entstehung zusammengestoßen und völlig miteinander verschmolzen. Kokospalmen wuchsen in einzelnen Gruppen auf dem Sandring; an vielen Stellen jedoch war der Strand so flach, daß sich keine Palmen halten konnten, und durch diese Lücken sah man die geschützte Lagune schimmern, deren spiegelglatte Oberfläche sich nur manchmal leicht kräuselte. Die Wassermassen dieser ungewöhnlich geformten, sich über viele Hektar ausdehnenden Fläche fluteten bei Ebbe alle durch diesen einzigen Kanal hinaus. So eng war er und so groß die Wassermenge, daß diese Rinne eher einem reißenden Fluß als dem Gezeiteneinlaß eines Atolls glich. Das Wasser kochte und brodelte und ergoß sich mit wirbelnder, die weißen Wellenzacken krönender Gischt ins offene Meer. Immer wieder ließ der Anprall dieser Brecher und der Tidenstrom die *Malahini* aus dem Kurs laufen und drängte sie mit eiserner Gewalt an den Rand der Fahrrinne. Als sie bereits halbwegs in der Einfahrt war, zwang die gefährliche Nähe der Korallenriffe sie zum Wenden. Auf dem anderen Bug wurde sie nun, der Strömung ihre Breitseite bietend, schnell wieder auf die See hinausgetrieben.

»Jetzt ist die Zeit für Ihren neuen, teuren Motor gekommen«, spottete Grief gutmütig.

Jeder wußte, daß dieser Motor Kapitän Warfields wunder Punkt war. Er hatte so lange darum gebeten und gebettelt, bis Grief schließlich seine Einwilligung gegeben hatte.

»Er wird sich schon noch bezahlt machen«, entgegnete der Kapitän. »Warten Sie's nur ab. Er ist besser als eine Versicherung, und Sie wissen ja, daß keine Versicherungsagentur das Risiko in den Paumotus tragen will.«

Grief zeigte auf einen kleinen Kutter, der achteraus auf dem gleichen Kurs lavierte. »Ich möchte ein Fünf-Francs-Stück wetten, daß uns die kleine *Nuhiva* überholt.«

»Ganz bestimmt«, pflichtete ihm Kapitän Warfield bei. »Sie hat für ihre Größe einen viel zu starken Motor. Im Vergleich mit ihr sind wir das reinste Linienschiff, und wir haben nur vierzig Pferdestärken. Sie hat zehn Pferdestärken und ist doch nur eine kleine Nußschale. Sie könnte zwar leicht über den Höllenschaum gleiten, aber gegen diese Strömung, die jetzt zehn Knoten macht, kommt sie auch nicht an.«

Und mit zehn Knoten Geschwindigkeit wurde die *Malahini*, heftig schlingernd und stampfend, mit der Ebbe wieder auf das Meer hinausgetrieben.

»In einer halben Stunde läßt die Strömung nach – dann können wir einfahren«, sagte Kapitän Warfield mit einer Gereiztheit in der Stimme, die durch seine nächsten Worte erklärt wurde. »Er hat kein Recht, die Insel Parlay zu nennen. Sie ist auf den Admiralitätskarten und auch auf den französischen Seekarten als Hikihoho eingezeichnet. Bougainville entdeckte sie und ließ ihr den Namen, den sie bei den Eingeborenen hatte.«

»Was bedeutet schon ein Name?« fragte der Frachtaufseher, der die Arme endlich in die Ärmel seines Unterhemdes gesteckt hatte und während seiner Bemerkung so verharrte. »Da liegt sie, genau vor unserer Nase, und der alte Parlay ist dort mit seinen Perlen.«

»Wer hat die Perlen gesehen?« wollte Hermann wissen und blickte von einem zum anderen.

»Ist doch allgemein bekannt«, lautete die Antwort des Frachtaufsehers, und er wandte sich an den Rudergänger: »Tai-Hotauri, was weißt du von den Perlen des alten Parlay?«

Geschmeichelt und verlegen zugleich ließ der Kanake eine Spake nach.

»Mein Bruder tauchen für Parlay drei, vier Monate, und er machen viel Worte über Perlen. Hikihoho sehr gute Platz für Perlen.«

»Und kein Perlenaufkäufer hat ihn je dazu bringen können, sich auch nur von einer Perle zu trennen«, warf der Kapitän ein.

»Und es heißt, daß er einen ganzen Hut voll für Armande hatte, als er nach Tahiti segelte«, setzte der Frachtaufseher die Erzählung fort. »Das war vor fünfzehn Jahren, und seitdem hat er immer noch mehr dazugesammelt – hat auch die Muschelschalen aufbewahrt. Jeder hat sie gesehen – Hunderte von Tonnen sind es. Man sagt, die Lagune sei jetzt leergefischt. Mag sein, daß er deshalb die Versteigerung angesetzt hat.«

»Wenn er tatsächlich verkauft, wird es das größte Perlenjahr, das es je in den Paumotus gegeben hat«, meinte Grief.

»Sagen Sie mal!« brach es aus Mulhall heraus, der ebenso wie die anderen unter der feuchten Hitze litt. »Was hat das eigentlich alles zu bedeuten? Wer ist dieser alte Strandräuber überhaupt? Was sind das für Perlen? Was soll diese Geheimniskrämerei!«

»Hikihoho gehört dem alten Parlay«, erwiderte der Frachtaufseher. »Er besitzt ein Vermögen an Perlen, die er seit vielen Jahren gehortet hat. Vor einigen Wochen hat er bekanntgemacht, daß er sie morgen an die Aufkäufer versteigern würde. Sehen Sie dort in der Lagune die Schonermasten aufragen?«

»Acht, soviel ich sehe«, sagte Hermann.

»Was haben die wohl alle in so einem winzigen Atoll zu suchen?« fuhr der Frachtaufseher fort. »Hier ist im Jahr nicht einmal eine Ladung Kopra zu holen. Sie sind wegen der Auktion gekommen. Und darum sind wir hier. Und darum stampft auch die kleine *Nuhiva* da achtern herum, obwohl es über meinen Horizont geht, was die kaufen könnte. Narii Herring – ein Halbblut, sein Vater war ein englischer Jude – ist ihr Besitzer und Kapitän, aber seine einzigen Aktiva sind seine Frechheit, seine Schulden und seine Whiskyrechnungen. Auf diesem Gebiet ist er ein Genie. Er schuldet so viel, daß es in Papeete keinen einzigen Kaufmann gibt, der nicht an seinem Wohlergehen interessiert wäre. Sie geben sich große Mühe, ihm einen Verdienst zu verschaffen. Sie müssen es tun, und Narii profitiert nicht schlecht davon. Ich zum Beispiel schulde keinem Menschen etwas. Und was ist die Folge? Wenn ich plötzlich am Strand umfiele, würde man mich liegen lassen, bis ich sterbe. Niemand würde etwas verlieren. Narii Herring jedoch? – Was würden diese Leute nicht alles für ihn tun, wenn er umfiele? Das Beste wäre nicht gut genug für ihn. Sie haben schon zuviel Geld in ihn hineingesteckt, als daß sie ihn einfach liegen lassen könnten. Sie würden ihn bei sich aufnehmen und ihn mit eigenen Händen wie einen Bruder pflegen. Lassen Sie es sich gesagt sein, ehrlich seine Rechnungen zu bezahlen, rentiert sich nicht.«

»Was hat dieser Bursche Narii denn mit der Sache zu tun?«

fragte der Engländer kurz angebunden. Und zu Grief gewandt, meinte er: »Was soll dieser ganze Unsinn mit den Perlen? Erzählen Sie die Geschichte doch von Anfang an.«

»Ihr müßt mir aber dabei helfen«, ließ Grief die anderen wissen, als er begann. »Der alte Parlay ist ein Sonderling. Nach dem, was ich von ihm mitbekommen habe, ist er nicht ganz richtig im Kopf. Aber wie dem auch sei, hier ist die Geschichte: Parlay ist ein waschechter Franzose. Er erzählte mir einmal, daß er aus Paris komme. Sein Akzent bestätigt das. Er kam vor langer Zeit in diese Gegend, fing an zu handeln und sonst noch alles Mögliche. So kam er nach Hikihoho. Damals war mit dem Handel noch etwas zu holen. Auf der Insel lebten etwa hundert armselige Paumotuaner. Er heiratete ihre Königin nach dem Eingeborenenritual. Als sie starb, gehörte alles ihm. Dann brachen die Masern aus, und es blieb nur etwa ein Dutzend Inselbewohner übrig. Er sorgte für sie, gab ihnen Arbeit und war ihr König. Nun hatte die Königin vor ihrem Tode einem Mädchen das Leben geschenkt. Das war Armande. Als sie drei Jahre alt war, brachte ihr Vater sie zu den Nonnen nach Papeete. Mit sieben oder acht Jahren schickte er sie nach Frankreich. Sie verstehen nun langsam die Situation. Das beste und vornehmste Kloster Frankreichs war gerade gut genug für die Tochter eines paumotuanischen Inselkönigs und Kapitalisten; und Sie wissen selbst, daß im guten, alten Frankreich die Hautfarbe keine Rolle spielt. Sie wurde wie eine Prinzessin erzogen, und sie betrachtete sich auch als solche. Außerdem hielt sie sich für eine Weiße und ahnte nichts von irgendwelchen Rassenschranken.

Jetzt kommt die Tragödie. Der Alte war immer etwas wunderlich und launenhaft gewesen, und er hatte so lange den Despoten auf Hikihoho gespielt, daß er selbst daran glaubte, daß das mit dem König seine Richtigkeit hätte – und natürlich auch mit der Prinzessin. Als Armande achtzehn war, ließ er sie kommen. Er hatte, wie man bei uns so sagt, Geld wie Heu. Er hatte sich das große Haus auf Hikihoho und einen piekfeinen Bungalow in Papeete gebaut. Sie sollte mit dem Postdampfer aus Neuseeland eintreffen, er segelte mit seinem Schoner nach Papeete, um sie dort abzuholen. Und er hätte die Sache vielleicht noch eingerenkt, trotz der dummen Puten und Schafsköpfe in Papeete, wenn der Orkan nicht gekommen wäre. Das war doch in dem Jahr, als Manu-Huhi überflutet wurde und dabei elfhundert Menschen ertranken?«

Die anderen nickten, und Kapitän Warfield sagte: »Ich fuhr bei diesem Sturm auf der *Magpie,* und wir alle, die Matrosen, der Koch und die *Magpie* strandeten eine Viertelmeile landeinwärts zwischen Kokospalmen, obwohl die Taiohae-Bucht als orkansicherer Hafen galt.«

»Also schön«, fuhr Grief fort, »der alte Parlay geriet in denselben Sturm, und er kam mit seinem Hut voll Perlen drei Wochen zu spät in Papeete an. Er hatte seinen Schoner aufwinden und über achthundert Meter Schlittenbalken legen lassen müssen, bevor er ihn wieder zurück ins Wasser schaffen konnte.

Und inzwischen war Armande in Papeete angekommen. Kein Mensch kümmerte sich um sie. Doch sie machte nach französischer Sitte ihre Antrittsbesuche beim Gouverneur und beim Hafenarzt. Sie empfingen sie zwar, aber von ihren Ehefrauen, diesen Puten, war keine für sie zu sprechen oder erwiderte ihren Besuch. Sie gehörte nicht ihrer Gesellschaftsschicht an, gehörte zu keiner Schicht, obwohl sie nie etwas davon geahnt hatte, und auf diese elegante Art brachten sie es ihr bei. Dann war da ein fröhlicher junger Leutnant auf dem französischen Kreuzer. Er verlor zwar sein Herz an sie, nicht aber seinen Kopf. Sie können sich vorstellen, was das für ein Schock für diese kultivierte, schöne, junge Frau gewesen sein muß, die wie eine Aristokratin aufgewachsen war und die beste Erziehung genossen hatte, die das alte Frankreich für Geld zu bieten hatte. Wie es ausging, können Sie sich vielleicht denken.« Er zuckte die Achseln. »In dem Bungalow war ein japanischer Diener. Er hat es gesehen. Sagte, daß sie dabei den Mut eines echten Samurai bewiesen hätte. Sie nahm ein Stilett – nein, kein Stoß, keine heftige Bewegung, kein wilder Vernichtungsdrang –, nahm das Stilett, setzte sich die Spitze mit Bedacht auf die Brust und trieb das Messer langsam und stetig mit beiden Händen ins Herz.

Dann kam der alte Parlay mit seinen Perlen. Man sagt, eine einzige davon sei allein schon sechzigtausend Francs wert gewesen. Peter Gee hat sie gesehen und erzählte mir, daß er auch soviel dafür geboten hätte. Der alte Mann war eine Zeitlang völlig von Sinnen. Sie steckten ihn zwei Tage lang im Kolonialklub in eine Zwangsjacke ...«

»Der Onkel seiner Frau, ein alter Paumotuaner, schnitt die Jacke auf und befreite ihn«, bestätigte der Frachtaufseher.

»Und dann fing der alte Parlay an, abzurechnen«, fuhr Grief fort. »Jagte dem Taugenichts von Leutnant drei Kugeln in den Leib ...«

»Der daraufhin drei Monate im Schiffslazarett lag«, fügte Kapitän Warfield hinzu.

»Dem Gouverneur schüttete er ein Glas Wein ins Gesicht, duellierte sich mit dem Hafenarzt, verprügelte seine eingeborenen Diener, schlug im Krankenhaus alles kurz und klein, brach einem Krankenpfleger zwei Rippen und das Schlüsselbein und machte sich davon. Er ging, in jeder Hand ein Gewehr, hinunter zu seinem Schoner, ohne sich um den Polizeichef und all die Gendarmen zu kümmern, die ihn verhaften wollten, und segelte zurück nach Hikihoho. Und es heißt, er habe die Insel später nie mehr verlassen.«

Der Frachtaufseher nickte. »Das war vor fünfzehn Jahren, und er hat sich seither nicht mehr vom Fleck gerührt.«

»Und hat noch mehr Perlen gehortet«, sagte der Kapitän.

»Er ist ein verfluchter alter Narr. Bei dem Gedanken an ihn überläuft es mich eiskalt. Er ist ein richtiger Hexenmeister.«

»Was heißt das?« wollte Mulhall wissen.

»Kontrolliert das Wetter – wenigstens glauben das die Eingeborenen. Fragen Sie Tai-Hotauri. Heh, Tai-Hotauri! Was du glauben machen alte Parlay mit Wetter?«

»Er sein großer Wetterteufel«, lautete die Antwort des Kanaken. »Ich wissen. Er wollen großen Sturm, er machen großen Sturm. Er wollen keinen Wind, kein Wind kommen.«

»Ein richtiger alter Zauberer«, meinte Mulhall.

»Bringen nix Glück diese Perlen«, stieß Tai-Hotauri hervor und wiegte bedenklich den Kopf. »Er sagen, er verkaufen. Viel Schoner kommen. Dann er machen große Orkan, alle kaputt, ihr sehen. Alle Eingeborenen so sagen.«

»Es ist jetzt die Zeit der Wirbelstürme«, lachte Kapitän Warfield verdrießlich. »Die haben gar nicht so unrecht. Es braut sich was zusammen, und mir wäre wohler, wenn die *Malahini* ein paar tausend Kilometer entfernt wäre.«

»Er ist ein bißchen übergeschnappt«, schloß Grief. »Ich habe versucht herauszubekommen, was er denkt. Es ist – sagen wir – etwas konfus. Achtzehn Jahre lang hatte sich bei ihm alles um Armande gedreht. Die Hälfte der Zeit glaubt er, daß sie noch am Leben, noch in Frankreich ist. Das ist einer der Gründe, weshalb er immer noch auf den Perlen sitzt. Und die Weißen haßt er auf ewig. Er vergißt nie, daß sie sie umgebracht haben, wenn er auch die meiste Zeit nicht wahrhaben will, daß sie tot ist. Hallo! Wo ist denn euer Wind geblieben?«

Die Segel flatterten über ihnen, und Kapitän Warfield stöhnte verärgert auf. So unerträglich die Hitze vorher schon gewesen war, jetzt, da der Wind aufgehört hatte, war sie einfach nicht mehr auszuhalten. Auf allen Gesichtern lief der Schweiß nur so herunter, und unwillkürlich fing einer nach dem anderen an, tief Atem zu holen, um mehr Luft zu bekommen.

»Da brist es wieder auf! – Um acht Grad anholen! Baumtaljen herüber! Beeilt euch!«

Die Kanaken folgten eilig den Anweisungen des Kapitäns, und fünf Minuten lang hielt sich der Schoner direkt in der Fahrrinne und kam sogar gegen die Strömung an. Und wieder flaute der Wind ab, blies dann aus der alten Richtung, so daß Segel und Taljen umgelegt werden mußten.

»Da kommt die *Nuhiva*«, sagte Grief. »Sie hat den Motor angeworfen. Seht, wie sie über das Wasser hüpft.«

»Alles bereit?« fragte der Kapitän den Maschinisten, einen Halbblutportugiesen, dessen Oberkörper aus der Luke direkt vor der Kabine auftauchte, und der sich den Schweiß mit einer Handvoll schmieriger Putzwolle vom Gesicht wischte.

»Klar«, antwortete er.

»Dann setzen Sie ihn in Gang.«

Der Maschinist verschwand in seinem Kabuff, und gleich darauf hustete und spuckte der Auspufftopf über der Bordwand. Aber der Schoner konnte seinen Vorsprung vor dem kleinen Kutter nicht halten, der, um einiges schneller, bald längsseits kam und die Führung übernahm. An Deck waren nur Eingeborene, und der Mann am Ruder winkte ihnen einen spöttischen Gruß und ein Lebewohl zu.

»Das ist Narii Herring«, sagte Grief zu Mulhall. »Der große Kerl am Steuer – der frechste und gewissenloseste Schurke in den Paumotus.«

Fünf Minuten später lenkte ein Freudenschrei ihrer eigenen Kanaken die Aufmerksamkeit erneut auf die *Nuhiva*. Deren Motor hatte eine Panne, und sie zogen an ihr vorbei. Die Matrosen der *Malahini* kletterten in die Takelage und machten beim Überholen höhnische Bemerkungen; der kleine Kutter krängte im Wind, warf eine breite Bugwelle auf und wurde durch die Strömung zurückgetrieben.

»Guter Motor, den wir da haben«, lobte Grief, als sich die Lagune vor ihnen auftat und sie Kurs auf den gegenüberliegenden Ankerplatz nahmen.

Kapitän Warfield war sichtlich erfreut, obwohl er nur brummte: »Er wird sich schon bezahlt machen, keine Bange.«

Die *Malahini* fuhr mitten in die kleine Flotte hinein, bis sie schließlich einen Ankerplatz fand.

»Dort ist Isaacs auf der *Dolly*«, bemerkte Grief und winkte grüßend. »Und Peter Gee auf der *Roberta*. Nichts könnte ihn von einer Perlenauktion wie dieser abhalten. Und da ist Francini auf der *Cactus*. Sie sind alle hier, alle Händler. Der alte Parlay wird sicher einen guten Preis erzielen.«

»Sie haben den Motor noch nicht wieder in Gang gebracht«, brummte Kapitän Warfield fröhlich.

Er blickte über die Lagune zur *Nuhiva*, deren Segel sich hinter den Kokospalmen abzeichneten.

II.

Parlays Haus war ein großer, zweistöckiger Bau aus kalifornischem Holz mit einem Dach aus verzinktem Eisenblech. So unverhältnismäßig groß wirkte es im Vergleich zu dem schmalen Atollring, daß es sich wie eine monströse Wucherung von dem Sandstreifen abhob und alles überragte. Sobald die *Malahini* vor Anker lag, gingen alle an Land, um ihren Höflichkeitsbesuch abzustatten. Andere Kapitäne und Aufkäufer befanden sich bereits in dem großen Raum und nahmen die Perlen in Augenschein, die am nächsten Tag versteigert werden sollten. Paumotuanische Diener, Eingeborene von Hikihoho und Verwandte des Eigentümers gingen umher und reichten Whiskey und Absinth. Und mitten durch die neugierige Menge wanderte Parlay selbst, kichernd und spöttelnd, der verdorrte Überrest eines einst großen und starken Mannes. Seine Augen waren tief eingesunken und fiebrig, die Wangen eingefallen und hohl. Das Haar schien ihm büschelweise ausgefallen zu sein, und auch sein Schnurr- und Kinnbart wiesen hier und da kahle Stellen auf.

»Himmel!« murmelte Mulhall leise. »Ein langbeiniger Napoleon der Dritte, aber völlig vertrocknet, ausgebrannt, rissig. Und räudig! Kein Wunder, daß er den Kopf schief hält. Er muß ein Gegengewicht schaffen.«

»Wir kriegen Sturm«, sagte der Alte anstelle einer Begrüßung zu Grief. »Ihnen muß ja viel an Perlen liegen, daß Sie an einem solchen Tag hierher kommen.«

»Sie sind es wert, daß man dafür zur Hölle fährt«, lachte Grief gutgelaunt und ließ seine Blicke über den Tisch schweifen, der mit den Ausstellungsstücken übersät war.

»Andere haben sich ihretwegen schon genau diese Höllenfahrt eingehandelt«, kicherte der alte Parlay. »Sehen Sie diese hier!« Er wies auf ein Perle, vollkommen und etwa so groß wie eine kleine Walnuß, die ganz für sich auf einem Stück Sämischleder lag. »In Tahiti hat man mir sechzigtausend Francs dafür geboten. Morgen werden sie mir genausoviel und noch mehr dafür bieten, wenn sie bis dahin nicht weggeweht sind. Ja, diese Perle hat mein Vetter, mein angeheirateter Vetter, gefunden. Er war nämlich ein Eingeborener. Ein Dieb war er auch. Er versteckte sie, obwohl sie mir gehörte. Sein Vetter, der auch mein Vetter war – wir sind hier alle miteinander verwandt – brachte ihn wegen der Perle um und floh in einem Kutter nach Noo-Nau. Ich verfolgte ihn, aber der Häuptling von Noo-Nau hatte ihn schon getötet, bevor ich hinkam. Ach ja, da auf dem Tisch sind viele Tote vertreten. Trinken Sie ein Gläschen, Kapitän. Ihr Gesicht kenne ich nicht. Sind Sie neu hier auf den Inseln?«

»Es ist Kapitän Robinson von der *Roberta*«, stellte Grief vor.

Inzwischen hatten sich Mulhall und Peter Gee per Handschlag begrüßt.

»Ich hätte mir nie im Leben träumen lassen, daß es so viele Perlen auf der Welt gibt«, sagte Mulhall.

»So viele habe ich auch noch nie auf einem Haufen gesehen«, gab Peter Gee zu.

»Was könnten sie wohl wert sein?«

»Fünfzig- oder sechzigtausend Pfund – das heißt für uns Händler. In Paris...« Er zuckte die Schultern und zog die Brauen hoch, weil der Erlös dort jede Vorstellung überstieg. Mulhall wischte sich den Schweiß aus den Augen. Alle waren völlig durchgeschwitzt und japsten nach Luft. Die Getränke wurden ohne Eis serviert, und so kippte man den Whiskey und Absinth lauwarm hinunter.

»Ja, ja«, kicherte Parlay. »Viele Tote liegen hier auf dem Tisch. Ich kenne jede einzelne Perle. Sehen Sie diese drei! Passen farblich genau zusammen, nicht wahr? Ein Taucher von den Osterinseln holte sie für mich in einer Woche herauf. In der nächsten Woche holte ihn der Hai; riß ihm den Arm ab, und eine Blutvergiftung besorgte den Rest. Und diese große barocke dort – nichts Besonderes –, wenn ich morgen zwanzig Francs dafür bekomme, kann ich von Glück reden; sie kam aus zweiundzwanzig Faden Tiefe. Der Mann stammte von Raratonga. Er brach alle Tauchrekorde. Er holte sie aus zweiundzwanzig Faden Tiefe herauf. Ich habe ihn gesehen. Und dabei platzte ihm die Lunge, oder er bekam die Taucherkrankheit, denn zwei Stunden später war er tot. Als er starb, war sein Schreien meilenweit zu hören. Er war der stärkste Eingeborene, den ich je gesehen habe. Ein halbes Dutzend von meinen Tauchern ist so zugrunde gegangen. Und es werden noch mehr sterben, noch viel mehr.«

»Ach, hören Sie auf zu unken, Parlay«, schimpfte einer der Kapitäne. »Es wird schon keinen Sturm geben.«

»Wenn ich ein kräftiger Mann wäre, würde ich machen,

daß ich so schnell wie möglich von hier fortkäme«, erwiderte der Alte mit seiner hohen Greisenstimme. »Wenn ich ein kräftiger Mann wäre, dem der Wein noch schmeckt. Aber ihr doch nicht! Ihr werdet alle bleiben. Wenn ich dächte, daß ihr auslaufen würdet, riete ich euch nicht dazu. Man kann einen Bussard nicht vom Aas wegscheuchen. Trinkt noch einen Schluck, ihr mutigen Seeleute! Ja, ja, was wagt ein Mann nicht alles für ein paar kleine Austerntropfen! Dort liegen sie, die Prachtexemplare! Morgen, um Punkt zehn, beginnt die Auktion! Der alte Parlay hält Ausverkauf, und die Bussarde versammeln sich – der alte Parlay, der zu seiner Zeit ein stärkerer Mann war als jeder hier, wird noch die meisten von euch sterben sehen.«

»Ist er nicht ein gräßliches altes Scheusal!« flüsterte der Frachtaufseher der *Malahini* Peter Gee zu.

»Und wenn es nun tatsächlich Sturm gibt?« meinte der Kapitän der *Dolly*. »Hikihoho ist noch nie überschwemmt worden.«

»Um so mehr Grund zu befürchten, daß es beim nächsten Mal geschieht«, erwiderte Kapitän Warfield. »Ich würde da nicht so sicher sein.«

»Wer unkt jetzt?« wies Grief ihn zurecht.

»Ich möchte nur höchst ungern diesen neuen Motor verlieren, bevor er sich bezahlt gemacht hat«, entgegnete Kapitän Warfield düster.

Parlay hüpfte mit erstaunlicher Gewandtheit quer durch den überfüllten Raum zu dem Barometer an der Wand.

»Seht nur, meine wackeren Seeleute!« frohlockte er.

Der am nächsten Stehende las das Wetterglas ab. Die ernüchternde Wirkung stand ihm im Gesicht geschrieben.

»Es ist um zehn Strich gefallen«, war alles, was er sagte, aber in den Mienen spiegelte sich Angst, und es sah so aus, als wolle jeder sofort zur Tür eilen.

»Hören Sie!« befahl Parlay.

In der Stille schien die Brandung ungewöhnlich laut zu tosen. Es klang wie mächtiger, polternder Donner.

»Die See fängt an hochzugehen«, sagte jemand, und alle drängten sich an die Fenster.

Durch die Lücken zwischen den Kokospalmen blickten sie aufs Meer. Eine nach der anderen rollten riesige, glatte Wogen auf den Korallenstrand. Einige Minuten starrten sie auf das seltsame Schauspiel, das sich ihnen bot, und sprachen mit gedämpfter Stimme; und in diesen wenigen Minuten erkannten alle deutlich, daß die Wellenberge immer höher wurden. Dieses Anschwellen der See bei völliger Windstille war unheimlich, und die Anwesenden sprachen unwillkürlich leiser. Der alte Parlay brachte sie mit seinem plötzlich einsetzenden Gekicher völlig aus der Fassung.

»Jetzt ist es noch Zeit auszulaufen, meine Herrschaften. Sie können die Schiffe noch mit den Walbooten aus der Lagune schleppen.«

»Ist schon gut, Alter«, sagte Darling, der Steuermann von der *Cactus*, ein kräftiger Bursche von fünfundzwanzig Jahren. »Das Sturmzentrum liegt im Süden und zieht an uns vorbei. Wir werden nicht mal 'nen Hauch davon abbekommen.«

Ein Aufatmen ging durch den Raum. Man nahm die Unterhaltung wieder auf, und die Stimmen wurden lauter. Ein paar von den Händlern gingen sogar an den Tisch zurück, um die Prüfung der Perlen fortzusetzen.

Parlays schrilles Gekicher steigerte sich.

»Recht so«, ermunterte er sie. »Und selbst wenn die Welt unterginge, würdet ihr noch weitermachen.«

»Morgen werden die Perlen jedenfalls ihren Besitzer wechseln«, versicherte ihm Isaacs.

»Dann werdet ihr den Kauf schon in der Hölle tätigen müssen.«

Das ungläubige Gelächter brachte den alten Mann auf. Wütend wandte er sich an Darling.

»Seit wann wissen Kinder wie Sie über Stürme Bescheid? Und wer hat die Zugstraße der Orkane in den Paumotus jemals bestimmt? In welchen Büchern ist das zu finden? Ich bin schon in den Paumotus gesegelt, ehe der Älteste von euch überhaupt geboren war. Ich kenne mich aus. Im Osten bewegen sich die Orkane in einem so weiten Bogen, daß er fast eine gerade Linie bildet. Hier, nach Westen zu, biegen sie scharf ab. Erinnern Sie sich an Ihre Seekarte. Wie kam es, daß der Wirbelsturm im Jahre '91 Auri und Hiolau überschwemmte? Die Bahnänderung, mein guter Junge, die Bahnänderung! In einer Stunde oder spätestens in zwei, drei Stunden haben wir den Wind. Hören Sie!«

Ein gewaltiges, polterndes Krachen erschütterte das Korallenfundament des Atolls. Das Haus erzitterte. Die eingeborenen Diener drängten sich, die Whiskey- und Absinthflaschen in den Händen, zusammen, als suchten sie Schutz, und starrten angstvoll durch die Fenster auf die mächtige Brandung, die weit den Strand herauf bis zur Ecke eines Kopraschuppens vorgedrungen war.

Parlay sah nach dem Barometer, kicherte und warf einen tückischen Seitenblick auf seine Gäste. Kapitän Warfield kam herüber und trat zu ihm.

»29,75«, las er ab. »Es ist noch einmal um fünf Strich heruntergegangen. Bei Gott, der alte Teufel hat recht. Der Orkan wird gleich losbrechen, und für mich gibt es nur eins, ich will an Bord.«

»Es wird dunkel.« Isaacs flüsterte beinahe.

»Himmel! Es ist wie auf der Bühne«, sagte Mulhall zu Grief und sah auf seine Uhr. »Zehn Uhr morgens, und es dämmert. Die Lichter gehen aus, die Tragödie kann beginnen. Wo bleibt die getragene Musik!«

Als Antwort darauf wurden Atoll und Haus von einem zweiten polternden Krachen erschüttert. Panikartig stürzte die ganze Gesellschaft zur Tür. In dem schwachen Licht wirkten die schweißgebadeten Gesichter gespenstisch. Isaacs rang in der erstickenden Hitze keuchend nach Luft.

»Warum so eilig?« verspottete Parlay seine fliehenden Gäste und lachte in sich hinein. »Trinken Sie doch noch ein letztes Glas, meine wackeren Herrschaften.« Keiner achtete auf ihn. Als sie auf dem mit Muscheln eingefaßten Weg zum Strand hinuntereilten, steckte er den Kopf zur Tür heraus und rief ihnen nach: »Vergessen Sie nicht, meine Herren, morgen um zehn verkauft der alte Parlay seine Perlen!«

III.

Am Strand spielte sich eine merkwürdige Szene ab. Ein Walboot nach dem anderen wurde eiligst bemannt und stieß vom Ufer ab. Es war noch dunkler geworden. Die drückende Windstille hielt an, und unter ihren Füßen bebte der Sand bei jedem Ansturm der Wellen gegen den Außenring. Narii Herring schlenderte gemächlich den Sandstrand entlang. Er grinste über die offensichtliche Hast der Kapitäne und Perlenaufkäufer. Bei ihm befanden sich drei seiner Kanaken und auch Tai-Hotauri.

»Ins Boot und an die Riemen«, befahl Kapitän Warfield dem letzteren.

Tai-Hotauri kam ganz munter herübergelaufen, während Narii Herring und seine drei Kanaken stehenblieben und aus etwa zwölf Metern Entfernung zuschauten.

»Ich nicht mehr arbeiten für Sie, Kapitän«, sagte Tai Hotauri frech und mit lauter Stimme. Aber sein Gesichtsausdruck strafte seine Worte Lügen, denn er zwinkerte mit den Augen.

»Sie mich feuern«, flüsterte er heiser mit einem zweiten bedeutungsvollen Augenzwinkern.

Kapitän Warfield verstand den Wink und ging auf das Spiel ein. Er erhob seine Faust und donnerte:

»Ins Boot mit dir, oder du bekommst eine Abreibung, daß dir Hören und Sehen vergeht!«

Der Eingeborene wich trotzig zurück, und Grief trat zwischen die beiden, um seinen Kapitän zu beschwichtigen.

»Ich werden arbeiten auf der *Nuhiva*«, sagte Tai-Hotauri und ging wieder zu den anderen zurück.

»Mach daß du herkommst!« rief der Kapitän drohend.

»Er ist ein freier Mann, Skipper«, mischte sich Narii Herring ein. »Er ist früher mit mir gefahren, und jetzt fährt er wieder mit mir, das ist alles.«

»Kommen Sie, wir müssen an Bord«, drängte Grief. »Sehen Sie nur, wie finster es wird.«

Kapitän Warfield gab nach, aber als das Boot ablegte, erhob er sich von den Achtersitzen und drohte mit der Faust in Richtung Strand.

»Ich rechne noch mit Ihnen ab, Narii«, rief er. »Sie sind der einzige Schiffer hier, der anderen seine Leute wegstiehlt.« Er setzte sich und fragte leise: »Was hat Tai-Hotauri nur vor? Irgend etwas führt er im Schilde, aber was?«

IV.

Als das Boot längsseits ging, empfing sie Hermanns ängstliches Gesicht über der Reling der *Malahini*.

»Der Boden des Barometers fällt schon heraus«, verkündete er. »Es wird gleich losgehen. Ich habe den Steuerbordanker klargemacht.«

»Machen Sie den großen auch klar«, ordnete Kapitän Warfield an und übernahm das Kommando. »Und hier, ihr da, hievt dieses Boot an Deck und zurrt es kieloben fest!«

Auf allen Schonern wurde fieberhaft gearbeitet. Lautes Kettengerassel erklang, als der Anker lose gegeben wurde, und bald manövrierte das eine Schiff, bald das andere, fierte und ließ einen zweiten Anker fallen. Wer wie die *Malahini* einen dritten Anker besaß, machte auch diesen klar, um ihn herunterzulassen, sobald man wußte, aus welcher Richtung der Wind kommen würde.

Das Tosen der mächtigen Brandung nahm ständig zu, obwohl kein Windhauch die spiegelglatte Oberfläche der Lagune kräuselte. Dort, wo das große Haus Parlays auf dem Sand saß, sah man kein Lebenszeichen. Boot, Kopraschuppen und die Hütten, in denen die Muschelschalen gelagert wurden, lagen verlassen da.

»Ich würde am liebsten die Anker lichten und machen, daß wir hier wegkommen«, sagte Grief. »Wenn wir auf dem offenen Meer wären, würde ich es bestimmt tun. Aber durch diese Atollketten im Norden und Osten sitzen wir in der Falle. Hier haben wir eher eine Chance. Was meinen Sie, Kapitän Warfield?«

»Ich stimme Ihnen zu, obwohl bei einem Sturm eine Lagune auch kein Mühlteich ist. Ich bin gespannt, von wo er zuerst losbricht. He! Da macht sich einer von Parlays Kopraschuppen selbständig.«

Sie konnten sehen, wie der grasgedeckte Schuppen sich hob und dann zusammenstürzte, während eine schäumende Gischtmasse über den Sandhügel hinweg in die Lagune fegte.

»Quer übergegangen!« rief Mulhall. »Für den Anfang nicht schlecht. Da geht's weiter!«

Die Überreste der Hütte wurden hochgehoben und auf den Sandwall geschleudert. Eine dritte Welle zerschlug sie ganz, und die Trümmer wurden den Hügel hinunter in die Lagune gewaschen.

»Wenn es losginge, würde mir kühler«, brummte Hermann. »Ich kann nicht mehr atmen. Es ist so verdammt heiß. Wie im Backofen.«

Mit seinem schweren Fahrtenmesser hieb er eine Kokosnuß auf und leerte sie in einem Zug. Die anderen folgten seinem Beispiel, hielten nur einmal kurz inne, um zu sehen, wie einer von Parlays Muschelschuppen zusammenbrach. Das Barometer zeigte jetzt 29,50.

»Wir müssen dem Mittelpunkt des Tiefdruckgebietes ziemlich nah sein«, bemerkte Grief fröhlich. »Ich bin noch nie im Zentrum eines Wirbelsturms gewesen. Auch für Sie wird das eine ganz neue Erfahrung sein, Mulhall. Nach der Geschwindigkeit zu urteilen, mit der das Barometer fällt, wird es ein gewaltiger Orkan werden.«

Kapitän Warfield stöhnte, und alle Augen richteten sich auf ihn. Er schaute durch das Glas die Lagune hinunter nach Südost.

»Da kommt er«, sagte er ruhig.

Sie brauchten kein Fernglas, um es zu erkennen. Die Oberfläche der Lagune schien mit einer merkwürdig gekörnten Haut überzogen zu werden. Mit der gleichen Geschwindigkeit wurden gegenüber, auf dem Atoll, die Kokospalmen weit heruntergebogen, und Blätter wirbelten durch die Luft.

Die Sturmfront zeichnete sich auf der Lagune als ein durchgehender, scharf abgegrenzter Streifen dunklen, aufgepeitschten Wassers ab. Davor kamen, wie Vorgeplänkel, blitzartige, scharfe Böen. Dahinter folgte eine etwa vierhundert Meter breite Zone, die nach glasiger Windstille aussah. Dann wieder ein dunkler Streifen und anschließend eine einzige weißschäumende, siedende Masse.

»Was bedeutet diese ruhige Zone?« fragte Mulhall.

»Windstille«, antwortete Kapitän Warfield.

»Aber sie bewegt sich ja ebenso schnell wie der Wind«, wandte der andere ein.

»Das muß sie, oder sie würde eingeholt und wäre dann keine Windstille mehr. Das ist eine Doppelfront. Ich sah einmal eine gewaltige Sturmbö wie diese vor Savaii. Eine richtige Doppelfront. Rums! traf es uns, dann flaute es wieder völlig ab und schlug mit voller Wucht erneut zu. Geben Sie acht und halten Sie sich fest! Jetzt ist sie da. Sehen Sie sich die *Roberta* an!«

Die *Roberta*, die mit schlaffen Ketten dem Wind am nächsten lag, wurde breitseitig getroffen und wie ein Strohhalm fortgerissen. Dann brachten ihre Ankerketten sie mit einem erstaunlichen Ruck zum Stehen und zwangen den Bug in den Wind. Ein Schoner nach dem anderen, darunter auch die *Malahini*, wurde nun von dem ersten Windstoß getroffen und dann von den sich straffenden Ketten gehalten. Mulhall und mehrere Kanaken auf der *Malahini* warf der scharfe Ruck von den Beinen.

Und dann hörte der Wind plötzlich auf. Der rasch dahinziehende Flautestreifen hatte sie erreicht. Grief zündete ein Streichholz an, und ohne zu flackern brannte die ungeschützte Flamme in der reglosen Luft. Es herrschte düsteres Zwielicht. Die schon seit Stunden immer tiefer herabsinkende Wolkendecke schien nun fast das Meer zu berühren.

Die *Roberta* zerrte an ihren Ketten, als die zweite Sturmspitze sie erreichte. So erging es rasch hintereinander Schoner um Schoner. Die See schäumte weiß auf, und aus der kochenden Gischt spritzten kleine Wellen hoch. Das Deck der *Malahini* bebte unter den Füßen der Männer. Die straffgespannten Falltaue trommelten gegen die Masten, und die ganze Takelage klimperte, wie von mächtiger Hand gerührt, eine wilde Melodie. Es war unmöglich, mit dem Gesicht gegen den Wind zu atmen. Mulhall, der nun mit den anderen hinter der schützenden Kajüte kauerte, machte diese Erfahrung, und dabei wurden seine Lungen im Nu mit soviel Luft gefüllt, daß er sie nicht wieder ausatmen konnte und fast daran erstickte, bevor er es fertigbrachte, den Kopf wegzudrehen.

»Es ist unglaublich«, keuchte er, aber keiner hörte ihn.

Hermann und mehrere Eingeborene krochen auf Händen und Füßen nach vorn, um den dritten Anker auszubringen.

Grief stieß Kapitän Warfield an und zeigte auf die *Roberta*. Das Schiff trieb auf sie zu. Warfield legte seinen Mund an Griefs Ohr und brüllte:

»Wir treiben auch!«

Grief sprang ans Steuerrad und wirbelte es herum, so daß die *Malahini* nach Backbord abdrehte. Der dritte Anker faßte Grund, und die *Roberta* trieb, das Heck voraus, in etwa zehn Metern Entfernung an ihnen vorbei. Sie winkten Peter Gee und Kapitän Robinson zu, der sich mit mehreren Matrosen am Bug zu schaffen machte.

»Er schlägt die Schäkel heraus!« rief Grief. »Wird versuchen, die Durchfahrt zu passieren. Er hat keine Wahl. Die Anker schlieren.«

»Wir halten uns im Augenblick«, kam die Antwort. »Da läuft die *Cactus* auf die *Misi* zu! Die beiden sind erledigt!«

Die *Misi* hatte sich bis jetzt gehalten, aber der zusätzliche Druck der *Cactus* war zuviel, und die beiden ineinander verhakten Schiffe drifteten fort über die kochende Gischt. Man konnte beobachten, wie ihre Besatzungen Taue kappten und sich abmühten, voneinander loszukommen. Die *Roberta*, die ihre Anker gekappt und vorn ein Stück Persenning gesetzt hatte, hielt jetzt auf die Durchfahrt am nordwestlichen Ende der Lagune zu. Sie sahen, wie sie es schaffte und das offene Meer gewann. Die *Misi* und die *Cactus* jedoch, die nicht voneinander freikommen konnten, liefen eine halbe Meile vor der Durchfahrt auf dem Atoll auf.

Der Wind wurde nur noch stärker. Seiner Wucht zu widerstehen, erforderte die ganze Kraft, und ein paar Minuten auf Deck gegen ihn anzukriechen, beraubte einen aller Reserven. Hermann rackerte sich mit seinen Kanaken unermüdlich ab, um alles festzuzurren und zu sichern und die Segel mit noch mehr Zeisingen zusammenzubinden. Der Wind zerrte an ihren dünnen Unterhemden und riß sie ihnen vom Leib. Sie bewegten sich langsam, als wären ihre Körper tonnenschwer, und sie griffen immer mit einer Hand nach einem Halt, bevor sie mit der anderen losließen. Lose Tauenden standen waagrecht in der Luft, und wenn ein Takling aufging, wurde das lose Ende zerfetzt und weggeblasen.

Mulhall stieß einen nach dem andern an und zeigte auf das Ufer. Die Grashütten waren verschwunden und Parlays Haus wankte wie ein Betrunkener. Da der Wind der Länge nach über das Atoll wehte, wurde das Haus durch die vielen Palmenreihen geschützt. Doch die Sturzseen, die vom Meer her über die Insel hinweggingen, unterhöhlten und zertrümmerten es allmählich. Schief, wie es nun schon am Sandhügel hing, war sein Ende abzusehen. Hier und da hatten sich Menschen oben in den Kokospalmen festgebunden. Die Bäume schwankten und peitschten nicht hin und her. Vom Wind stark nach unten gebogen, verharrten sie in dieser Stellung und bebten fürchterlich. Unter ihnen brandete der weiße Schaum der Brecher über den Sand.

Eine große Sturzsee jagte durch die ganze Lagune.

Die sechzehn Kilometer bis zur Windseite des Atolls boten ihr genug Platz, um sich aufzubauen, und alle Schoner stampften und bäumten sich wild auf. Die *Malahini* tauchte bereits mit Bug und Vorderdeck unter die größeren Wellen, und zeitweise war ihr Mitteldeck bis zur Reling mit Wasser gefüllt.

»Jetzt wird es Zeit für Ihren Motor!« brüllte Grief; und Kapitän Warfield kroch zum Maschinisten hinüber und schrie ihm eindeutige Anweisungen zu.

Sobald der Motor mit voller Kraft arbeitete, verhielt sich die *Malahini* besser. Zwar übernahm sie immer noch Seen über den Bug, doch zerrte sie nicht mehr so heftig an ihren Ankern. Andererseits gelang es ihr nicht, die Ankerketten zu lockern. Alles, was die vierzig Pferdestärken vermochten, war, den Druck zu verringern.

Noch immer nahm der Wind zu. Die kleine *Nuhiva*, die

auf der Höhe der *Malahini*, aber näher zum Strand hin lag, hatte es schwerer, weil ihr Kapitän noch an Land und der Motor noch nicht repariert war. Sie wurde so oft und so tief unter den Seen begraben, daß die Beobachter sich jedesmal fragten, ob sie sich von selbst wieder aufrichten würde. Um drei Uhr nachmittags wurde sie, ehe sie von der ersten Sturzsee freikommen konnte, von einer zweiten überrollt und kam nicht wieder hoch.

Mulhall blickte Grief an.

»Ihre Luken sind eingebrochen«, brüllte Grief zurück.

Kapitän Warfield deutete auf die *Winifred*, einen kleinen Schoner, der auf der anderen Seite auf- und niedertauchte und schrie Grief etwas ins Ohr. Seine Stimme war nur bruchstückhaft zu hören, da der heulende Wind immer wieder einzelne Wortfetzen mit sich fortriß.

»Morscher, kleiner Kahn... Die Anker halten... Aber daß sie noch nicht auseinanderbricht... Alt wie die Arche Noah...«

Eine Stunde später machte Hermann sie wieder auf die *Winifred* aufmerksam. Vorschiffsbeting, Fockmast und der größte Teil ihres Bugs waren verschwunden, weggerissen vom Gezerre der Ankerketten. Sie drehte quer zum Wind, schlingerte und stampfte in dem Wellental, sackte mit dem Bug ab und wurde in dieser Lage leewärts fortgespült.

Fünf Schiffe waren jetzt noch übriggeblieben, und von ihnen besaß die *Malahini* als einziges einen Motor. Aus Furcht, daß sie das Schicksal der *Nuhiva* oder der *Winifred* ereilen könnte, folgten zwei dem Beispiel der *Roberta*, schlugen die Ankerschäkel heraus und hielten auf die Durchfahrt zu. Die *Dolly* erreichte sie als erste, aber ihre Persenning wurde weggerissen, und sie endete auf dem Riff an der Leeseite des Atolls neben der *Misi* und der *Cactus*.

Die *Moana* ließ sich davon nicht abschrecken, kappte ebenfalls ihre Anker und erlitt das gleiche Schicksal.

»Guter Motor, was?« brüllte Kapitän Warfield seinem Schiffsherrn zu.

Grief drückte ihm die Hand. »Er macht sich bezahlt!« schrie er zurück. »Der Wind dreht nach Süden, dann wird es leichter für uns werden!«

Langsam und stetig, aber mit zunehmender Geschwindigkeit drehte der Wind nach Süd und Südwest, bis die drei übriggebliebenen Schoner mit dem Bug direkt auf den Strand zeigten. Die Ruine von Parlays Haus wurde hochgehoben, in Richtung Lagune geschleudert und flog auf sie zu. An der *Malahini* vorbei stürzte sie auf die *Papara*, die eine Viertelmeile weiter achteraus lag. Nach einer Viertelstunde schwerer Arbeit auf dem Vorderdeck hatte die Mannschaft ihr Schiff von dem Haus befreit, doch mit ihm waren auch Fockmast und Bugspriet der *Papara* dahin.

Näher zur Küste, Backbord voraus, lag die *Tahaa*, schlank und schnittig wie eine Jacht, aber hoffnungslos übertakelt. Ihre Anker hielten noch, da jedoch nichts darauf hindeutete, daß der Sturm nachlassen würde, machte sich ihr Kapitän daran, den Windwiderstand zu verkleinern, indem er ihre Masten kappte.

»Wirklich gut, dieser Motor«, beglückwünschte Grief seinen Schiffsführer. »Der wird uns noch die Masten retten.«

Kapitän Warfield schüttelte zweifelnd den Kopf.

Mit dem Umschlagen des Windes war die See in der Lagune etwas ruhiger geworden, dafür begannen sie jetzt den starken Wellengang des offenen Meeres zu spüren, das den Atollring überflutete. Von den Bäumen waren nicht mehr viele übriggeblieben. Einige waren ganz unten abgeknickt, andere völlig entwurzelt. Sie beobachteten, wie ein Baum, an dem sich drei Menschen festklammerten, in der Mitte durchbrach und von dem Sturm in die Lagune gewirbelt wurde. Zwei von ihnen lösten sich vom Stamm und schwammen zur *Tahaa*. Wenig später und kurz vor Anbruch der Dunkelheit sahen sie einen der beiden vom Achterdeck dieses Schoners über Bord springen und mit kräftigen Zügen durch die weißen, aufspritzenden Wellen auf die *Malahini* zuhalten.

»Es ist Tai-Hotauri«, meinte Grief. »Jetzt werden wir Neuigkeiten erfahren.«

Der Kanake zog sich am Stag hoch, kletterte über den Bug und kroch nach achtern. Man wartete, bis er wieder zu Atem gekommen war, und dann begann er im Schutz der Kajüte in abgehackten Sätzen und zum großen Teil mit Händen und Füßen seine Geschichte zu erzählen.

»Narii ... verdammter Räuber... Er wollen stehlen ... Perlen... Wollen töten Parlay... Ein Mann töten Parlay... Niemand wissen, welcher Mann... Drei Kanaken, Narii, ich... Und fünf Bohnen... Hut... Narii sagen, eine Bohne schwarz... Keiner wissen... Töten Parlay... Narii verdammter Lügner... Alle Bohnen schwarz... Fünf schwarz... Kopraschuppen dunkel... Jeder Mann kriegen schwarze Bohne... Großer Wind kommen... Ausgeschlossen... Alle klettern auf Baum... Nix Glück, diese Perlen, ich sagen euch vorher... Nix Glück.«

»Wo ist Parlay?« rief Grief.

»Auf Baum... Drei von seinen Kanaken selbe Baum. Narii und ein Kanake andere Baum... Mein Baum fliegen zur Hölle, dann ich kommen an Bord.«

»Wo sind die Perlen?«

»Auf Baum bei Parlay. Vielleicht Narii kriegen Perlen doch.«

Einem nach dem anderen schrie Grief Tai-Hotauris Geschichte ins Ohr. Kapitän Warfield war besonders aufgebracht, und sie konnten sehen, wie er mit den Zähnen knirschte.

Hermann stieg nach unten und kam mit einem Ankerlicht zurück, doch sobald er es über die Höhe der Kajütenwand hob, blies der Sturm es aus. Mehr Glück hatte er mit der

Kompaßhauslampe, die aber erst nach vielen gemeinsamen Versuchen in Gang zu bringen war.

»Hübsch windige Nacht!« schrie Grief in Mulhalls Ohr. »Und es weht immer stärker.«

»Wie stark?«

»An die hundertfünfzig Stundenkilometer... zweihundert, dreihundert... ich weiß es nicht... Stärker als ich es je erlebt habe.«

Die Lagune wurde immer bewegter durch die Sturzseen, die über dem Atoll zusammenschlugen. Hunderte von Kilometern weit war der Ozean durch den Orkan zurückgestaut worden, bei weitem mehr, als es gewöhnlich durch die Ebbe geschieht. Als dann die Flut wieder einsetzte, wurden die Wellen merklich höher. Mond und Wind taten sich zusammen, um den ganzen Südpazifik über dem Atoll Hikihoho aufzutürmen.

Kapitän Warfield kehrte von einem seiner regelmäßigen Abstecher in den Maschinenraum mit der Nachricht zurück, daß der Maschinist ohnmächtig geworden sei.

»Wir müssen den Motor aber in Gang halten!« schloß er hilflos.

»In Ordnung«, sagte Grief. »Bringen Sie ihn an Deck. Ich werden ihn ablösen.«

Die Luke zum Maschinenraum war wasserdicht verschalkt, so daß man nur durch einen engen Gang von der Kajüte aus hineingelangen konnte. Die Hitze und der Benzindunst waren zum Ersticken. Grief verschaffte sich rasch einen Überblick über den Motor und die Einrichtung des winzigen Verschlages, dann blies er die Öllampe aus. Von nun an arbeitete er im Dunkeln, abgesehen von dem Glimmen seiner ewigen Zigarren, die er sich immer wieder in der Kajüte anzündete. So ausgeglichen er auch war, begann er doch bald deutliche Anzeichen der Anstrengung zu zeigen, die es kostete, mit einem mechanischen Monster eingepfercht zu sein, das sich in der lärmenden Finsternis abmühte, stöhnte und spuckte. Nackt bis zum Gürtel, mit Fett und Öl bedeckt, wund gestoßen und zerschrammt, da er von dem stampfenden und rollenden Schiff umhergeworfen wurde, halb betäubt von dem Gemisch aus Benzindampf und Luft, das er einatmen mußte, arbeitete er Stunde um Stunde, indem er jeden Teil des Motors abwechselnd streichelte, segnete, hätschelte und verfluchte. Die Zündung fing an zu stottern; die Kühlwasserzufuhr ließ zu wünschen übrig. Aber das Schlimmste waren die überhitzten Zylinder. Bei einer Lagebesprechung in der Kajüte flehte und bettelte der Maschinist, ein Halbblut, den Motor für eine halbe Stunde auszustellen, damit er abkühlen und die Wasserzufuhr gewartet werden könnte. Kapitän Warfield war dagegen. Das Halbblut schwor, daß der Motor sonst sowieso kaputtgehen und aussetzen würde, und zwar für immer. Grief, ölverschmiert und arg mitgenommen, schrie sie beide mit funkelnden Augen an, schimpfte und erteilte Befehle. Mulhall, der Frachtaufseher und Hermann wurden dazu eingeteilt, in der Kajüte das Benzin doppelt und dreifach zu filtern. In den Boden des Maschinenraums wurde ein Loch geschlagen, und ein Kanake schöpfte Bilgewasser über die Zylinder, während Grief alle beweglichen Motorteile immer wieder mit Öl begoß.

»Wußte gar nicht, daß Sie sich so gut mit Benzin auskennen«, meinte Kapitän Warfield bewundernd, als Grief in die Kajüte kam, um etwas weniger verpestete Luft zu schnappen.

»Ich bade in Benzin«, stieß er grimmig zwischen den Zähnen hervor. »Ich ernähre mich davon.«

Wozu er sonst noch Benzin verwenden könnte, erfuhr man nie, denn in diesem Augenblick wurden alle Männer in der Kajüte sowie das Benzin, das gerade den Filter passierte, nach vorne gegen das Schott geschleudert, da die *Malahini* plötzlich tief eintauchte. Einige Minuten waren die Männer unfähig, sich aufzurichten, rollten hin und her und purzelten von einer Wand an die andere. Der Schoner, von drei gewaltigen Seen getroffen, ächzte, stöhnte und zitterte und benahm sich wegen des Gewichts der Wassermassen auf den Decks, als sei er fast vollgelaufen. Grief kroch zum Motor, während Kapitän Warfield durch den Niedergang nach oben kletterte, sobald sich Gelegenheit dazu bot.

Erst nach einer halben Stunde kam er zurück.

»Das Boot ist weg!« berichtete er. »Die Kombüse ist weg! Außer dem Deck und den Luken ist nichts mehr da! Und wenn wir den Motor nicht gehabt hätten, wären wir auch weg! Machen Sie ihre Sache bloß weiter so gut!«

Um Mitternacht waren die Benzindämpfe soweit aus Lunge und Kopf des Maschinisten gewichen, daß er Grief ablösen konnte, der an Deck ging, um nun seinerseits Kopf und Lungen freizubekommen. Er gesellte sich zu den anderen, die hinter der Kajüte kauerten und sich daran sowohl mit den Händen festhielten als auch mit Tauen festgezurrt hatten, um sich doppelt zu sichern. Es herrschte ein wirres Gedränge, denn es war der einzige Zufluchtsort für die Kanaken. Einige von ihnen waren zwar der Einladung des Kapitäns in die Kajüte gefolgt, doch von den Dämpfen wieder vertrieben worden. Die *Malahini* wurde immer wieder unter Wasser gedrückt und überflutet, und was sie einatmeten, war ein Gemisch aus Luft, Gischt und Wasser.

»Jetzt wird es noch einmal richtig rauh, Mulhall!« rief Grief seinem Gast zu, als sie zwischendurch auftauchten.

Mulhall, der keuchend nach Atem rang, konnte nur nikken. Die Speigatts reichten nicht aus, um die Wasserlast auf dem Deck des Schoners aufzunehmen. Durch das Schlingern des Schiffes lief das Wasser zwar auf einer Seite über die Reling ab, die *Malahini* übernahm beim Aufrichten aber wieder und rollte auf die andere Seite; und manchmal, wenn sie den Bug himmelwärts kehrte und eine Weile in dieser Stellung verharrte, stürzte das Wasser wie eine Lawine nach achtern.

Es lief die Gangways zum Hüttendeck hinunter, ergoß sich über das Kajütendach, überflutete dabei diejenigen, die sich dort festklammerten, hinterließ blaue Flecken und floß über die Heckreling ab.

Mulhall sah ihn zuerst und machte Grief aufmerksam. Es war Narii Herring, der im matten Lichtschein der Kompaßhauslampe kauerte und sich festhielt. Außer dem Gürtel, den er auf der bloßen Haut trug und in dem ein blankes Messer steckte, war er völlig nackt.

Kapitän Warfield band sich los und kroch über die anderen hinweg zu ihm hin. Im Schein der Lampe sah man, daß sein Gesicht vor Wut verzerrt war. Man konnte zwar erkennen, daß er etwas sagte, doch der Wind trug seine Worte fort. Er wollte seine Lippen nicht an Nariis Ohr legen. Statt dessen zeigte er auf die Reling. Narii Herring verstand. Seine weißen Zähne entblößten sich zu einem belustigten und höhnischen Grinsen, und er erhob sich, eine Prachtgestalt von einem Mann.

»Das ist Mord!« schrie Mulhall Grief zu.

»Er wollte den alten Parlay umbringen«, schrie Grief zurück.

In diesem Augenblick war das Hüttendeck frei von Wasser, und die *Malahini* hatte sich aufgerichtet. Narii versuchte, in stolzer Haltung zur Reling zu gehen, wurde aber vom Wind umgeworfen. Darauf kroch er fort und verschwand in der Dunkelheit, aber keiner zweifelte daran, daß er über Bord gegangen war. Die *Malahini* tauchte tief ein, und als sie sich wieder durch die Fluten emporkämpfte, die nach achtern abliefen, rief Grief Mulhall ins Ohr.

»Er wird nicht untergehen. Man nennt ihn den Fischmenschen von Tahiti! Er wird über die Lagune schwimmen und auf der anderen Seite des Atolls an Land gehen, falls es da noch ein Atoll gibt.«

Fünf Minuten später schwappte, nachdem sie wieder einmal untergetaucht waren, ein wirres Knäuel menschlicher Leiber vom Kajütendach. Sie packten zu und hielten die Neuankömmlinge fest, bis das Wasser abgelaufen war. Dann trugen sie sie nach unten, um festzustellen, wer sie waren. Der alte Parlay lag reglos und mit geschlossenen Augen auf dem Rücken. Bei den anderen beiden handelte es sich um seine eingeborenen Vettern. Alle drei waren nackt und blutig. Der Arm des einen Kanaken war gebrochen und hing nutzlos herunter. Der andere blutete aus einer scheußlichen Kopfwunde.

»Hat Narii das getan?« fragte Mulhall.

Grief schüttelte den Kopf. »Nein, das ist passiert, als sie auf das Deck geschmettert und über die Kajüte gespült wurden!«

Plötzlich trat eine Veränderung ein, die eine Art Schwindelgefühl hervorrief. Im ersten Augenblick verweigerte man sich der Einsicht, daß kein Wind mehr wehte. Wie durch einen Schwerthieb war der Sturm abrupt abgeschnitten worden. Der Schoner stampfte und rollte und zerrte mit einem krachenden Geräusch, das jetzt zum erstenmal zu hören war, an den Ankern. Zum erstenmal auch konnten sie das Plätschern des Wassers auf Deck hören. Der Maschinist stellte den Propeller ab und drosselte den Motor.

»Wir sind im Auge des Sturms«, sagte Grief. »Es wird gleich wieder losgehen, und dann kommt es genauso schlimm wie vorher.« Er sah auf das Barometer. »29,32«, las er ab.

So schnell konnte er seine Stimme, die stundenlang gegen den Wind angeschrien hatte, nicht umstellen, und er sprach so laut, daß die Ohren der anderen in der Stille schmerzten.

»Alle seine Rippen sind gebrochen«, sagte der Frachtaufseher, als er Parlays Seite abtastete. »Er atmet zwar noch, aber es geht mit ihm zu Ende.«

Der alte Parlay stöhnte, bewegte kraftlos einen Arm und

öffnete die Augen. Sie leuchteten auf, als er die Umstehenden wiedererkannte.

»Meine wackeren Herrschaften«, flüsterte er mit versagender Stimme. »Vergessen Sie nicht... die Auktion... um zehn Uhr... in der Hölle.«

Seine Augen schlossen sich, die Kinnlade drohte herunterzufallen, doch es gelang ihm, die Gewalt über seinen sich auflösenden Körper noch ein letztes lautes, höhnisches Kichern lang aufrechtzuerhalten.

Über und unter ihnen brach jetzt die Hölle los. Das wohlbekannte Brüllen des Windes setzte wieder ein. Die breitseits getroffene *Malahini* holte extrem weit über, als sie den Bogen beschrieb, der ihr von den Ankern aufgezwungen wurde. Dann drehten sie das Schiff in den Wind, und es richtete sich auf. Der Propeller wurde eingekuppelt, und der Motor arbeitete weiter.

»Nordwest!« rief Kapitän Warfield Grief zu, als er an Deck kam. »Sprang auf Stärke acht wie der Blitz!«

»Jetzt wird Narii nie über die Lagune kommen!« meinte Grief.

»Dann wird er wieder auf unsere Seite zurückgeweht, so ein Pech!«

V.

Nachdem sie das Orkanzentrum passiert hatten, begann das Barometer zu steigen. Entsprechend rasch ging auch der Wind zurück. Als er nur noch eine ziemlich steife Brise war, hob sich der Motor, löste sich mit einem letzten Aufbäumen seiner vierzig Pferdestärken von seiner Verankerung und kippte auf die Seite. Ein Wasserschwall aus der Bilge ergoß sich zischend über ihn, und Dampfwolken stiegen hoch. Der Maschinist jammerte über das Unglück, doch Grief warf einen zärtlichen Blick auf das Wrack und ging in die Kajüte, um sich mit Putzwolle das Öl von Brust und Armen zu wischen.

Die Sonne stand am Himmel, und es wehte das sanfteste Sommerlüftchen, als er wieder an Deck kam, nachdem er die Kopfwunde des einen Kanaken vernäht und den Arm des anderen eingerenkt hatte. Die *Malahini* lag dicht am Ufer. Vorn war Hermann mit der Mannschaft dabei, aufzuholen und die Ankerketten zu entwirren. Die *Papara* und die *Tahaa* waren verschwunden, und Kapitän Warfield suchte die gegenüberliegende Seite des Atolls mit seinem Glas ab.

»Nicht mal Kleinholz ist von ihnen übriggeblieben«, sagte er. »So geht's, wenn man keinen Motor hat. Sie müssen abgetrieben sein, bevor der große Umschwung kam.«

An Land, dort wo Parlays Haus gestanden hatte, war keine Spur mehr davon zu sehen. Über eine Breite von dreihundert Metern hatte die Sturmflut weder Baum noch Stumpf stehengelassen. Etwas weiter entfernt fand sich hier und da eine vereinzelte Palme, und unzählige waren dicht über dem Boden abgebrochen. In der Krone eines stehengebliebenen Baums sollte sich nach Ansicht Tai-Hotauris etwas bewegen. Die *Malahini* hatte keine Boote mehr, und so schauten sie ihm zu, wie er an Land schwamm und auf die Palme kletterte.

Bei seiner Rückkehr halfen sie auch einem jungen eingeborenen Mädchen aus Parlays Haushalt über die Reling. Doch zuerst reichte sie ihnen einen ziemlich mitgenommenen Korb hinauf. Darin lag ein Wurf blinder Kätzchen – alle waren tot, bis auf eines, das schwach miaute und unbeholfen und unsicher auf den Beinen stand.

»He!« sagte Mulhall. »Wer ist denn das?«

Am Strand ging ein Mann entlang. Er bewegte sich gemächlich, als mache er einen Morgenspaziergang. Kapitän Warfield knirschte mit den Zähnen. Es war Narii Herring.

»Hallo Skipper!« rief Narii, als er auf gleicher Höhe mit ihnen war. »Kann ich an Bord kommen und frühstücken?«

Kapitän Warfields Gesicht und Hals begannen anzuschwellen und sich dunkelrot zu verfärben. Er versuchte zu sprechen, aber die Kehle war ihm wie zugeschnürt.

»Ich würde ihn am liebsten... ich würde ihn am liebsten...« war alles, was er herausbringen konnte.

AUF DER MAKALOA-MATTE

Im Gegensatz zu den Frauen der meisten südländischen Rassen altern die Hawaiianerinnen langsam und bewahren ihre Schönheit. Ein sachkundiger Beobachter würde die Frau, die unter dem Hau-Baum saß, überall auf der Welt auf etwa fünfzig geschätzt haben. Nur auf Hawaii gelten auch ohne Schminke und Angst vor Altersspuren andere Gesetze. Die Kinder und Enkel sowie Roscoe Scandwell, der seit vierzig Jahren ihr Ehemann war, wußten natürlich, daß sie vierundsechzig war und am zweiundzwanzigsten Juni dieses Jahres fünfundsechzig werden würde. Doch man sah es ihr nicht an, auch wenn sie zum Lesen ihrer Zeitschrift eine Brille aufsetzte und sie wieder abnahm, sobald sie ihren Blick zu dem halben Dutzend Kinder, die auf dem Rasen spielten, hinüberwandern lassen wollte.

Es war ein prächtiger Ort – prächtig wie der uralte Hau-Baum, der so groß wie ein Haus war und unter dessen schattigem Blätterdach es sich auch so angenehm wie in einem Haus sitzen ließ, prächtig wie der Rasen, dessen grünsamtene Fläche, die einen Schätzwert von sechshundert Dollar pro Frontmeter hatte, sich landeinwärts bis zu einem ebenso ansehnlichen, prächtigen und stattlichen Bungalow erstreckte. Zum Strande zu sah man durch einen Saum von dreißig Meter hohen Kokospalmen den Ozean schimmern, jenseits des Riffs in einem tiefen Blau, das zum Horizont hin ins Indigo wechselte, in der Lagune aber die ganze zarte Farbskala von Jade über Smaragd bis zum Turmalin widerspiegelte.

Und dies war nur eines von dem halben Dutzend Häusern, das Martha Scandwell gehörte. Ihr nur wenige Meilen von

Honolulu entfernt am Nuuanu Drive gelegenes Stadthaus war ein Palast. Eine Unzahl von Gästen hatte die Behaglichkeit und die fröhliche Atmosphäre ihres Berghauses auf dem Tantalus, ihres Vulkanhauses, ihres *Mauka*- (an der Bergseite gelegenen) Hauses und ihres *Mauki*- (zum Meer hin gelegenen) Hauses auf der großen Insel Hawaii kennengelernt. Doch dieses Haus in Waikiki stand den anderen an Schönheit, an Stattlichkeit und an Kosten für die Instandhaltung in nichts nach. Zwei japanische Gartenarbeiter schnitten den Hibiskus zurück, ein dritter hantierte fachmännisch an der Cereushecke, die schon bald ihre geheimnisvolle nächtliche Blütenpracht entfalten sollte. Ein japanischer Hausdiener in makellosen weißen Hosen trug den Tee auf, gefolgt von einem japanischen Dienstmädchen, das so hübsch und so leicht und rastlos wie ein Schmetterling in der typischen Kleidung seiner Heimat der Herrin aufwartete. Ein zweites japanisches Mädchen mit einer stattlichen Anzahl von Frottiertüchern auf dem Arm überquerte rechterhand den Rasen und ging auf die Badehäuser zu, vor denen gerade die ersten Kinder in Badeanzügen erschienen. Dahinter, unter den Palmen am Strand, kümmerten sich zwei chinesische Kindermädchen in der hübschen heimatlichen Tracht aus weißen *Yeeshons* und geradegeschnittenen Hosen, mit schwarzen, am Rücken herunterbaumelnden Zöpfen um die beiden Säuglinge in ihren Kinderwagen.

Und sie alle – Diener, Kindermädchen und Enkelkinder – gehörten zu Martha Scandwell. Auch ihre Hautfarbe fand sich bei ihren Enkelkindern wieder – diese unverkennbare Tönung, die nur die Sonne Hawaiis zustande bringt. Zu einem Achtel und einem Sechzehntel waren sie Hawaiianer, das hieß, daß sieben Achtel und fünfzehn Sechzehntel weißes Blut unter dieser Haut floß und es doch nicht fertigbrachte, den winzigen Rest von Polynesiens dunklem Goldschimmer ganz zu tilgen. Aber auch hier hätte nur ein geübter Beobachter erkennen können, daß diese vergnügt umhertollenden Kinder sich irgendwie von reinblütigen Weißen unterschieden. Roscoe Scandwell, der Großvater, war ganz weiß, Martha war es zu drei Vierteln, ihre vielen Söhne und Töchter zu sieben Achteln. Die Enkel waren bereits zu fünfzehn Sechzehntel weiß oder, in den Fällen, in denen ihre Sieben-Achtel-Väter und -Mütter wiederum Sieben-Achtel-Weiße geheiratet hatten, waren sie zu vierzehn Sechzehntel oder sieben Achteln weiß. In beiden Fällen war die Ahnenreihe makellos, Roscoe stammte in gerader Linie von den Puritanern Neuenglands, Martha in ebenso direkter Linie von den königlichen Herrscherfamilien Hawaiis ab, deren Genealogien schon mehr als tausend Jahre vor Einführung der Schrift in *Meles* besungen worden waren.

In der Ferne hielt ein Auto an und ließ eine Frau aussteigen, deren Alter man auf höchstens sechzig geschätzt hätte, und die so leichtfüßig wie eine jugendliche Vierzigerin über den Rasen schritt, in Wahrheit aber achtundsechzig Jahre alt war. Martha erhob sich, um sie auf die herzliche hawaiische Art mit Umarmungen, Küssen auf den Mund, mit beredtem Gesicht und nicht minder beredtem Körper voll aufrichtiger Freude und echtem Gefühlsüberschwang zu begrüßen. Und »Schwester Bella« und »Schwester Martha« ging es hin und her, dazwischen unzusammenhängende Fragen nach dem gegenseitigen Wohlergehen, nach diesen und jenen Onkeln, Brüdern und Tanten, bis sie, kaum daß sich die erste Wiedersehensfreude gelegt hatte, mit vor Zärtlichkeit feuchten Augen dasaßen und sich über ihre Teetassen hinweg anblickten. Offenbar hatten sie sich jahrelang nicht gesehen und in die Arme geschlossen. Tatsächlich lag ihre letzte Begegnung erst zwei Monate zurück. Und die eine war vierundsechzig, die andere achtundsechzig Jahre alt. Aber dieses vollkommene Einvernehmen kam daher, daß in beiden zu einem Viertel das sonnenwarme, liebeswarme Herz von Hawaii schlug.

Die Kinder umdrängten Tante Bella wie eine steigende Flut und wurden ausgiebig umarmt und abgeküßt, ehe sie mit ihren Kindermädchen wieder zum Badestrand gingen.

»Ich habe mir gedacht, ich sollte wieder einmal für ein paar Tage an den Strand fahren, nachdem die Passatwinde aufgehört haben«, erklärte Martha.

»Du bist doch schon seit zwei Wochen hier«, lächelte Bella ihre jüngere Schwester liebevoll an. »Bruder Edward hat es mir erzählt. Ich traf ihn auf dem Dampfer, und er bestand darauf, daß ich mitkomme, um Louise und Dorothy und sein erstes Enkelkind in Augenschein zu nehmen. Er ist seinetwegen ganz aus dem Häuschen.«

»Du meine Güte!« rief Martha. »Zwei Wochen! Ich hätte nicht gedacht, daß es schon so lange her ist.«

»Wo ist Annie? – und Margaret?« fragte Bella.

Martha zuckte die fleischigen Schultern zum Zeichen umfassender Nachsicht und Zuneigung für ihre Töchter, diese umtriebigen Rabenmütter, die ihre Kinder den Nachmittag über der Obhut der Großmutter anvertraut hatten.

»Margaret ist bei einer Versammlung des Naturkreises – sie wollen die ganze Kalakaua-Avenue entlang auf beiden Seiten Bäume und Hibiskusbüsche pflanzen«, sagte sie. »Und Annie fährt ihre achtzig Dollar teuren Reifen ab, um fünfundsiebzig Dollar für das britische Rote Kreuz zusammenzubekommen – heute ist nämlich ihr Sammeltag, weißt du.«

»Roscoe muß sehr stolz sein«, sagte Bella und bemerkte das helle und triumphierende Aufleuchten in den Augen ihrer Schwester. »Ich erhielt in San Francisco die Nachricht von der ersten Gewinnausschüttung bei Ho-o-la-a. Erinnerst du dich, als die Aktien noch bei fünfundsiebzig Cents standen und ich tausend Dollar für die Kinder der armen Abbie zeichnete und sagte, daß ich verkaufen würde, wenn sie auf zehn Dollar gestiegen seien?«

»Und alle lachten dich und jeden anderen aus, der Aktien

zeichnete«, nickte Martha. »Aber Roscoe wußte schon, was er tat. Heute stehen sie auf vierundzwanzig.«

»Ich habe meine vom Dampfer aus über Funk verkauft – bei runden zwanzig«, fuhr Bella fort. »Und jetzt ist Abbie dabei, wie wild Kleider zu nähen. Sie fährt mit Mary und Tootsie nach Paris.«

»Und Carl?« erkundigte sich Martha.

»Oh, er wird in Yale seinen Abschluß machen –«

»Was er ohnehin durchgezogen hätte, und das weißt du auch«, wies Martha sie zurecht und verfiel dabei auf reizende Weise in den Jargon des zwanzigsten Jahrhunderts.

Bella gestand schuldbewußt ein, daß sie für den Sohn ihrer Schulfreundin das Studium hatte bezahlen wollen, und fügte zufrieden hinzu:

»Und trotzdem war es besser, die Ho-o-la-a dafür aufkommen zu lassen. Eigentlich ist es ja Roscoe, der es bezahlt, denn auf seinen Rat hin habe ich das Geld dort angelegt.« Sie ließ den Blick langsam umherschweifen; ihre Augen nahmen dabei nicht nur die Schönheit, die Behaglichkeit und Ruhe all der Dinge wahr, auf die sie sich richteten, sondern gleichzeitig auch die unermeßliche Schönheit, Behaglichkeit und Ruhe alles dessen, was diese Dinge, die in solchen Oasen über das ganze Archipel verstreut waren, verkörperten. Sie seufzte zufrieden und meinte: »Alle unsere Ehemänner haben uns durch das, was wir mit in die Ehe gebracht haben, zu Wohlstand verholfen.«

»Und zu Glück ...«, stimmte Martha ihr bei, brach dann aber mit verdächtiger Plötzlichkeit ab.

»Und zu Glück, uns allen, mit Ausnahme von Schwester Bella«, führte Bella – ganz ohne Vorwurf – den Gedanken für sie zu Ende.

»Diese Heirat war wirklich ein Mißgriff«, murmelte Martha voll zärtlichen Mitgefühls. »Du warst noch so jung. Onkel Robert hätte dich nie zu dieser Ehe drängen sollen.«

»Ich war erst neunzehn«, nickte Bella. »Aber es war nicht George Castners Schuld. Und sieh nur, was er, noch aus seinem Grab heraus, für mich getan hat. Onkel Robert war klug. Er wußte, daß George Weitblick, Energie und Beständigkeit besaß. Er sah schon damals, und das war vor fünfzig Jahren, den Wert der Wasserrechte von Nahala, denen damals niemand Bedeutung beimaß. Sie dachten, er arbeite darauf hin, Weideland zu kaufen, während er dabei die Zukunft, die im Wasser lag, im Auge hatte – und wie erfolgreich er damit war, weißt du ja. Manchmal schäme ich mich fast, wenn ich an mein Einkommen denke. Nein, was man auch immer anführen mag, es lag nicht an George, daß unsere Ehe unglücklich war. Ich weiß, daß ich glücklich mit ihm hätte leben können, bis auf den heutigen Tag, wenn er am Leben geblieben wäre.« Sie schüttelte langsam den Kopf. »Nein, es war weder seine Schuld noch die eines anderen. Nicht einmal meine. Wenn überhaupt jemanden eine Schuld trifft,« das wehmütige Lächeln nahm ihrer Anklage die Spitze, »dann Onkel John.«

»Onkel John!« rief Martha erstaunt aus. »Wenn es schon einer von den beiden sein soll, dann hätte ich gesagt, Onkel Robert. Aber Onkel John!«

Bella lächelte mit nachsichtiger Gewißheit.

»Aber es war doch Onkel Robert, der dich mit George Castner verheiratet hat«, warf ihre Schwester ein.

»Das ist schon wahr«, nickte Bella bestätigend. »Aber es ging nicht um einen Ehemann, sondern um ein Pferd. Ich wollte mir von Onkel John ein Pferd leihen, und Onkel John sagte ja. So ist alles gekommen.«

Eine rätselhafte Stille sank plötzlich herab, und während die Stimmen der Kinder und die sanften Ermahnungen der asiatischen Dienstmädchen vom Strand näherkamen, bebte Martha innerlich vor Erregung, als sie einen unerwarteten Wagemut in sich aufsteigen fühlte. Sie winkte die Kinder fort.

»Lauft weiter, meine kleinen Lieblinge, lauft weiter. Großmama und Tante Bella möchten sich unterhalten.«

Und während der süße, helle Klang der Kinderstimmen langsam über dem Rasen verebbte, betrachtete Martha mit der Scharfsicht des Herzens die Spuren der Trauer, die das geheime Leid ein halbes Jahrhundert lang in das Gesicht ihrer Schwester eingegraben hatte. Seit fast fünfzig Jahren kannte sie diese Linien. Sie überwand all die rührende Sanftmut der Hawaiianerin in sich, um das Schweigen eines halben Jahrhunderts zu brechen.

»Bella«, sagte sie. »Wir wußten nie etwas. Du hast ja nicht darüber gesprochen. Aber wir haben uns oft Gedanken gemacht, ach, so oft –«

»Und habt nie gefragt«, murmelte Bella dankbar.

»Aber jetzt endlich frage ich dich. Unser Lebensabend ist angebrochen. Hör sie dir an! Manchmal erschrecke ich fast bei dem Gedanken, daß es Enkelkinder sind, *meine* Enkel – *ich*, die erst gestern noch, so scheint es, das ungebundenste, freieste und sorgloseste Mädchen war, das je auf einem Pferd gesessen hat, in den hohen Brandungswellen schwamm, bei Ebbe *Opihis* sammelte oder ein Dutzend Verehrer auslachte. Und jetzt, wo unser Tag sich neigt, laß uns alles vergessen, außer daß ich deine liebe Schwester bin, so wie du die meine bist.«

Beide hatten feuchte Augen. Bella zitterte offensichtlich vor der Aussprache.

»Wir dachten, es läge an George Castner«, fuhr Martha fort, »und wir glaubten, die Einzelheiten zu erraten. Er war kühl. Und du warst eine warmherzige Hawaiianerin. Er muß grausam gewesen sein. Bruder Walcott behauptete stets, er müsse dich geschlagen haben –«

»Nein! Nein!« unterbrach Bella sie. »George Castner war nie brutal, nie roh. Oft hätte ich es mir fast gewünscht. Aber er hat mich nie angerührt, nie die Hand gegen mich erhoben.

Niemals – ach, kannst du das glauben? – bitte, Schwester, glaub' es mir – nie ist ein heftiges, ein böses Wort zwischen uns gefallen. Aber sein Haus, unser Haus in Nahala war grau. Grau war seine einzige Farbe, und kühl und frostig blieb es, während ich von all den Farben der Sonne, der Erde, des Blutes und meiner Herkunft durchdrungen war. Es war sehr kalt in Nahala, grau und kalt, mit diesem kalten, grauen Menschen, meinem Ehemann. – Du weißt, daß er grau war, Martha. Grau wie diese Porträts von Emerson, die immer in der Schule hingen. Seine Haut war grau. Die Sonne und das Wetter und all die Stunden, die er im Sattel verbrachte, konnten sie nicht bräunen. Und innen war er ebenso grau wie außen.

Und ich war erst neunzehn, als Onkel Robert die Heirat beschloß. Was verstand ich schon davon? Onkel Robert sprach mit mir. Er zeigte mir, wie der Reichtum und der Landbesitz auf Hawaii bereits in die Hände der Haoles, der Weißen, überzugehen begann.

Die hawaiischen Häuptlinge ließen es zu, daß ihnen ihr Eigentum entglitt. Die Besitzungen der hawaiischen Prinzessinnen hingegen, die Haoles geheiratet hatten, vermehrten sich unter der Verwaltung ihrer weißen Ehemänner aufs wunderbarste. Er verwies auf unseren Großvater Robert Wilton, der die armseligen im Inselinneren gelegenen Mauka-Ländereien unserer Großmutter übernommen, dazugekauft und schließlich um diesen Besitz herum die Kilohana-Ranch aufgebaut hatte –«

»Selbst damals schon kam sie gleich an zweiter Stelle hinter der Parker-Ranch«, unterbrach Martha sie stolz.

»Und dann sagte er mir, wenn unser Vater vor seinem Tode so vorausschauend wie Großvater gewesen wäre, dann wäre die Hälfte von dem damaligen Parker-Besitz zu Kilohana gekommen, und Kilohana hätte dadurch an erster Stelle gestanden. Und er sagte, daß Rindfleisch niemals mehr, bis in alle Ewigkeit, billiger sein würde. Und er sagte auch, daß die

Zukunft Hawaiis im Zucker läge. Das war vor fünfzig Jahren, und es hat sich mehr als bewahrheitet. Und er sagte, daß der junge Haole George Castner es in seiner vorausschauenden Art weit bringen würde und daß wir viele Mädchen wären in der Familie, daß die Ländereien von Kilohana dem Gesetz nach auf die Söhne übergehen müßten und daß meine Zukunft, wenn ich George heiratete, aufs beste gesichert wäre.

Ich war erst neunzehn. Gerade zurück von der Königlichen Schule – das war, bevor unsere Mädchen zur Ausbildung in die Staaten geschickt wurden. Du warst eine der ersten, Schwester Martha, die ihre Erziehung auf dem Festland erhielten. Und was wußte ich schon von Liebe und Geliebten oder gar von Ehe? Alle Frauen heirateten. Das war ihre Bestimmung im Leben. Mutter und Großmutter und alle, die vor ihnen waren, hatten geheiratet. Es war meine Aufgabe im Leben, George Castner zu heiraten. So sprach Onkel Robert in seiner Weisheit, und ich wußte, daß er sehr weise war. Und ich ging, um mit meinem Ehemann in dem grauen Haus auf Nahala zu leben.

Du erinnerst dich doch daran. Keine Bäume, nur endloses Weideland, dahinter die hohen Berge, darunter nur Meer und Wind! Der Wind von Waimea und der Wind von Nahala – uns erreichten beide, und der Wind von Kona. Doch sie hätten mich ebensowenig gestört, wie sie uns auf Kilohana störten oder den Bewohnern von Mana etwas ausmachten, wäre Nahala selbst nicht so grau gewesen und wäre mein Mann George nicht so grau gewesen. Wir waren allein. Er verwaltete Nahala für die Glenns, die nach Schottland zurückgekehrt waren. Er verdiente achtzehnhundert jährlich, dazu Fleisch, Reitpferde, Anspruch auf Arbeitskräfte und das Ranchhaus –«

»Das war ein hohes Gehalt in jenen Tagen«, sagte Martha.

»Und für George Castner und das, was er leistete, war es sehr wenig«, verteidigte Bella ihn. »Ich lebte drei Jahre lang mit ihm zusammen. Es gab keinen Morgen, wo er nach halb fünf noch im Bett war. Er opferte sich für seinen Arbeitgeber auf. Ehrlich bis auf den letzten Pfennig in seinen Abrechnungen, widmete er ihm seine ganze Zeit und Energie. Vielleicht hat das auch dazu beigetragen, daß unser Leben so grau war. Aber hör zu, Martha. Von seinen achtzehnhundert legte er jedes Jahr sechzehnhundert auf die Seite. Überleg' dir! Wir beide lebten von zweihundert im Jahr. Glücklicherweise trank er nicht und rauchte nicht. Von diesem Geld haben wir uns auch gekleidet. Ich nähte mir meine Kleider selbst. Du kannst dir vorstellen, wie sie aussahen. Außer dem Feuerholz, das die Cowboys hackten, machte ich die ganze Hausarbeit. Ich kochte und buk und schrubbte –«

»Du, die du seit deiner Geburt nur von Dienern umgeben warst!« sagte Martha mitleidig. »Auf Kilohana war immer ein ganzes Regiment davon!«

»Ach, aber das Schlimmste war diese armselige, nackte, bedrückende Knausrigkeit!« rief Bella aus. »Wie sehr mußte ich ein Pfund Kaffee strecken! Ein Besen mußte völlig abgenützt sein, bevor ein neuer angeschafft wurde! Und dieses Rindfleisch! Luftgetrocknetes und gepökeltes Rindfleisch, morgens, mittags und abends! Und Haferbrei! Seither habe ich nie mehr Haferbrei oder ähnliches gegessen.«

Sie stand plötzlich auf, entfernte sich einige Schritte und starrte einen Moment lang mit leerem Blick auf das farbenprächtige Riff, um ihre Fassung wiederzugewinnen. Dann kehrte sie zu ihrem Sitzplatz zurück, aufrecht und den edlen Kopf erhoben, in der wundervollen, sicheren und anmutigen Haltung, die der Hawaiianerin auch die Vermischung mit anderen Rassen nicht zu rauben vermag. Sehr *haole* wirkte Bella Castner, hellhäutig und zartgliedrig. Und doch, als sie jetzt – hocherhobenen Hauptes, die länglichen braunen Augen mit den ebenmäßigen Lidern von königlichen Brauenbogen überwölbt und mit den sanftgeschwungenen Linien ihres kleinen Mundes, der noch heute, mit achtundsechzig Jahren von der Süße seiner Küsse kündete – angeschritten kam, verkörperte sie in allem das Abbild einer Königin des alten Hawaii, das trotz des vielen Haole-Blutes durchbrach. Sie war größer als ihre Schwester Martha und, womöglich, sogar noch stattlicher.

»Wir waren für unser karges Essen berüchtigt, weißt du!« Bella lachte auf. »Es waren viele Meilen von Nahala bis zur nächsten Behausung. Reisende, die sich verspätet hatten oder vom Sturm überrascht wurden, übernachteten gelegentlich bei uns. Und du weißt, welche Verschwendung damals auf den großen Ranches getrieben wurde und noch immer wird. Wir wurden zur Zielscheibe des Gespöttes! ›Was kümmert uns das!‹ pflegte George zu sagen. ›Sie leben heute und jetzt. In zwanzig Jahren sind wir an der Reihe, Bella. Sie werden immer noch da sein, wo sie jetzt sind, und sie werden uns aus der Hand fressen. Wir werden sie durchfüttern müssen, weil sie es dann selbst nicht mehr können, und wir werden sie gut ernähren; denn wir werden reich sein, Bella, so reich, daß ich Angst habe, es dir zu verraten. Aber ich weiß, was ich weiß, und du mußt mir vertrauen.‹

George hatte recht. Zwanzig Jahre später hatte ich ein Einkommen von tausend Dollar monatlich, wenn er es auch nicht mehr erleben durfte. Du meine Güte! Ich weiß gar nicht, wie hoch es heute ist. Aber ich war erst neunzehn, und ich sagte immer zu George: ›Jetzt! Jetzt! Wir leben jetzt. In zwanzig Jahren sind wir vielleicht gar nicht mehr da. Und ich möchte einen neuen Besen. Und es gibt einen drittklassigen Kaffee, der nur zwei Cent das Pfund mehr kostet als dieses furchtbare Zeug, das wir jetzt trinken. Warum kann ich nicht jetzt Eier in Butter braten? Ich hätte so gern ein neues Tischtuch. Unsere Bettwäsche! Ich schäme mich, einen Gast zwischen diesen Laken übernachten zu lassen, wenn auch, weiß Gott, selten genug einer zu kommen wagt.‹

›Hab nur Geduld‹, pflegte er zu antworten. ›Bald, in wenigen Jahren nur, werden diejenigen, die es jetzt verschmähen, an unserem Tisch zu sitzen oder in unseren Betten zu schlafen, stolz auf eine Einladung sein – soweit sie nicht gestorben sind. Erinnerst du dich, wie es Stevens letztes Jahr ergangen ist – er führte ein leichtes und freies Leben, war jedermanns Freund, nur sein eigener nicht. Die Leute auf Kohala mußten für sein Begräbnis aufkommen, denn er hinterließ nichts als Schulden. Achte einmal auf die anderen, die dasselbe Leben führen. Da ist dein Bruder Hal. Wenn er so weitermacht, lebt er keine fünf Jahre mehr, und seinen Onkeln bricht er schon jetzt das Herz. Oder Prinz Lilolilo. Stürmt an mir vorbei mit einem halben Hundert berittener, gutgebauter, lärmender Kanaken in seinem Gefolge, die besser daran täten, tüchtig zu arbeiten und an ihre Zukunft zu denken, denn er wird nie König von Hawaii werden. Er wird es nicht erleben.‹

George hatte recht. Bruder Hal starb. Prinz Lilolilo ebenfalls. Aber *ganz* recht hatte George doch nicht. Er, der nie trank und rauchte, der keine Energie für eine Umarmung verschwendete, seine Lippen nur zu den flüchtigsten Küssen benutzte, der ausnahmslos vor dem ersten Hahnenschrei auf war und schlief, ehe die Petroleumlampe auch nur ein Zehntel heruntergebrannt war, und der nie ans Sterben gedacht hatte, war noch früher tot als Bruder Hal und Prinz Lilolilo.

›Hab Geduld, Bella‹, pflegte Onkel Robert zu mir zu sagen. ›George Castner ist der kommende Mann. Ich habe gut für dich gewählt. Deine Mühsal jetzt ist nur der beschwerliche, steinige Weg ins gelobte Land. Nicht immer werden die Hawaiianer in Hawaii herrschen. Ebenso wie sie ihren Reichtum aus der Hand gleiten lassen, so wird ihnen auch die Herrschaft entgleiten. Politische Macht und Landbesitz gehören immer zusammen. Es wird große Veränderungen geben, Revolutionen, von denen keiner weiß, wieviele und welcher Art sie sein werden, nur daß am Ende die Haolen das Land und die Macht besitzen werden. Und dann kann es durchaus sein, daß du die erste Frau Hawaiis sein wirst, denn sicher wird George Castner über Hawaii regieren. So steht es geschrieben. So ist es stets, wo der Haole mit den nachgiebigeren Rassen zusammenstößt. Ich, dein Onkel Robert, halb Hawaiianer und halb Haole, ich weiß, wovon ich spreche. Hab Geduld, Bella, hab Geduld!‹

›Liebe Bella‹, pflegte Onkel John zu sagen, und ich wußte, daß sein Herz mit mir fühlte. Gott sei Dank ermahnte er mich nie zur Geduld. Er wußte Bescheid. Er war sehr weise. Er war warm, menschlich und deshalb klüger als Onkel Robert und George Castner, die nur die Sache und nicht den Geist gelten ließen, die lieber Aufstellungen in den Hauptbüchern machten, als Brust an Brust Herzschläge zählten, denen das Addieren von Zahlenreihen wichtiger war, als an Umarmungen und an Liebkosungen mit Blicken, Worten, Berührungen zu denken. ›Liebe Bella‹, pflegte Onkel John zu sagen. Er wußte Bescheid. Du hast ja immer gehört, daß er der Geliebte der Prinzessin Naomi war. Er war ein treuer Liebhaber. Er liebte nur dieses eine Mal. Nach ihrem Tode sagten sie, er sei exzentrisch. Er war es. Er war ihr Geliebter, einmal und für immer. Erinnerst du dich an das Tabuzimmer in Kilohana, das wir erst nach seinem Tode betraten und dabei herausfanden, daß es sein Reliquienschrein für sie war. ›Liebe Bella‹, war alles, was er je zu mir sagte, aber ich wußte, daß er im Bilde war.

Und ich war neunzehn und eine sonnenwarme Hawaiianerin, trotz der drei Viertel Haoleblut in mir, und ich kannte nichts außer der herrlichen Mädchenzeit auf Kilohana und meiner Schuljahre auf der Königlichen Schule in Honolulu, außer meinem grauen Ehemann mit seinen grauen Moralpredigten und seinen von Nüchternheit und Sparsamkeit bestimmten Gewohnheiten. Und dann diese beiden kinderlosen Onkel, der eine mit seiner kühlen, vorausplanenden Weitsicht, der andere mit seinem gebrochenen Herzen als ewig träumender Liebhaber einer toten Prinzessin.

Denk nur an dieses graue Haus! Und das mir, die ich das leichte, herrliche, vergnügte, stets mit Lachen erfüllte Leben auf Kilohana, bei den Parkers auf dem guten, alten Mana und auf Puuwaawaa gewohnt war! Du erinnerst dich. In jenen Tagen lebten wir wirklich in einer fürstlichen, großzügigen Umgebung. Würdest du, ja, könntest du es glauben, Martha? Die einzige Nähmaschine, die ich auf Nahala besaß, war noch eine von denen, die die ersten Missionare mitgebracht hatten – ein winziges, verrücktes Ding, das mit einer Handkurbel betätigt werden mußte!

Robert und John hatten meinem Mann bei der Heirat je fünftausend Dollar gegeben. Aber George bat darum, es geheimzuhalten. Nur wir vier wußten davon. Und während ich auf dieser verrückten Maschine meine billigen *Holokus* [weite lose Kleider] nähte, kaufte er Land mit diesem Geld – das obere Nahalaland, weißt du – immer nur ein Stückchen, jeder Kauf ein zäher Handel, bei dem ihm die bittere Armut im Gesicht geschrieben stand. Heute bringt mir der Nahalagraben allein vierzigtausend jährlich.

Aber war es das wert? Ich hungerte. Wenn er mich nur ein einziges Mal leidenschaftlich umarmt hätte! Wenn er seinen eigenen Geschäften oder der Treue zu seinem Arbeitgeber nur einmal fünf Minuten gestohlen und sie mir gewidmet hätte! Manchmal hätte ich schreien, ihm die ewige Schüssel mit heißem Haferbrei ins Gesicht schleudern oder die Nähmaschine auf den Boden werfen und darauf Hula tanzen können, nur um ihn aus seiner Reserve zu locken, ihn in Rage zu bringen, damit er sich wie ein Mensch, ein Scheusal, wie jeder andere Mann verhielte, statt wie ein grauer, eisiger Halbgott.«

Der traurige Ausdruck auf Bellas Gesicht verschwand, und

sie lachte laut auf, als sie sich an eine komische Einzelheit erinnerte.

»Und wenn ich in so einer Stimmung war, pflegte er mich besorgt und prüfend anzusehen, fühlte mir besorgt den Puls, besah meine Zunge, flößte mir mit besorgter Miene Rizinusöl ein, steckte mich besorgt und beizeiten mit heißen Ofenplatten ins Bett und versicherte mir, daß ich mich am nächsten Morgen besser fühlen würde. Früh ins Bett! Für uns war es eine Ausschweifung, wenn wir bis neun Uhr aufblieben. Acht Uhr war unsere gewohnte Schlafenszeit. Das sparte Petroleum. Es gab kein Mittagessen auf Nahala – erinnerst du dich an die große Tafel in Kilohana, an der wir alle zu Mittag aßen? Doch mein Mann George und ich aßen Abendbrot. Und danach pflegte er am Tisch dicht vor der Lampe zu sitzen und eine Stunde lang in alten, geliehenen Zeitschriften zu lesen, während ich ihm gegenübersaß und seine Socken und Unterwäsche stopfte. Er trug immer so billiges, schäbiges Zeug. Und wenn er zu Bett ging, ging ich auch. Keine unnütze Petroleumverschwendung, wenn es nur einem zugute kommen würde. Und zu Bett ging er immer nach demselben Ritual. Er drehte seine Uhr auf, trug das Wetter des Tages in sein Tagebuch ein, zog sich die Schuhe aus, stets den rechten zuerst, dann den linken, und stellte sie in der gleichen Reihenfolge am Fußende seiner Bettseite auf den Boden.

Er war der sauberste Mann, den ich je gekannt habe. Nie trug er dasselbe Unterzeug zweimal. Ich machte die Wäsche. Er war so sauber, daß es weh tat. Zweimal täglich rasierte er sich. Er verbrauchte für seinen Körper mehr Wasser als jeder Eingeborene. Er leistete mehr als zwei Haoles. Und er sah, welche Zukunft das Wasser von Nahala hatte.«

»Und er machte dich reich, aber er machte dich nicht glücklich«, bemerkte Martha.

Bella seufzte und nickte.

»Was ist schon Reichtum letzten Endes, Schwester Martha? Meine neue Limousine kam auf demselben Dampfer an wie ich. Mein dritter Pierce-Arrow in zwei Jahren. Aber ach, was sind schon alle Nobelkarossen und aller Reichtum dieser Welt verglichen mit dem Geliebten! – dem einzigen Geliebten, dem Gefährten, den man heiratet, an dessen Seite man sich abrackert, mit dem man Freud und Leid teilt, mit ihm, dem einen wirklichen Mann, Geliebten, Ehegatten –«

Ihre Stimme verlor sich, und die Schwestern waren in nachdenkliches Schweigen versunken, als eine auf einen Stock gestützte alte Frau, gebeugt, gekrümmt und eingeschrumpft unter der Last eines hundertjährigen Lebens, über den Rasen auf sie zugehumpelt kam. Ihre eingefallenen Augen, kaum mehr als Gucklöcher, waren scharf wie die eines Mungos. Zu Bellas Füßen sank sie zuerst nieder, murmelte und sang mit ihrem zahnlosen Mund in reinem Hawaiisch ein *Mele* über Bella und Bellas Vorfahren und fügte aus dem Stegreif einen Willkommensgruß anläßlich ihrer Rückkehr aus Kalifornien hinzu. Und während sie ihr Mele sang, praktizierten die geschickten Finger der Alten *Lomi* und massierten die seidenbestrumpften Beine Bellas vom Knöchel bis zur Wade, hinauf zum Knie und zum Schenkel.

Bellas und auch Marthas Augen schimmerten feucht, während die alte Dienerin Lomi und Mele bei Martha wiederholte, sie sich mit ihr in ihrer Muttersprache unterhielten und die uralten Fragen nach ihrer Gesundheit, ihrem Alter und ihren Ur-Ur-Urenkeln stellten. Schließlich hatte die Alte schon Lomi bei ihnen praktiziert, als sie noch kleine Kinder in dem großen Haus in Kilohana gewesen waren, so wie es ihre Vorfahren bei Bellas und Marthas Vorfahren seit unzähligen Generationen getan hatten. Als der kurze Pflichtbesuch beendet war, erhob sich Martha und begleitete sie zurück zum Bungalow, drückte ihr Geld in die Hand und befahl den stolzen, schönen japanischen Hausmädchen, der gebrechlichen Ureinwohnerin mit dem aus den Wurzeln der Wasserlilie bereiteten *Poi*, mit *Iamaka* – rohem Fisch –, mit zerstoßener *Kukui*nuß und mit *Limu*, dem für Zahnlose leicht zu kauenden, leichtverdaulichen und schmackhaften Seetang, aufzuwarten. Es waren die alten feudalen Bande, die Treue des Untertanen zu seinem Herrn, die Fürsorge des Herrschers für seine Untertanen. Und Martha, zu drei Vierteln eine Haole mit angelsächsischem Blut aus Neuengland, war, wenn es um die Bewahrung und Einhaltung der so gut wie ausgestorbenen alten Sitten und Bräuche ging, eine Vollbluthawaiianerin.

Als sie über den Rasen zu dem Hau-Baum zurückkehrte, sahen Bellas Augen die Echtheit ihres Wesens und ihres Blutes, und sie umarmte sie voller Liebe. Ein wenig kleiner als Bella war Martha, aber nur eine Winzigkeit, auch weniger königlich in ihrer Haltung, jedoch schön und wohlproportioniert; die Jahre hatten ihre Schönheit nur reifen lassen, nicht zerstört, und ihre polynesische Herrscherfigur kam eindrucksvoll und prächtig unter den ansprechenden Linien eines leicht taillierten, weitschwingenden schwarzen Seidenholokus zur Geltung, der verschwenderischer mit schwarzer Spitze besetzt war als jedes Pariser Modellkleid.

Und als die beiden Schwestern jetzt ihr Gespräch fortsetzten, würde ein Beobachter die auffallende Ähnlichkeit der reinen, geradlinigen Profile, der breiten Wangenknochen, der hohen, ausladenden Stirnen, der eisengrauen Haarfülle, der süßen Lippen ihrer von jahrzehntelangem, selbstbewußtem Stolz kündenden Münder und der anmutigen, schmalen Brauenbogen über ebenso anmutigen, langgeschnittenen Augen bemerkt haben. Ihre vom Alter kaum veränderten oder gezeichneten Hände waren wunderschön mit ihren schlanken, schmal zulaufenden Fingern, die von alten Hawaiianerinnen gleich der, die jetzt Poi, Iamaka und Limu im Hause aß, schon von klein auf liebevoll massiert und geformt wurden.

»So ging es ein Jahr lang«, fuhr Bella fort, »und allmählich, weißt du, begann ich mich dreinzuschicken. Ich fühlte mich immer mehr zu meinem Mann George hingezogen. So sind Frauen nun einmal. Ich jedenfalls war so eine Frau. Denn er *war* ein guter Mensch. Er *war* gerecht. Er besaß all die echten, alten puritanischen Tugenden. Ich begann mich zu ihm hingezogen zu fühlen, ihn zu mögen, ja fast möchte ich sagen, ihn zu lieben. Und hätte Onkel John mir nicht dieses Pferd geliehen, so würde ich ihn, das weiß ich, wirklich geliebt und mit ihm ein glückliches Leben geführt haben. Natürlich wäre es ein eher stilles Glück gewesen.

Ich wußte schließlich nichts über die Männer, kannte nichts anderes, nichts Besseres. Es kam so weit, daß ich mich freute, wenn ich ihm in der kurzen Zeit zwischen Abendessen und Schlafengehen über den Tisch hinweg beim Lesen zusehen durfte, wenn ich den Hufschlag seines Pferdes hörte, das er abends nach endlosen Ritten über die Ranch heimwärts lenkte. Und sein spärliches Lob war echtes Lob, das mich vor Glück erbeben ließ – ja, Schwester Martha, ich wußte, was es hieß, unter seinem knappen, gerechten Lob zu erröten, wenn ich etwas gut oder richtig gemacht hatte.

Und alles wäre bis ans Ende unseres gemeinsamen Lebens gutgegangen, hätte er nicht mit dem Dampfer nach Honolulu fahren müssen. Es war eine Geschäftsreise. Er wollte zwei Wochen oder länger fortbleiben. Zuerst waren für die Glenns einige Dinge wegen der Ranch zu erledigen, danach wollte er für sich selbst noch mehr Land im oberen Nahala-Gebiet kaufen. Weißt du, er kaufte Parzellen des unerschlossenen Hügellands, das, abgesehen von dem Wasser und der Lage direkt an der Wasserscheide, wertlos war, für den lächerlichen Preis von fünfzehn Cent den Morgen. Und da meinte er, daß mir eine Abwechslung gut täte. Ich wollte mit ihm nach Honolulu fahren. Doch mit Rücksicht auf die Ausgaben beschloß er, daß ich nach Kilohana gehen sollte. Nicht nur, weil der Besuch in meinem alten Zuhause ihn nichts kostete, er sparte auch das Geld für das bißchen Essen, das ich auf Nahala verbraucht hätte, wäre ich allein dort zurückgeblieben. Dafür konnte er noch mehr Nahalagrund kaufen. Und in Kilohana willigte Onkel John ein und lieh mir das Pferd.

Ach, in diesen ersten paar Tagen meiner Heimkehr fühlte ich mich wie im Himmel. Es war anfangs schwer zu glauben, daß es soviel zu essen auf der Welt gab. Die ungeheure Verschwendung in der Küche erschreckte mich. So gut war ich von meinem Ehemann George erzogen worden, daß ich überall Verschwendung sah. Warum aßen draußen in den Gesindestuben die alten Verwandten und andere Kostgänger der Diener besser, als George und ich je gegessen hatten? Du erinnerst dich, wie es bei uns auf Kilohana war, ebenso wie bei den Parkers, wo zu jeder Mahlzeit ein Ochse geschlachtet wurde und Läufer aus den Teichen von Waipio und Kiholo frische Fische brachten, von allem immer nur das Beste und Seltenste...

Und Liebe, die Liebe, die in unserer Familie herrschte! Du weißt, wie Onkel John war. Und Bruder Walcott war da und Bruder Edward und alle jüngeren Schwestern außer dir und Sally – ihr wart auf der Schule. Und Tante Elizabeth und Tante Janet mit ihrem Mann und all den Kindern waren zu Besuch. Es gab nichts als Umarmungen und Zärtlichkeiten, und alles das hatte ich zwölf lange Monate entbehrt. Mich dürstete danach. Ich war wie eine Schiffbrüchige, die aus dem offenen Boot auf den Sand sinkt und gierig aus den frischen, sprudelnden Quellen am Fuß der Palmen schlürft.

Und da kam *sie* von Kawaihae, wo die königliche Jacht angelegt hatte, heraufgeritten, die ganze prächtige Kavalkade, immer zu zweien, blumenbekränzt, dreißig junge, glückliche und fröhliche Menschen auf Pferden der Parker-Ranch, dazu hundert Cowboys und noch ebensoviele eigene Gefolgsleute – ein königlicher Zug. Es war natürlich Prinzessin

Lihue mit ihrem Gefolge, von der wir alle wußten, daß sie fieberglühend an der schrecklichen Schwindsucht dahinsiechte. Aber bei ihr waren ihre Neffen, Prinz Lilolilo, dem man bereits überall als dem künftigen König zujubelte, und seine Brüder, Prinz Kahekili und Prinz Kamalau. Und mit der Prinzessin kam Ella Higginsworth, die durch ihre Abstammung von den Häuptlingen Kauais begründetere Ansprüche auf den Thron hätte geltend machen können als die regierende Familie selbst, und Dora Niles und Emily Lowcroft und – ach, warum sie alle aufzählen! Ella Higginsworth und ich waren Zimmergenossinnen auf der Königlichen Schule gewesen. Und für eine Stunde machten sie Rast – es gab kein *Luau,* denn das Luau wartete auf sie bei den Parkers – aber Bier und stärkere Getränke für die Männer und Limonade, Orangen und erfrischende Wassermelonen für die Frauen.

Und sie umarmten mich, Ella Higginsworth und die Prinzessin, die sich noch an mich erinnerte, und all die anderen Mädchen und Frauen, und Ella sprach mit der Prinzessin, und die Prinzessin lud mich selbst ein, sie auf ihrer Reise zu begleiten. Ich sollte in Mana zu ihnen stoßen, von wo sie zwei Tage später aufbrechen wollten. Und ich war außer mir, wie von Sinnen – ich, die ich eine Gefangenschaft von zwölf Monaten im grauen Nahala hinter mir hatte. Und ich war erst neunzehn, sollte noch in dieser Woche zwanzig werden.

Ach, ich hatte keine Ahnung, was passieren würde. Ich war so mit den Frauen beschäftigt, daß ich Lilolilo nur von fern sah, da er, hochgewachsen, alle anderen Männer überragte. Doch ich hatte noch nie an einer königlichen Rundreise teilgenommen. Zwar hatte ich sie früher schon einmal gesehen, als sie zu Gast auf Kilohana und Mana waren, aber damals war ich noch zu jung gewesen, um zum Mitkommen eingeladen zu werden. Und danach ging ich zur Schule und heiratete dann. Ich wußte, daß es zwei paradiesische Wochen werden würden – wenig genug für weitere zwölf Monate in Nahala.

Und ich bat Onkel John, mir ein Pferd zu leihen, was natürlich drei bedeutete – eines für den Cowboy, der mich begleitete, und ein Packpferd. Damals gab es keine Straßen. Auch keine Automobile. Und das Pferd, das Onkel John mir gab! Es war Hilo. Du wirst dich nicht an ihn erinnern. Du warst damals auf der Schule, und bevor du ein Jahr später nach Hause kamst, hatte er sich oben am Mauna Kea beim Einfangen von wilden Rindern das Rückgrat und seinem Reiter das Genick gebrochen. Du hast sicher davon gehört – von diesem jungen amerikanischen Marineoffizier.«

»Leutnant Bowsfield«, nickte Martha.

»Aber Hilo! Ich war die erste Frau, die je auf seinem Rücken gesessen hatte. Er war ein dreijähriger, fast vierjähriger Hengst und gerade erst zugeritten. So schwarz und glänzend war sein Fell, daß er im Licht wie in schimmerndes Silber gehüllt schien. Er war das größte Reitpferd auf der Ranch, ein Nachkomme von Sparklingdew, der dem König gehörte, mit einer erstklassigen Stute als Mutter, und man hatte ihn erst vor ein paar Wochen eingefangen. Nie habe ich ein so schönes Pferd gesehen. Er hatte den gewölbten Brustkorb und den runden, wohlproportionierten Körper des idealen Bergponys, Kopf und Hals waren die eines Rassepferdes, schlank und doch voll, mit wunderschönen, aufmerksam gespitzten Ohren, weder zu klein, um tückisch, noch zu groß, um wie die eines störrischen Maulesels zu wirken. Und auch seine Beine und Füße waren wunderschön, tadellos, sicher und fest, mit elastischen Fesseln, die ihn unter dem Sattel zu einem Wunder an Leichtigkeit machten.«

»Ich entsinne mich, wie Prinz Lilolilo zu Onkel John sagte, daß du die beste Reiterin auf ganz Hawaii seist«, unterbrach Martha sie. »Das war zwei Jahre später, als ich von der Schule zurück war und du noch in Nahala lebtest.«

»Lilolilo hat das gesagt!« rief Bella. Ihre länglichen braunen Augen leuchteten auf, und es schien fast, als erröte sie, als sie an ihren Geliebten zurückdachte, der nun schon fast ein halbes Jahrhundert tot und zu Staub zerfallen war. Mit der angeborenen edlen Bescheidenheit der Hawaiianerin überspielte sie die unfreiwillige Offenbarung mit weiteren Lobeshymnen auf Hilo.

»Ach, wenn er mit mir die mit hohem Gras bewachsenen Hänge hinauf- und hinabjagte, nahm er die Hindernisse wie im Traum, denn er sprang mit jedem Satz wie ein Reh, wie ein Hase oder ein Foxterrier über das Gras hinweg – du kennst das. Und er machte Kapriolen, tänzelte und schäumte über vor Lebenslust! Er war ein Pferd für einen General, einen Napoleon, einen Kitchener. Und seine Augen blickten nie bösartig, nur schalkhaft und, ach, so intelligent, als würde er sich über einen Witz freuen und lachen oder als wolle er selbst einen machen. Und ich bat Onkel John, mir Hilo zu geben. Und Onkel John sah mich an, und ich sah ihn an – und obwohl er es nicht aussprach, spürte ich, daß er im stillen ›liebe Bella‹ sagte, und ich wußte, daß er irgendwo in mir sein Traumbild der Prinzessin Naomi wiederentdeckte. Und Onkel John sagte ja. Und so nahm alles seinen Lauf.

Aber er bestand darauf, daß ich erst einen Versuch mit Hilo machte – und zwar allein, ohne Zuschauer. Er war schwer zu bändigen, herrlich schwer. Aber er war nicht bösartig, nicht heimtückisch. Immer wieder ging er mir durch, aber ich ließ es ihn nicht merken. Ich hatte keine Angst, und dadurch hatte ich immer ein Gespür für ihn, so daß er nicht auf die Idee kam, er sei mir auch nur einen Sprung voraus.

Ich habe mich oft gefragt, ob Onkel John sich wohl träumen ließ, was geschehen würde. Ich selbst, soviel weiß ich, hatte keinerlei Ahnung, als ich nach Mana hinüberritt, um mich der Prinzessin anzuschließen. Noch nie waren dort solche Feste gefeiert worden. Du kennst die großartige Gastfreundschaft der alten Parkers. Die Jagd auf Wildschweine und wilde Rinder, das Zureiten und das Brennen der Pferde. Die Unterkünfte der Dienerschaft quollen über. Parker Cowboys waren aus allen Richtungen herbeigeströmt. Und alle Mädchen von Waimea aufwärts waren gekommen, und die Mädchen von Waipio, Honokaa und Paauilo – ich sehe sie jetzt noch vor mir, wie sie in langen Reihen auf den Steinmauern der Koppel sitzen und Leis (Blumengirlanden) für ihre Cowboy-Liebsten winden. Und die Nächte, diese dufterfüllten Nächte, das Singen der Meles, das Tanzen der Hulas und der große Mana-Park, wo die Liebenden paarweise unter den Bäumen umherschlenderten.

Und der Prinz...« Bella hielt inne, und für eine endlose Minute wurden ihre tief in die Unterlippe gepreßten, kleinen, feinen, immer noch makellosen Zähne sichtbar, während sie mit sich rang und ihre Fassung wiedergewann und dabei den Blick geistesabwesend über den fernen blauen Horizont schweifen ließ. Als sie sich beruhigt hatte, kehrten ihre Augen wieder zu der Schwester zurück.

»Er war ein Prinz, Martha. Du hast ihn ja früher in Kilohana gesehen... als du aus dem Seminar heimkamst. Er war eine Augenweide für jede Frau, ja und auch für jeden Mann. Fünfundzwanzig war er, im besten Mannesalter, groß und königlich an Körper und Geist. So hoch es auch herging, so unbekümmert und ausgelassen die Vergnügungen auch waren, er schien nie zu vergessen, daß er von königlichem Geblüt war und daß alle seine Vorfahren große Häuptlinge gewesen waren bis zurück zu jenem ersten, von dem sie in den Genealogien sangen und der mit seinen Doppelkanus bis nach Tahiti und Raiatea und wieder zurück gefahren war. Er war gütig, sanft, liebenswürdig, kameradschaftlich, voller Wohlwollen – und streng und hart, wenn ihm eine allzu große Kränkung widerfuhr. Ich kann es schwer ausdrücken, was ich damit meine. Er war ein Mann, ein ganzer Mann, und er war ganz Prinz, mit einem Schuß jungenhafter Fröhlichkeit, und die Härte, die er besaß, würde ihn, wenn er auf den Thron gelangt wäre, zu einem guten und starken König von Hawaii gemacht haben.

Ich sehe ihn noch vor mir, so wie ich ihn an jenem ersten Tage sah und seine Hand berührte und mit ihm sprach... wenige Worte nur und scheu, ganz und gar nicht wie eine Frau, die schon ein Jahr lang mit einem grauen Haole im grauen Nahala verheiratet war. Ein halbes Jahrhundert liegt diese Begegnung nun zurück – du erinnerst dich, wie unsere jungen Männer sich damals kleideten: weiße Schuhe und Hosen, weiße Seidenhemden und um die Taille diese herrlich bunten spanischen Schärpen – und ein halbes Jahrhundert lang hat dieses Bild in meinem Herzen nichts an Glanz und Farbe verloren. Er stand inmitten einer Gruppe auf dem Rasen, und Ella Higginsworth wollte mich gerade vorstellen. Prinzessin Lihue hatte ihr irgendeine Neckerei zugerufen, so daß sie stehenblieb, um darauf zu antworten, und ich einen Schritt vor ihr haltmachte.

Sein Blick fiel zufällig auf mich, wie ich, verwirrt und verlegen, allein dastand. Ach, wie ich ihn vor mir sehe! – den Kopf leicht zurückgeworfen, mit dieser vornehmen, heiteren, gebieterischen und völlig unbekümmerten Gelassenheit, die so typisch für ihn war. Unsere Augen begegneten sich. Sein Kopf neigte sich nach vorn oder wandte sich mir zu. Ich weiß nicht, was geschah. Befahl er? Gehorchte ich? Ich weiß es nicht. Ich weiß nur, daß ich gut anzuschauen war, bekränzt mit duftendem *Maile* in dem wundervollen Holoku der Prinzessin Naomi, den mir Onkel John aus seinem Taburaum geliehen hatte; und ich weiß, daß ich ganz allein über den Rasen von Mana auf ihn zuschritt und daß er sich von seiner Gruppe entfernte, um mir auf halbem Wege entgegenzukommen. Wir gingen, ohne Begleitung, über das Gras aufeinander zu, als ob wir durch unser Leben aufeinander zuschritten.

War ich sehr schön, Schwester Martha, als ich jung war? Ich weiß es nicht. Aber in diesem Augenblick, als er in all seiner Schönheit und seiner wahrhaft königlichen Männlichkeit zu mir herüberkam und mein Herz gefangennahm, fühlte ich mich plötzlich schön – wie soll ich es ausdrücken? – als ob seine eigene Vollkommenheit auf mich ausstrahlte und mich verzauberte.

Es fiel kein Wort. Aber, ach, ich weiß, daß ich in unmißverständlicher Antwort auf den Fanfarenklang der lautlosen Botschaft meinen Kopf hob und daß ich die Hingabe, die in meinem Gesicht und in meinen Augen, ja in meinem ganzen heftig atmenden Körper zu lesen war, nicht unterdrückt haben würde, selbst wenn ich diesen einen Augenblick mit meinem Leben hätte bezahlen müssen.

War ich schön, sehr schön, Martha, als ich neunzehn war, kurz vor meinem zwanzigsten Geburtstag?«

Und Martha, die Vierundsechzigjährige, sah die achtundsechzigjährige Bella und nickte aufrichtig, denn alles, was sie in diesem Augenblick sah, sprach dafür: Bellas Hals, der immer noch voll und gutgeformt und länger war, als es sonst bei Hawaiianerinnen der Fall ist, einer Säule gleich, auf der ihr königliches Haupt mit dem von hohen Wangenknochen geprägten, stolzen Antlitz ruhte, Bellas hochgestecktes, dichtes Haar, das sich, schimmernd vom Silber der Jahre, immer noch lockte und einen starken Kontrast zu ihren feingezeichneten schwarzen Brauen und den tiefbraunen Augen bildete. Beeindruckt von dem Bild, das sich ihr bot, ließ Martha, ihre Scheu überwindend, ihren Blick über den prachtvollen Busen und die vollen, edlen Linien der Gestalt Bellas bis zu den seidenbestrumpften, in hochhackigen Schuhen steckenden, kleinen, wohlgeformten Füßen mit dem tadellos gewölbten, fast spanischen Spann gleiten.

»Man ist nur einmal jung!« lachte Bella. »Lilolilo war ein Prinz. Ich sollte jeden seiner Züge und die Stimmungen, die er ausdrücken konnte, kennenlernen ... später, in unseren verzauberten Tagen und Nächten an den singenden Wassern nahe der sachte rauschenden Brandung oder auf steilen Bergpfaden. Ich kannte seine schönen, mutigen Augen mit den geraden schwarzen Brauen, seine Nase, die er sicher von Kamehameha hatte, und die letzte, feinste Schwingung seines Mundes. Es gibt keinen schöneren Mund als den hawaiischen, Martha.

Und sein Körper! Er war ein König unter den Athleten, von seinem wilden, widerspenstigen Haar bis zu den Knöcheln aus gehärtetem Stahl. Erst neulich hörte ich, wie man von einem Enkel der Wilders als dem ›Prinzen von Harvard‹ sprach. Du lieber Gott! Wie hätten sie dann erst meinen Lilolilo genannt im Vergleich zu diesem jungen Wilder und dem ganzen Harvard-Team!«

Bella schwieg und holte tief Atem, während sie ihre feinen, kleinen Hände in dem stattlichen, in Seide gehüllten Schoß faltete. Doch eine helle Röte überzog ihr Gesicht, und ihre Augen wurden warm, als sie ihre Tage mit dem Prinzen noch einmal durchlebte.

»Nun – du hast es wohl erraten?« sagte Bella mit herausforderndem Achselzucken und sah ihrer Schwester gerade in die Augen. »Wir verließen das fröhliche Mana und setzten die kurzweilige Reise fort – auf den Lavawegen hinunter nach Kiholo, um zu schwimmen, zu fischen, Feste zu feiern und im warmen Sand unter Palmen zu schlafen, und hinauf nach Puuwaawaa, um dort wieder auf Wildschweinjagd zu gehen, Rinder mit dem Lasso einzufangen und Wildschafe vom oberen Weideland zu erlegen; und weiter durch Kona, bald mauka (bergan), bald hinunter zu dem Königspalast in Kailua, und zum Schwimmen nach Keauhou und an die Kealakekua-Bucht und nach Napoopoo und Honaunau. Und überall strömten die Menschen herbei, in den Händen Blumen, Früchte, Fische und Schweinefleisch als Geschenk, in den

Herzen Liebe und Gesang, ihre Häupter neigten sich ehrerbietig vor den königlichen Herrschaften, und von ihren Lippen ertönten Ausrufe des Erstaunens oder Meles über alte, unvergeßliche Zeiten.

Was willst du, Schwester Martha? Du weißt, wie wir Hawaiianer sind. Du weißt, wie wir vor einem halben Jahrhundert waren. Lilolilo war wundervoll. Ich war leichtsinnig. Lilolilo war ein Mann, der jede Frau leichtsinnig machen konnte. Ich war doppelt leichtsinnig, denn ich hatte das kalte, graue Nahala vor Augen. Ich wußte Bescheid. Es gab keinen Zweifel, keine Hoffnung. An eine Scheidung war in jenen Tagen nicht einmal im Traum zu denken. Die Frau George Castners konnte nie Königin von Hawaii werden, selbst wenn die von Onkel Robert prophezeiten Revolutionen nicht stattfänden und Lilolilo König würde. Aber ich dachte nie an den Thron. Was ich wünschte, war, Königin in Lilolilos Herzen, seine Frau und Gefährtin zu sein. Ich machte mir nichts vor. Man konnte nicht das Unmögliche möglich machen, und ich gab mich keinen unerfüllbaren Träumen hin.

Es war eine Atmosphäre der Liebe. Und was für ein Liebhaber Lilolilo war! Stets bekränzte er mich mit Leis, ließ mir von seinen Läufern aus den weit entfernten Rosengärten Manas – du erinnerst dich an sie – Leis bringen; fünfzig Meilen über Lava und unwegsames Weideland hatten sie hinter sich und lagen doch taufrisch wie in dem Augenblick, als sie gepflückt wurden, in ihren Schmuckkästchen aus Bananenrinde. Ellenlang waren sie, diese Schnüre aus winzigen rosa Knospen, aufgereihten neapolitanischen Korallenperlen gleich. Und bei den Luaus (Festen), den ewigen, fortwährenden Luaus mußte ich auf Lilolilos Makaloa-Matte, der prinzlichen Matte sitzen, die nur ihm zustand und für jeden geringeren Sterblichen tabu war, es sei denn, er selbst gestand ihm diese Auszeichnung zu. Und ich mußte meine

Finger in seine eigene *Pa Wai Holoi* (Fingerschale) tauchen, in der duftende Blütenblätter im warmen Wasser schwammen. Ja, und unbekümmert darum, daß alle die mir von ihm gewährte Gunst sahen, mußte ich mir meine Prisen von rotem Salz, Limu, Kukuinuß und Chilipfeffer aus seiner *Pa-Paakai* nehmen und aus seiner *Ipu Kai* (Fischschüssel) aus *Kou*holz essen, aus der schon der große Kamehameha selbst bei so mancher Reise gespeist hatte. Und ebenso war es mit den besonderen Delikatessen, die nur für Lilolilo und die Prinzessin bestimmt waren – *Nelu, Ake, Palu* und *Alaala*. Und seine *Kahili* wurden über mir geschwungen, und seine Diener waren meine Diener, und er war mein; und von meinem blumenbekränzten Haar bis zu meinen glücklichen Füßen war ich eine Frau, die geliebt wurde.«

Wieder gruben sich Bellas kleine Zähne in ihre Unterlippe, als sie geistesabwesend über das Meer blickte und sich und ihre Erinnerungen wieder in die Gewalt bekam.

»So ging es immer weiter, durch ganz Kona und durch ganz Kau, von Hoopuloa und Kapua nach Honuapo und Punaluu, die Dauer eines ganzen Lebens hineingepreßt in zwei kurze Wochen. Eine Blume blüht nur einmal. Dies war meine Blütezeit – Lilolilo an meiner Seite, ich selbst auf meinem wunderbaren Hilo, eine Königin, nicht die Hawaiis, aber Lilolilos und der Liebe Königin. Er sagte, ich sei wie eine bunte, wunderschöne Seifenblase auf dem schwarzen Rücken des Leviathan, ein zarter Tautropfen auf dem rauchenden Kamm einer Lavawoge, ein auf einer Gewitterwolke reitender Regenbogen ...«

Bella hielt für einen Moment inne.

»Ich will dir nun nichts mehr von dem erzählen, was er mir sagte«, erklärte sie ernst, »außer, daß in all seinen Worten das Feuer der Liebe und der Geist der Schönheit waren und daß er Hulas für mich komponierte und sie mir vor allen anderen vorsang, nichts mehr von Nächten unter dem Sternenhimmel, als wir bei den Festen auf unseren Matten lagen, und ich auf Lilolilos Makaloa-Matte.

Und weiter ging es nach Kilauea – so nah war der Traum schon seinem Ende; und natürlich warfen wir Leis aus Maileranken, Fische und den feucht in Ti-Blätter gewickelten harten Poi als Opfergaben an Pele, die Feuergöttin, in den Abgrund, dort, wo sich die Lava ins Meer ergießt. Und wir zogen weiter, hinunter durch das alte Puna, und feierten Feste, tanzten und sangen in Kohoualea und Kamaili und Opihikao und schwammen in den klaren Süßwasserteichen von Kalapana. Und schließlich erreichten wir das am Meer gelegene Hilo.

Das war das Ende. Wir hatten nie darüber gesprochen, und doch wußten wir genau, daß es so war. Die Jacht wartete. Wir hatten uns um Tage verspätet. Es kam die Nachricht aus Honolulu, daß der König mehr denn je dem *Pupule* (Wahnsinn) verfallen sei, daß sich ein Komplott katholischer und protestantischer Missionare zusammenbraue und Schwierigkeiten mit Frankreich drohten. Mit Gelächter, Blumen und Gesang, so wie sie zwei Wochen zuvor in Kawaihae gelandet waren, legten sie von Hilo ab. Es war ein fröhlicher Aufbruch, voller Späße und Ausgelassenheit mit tausend letzten Botschaften, Ermahnungen und Neckereien. Der Anker wurde zu einem Abschiedslied von Lilolilos Sängern auf dem Achterdeck gelichtet, während wir in den großen Kanus und Walfangbooten zusahen, wie die erste Brise die Segel des Schiffes füllte und die Entfernung allmählich größer wurde.

In all dem Durcheinander und der Aufregung blickte Lilolilo, der an der Reling stand und vielen Abschiedsgrüße und Scherze zurufen mußte, geradewegs zu mir herunter. Auf dem Kopf trug er meinen Ilima-Lei, den ich für ihn gewunden und ihm aufgesetzt hatte. Und alle auf der Jacht begannen, ihren Liebsten in den Kanus ihre vielen Leis zuzuwerfen. Ich durfte nichts erwarten... Und doch war da eine winzige, sehnsüchtige Hoffnung, ohne daß mein Gesicht, das stolz und fröhlich wie das aller anderen war, etwas davon verriet. Aber Lilolilo tat, was er, wie ich von Anfang an gewußt hatte, tun mußte. Mir immer noch unverwandt und aufrichtig in die Augen blickend, nahm er meinen schönen Ilima-Lei vom Kopf und riß ihn mittendurch. Ich sah, wie seine Lippen das einzige Wort *pau* (vorbei) formten, es aber nicht aussprachen. Immer noch den Blick auf mich gerichtet, zerriß er die beiden Teile des Leis noch einmal und warf die Stücke nicht zu mir herüber, sondern ließ sie über die Reling ins Meer fallen. Pau. Es war vorbei . . .«

Lange verweilte Bellas abwesender Blick am Horizont der See. Martha wagte es nicht, mit Worten dem Mitgefühl, das ihre Augen feucht werden ließ, Ausdruck zu verleihen.

»Und ich ritt an diesem Tag auf dem alten, schlechten Pfad die Hamakua-Küste entlang«, fuhr Bella fort, und ihre Stimme klang zuerst seltsam rauh und trocken. »Dieser erste Tag war nicht so schlimm. Ich war wie betäubt. Ich war noch zu sehr erfüllt von all dem Wunderbaren, das ich vergessen mußte, um zu wissen, daß ich es vergessen mußte. Ich verbrachte die Nacht in Laupahoehoe. Weißt du, ich hatte eigentlich eine schlaflose Nacht erwartet. Statt dessen schlief ich, vom Reiten erschöpft und immer noch benommen, die ganze Nacht wie eine Tote.

Doch am nächsten Tag, bei stürmischem Wind und peitschenden Regengüssen! Wie es wehte und schüttete! Der Pfad war wirklich unpassierbar. Immer wieder rutschten unsere Pferde ab. Der Cowboy, den Onkel John mir mit den Pferden geliehen hatte, protestierte anfangs, doch dann trabte er, kopfschüttelnd zwar, aber schicksalsergeben, hinter mir her und murmelte dabei immer wieder vor sich hin, daß ich pupule sei. Das Packpferd ließen wir in Kukuihaele zurück. Mud Lane schwammen wir fast wie einen Schlammstrom hinauf. In Waimea mußte der Cowboy sein Pferd wechseln.

Aber Hilo hielt durch. Von Tagesanbruch bis Mitternacht war ich im Sattel, bis Onkel John mich in Kilohana vom Pferd hob und auf seinen Armen ins Haus trug, die Frauen aus ihren Betten holte, damit sie mich entkleideten und massierten, während er mir heißen Palmwein einflößte, der mir Schlaf und Vergessen schenken sollte. Ich weiß, daß ich erzählt und phantasiert haben muß. Onkel John hat sicher alles erraten. Aber er hat zu keinem, selbst zu mir nicht, auch nur ein Sterbenswörtchen davon gesagt. Was er auch erraten haben mochte, er verschloß es in Naomis Tabuzimmer.

Ich habe noch verschwommene Erinnerungen an diesen Tag, an verzweifeltes, wütendes Hadern mit dem Schicksal – an mein aufgelöstes, vom Sturm und Regen gepeitschtes, wirres und triefnasses Haar, an endlose Tränen, die sich mit der Sintflut um mich herum mischten, an leidenschaftliche Ergüsse und Haßausbrüche gegen eine völlig verdrehte und ungerechte Welt, Erinnerungen daran, daß ich mit den Händen auf meinen Sattelknauf einschlug, daß ich meinen Kilohana-Cowboy schroff anfuhr, meinem armen, prachtvollen Hilo die Sporen in die Rippen stieß, mit einem inbrünstigen Gebet auf den Lippen, daß sie ihn so wild machen sollten, daß er sich aufbäumte, auf mich stürzte und meine Schönheit für immer zerstörte. Oder daß er mich vielleicht vom Pfad werfen könnte und ich am Fuß der *Palis* (Klippen) mein Leben aushauchen und hinter meinem Namen *pau* stehen möge, so endgültig wie das unausgesprochene *pau* auf Liloli-los Lippen, als er meinen Ilima-Lei zerriß und ins Meer fallen ließ...

Mein Ehemann George war in Honolulu aufgehalten worden. Als er nach Nahala zurückkehrte, erwartete ich ihn dort schon. Und er umarmte mich feierlich, drückte mir einen flüchtigen Kuß auf die Lippen, besah sich besorgt meine Zunge, war unzufrieden mit meinem Aussehen und Gesundheitszustand und schickte mich mit heißen Ofenplatten und einer Dosis Rizinusöl ins Bett. Als würde ich in ein Uhrwerk geraten, zu einem jener Zähne oder Räder werden, die sich unvermeidlich und unbarmherzig drehen, so kehrte ich wieder in das graue Leben von Nahala zurück. Jeden Morgen um halb fünf war George aus dem Bett und um fünf Uhr bereits aus dem Haus und auf seinem Pferd. Es gab den ewigen Haferbrei, den scheußlichen billigen Kaffee und frisches Rindfleisch und Dörrfleisch und wieder frisches Rindfleisch und Dörrfleisch. Ich kochte und buk und schrubbte. Ich kurbelte an der verrückten Nähmaschine und schneiderte meine billigen Holokus. Abend für Abend, zwei Jahre lang, die mir wie endlose Jahrhunderte erschienen, saß ich ihm gegenüber am Tisch bis acht Uhr, stopfte seine billigen Socken und die schäbige Unterwäsche, während er die Jahre alten, geliehenen Zeitschriften las, die er aus Sparsamkeit nicht selbst abonnierte. Und dann war Schlafenszeit – es durfte kein Petroleum verschwendet werden –, und er drehte seine Uhr auf, trug das Wetter in sein Tagebuch ein, zog sich die Schuhe aus, den rechten zuerst, und stellte sie in der gleichen Reihenfolge nebeneinander an sein Bettende.

Doch von meiner Zuneigung zu Ehemann George, die sich langsam zu entwickeln schien, ehe Prinzessin Lihue mich zu der Reise eingeladen und Onkel John mir das Pferd geliehen hatte, war nichts mehr übriggeblieben. Du siehst, Schwester Martha, es wäre nichts geschehen, hätte Onkel John mir das Pferd nicht gegeben. Aber ich hatte die Liebe, hatte Lilolilo kennengelernt; und welche Chance hätte danach noch Ehemann George gehabt, aus lauter Achtung oder Zuneigung mein Herz zu gewinnen? Und zwei Jahre lang war ich auf Nahala eine Tote, die irgendwie ging und sprach, buk und schrubbte, Socken stopfte und Petroleum sparte... Die Ärzte sagten, das schäbige Unterzeug, in dem er wie immer in den winterlichen Regenstürmen oben in den Bergen nach den Wasseradern von Nahala forschte, hätte ihn das Leben gekostet.

Als er starb, war ich nicht traurig. Ich war schon so lange traurig gewesen. Aber froh war ich auch nicht. Meine Freude war in Hilo gestorben, als Lilolilo meinen Ilima-Lei ins Meer geworfen hatte, und nie mehr sollte ich vollkommenes Glück empfinden. Lilolilo starb keine vier Wochen nach Georges Tod. Nach unserem Abschied in Hilo hatte ich ihn nie wiedergesehen. Ach ja, Verehrer habe ich seither genug gehabt – aber ich war wie Onkel John. Lieben konnte ich nur einmal. Onkel John hatte seinen Naomi-Raum in Kilohana. Mein Lilolilo-Raum war fünfzig Jahre lang in meinem Herzen. Du bist die erste, Schwester Martha, der ich zu diesem Raum Zutritt gewährt habe...«

Ein Wagen kam die Auffahrt entlang, und aus ihm stieg Marthas Ehemann und überquerte den Rasen. Aufrecht, schlank, grauhaarig, mit elegantem, militärischem Auftreten war Roscoe Scandwell einer der »Großen Fünf«, deren Interessengemeinschaft das Schicksal ganz Hawaiis bestimmte. Selbst ein reinblütiger, in Neuengland geborener Haole, küßte er zuerst Bella und schloß sie nach hawaiischer Art dabei herzlich in die Arme. Sein wacher Blick sagte ihm, daß die beiden Frauen sich etwas anvertraut hatten und daß trotz der offensichtlichen Gefühlsaufwallung dank der Weisheit ihres Alters wieder Ruhe und Gelassenheit eingekehrt waren.

»Elsie und die Kleinen sind unterwegs – ich habe gerade ein Funktelegramm vom Dampfer bekommen«, verkündete er, nachdem er seine Frau geküßt hatte. »Und sie werden einige Tage bei uns bleiben, bevor sie nach Maui weiterreisen.«

»Ich wollte dir eigentlich das Rosenzimmer geben, Schwester Bella«, überlegte Martha Scandwell laut. »Aber es eignet sich besser für sie und die Kinder mit ihren Kindermädchen und allem, was dazugehört. Deshalb sollst du das Königin-Emma-Zimmer bekommen.«

»Das hatte ich auch schon beim letztenmal, es ist mir sowieso lieber«, sagte Bella.

Roscoe Scandwell, mit der hawaiischen Liebe und den liebevollen Umgangsformen vertraut, schritt aufrecht, schlank und würdevoll, je einen Arm um ihre üppigen Taillen gelegt, zwischen den beiden edlen Frauengestalten auf das Haus zu.

ALS ALICE ZUR BEICHTE GING

Diese Geschichte von Alice Akana hat sich auf Hawaii zugetragen, nicht heute, sondern in jenen noch gar nicht so fernen Tagen, als der berühmte Erweckungsprediger Abel Ah Yo Alice Akana dazu brachte, sich alles von der Seele zu reden. Und was Alice beichtete, war selbst ein Stück Geschichte, das die ältere Generation einholte.

Denn Alice war fünfzig Jahre alt, war früh ins Erwachsenenleben eingetreten und hatte es, zu Beginn und auch später, ausgiebig genossen. Ihr Wissen reichte zurück bis zu den Ursprüngen von Familien, Geschäften und Plantagen. Sie war eine Art wandelndes Archiv und wurde von den Anwälten konsultiert, ob es sich nun um Grundstücksgrenzen und Landschenkungen oder um Heiraten, Geburten, Hinterlassenschaften oder Skandale handelte. Da sie ihre Zunge im Zaum hielt, verriet sie ihnen nur selten das Gewünschte; und wenn sie es wirklich tat, dann nur, wenn es der Gerechtigkeit diente und niemandem dadurch ein Schaden entstand.

Denn Alice hatte seit ihrer frühen Mädchenzeit ein Leben voller Blumen, Gesang, Wein und Tanz geführt; und in ihren späteren Jahren war sie selbst kraft ihres Amtes als Leiterin des Hula-Hauses Herrscherin über diese Lustbarkeiten gewesen. In solch einer Atmosphäre, wo die Gesetze Gottes und der Menschen sowie der Vorsicht keine Anwendung finden und wo sich benebelte Zungen lösen, eignete sie sich ihr Wissen über Dinge an, über die sonst nicht einmal getuschelt wurde und von denen kaum jemand etwas ahnte. Obwohl den alteingesessenen Bewohnern klar war, daß sie alles wissen mußte, hütete sie ihre Zunge so gut, daß niemand sie je über die Zeiten von Kalakauas Bootshaus oder über die Gelage mit den Offizieren der hier anlegenden Kriegsschiffe, mit den Diplomaten, Ministern und Anwälten aus aller Herren Länder hatte klatschen hören.

So war Alice Akana mit fünfzig Jahren – vollgestopft mit historischem Sprengstoff, der, wenn er je zur Explosion käme, ausreichen würde, um das Gesellschafts- und Geschäftsleben der Inseln von Grund auf zu erschüttern –, die Leiterin des Hula-Hauses, die Geschäftsführerin der Tänzerinnen, die vor fürstlichen Persönlichkeiten, bei Luaus, Hausfesten, Poi-Abendessen und für neugierige Touristen tanzten, und sie war immer noch verschwiegen. Außerdem war sie mit ihren Fünfzig gesund und drall, dazu klein und beleibt nach Art der polynesischen Bauern, mit einer körperlichen Konstitution ohne organische Verschleißerscheinungen, die noch viele weitere Jahre versprach. Doch ausgerechnet mit Fünfzig verirrte sie sich, eher durch Zufall und aus Neugier, in Abel Ah Yos Erweckungsversammlung.

Nun war Abel Ah Yo, was seine Theologie und seine Wortgewandtheit betraf, eine ebenso vielschichtige Persönlichkeit wie Billy Sunday. Sein Stammbaum war noch weit vielschichtiger, denn er war zu einem Viertel Portugiese, einem Viertel Schotte, einem Viertel Hawaiianer und einem Viertel Chinese. Das religiöse Feuer, das in ihm brannte, loderte heißer und farbenfroher, als es eine einzige seiner vier Rassen entfacht haben könnte. Denn in ihm vereinten sich Umsicht und Schlauheit, Mutterwitz und Weisheit, Feinsinn und Ungehobeltes, Leidenschaft und Philosophie, der verzweifelt nach Erkenntnis ringende Geist und das bis zu den Knien im Morast der Realität steckende Allzumenschliche der vier grundverschiedenen Rassen, aus denen sich seine Person zusammensetzte. Dazu besaß er noch die dieser ganzen adretten Mischung innewohnende Gabe der Selbsttäuschung.

Was die Redekunst anging, hätte er Billy Sunday, den Meister der englischen Kraftausdrücke, um Meilen geschlagen. Denn in Abel Ah Yo steckten die Verben, Substantive, Adjektive und Metaphern von vier lebendigen Sprachen. Mit diesem munteren, kunterbunten Sprachengemisch verfügte er über ein unerschöpfliches Reservoir an Ausdrucksmöglichkeiten, das eine Myriade von Billy Sundays nicht hätte ausschöpfen können. Ohne bestimmte Rassenzugehörigkeit, ein Bastard par excellence, aus verschiedenartigen fremden Elementen zusammengestückelt, besaß Abel Ah Yo die besonderen Fähigkeiten der jeweiligen Beimischungen im höchsten Maße. Wie ein Chamäleon schwankte und changierte er eindrucksvoll zwischen den unterschiedlichsten Anteilen seiner Persönlichkeit hin und her, verblüffte durch frontalen Angriff, überraschte durch Vorstöße über die Flanken und umgarnte die schlichteren Gemüter, die in seine Erweckungsversammlung kamen, um ihm zu Füßen zu sitzen und sich an seiner Glut zu entzünden.

Abel Ah Yo glaubte an sich und die Mischung, aus der er bestand, so wie er auch der wirren Überzeugung war, daß Gott ihm ebenso glich wie jedem anderen Menschen auch, da er nicht nur der Gott eines Stammes, sondern der ganzen Welt war, also allen Rassen der Welt ähnlich sein mußte, selbst wenn er dadurch gescheckt aussähe. Und dieses Konzept funktionierte. Chinesen, Koreaner, Japaner, Hawaiianer, Puertoricaner, Russen, Engländer, Franzosen – Angehörige aller Rassen – knieten einträchtig nebeneinander vor seiner überarbeiteten Gottesausgabe.

Abel Ah Yo, der selbst im zarten Jugendalter zum Abtrünnigen der anglikanischen Kirche geworden war, hatte jahrelang unter der Vorstellung gelitten, ein Judas zu sein. Im Grunde seines Wesens gottesfürchtig, hatte er den Herrn verleugnet. Deshalb war er wie Judas. Judas wurde verdammt. Weshalb auch ihn, Abel Ah Yo, dieses Schicksal erwartete;

aber er wollte nicht verdammt sein. Also wand und krümmte er sich, wie es nun einmal Menschenart ist, um der Verdammung zu entgehen. Es kam der Tag, als er den Ausweg fand. Die Lehrmeinung, daß Judas verdammt worden sei, beschloß er, verfälschte den Ratschluß Gottes, der vor allem für Gerechtigkeit stand. Judas war Gottes Diener gewesen, speziell von ihm ausgewählt, um eine besonders undankbare Aufgabe zu übernehmen. Deshalb war Judas, der stets Pflichtgetreue, ein Verräter im göttlichen Auftrag und also ein Heiliger. Ergo war er, Abel Ah Yo, eben durch seinen Abfall und Übertritt zu einer bestimmten Sekte, auch ein Heiliger und konnte jederzeit ohne Schwierigkeiten Gehör bei Gott finden.

Diese Theorie wurde zu einem der wichtigsten Dogmen seiner Lehre und war besonders dazu angetan, das Gewissen all der Abtrünnigen anderer Glaubensrichtungen zu erleichtern, die in der Verborgenheit ihres Unbewußten sonst unter Judas' Sündenlast zusammengebrochen wären. Für Abel Ah Yo war Gottes Plan so klar, als hätte er, Abel Ah Yo, ihn selbst aufgestellt. Alle würden am Ende gerettet werden, wenn es auch bei manchen länger dauern mochte als bei anderen und sie nur die hinteren Sitze zugewiesen bekämen. Der Platz des Menschen im ewig sich wandelnden Weltenchaos war festgelegt und vorherbestimmt – auch wenn dafür das Leugnen eines sich ewig wandelnden Chaos zum Beweis herzuhalten hatte. Denn das war ein bloßes Schreckgespenst der wirren Phantasie der Menschen. Und durch die eindringliche Kühnheit des Denkens und der Sprache, durch einen kraftvollen Slang, der mit seinem vertrauten Klang den direkten Zugang zur Gedankenwelt seiner Zuhörer eröffnete, verscheuchte er das Schreckgespenst aus ihren Köpfen, zeigte ihnen die liebevolle Klarheit des göttlichen Heilsplans und flößte ihnen dadurch heitere Gelassenheit und Seelenruhe ein.

Welche Chance hatte Alice Akana, selbst von reiner, unvermischter hawaiischer Abstammung, gegen seinen raffinierten, volkstümlich verbrämten, von vier Rassen erzeugten, mit Slang ausgerüsteten Angriff? Er wußte durch praktische Erfahrung beinahe ebensoviel wie sie über die Unberechenbarkeiten des Lebens und des Sündigens – da er in seiner Jugend als Sänger auf den Passagierschiffen zwischen Hawaii und Kalifornien und danach zu Wasser und zu Lande als Barkellner gearbeitet hatte, und zwar von San Franziscos Barbary Coast bis zu Heinie's Tavern in Waikiki. Und tatsächlich hatte er eine Stelle als erster Barkellner in Honolulus Universitäts-Club aufgegeben, um zu seinen großen Erweckungspredigten aufzubrechen.

Als Alice Akana sich spottlustig dorthin verirrte, blieb sie, um zu Abel Ah Yos Erlöser zu beten, der ihrem praktischen Verstand als der vernünftigste Gott erschien, von dem sie je gehört hatte. Sie legte Geld in Abel Ah Yos Sammelteller, schloß das Hula-Haus, schickte die Tänzerinnen fort, damit sie auf umständlichere Weise ihren Lebensunterhalt verdienten, legte Festtagsfarben und -gewänder sowie die Blumengirlanden ab und kaufte eine Bibel.

Es war eine Zeit religiösen Eifers in den Armenvierteln Honolulus. Es war eine Bewegung des einfachen Volkes hin zu Gott. Leute von Rang und Namen waren eingeladen, kamen aber nie. Nur das dumme, das niedrige Volk kniete reuig auf der Büßerbank, die Leute gestanden ihre Schuld und Sündenlast ein, warfen sie ab und machten sich von all der Verwirrung frei, um fortan, gestützt auf den Arm von Abel Ah Yos Gott, wieder erhobenen Hauptes im Lichte der Sonne zu wandeln. Kurzum, Abel Ah Yos Erweckungsversammlung war eine Clearing-Stelle für Verfehlungen und Trübsal, wo Sünder von ihrer Last befreit und ihr Geist aufgeheitert und geheilt wurde.

Aber Alice war nicht glücklich. Ihre Last war nicht von ihr

genommen worden. Zwar kaufte und verteilte sie Bibeln, spendete noch mehr Geld für den Kollektenteller, sang mit ihrer tiefen, herrlichen Altstimme bei allen Hymnen mit, wollte aber ihre Seele nicht erleichtern. Abel Ah Yo rang vergeblich mit ihr. Sie wollte nicht auf der Büßerbank niederknien, um die Dinge, die sie betrübten, auszusprechen – die schlimmen Geschichten über gute Freunde aus alten Zeiten. »Man kann nicht zwei Herren dienen«, sagte Abel Ah Yo zu ihr. »Die Hölle ist voll von Leuten, die es versucht haben. Ehrlichen und reinen Herzens mußt du deinen Frieden mit Gott machen. Nicht ehe du vor der versammelten Gemeinde Gott dein Herz offenbarst, kannst du der Erlösung teilhaftig werden. In der Zwischenzeit wirst du weiterhin an dem fressenden Krebsgeschwür der Sünde leiden, das du in dir trägst.«

Vom wissenschaftlichen Standpunkt hatte Abel Ah Yo recht, wenn er es auch nicht wußte und sich andauernd über die Wissenschaft lustig machte. Alice konnte nicht wieder wie ein unschuldiges Kind in das strahlende Gewand der Gnade Gottes gehüllt werden, bevor sie nicht all ihre Verderbtheiten, einschließlich derer, die sie mit anderen teilte, dadurch aus ihrer Seele getilgt hatte, daß sie sie aussprach. Nach Art der Protestanten mußte sie ihre Seele öffentlich entblößen, während es nach katholischem Ritus in der Intimität des Beichtstuhls geschieht. Das Ergebnis einer solchen Offenbarung würde Harmonie, Ruhe, Glück, Reinigung, Erlösung und ewiges Leben sein.

»Du hast die Wahl!« donnerte Abel Ah Yo. »Treue gegenüber Gott oder Treue gegenüber den Menschen.« Aber Alice konnte nicht wählen. Zu lange hatte sie ihre Zunge gehütet, um das Ansehen der Leute nicht zu gefährden. »Ich werde alles, was mich allein betrifft, beichten«, bot sie an. »Gott weiß, daß ich meiner Seele überdrüssig bin und sie gern wieder so rein hätte wie als kleines Mädchen in Kaneohe.«

»Doch der ganze verderbliche Einfluß auf deine Seele ging von anderen Seelen aus«, lautete Abel Ah Yos kompromißlose Antwort. »Wenn du eine Last trägst, wirf sie ab. Du kannst nicht eine Last tragen und gleichzeitig von ihr frei sein.«

»Ich will jeden Tag zu Gott beten, und das viele Male am Tag«, wandte sie ein. »Ich werde mich Gott in Demut nähern, mit Seufzern und Tränen. Ich will oft für den Gabenteller spenden, und ich will Bibeln kaufen, Bibeln, unendlich viele Bibeln.«

»Und Gott wird dir nicht gnädig sein«, entgegnete Gottes Sprachrohr. »Und du wirst müde und schwer beladen bleiben. Denn du wirst nicht deine ganze Schuld eingestanden haben, und erst wenn du alles ausgesprochen hast, wirst du davon befreit werden.«

»Diese Wiedergeburt ist schwierig«, seufzte Alice.

»Eine Wiedergeburt ist sogar noch schwieriger als eine Geburt.« Abel Ah Yo machte es ihr alles andere als leicht. »Erst wenn du wie ein kleines Kind wirst...«

»Wenn ich mir jemals alles von der Seele rede, dann wird es ein langer Bericht werden«, vertraute sie ihm an.

»Dann hast du um so mehr Grund dazu.«

Und so war die Situation völlig festgefahren, da Abel Ah Yo absolute Ergebenheit gegenüber Gott forderte und Alice Akana immer noch unschlüssig an den Randzonen des Paradieses herumflatterte.

»Du kannst darauf wetten, daß es eine große Enthüllung geben wird, wenn Alice erst einmal loslegt«, sagten die sich am Strand herumtreibenden und heruntergekommenen *Kamaainas* [Alteingesessenen] schadenfroh zueinander und schlürften ihren billigen Palm-Tree-Gin.

In den Clubs wurde einer möglichen Beichte größere Bedeutung beigemessen. Die jüngere Generation der Männer verkündete, daß sie sich um Plätze in der vorderen Reihe bemühen würde, während viele der älteren über Alices Bekehrung halbherzige, hohle Scherze machten. Ferner wurde Alice plötzlich von guten Freunden umschwärmt, die zwanzig Jahre lang vergessen hatten, daß sie überhaupt existierte.

Eines Nachmittags, als Alice, in der Hand die Bibel, gerade bei der Haltestelle Hotel und Fort in die elektrische Straßenbahn einsteigen wollte, befahl Cyrus Hodge, der Zuckerkommissionär und Magnat, seinem Chauffeur, neben ihr anzuhalten. Er komplimentierte sie in seine Limousine, opferte eine Dreiviertelstunde seiner Zeit und fuhr einen Umweg, um sie zu ihrem Ziel zu bringen.

»Welche Wohltat für meine schmerzenden Augen, dich zu sehen«, plapperte er los. »Wie die Jahre nur so fliegen! Du siehst gut aus. Du scheinst das Geheimnis ewiger Jugend zu kennen.«

Alice lächelte und sagte ihm ihrerseits in der wunderbaren, freundlichen polynesischen Art einige Nettigkeiten.

»Du meine Güte«, schwelgte Cyrus Hodge in Erinnerungen. »Ich war noch so ein junger Bursche in jenen Tagen!«

»Und was für ein Bursche«, lachte sie gutmütig.

»Doch nichts anderes im Kopf als die Tollheiten der Jugend.«

»Erinnerst du dich an die Nacht, als dein Fahrer sich betrank und dich im Stich gelassen hatte –«

»Schsch!« warnte er. »Dieser japanische Chauffeur hat einen Hochschulabschluß und kann besser Englisch als du oder ich. Ich glaube auch, daß er ein Spion seiner Regierung ist. Warum also sollten wir ihm etwas erzählen? Außerdem war ich ja noch so jung. Erinnerst du dich …?«

»Deine Wangen waren wie die Pfirsiche, die wir zogen, ehe sie von der aus den Mittelmeerländern eingeschleppten Fruchtfliege befallen wurden«, pflichtete Alice bei. »Ich glaube nicht, daß du dich damals öfter als einmal in der

Woche rasieren mußtest. Du warst ein hübscher Junge. Erinnerst du dich nicht an den Hula, den wir dir zu Ehren komponierten, den –«

»Sch, sch!« brachte er sie zum Schweigen. »Das ist doch alles längst begraben und vergessen. Und es soll auch vergessen bleiben.«

Und sie bemerkte, daß in seinen Augen nichts mehr von der jugendlichen Treuherzigkeit war, die sie in Erinnerung hatte. Statt dessen blickten seine Augen sie scharf und fordernd an und wollten von ihr die Versicherung, daß sie seinen speziellen Anteil an dieser begrabenen Vergangenheit nicht wieder auferstehen ließ.

»Religion ist eine gute Sache für uns, nun da wir in die Jahre kommen«, erzählte ihr ein anderer alter Freund. Er baute gerade ein wunderbares Haus auf den Pacific Heights, hatte vor kurzem zum zweiten Mal geheiratet und war auf dem Weg zum Anleger, um seine beiden Töchter willkommen zu heißen, die soeben ihr Studium am Vassar College beendet hatten. »Wir brauchen die Religion in unserem Alter, Alice. Sie macht uns milder, toleranter und läßt uns die Schwächen anderer verzeihen, insbesondere die Schwächen der Jugend, der – der anderen, wenn sie sich amüsierten und nicht wußten, was sie taten.«

Er wartete gespannt.

»Ja«, sagte sie. »Wir sind alle geboren, um zu sündigen, und es ist schwer, aus der Sünde herauszukommen. Aber ich schaffe es, ich schaffe es schon.«

»Vergiß nicht, Alice, in jenen Tagen war ich immer ehrlich zu dir. Du und ich, wir hatten nie Streit miteinander.«

»Nicht einmal an jenem Abend, an dem du zu deinem einundzwanzigsten Geburtstag ein Luau gegeben und nach jedem Toast darauf bestanden hast, die Gläser kaputtzuwerfen. Aber natürlich bist du für den Schaden aufgekommen.«

»Großzügig aufgekommen«, machte er fast flehend geltend.

»Großzügig«, stimmte sie zu. »Ich konnte fast die doppelte Menge ersetzen, so daß ich beim nächsten Luau einhundertzwanzig Gedecke hatte, ohne einen Teller oder ein Glas ausleihen zu müssen. Lord Mainweather gab dieses Luau – du erinnerst dich an ihn.«

»Ich war mit ihm auf Wildschweinjagd in Mana«, nickte der andere zustimmend. »Wir haben dort ein Fest gefeiert, das zwei Wochen dauerte. Also Alice, wie du weißt, glaube ich, daß diese Sache mit der Religion in Ordnung ist, ohne Wenn und Aber. Nur, laß dich davon nicht völlig überwältigen. Und erzähle nichts über mich, wenn du dein Gewissen erleichterst. Was würden meine Töchter über die Geschichte mit den zerbrochenen Gläsern denken!«

»Ich hatte immer ein *Aloha* für dich, Alice«, versicherte ihr ein fettes, kahlköpfiges Senatsmitglied.

Und ein anderer, ein Rechtsanwalt und Großvater, bemerkte: »Wir waren immer Freunde, Alice. Und denk daran, wenn du juristische Beratung oder Beistand bei einer geschäftlichen Transaktion brauchst, so werde ich das für dich erledigen, umsonst, um unserer alten Freundschaft willen.«

Spät am Heiligen Abend kam ein Bankier zu ihr, mit schrecklich gerichtsmäßig aussehenden Kuverts in der Hand, die er ihr überreichte.

»Ganz zufällig«, erklärte er, »fand ich, als meine Leute nach Grundbüchern von Iapio Valley suchten, einen Hypothekenbrief über zweitausend Dollar, ausgestellt auf deinen Besitz dort – dieses Reisland, das an Ah Chun verpachtet war. Und meine Gedanken schweiften zurück in die Vergangenheit, als wir alle jung waren und ungestüm, ja etwas ungestüm, das stimmt. Und bei der Erinnerung an dich wurde mir warm ums Herz, und so habe ich, als ein Aloha, die ganze Geschichte für dich in Ordnung gebracht.«

Und auch von ihren eigenen Leuten wurde Alice nicht vergessen. Ihr Haus wurde ein Mekka für eingeborene Männer und Frauen, die gewöhnlich ihre Pilgerreise heimlich nach Einbruch der Dunkelheit antraten, stets ein Geschenk in den Händen – Tintenfisch frisch vom Riff, *Opihis* und *Limu*, Körbe voll Avocados, die ersten grünen Maiskolben zum Rösten von der Windseite Oahus, Mangos und Sternäpfel, rosafarbener feinster Taro, Spanferkel, Bananenpoi, Brotfrucht und Krabben, die am selben Tag im Pearl Harbor gefangen worden waren. Mary Mendaña, die Frau des portugiesischen Konsuls, brachte sich bei ihr mit einer Bonbonniere für fünf Dollar und einem Mandarinumhang in Erinnerung, der beim Ausverkauf fünfundsiebzig Dollar gebracht hätte. Und Elvira Miyahara Makaena Yin Gap, die Frau von Yin Gap, dem reichen chinesischen Importeur, überreichte Alice persönlich zwei ganze Ballen Piña-Stoff von den Philippinen und ein Dutzend Paar Seidenstrümpfe.

Die Zeit verrann, und Abel Ah Yo kämpfte mit Alice um eine wahrhaft bußfertige Seele, während halb Honolulu boshaft oder besorgt auf den Ausgang wartete. Die Karnevalswoche war längst vorüber, Polo- und Pferderennen kamen und gingen, und die Feierlichkeiten für den Unabhängigkeitstag am vierten Juli standen vor der Tür, ehe Abel Ah Yo durch brutale Psychologie die Festung ihres Widerstandes zum Einsturz brachte. Zu diesem Zeitpunkt hielt er seine berühmte Erweckungspredigt, die als Abel Ah Yos Definition der Ewigkeit bezeichnet werden könnte. Natürlich hatte er, wie auch Billy Sunday das bei bestimmten Gelegenheiten tat, diese Definition irgendwo abgekupfert. Aber niemand auf den Inseln wußte es, und die Wertschätzung, die er als Erweckungsprediger genoß, stieg um hundert Prozent.

So erfolgreich war seine Predigt an jenem Abend, daß er viele seiner Konvertiten abermals bekehrte, die um die Büßerbank herum niederfielen und stöhnten und sich zwischen

Dutzenden von neuen, vom Pfingstfeuer erleuchteten Seelen nach vorn drängten. Zu ihnen gehörten eine halbe Kompanie von Negersoldaten des hier stationierten Fünfundzwanzigsten Infanterieregiments, ein Dutzend Reiter des Vierten Kavallerieregiments, die sich auf dem Weg zu den Philippinen befanden, ebensoviele betrunkene Besatzungsmitglieder von den Kriegsschiffen, mehrere Damen von Iwilei und die Hälfte des Gesindels, das sich am Strand herumtrieb.

Abel Ah Yo, der durch seine Rassenmischung ein feines Einfühlungsvermögen besaß und für den die menschliche Natur und viel mehr noch Alice Akana wie ein offenes Buch war, wußte einfach, was zu tun war, als er sich an diesem denkwürdigen Abend erhob und Gott, die Hölle und die Ewigkeit in Begriffen schilderte, die Alice Akana verstand. Denn ganz durch Zufall hatte er ihre Hauptschwäche entdeckt. Er fand heraus, daß ihr, die wie alle Polynesier eine glühende Naturverehrerin war, Erdbeben und Vulkanausbrüche Angst einjagten. Sie hatte früher einmal auf der Hauptinsel Hawaii Erschütterungen erlebt, bei denen die Grashütten, in denen sie schlief, über ihr zusammenstürzten, und sie hatte gesehen, wie Madame Pele rotglühende, flüssige Lava die Hänge des Mauna Loa hinabschleuderte und dadurch Fischteiche am Meeresufer zerstörte und Rinderherden, Dörfer und Menschen auf ihrer Feuerbahn verschlang.

In der vorhergehenden Nacht hatte ein leichtes Erdbeben Honolulu heimgesucht und Alice Akana eine schlaflose Nacht beschert. Und die Morgenzeitungen hatten berichtet, daß der Mauna Kea ausgebrochen sei und die Lava im großen Kilauea-Krater schnell stieg. So setzte sich Alice bei der Versammlung in ausgesprochen nervöser Verfassung auf einen der vorderen Plätze, denn ihre Aufmerksamkeit war zwischen den Schrecken dieser Welt und den Freuden der künftigen ewigen Welt heftig hin- und hergerissen.

Und Abel Ah Yo erhob sich und legte seinen Finger auf den

wundesten Punkt ihrer Seele. Indem er die Natur Gottes klischeehaft schilderte, das Klischee jedoch mit seiner Sprachbegabung in Pidgin-Englisch und Pidgin-Hawaiisch wieder lebendig machte, beschrieb Abel Ah Yo den Tag, an dem selbst die unendliche Geduld des Herrn ein Ende haben würde. Dann befähle er Petrus, sein Hauptbuch zu schließen, trüge Gabriel auf, alle Seelen vor Gericht zu zitieren, und riefe mit Donnerstimme »*Welakahao!*«.

Abel Ah Yos vermenschlichte Gottheit, die den modernen hawaiischen Slangausdruck Welakahao beim Weltuntergang donnert, ist ein gutes Beispiel für die sprachlichen Mittel dieses Erweckungspredigers. Welakahao heißt wörtlich »heißes Eisen«. Dieser Begriff wurde in der Eisenhütte Honolulus von den Hunderten hawaiischer Männer geprägt, die dort beschäftigt waren und darunter »mit Hochdruck arbeiten«, »vorwärtsmachen« verstanden, da das Eisen heiß und damit die Zeit gekommen war, es zu schmieden.

»Und der Herr rief ›Welakahao‹, und der Tag des Jüngsten Gerichtes begann und war *wikiwiki*, also schnell, vorüber, so mir nichts, dir nichts; denn Petrus war ein besserer Buchhalter als irgendeiner von der Waterhouse Trust Company Limited, und noch dazu stimmten seine Bücher.«

Geschwind trennte Abel Ah Yo die Schafe von den Böcken und schickte die letzteren in die Hölle hinab.

»Und nun«, fragte er, wobei wir seine Predigt notgedrungen auf hochdeutsch wiedergeben, »wie sieht es in der Hölle aus? Ach, meine Freunde, laßt mich kurz schildern, was ich mit meinen eigenen Augen hier auf Erden schon von den Möglichkeiten der Hölle erblickt habe. Ich war ein junger Mann, ein Knabe noch, und ich war in Hilo. Der Morgen begann mit einem Erdbeben. Den ganzen Tag über hörte das riesige Gebiet nicht auf zu zittern, bis starke Männer seekrank wurden und Frauen sich an die Bäume klammerten, um nicht umzufallen, und selbst dem Vieh der Boden unter den

Füßen fortgerissen wurde. Mit eigenen Augen sah ich ein junges Kälbchen, das so von den Beinen kam. Es folgte eine Nacht unbeschreiblichen Grauens. Das Land bewegte sich wie ein Kanu in einem Kona-Sturm. Ein Säugling wurde von seiner liebenden Mutter zu Tode getrampelt, als sie aus dem einstürzenden Haus floh und dabei auf ihn trat.

Der Himmel über uns stand in Flammen. Wir lasen in unseren Bibeln im Schein dieses Feuers, und die Buchstaben waren gut zu entziffern. Dabei hatten diese Missionsbibeln immer einen zu kleinen Druck. Sechzig Kilometer von uns entfernt brach das Innerste der Hölle aus den hohen Gipfeln heraus, und ein roter Blutstrom aus geschmolzenen Gesteinsmassen ergoß sich ins Meer. Der Himmel eine einzige Feuersbrunst und eine unter unseren Füßen Hula tanzende Erde – das war ein zu schreckliches und erhabenes Schauspiel, um daran Gefallen zu finden. Wir konnten an nichts anderes mehr denken als an die dünne, Blasen werfende Erdschale zwischen uns und dem ewigen Feuer- und Schwefelsee und an Gott, den wir um Rettung anflehten. Unter uns befanden sich ernste und gottesfürchtige Seelen, die an Ort und Stelle ihren Pastoren versprachen, nicht nur ihren knappen Kirchenzehnten, sondern fünf Zehntel ihres gesamten Vermögens der Kirche zu geben, wenn nur der Herr sie zum Spenden am Leben lassen würde.

Und, meine Freunde, Gott errettete uns. Doch zuerst gab er uns einen Vorgeschmack dieser Hölle, die sich an jenem Jüngsten Tag für uns auftun wird, wenn er mit Donnerstimme ›Welakahao!‹ ruft. Wenn das Eisen heiß ist! Denkt daran! Wenn das Eisen heiß ist für die Sünder!

Am dritten Tag, nachdem sich alles etwas beruhigt hatte, machten sich mein Freund, der Prediger, und ich, die wir uns sicher in Gottes Hand wußten, auf den Weg hinauf zum Mauna Loa und blickten in den furchtbaren Kilauea-Krater. Wir starrten hinunter in den bodenlosen Abgrund zu dem

Feuersee tief unter uns, der toste und mit brennender Gischt gekrönte Wellen schlug und Hunderte von Metern hohe Fontänen emporschleuderte, wie das Feuerwerk am vierten Juli, das ihr alle schon gesehen habt; und während der ganzen Zeit rangen wir mühsam nach Luft und waren ganz benommen von den aufsteigenden Rauch- und Schwefelschwaden.

Und ich sage euch, kein frommer Mensch konnte auf diese Szene hinunterblicken, ohne ein genaues Abbild des biblischen Höllenschlundes zu erkennen. Glaubt mir, das, was die Verfasser des Neuen Testaments schrieben, war nicht gelogen. Was mich betrifft, so waren meine Augen unverwandt auf das Schauspiel unter mir gerichtet, und ich stand stumm und zitternd vor der Gewalt, der Erhabenheit und der Schrecklichkeit Gottes des Allmächtigen – ganz gewärtig der Mittel seines Zorns und der ungenannten Greuel, die über die bis zuletzt Unbußfertigen, die ihre Sünden nicht bekannt und keinen Frieden mit dem Schöpfer gemacht haben, hereinbrechen werden.

Aber, meine Freunde, denkt ihr etwa, unsere dem Heidentum verfallenen Fremdenführer, unsere eingeborenen Diener, wären von einem solchen Schauspiel beeindruckt gewesen? Keineswegs. Der Teufel hatte sie im Griff. Gänzlich unbekümmert und gleichgültig hatten sie nur ihr Abendessen im Sinn, schwatzten über ihren rohen Fisch und streckten sich auf ihren Matten zum Schlafen aus. Kinder des Teufels waren sie, unempfänglich für die Schönheiten, die Erhabenheit und die entsetzliche Schrecklichkeit von Gottes Werken. Doch ihr, an die ich jetzt das Wort richte, seid keine Heiden. Was ist ein Heide? Er ist einer, der höheren Ideen und höheren Empfindungen gegenüber eine törichte Unbekümmertheit an den Tag legt. Wenn man sein Interesse wecken will, fordere man ihn nicht auf, in den Höllenschlund hinabzublicken, sondern offeriere ihm eine Kalebasse Poi, einen rohen Fisch oder lade ihn zu irgendwelchen niedrigen, gewöhnlichen und sinnenfrohen Vergnügungen ein. Ach, meine Freunde, wie verloren sind sie für alles, was die unsterbliche Seele erhöht! Doch der Prediger und ich, traurig und zutiefst von ihnen angewidert, blickten hinab in die Hölle. Ah, meine Freunde, es *war* die Hölle, die Hölle aus der Heiligen Schrift, die Hölle der ewigen Qualen für die Unwürdigen ...«

Alice Akana befand sich in einer Exstase oder Hysterie des Schreckens. Sie murmelte zusammenhangslos vor sich hin: »O Herr, ich will neun Zehntel meines gesamten Besitzes spenden. Ich will alles spenden. Ich will sogar die zwei Ballen Piña-Tuch, den Mandarinumhang und das ganze Dutzend Seidenstrümpfe geben ...«

Als sie wieder zuhören konnte, war Abel Ah Yo gerade dabei, seine berühmte Definition der Ewigkeit vom Stapel zu lassen.

»Die Ewigkeit ist lang, meine Freunde. Gott lebt, und deshalb lebt Gott in der Ewigkeit. Und Gott ist sehr alt. Die Höllenfeuer sind so alt und immerwährend wie Gott. Wie sonst könnte es immerwährende Qualen für jene Sünder geben, die von Gott am Jüngsten Tage in den Höllenschlund gestoßen werden, um für immer und ewig zu brennen? Oh, meine Freunde, euer Verstand ist zu klein – zu klein, um die Ewigkeit zu erfassen. Und doch ist es mir durch Gottes Gnade beschieden, euch eine Vorstellung von einem kleinen Stück Ewigkeit zu vermitteln.

Die Sandkörner am Strand von Waikiki sind so zahlreich wie die Sterne und noch zahlreicher. Kein Mensch kann sie zählen. Wenn er eine Million Leben hätte, um sie zu zählen, müßte er um noch mehr Zeit bitten. Nun stellen wir uns einen kleinen, niedlichen alten Hirtenstar mit einer gebrochenen Schwinge vor, der nicht fliegen kann. In Waikiki nimmt der flügellahme Hirtenstar ein Sandkorn in den Schnabel und hüpft und hüpft den ganzen Tag, viele Tage, die Strecke bis

Pearl Harbor und läßt dieses eine Sandkorn aus seinem Schnabel in den Hafen fallen. Dann hüpft er den ganzen Tag und viele Tage lang den ganzen Weg zurück nach Waikiki, um noch ein Sandkorn zu holen. Und wieder hüpft er den ganzen Weg zurück nach Pearl Harbor. Und er macht das über Jahre, Jahrhunderte und Tausende und Abertausende von Jahrhunderten hinweg, bis schließlich kein einziges Sandkorn mehr am Strand von Waikiki übrigbleibt und Pearl Harbor mit Land aufgefüllt ist, auf dem Kokosnüsse und Ananas gedeihen. Und dann, meine Freunde, selbst dann *würde in der Hölle noch nicht einmal Sonnenaufgang sein!*«

Hier, angesichts der überwältigenden Wirkung einer so abrupten Klimax und unfähig, der unverfälschten Klarheit und Objektivität einer so kunstvollen Bemessung eines winzigen Stückchens Ewigkeit zu widerstehen, brach Alice Akanas geistiger Widerstand zusammen und löste sich in Luft auf. Sie erhob sich, wankte blind umher und sank bei der Büßerbank auf die Knie. Abel Ah Yo hatte seine Predigt zwar noch nicht zu Ende gebracht, aber er verstand sich auf die Psychologie der Massen und fühlte die Glut des pfingstlichen Feuers, das seine Zuhörer versengte. Er forderte seine Sänger zu einer mitreißenden Erweckungshymne auf und stieg hinunter, um inmitten der Halleluja rufenden Negersoldaten auf Alice Akana zuzuschreiten. Und ehe die Erregung nachzulassen begann, sanken neun Zehntel seiner Gemeinde und alle von ihm Bekehrten auf die Knie und beteten und schrien laut ein gewaltiges Quantum an Zerknirschung und Sünde hinaus.

Die Nachricht, daß Alice sich schließlich doch anschickte, in der Versammlung zu beichten, erreichte per Telefon fast gleichzeitig den Pacific- und den Universitäts-Club, und mit Privatwagen und Taxis überschwemmten jene, die Rang und Namen besaßen, zum ersten Mal Abel Ah Yos Erweckungsversammlung. Jenen, die zuerst gekommen waren, bot sich der seltsame Anblick von Hawaiianern, Chinesen und all den bunten Rassenmischungen des Schmelztiegels Hawaii, von Männern und Frauen, die durch die Ausgänge von Abel Ah Yos Bethaus verschwanden und sich fortschlichen. Doch es waren meist Männer, die sich davonstahlen, während jene, die blieben, mit begierigem Gesichtsausdruck an Alice Akanas Lippen hingen.

Nie zuvor war im ganzen nördlichen und südlichen Pazifik ein so schrecklicher und verdammungswürdiger Bericht über eine Gesellschaft erstattet worden wie der, den Alice Akana, die reuige Phryne von Honolulu, nun hören ließ.

»Ha!« hörten die zuerst Eingetroffenen sie sagen, nachdem sie schon die meisten der kleineren läßlichen Sünden, an die sie sich erinnerte, losgeworden war. »Ihr glaubt, dieser Mann, Stephen Makekau, sei der Sohn von Moses Makekau und Minnie Ah Ling und habe ein Recht auf die zweihundertundacht Dollar, die er jeden Monat von der Parke Richards Limited für die Verpachtung des Fischteiches an Bill Kong in Amana einstreicht. Dem ist nicht so. Stephen Makekau ist nicht der Sohn von Moses. Er ist der Sohn von Aaron Kama und Tillie Naone. Er wurde Moses und Minnie von Aaron und Tillie als Säugling geschenkt. Ich weiß es. Moses und Minnie und Aaron und Tillie sind bereits tot. Doch ich weiß es und kann es auch beweisen. Die alte Frau Poepoe lebt noch. Ich war dabei, als Stephen geboren wurde, und als er zwei Monate alt war, trug ich ihn selbst des Nachts als Geschenk zu Moses und Minnie, und die alte Frau Poepoe trug die Laterne. Dieses Geheimnis ist eine von meinen Sünden. Es hat mich von Gott ferngehalten. Jetzt bin ich davon befreit. Der junge Archie Makekau, der Rechnungen für die Benzingesellschaft eintreibt und an den Nachmittagen Baseball spielt und zuviel Gin trinkt, sollte diese zweihundertacht Dollar am Ersten jeden Monats von der Parke Richards Limited beziehen. Er wird alles für Gin und ein Automobil der Marke Ford verpulvern. Stephen ist ein guter Mensch. Archie taugt nichts. Auch ist er ein Lügner und hat bereits zwei Strafen auf dem Riff verbüßt, und zuvor war er in der Besserungsanstalt. Doch Gott verlangt die Wahrheit, und Archie wird das Geld bekommen und nur Unheil damit anrichten.«

Und auf diese Art und Weise kam Alice durch die Erfahrungen ihres langen, ereignisreichen Lebens vom Hundertsten ins Tausendste. Und Frauen vergaßen ebenso wie Männer, daß sie sich im Betsaal befanden, und manche Gesichter wurden von Gefühlsaufwallungen verfärbt, als ihre Besitzer zum erstenmal von den längst begrabenen Geheimnissen ihrer besseren Hälften erfuhren.

»Die Anwaltskanzleien werden morgen überfüllt sein.« MacIlwaine, der Chef der Kriminalpolizei, unterbrach das Notieren nützlicher Informationen gerade lange genug, um sich zu Colonel Stilton hinüberzubeugen und ihm diesen Satz ins Ohr zu flüstern.

Colonel Stilton grinste zustimmend, wenn auch dem Chef der Kriminalpolizei das Grimassenhafte dieser Heiterkeit nicht entging.

»Da gibt es einen Bankier in Honolulu. Ihr alle kennt seinen Namen. Er gehört durch seine Frau zur besten Gesellschaft. Er besitzt viele Aktien von General Plantations und Interisland.«

MacIlwaine erkannte das entstehende Porträt und unterdrückte ein Kichern.

»Sein Name ist Colonel Stilton. Am letzten Heiligen Abend kam er mit einem großen Aloha in mein Haus und überreichte mir Hypothekenbriefe im Wert von zweitausend Dollar, die auf mein Land in Iapio Valley ausgestellt und jetzt getilgt waren. Ja, weshalb hatte er wohl ein so großes Geld-Aloha für mich? Ich will es euch sagen...«

Und sie erzählte die Geschichte, richtete den Scheinwerfer

auf frühere Transaktionen und politische Machenschaften, deren Ursprung stets im dunkeln geblieben war.

»Dies«, beschloß Alice die Episode, »lastete lange Zeit als Sünde auf meinem Gewissen und hielt meine Seele von Gott fern.

Und Harold Miles war zu jener Zeit Senatspräsident, und eine Woche später erwarb er drei Stadtgrundstücke in Pearl Harbor, strich sein Haus in Honolulu neu an und beglich seine alten Schulden in den Clubs. Dann war da auch das Ramsay-Haus in Honokiki, das der Besitzer testamentarisch dem Volk vermacht hatte, wenn die Regierung es instandhalten würde. Wenn jedoch die Regierung nach zwei Jahren noch nicht mit der Instandsetzung begonnen hätte, dann sollte es den Erben zufallen, die der alte Ramsay wie die Pest haßte. Nun, es fiel natürlich den Erben zu. Ihr Rechtsanwalt war Charley Middleton, und er wollte, daß ich die Sache mit den Leuten von der Regierung regle. Und ihre Namen waren –« Sechs Namen aus beiden Kammern der Legislative führte Alice auf und fügte hinzu: »Vielleicht bekamen danach alle ihre Häuser einen neuen Anstrich. Zum ersten Mal habe ich gesprochen. Mein Herz ist nun viel leichter und weicher. Es war mit einem Panzer aus Hausfarbe überzogen. Und da ist noch Harry Werther. Er war damals im Senat. Jeder sprach schlecht über ihn, und er wurde nie wiedergewählt. Doch sein Haus wurde nicht gestrichen. Er war anständig. Sein Haus ist, wie jeder weiß, bis zum heutigen Tag noch nicht gestrichen.

Da ist Jim Lokendamper. Er hat kein gutes Herz. Ich hörte ihn erst letzte Woche, genau hier vor euch allen, seine Sünden bekennen. Aber er sagte nicht alles, und er belog Gott. Ich belüge Gott nicht. Es ist eine große Beichte, aber ich werde mir alles von der Seele reden. Nun ist Azalea Akau, die dort drüben sitzt, seine Geliebte. Doch Lizzie Lokendamper ist seine Ehefrau. Vor langer Zeit empfand er ein großes Aloha für Azalea. Ihr glaubt, ihr Onkel, der nach Kalifornien auswanderte und dort starb, hinterließ ihr in seinem Testament die zweitausendfünfhundert Dollar, die sie bekam? Ihr Onkel hinterließ ihr nichts. Ich weiß es. Er starb ohne einen Pfennig, und John Lokendamper schickte achtzig Dollar für sein Begräbnis nach Kalifornien. Jim Lokendamper hatte ein Stück Land in Kohala, das er von der Tante seiner Mutter geerbt hatte. Lizzie, seine Ehefrau, wußte nichts davon. Deshalb verkaufte er es der Kohala-Graben-Gesellschaft und schenkte Azalea Akau die zweitausendfünfhundert –«

An dieser Stelle erhob sich Lizzie wie eine übermäßig gereizte Rachegöttin und stürzte sich, statt auf ihren Ehemann, der bereits die Flucht ergriffen hatte, wutentbrannt auf Azalea.

»Warte, Lizzie Lokendamper!« rief Alice. »Ich habe auch einiges über dich auf dem Herzen, was mich belastet, und noch einiges an Hausfarbe...«

Und als sie mit ihren Enthüllungen darüber, wie Lizzie zu einem neuen Hausanstrich gekommen war, zu Ende war, geriet Azalea außer Rand und Band.

»Warte, Azalea Akau. Ich werde jetzt in deinem Fall mein Herz erleichtern. Und dabei geht es nicht um einen Hausanstrich. Den hat immer Jim bezahlt. Es ist deine neue Badewanne und die moderne Wasserleitung, die mir schwer auf der Seele liegen...«

Schlimmeres, viel Schlimmeres über alle möglichen Leute wußte Alice Akana zu berichten und berührte ebenso das Geschäfts-, Finanz- und Gesellschaftsleben der höheren Schichten wie auch die Angelegenheiten der einfachen Leute. Niemand stand hoch genug oder war zu tief gesunken, um ihr zu entgehen. Und nicht vor zwei Uhr morgens, vor einer Zuhörerschaft, die den Betsaal bis zum Bersten füllte, beendete sie die in alle Einzelheiten gehende Aufzählung der persönlichen Schandtaten, die sie den Bewohnern jener Stadt zur Last legen mußte, in der sie ihr ganzes Leben verbracht hatte. Gerade als sie aufhören wollte, fiel ihr noch etwas ein.

»Hah!« rümpfte sie die Nase. »Letzte Woche überschrieb ich Abel Ah Yo ein Grundstück, das einen Verkaufswert von achthundert Dollar hat, zur Deckung der laufenden Kosten und um mein Guthaben in Petrus' himmlischen Kassenbüchern zu vermehren. Woher ich dieses Grundstück habe? Ihr alle meint, daß Fleming Jason ein guter Mann ist. Aber er hat Dinger gedreht, die krummer waren als die Einfahrt zu Pearl Lochs, ehe die Regierung der Vereinigten Staaten den Kanal begradigte. Jetzt hat er ein Leberleiden, doch seine Krankheit ist ein Gottesurteil, und er wird als unaufrichtiger Mann sterben. Mr. Fleming Jason gab mir das Grundstück vor zweiundzwanzig Jahren, als sein Verkaufswert fünfunddreißig Dollar betrug. Weil sein Aloha für mich so groß war? Nein, außer Geld liebte er nichts und niemanden.

Hört zu. Mr. Fleming Jason lud eine große Sünde auf mich. Als Frank Lomiloli in meinem Haus war, voll mit Gin, für den Mr. Fleming Jason mir im voraus das Fünffache zahlte, brachte ich Frank Lomiloli dazu, seinen Namen unter den Verkaufsvertrag für seinen städtischen Grundbesitz zu setzen. Der Preis betrug hundert Dollar, obwohl das Grundstück damals sechshundert wert war. Inzwischen ist es auf zwanzigtausend gestiegen. Vielleicht möchtet ihr wissen, wo sich diese Parzelle befindet. Ich will es euch sagen und es mir von der Seele schaffen. Sie liegt an der King Street, wo jetzt der Come Again Saloon, die Garage der japanischen Taxicab Company, das Installationsgeschäft von Smith & Wilson und die Eisdiele Ambrosia in dem noch zwei Stockwerke höheren Addison Hotel stehen. Und alles ist aus Holz und immer gut gestrichen. Gestern haben sie wieder mit dem Malen begonnen. Doch diese Farbe wird nicht zwischen mir und Gott stehen. Mein Weg zum Himmel wird durch keine weiteren Farbtöpfe mehr verstellt.«

Die Morgen- und Abendzeitungen des folgenden Tages verhängten eine skandalöse Nachrichtensperre über die sensationellste Neuigkeit seit Jahren. Aber ganz Honolulu kicherte entsetzt über die geflüsterten, nicht immer völlig übertriebenen Darstellungen, die überall, wo sich zwei Einwohner Honolulus begegneten, die Runde machten.

»Unser Fehler«, sagte Colonel Chilton im Club, »war, daß wir nicht von Anfang an eine Sicherheitskommission eingesetzt haben, um Alices Seele im Auge zu behalten.«

Bob Cristy, einer von den jüngeren Inselbewohnern, brach in ein derart anzügliches und lautes Gelächter aus, daß man ihn nach dem Grund fragte.

»Oh, nichts Besonderes«, lautete seine Antwort. »Aber ich hörte auf meinem Weg hierher, daß der alte John Ward soeben wegen Trunkenheit und Erregung öffentlichen Ärgernisses sowie Widerstandes gegen einen Polizisten festgenommen worden ist. Und jetzt nimmt Abel Ah Yo das Polizeigericht aufs Korn. Er würde die Seele eines chronischen Trunkenboldes bestimmt liebend gern retten.«

Colonel Chilton sah Lask Finneston an, und beide schauten sie zu Gary Wilkinson. Er erwiderte ihren Blick.

»Der alte Strandräuber!« rief Lask Finneston. »Dieser betrunkene alte Taugenichts! Es war mir ganz entfallen, daß er noch lebt. Wunderbare Konstitution. Hat nie einen nüchternen Atemzug getan, außer wenn er Schiffbruch erlitten hatte, und war, solange ich an ihn denken kann, bei jeder Teufelei dabei. Er muß jetzt auf die Achtzig zugehen.«

»Er ist nicht weit davon entfernt«, nickte Bob Cristy. »Treibt sich immer noch am Strand herum, trinkt, wenn das Geld dafür reicht, und ist geistig noch ganz auf der Höhe, wenn er auch nicht mehr so flink auf den Beinen ist und eine Brille zum Lesen braucht. Und sein Gedächtnis funktioniert noch einwandfrei. Wenn dieser Abel Ah Yo ihn einfängt...«

Gary Wilkinson räusperte sich, bevor er zu einer Rede ansetzte.

»Also, hier haben wir einen großartigen alten Mann«, sagte er. »Ein Überbleibsel einer längst vergangenen Ära. Es gibt nur noch wenige von seinem Schlag. Ein Pionier. Ein echter Kamaaina. Auf seine alten Tage nun hilflos und in den Händen der Polizei! Wir sollten etwas für ihn tun, in Anerkennung seiner treuen Verdienste um Hawaii. Seine alte Heimat ist, wie ich zufällig weiß, Sag Harbor. Er hat es seit mehr als einem halben Jahrhundert nicht mehr gesehen. Nun, weshalb sollten wir ihn morgen früh nicht damit überraschen, daß seine Strafe bezahlt ist und er eine Rückfahrkarte nach Sag Harbor und, sagen wir, die Kosten für eine Reise von einem Jahr geschenkt bekommt? Ich setze eine Kommission ein. Ich nominiere Colonel Chilton, Lask Finneston und, und mich... Was den Vorsitz angeht, wer wäre da geeigneter als Lask Finneston, der den alten Herrn früher so gut kannte? Da es keine Einwände gibt, ernenne ich hiermit Lask Finneston zum Vorsitzenden der Kommission zur Beschaffung von Geldmitteln zur Begleichung der Polizeistrafe und der Unkosten einer Jahresreise für den edlen Pionier John Ward in Anerkennung seines aufopferungsvollen Lebens, das ganz dem Aufbau Hawaiis gewidmet war.«

Es gab keinen Widerspruch.

»Die Kommission wird sich nun zur geheimen Beratung zurückziehen«, erklärte Lask Finneston, der sich mit diesen Worten erhob und den Weg zur Bibliothek wies.

GEBEINE

Sie sind mit ihren Waffen in die Grube gefahren
und haben ihre Schwerter unter die Köpfe gelegt.

»Es war schlimm, mit anzusehen, wie die alte Dame wieder in den alten Glauben zurückfiel.« Prinz Akuli warf einen besorgten Blick zur Seite, dorthin, wo sich gerade eine alte Wahine im Schatten eines Kukui-Baumes niederließ, um sich an irgendeine Arbeit zu machen.

»Ja«, nickte er mir fast traurig zu, »in ihren letzten Lebensjahren kehrte Hiwilani zu den alten Bräuchen und dem alten Glauben zurück – heimlich, natürlich. Und, glaube mir, sie war selbst eine beachtliche Sammlerin. Du hättest ihre Knochen sehen sollen. Sie hatte sie in jeder Ecke ihres Schlafzimmers in großen Gefäßen herumstehen, und ihre Verwandten waren fast vollständig vertreten, abgesehen von etwa einem Dutzend, bei denen Kanau ihr zuvorgekommen war. Die Art und Weise, wie die beiden um diese Gebeine zu streiten pflegten, war furchteinflößend. Und als Junge überlief es mich jedesmal eiskalt, wenn ich in ihr großes, stets im Halbdunkel liegendes Zimmer ging und mir klar machte, daß sich in diesem Krug alles befand, was von meiner Großmutter mütterlicherseits übriggeblieben war, und daß in jenem Topf mein Urgroßvater ruhte, daß in all diesen Gefäßen die Knochenreste der zu Staub verfallenen Körper meiner Vorfahren aufbewahrt wurden, deren Erbteil auf mich gekommen und in meinem lebendigen, atmenden Ich aufgegangen war. Hiwilani war zuletzt ganz in die Eingeborenenbräuche zurückgefallen, schlief auf dem harten Fußboden auf Matten – sie hatte das große, prächtige, vierpfostige Himmelbett hinausgeworfen, das ihre Großmutter von Lord Byron, der der Vetter des dichtenden Schwerenöters Byron war und im Jahre 1825 auf der Fregatte *Blonde* hierherkam, geschenkt bekommen hatte.

Sie führte zuletzt ganz das Leben einer Eingeborenen, und ich sehe sie noch vor mir, wie sie aus dem rohen Fisch ein Stück herausbiß, ehe sie ihn ihren Frauen hinschob. Und sie ließ sie auch ihren Poi aufessen oder was immer sie sonst nicht ganz verzehrte. Sie –«

Doch plötzlich brach er ab, und an der merklichen Blähung seiner Nasenflügel und der Veränderung seines lebhaften Gesichtsausdrucks sah ich, daß er die Luft eingesogen und den Geruch, der ihn beleidigte, identifiziert hatte.

»Der Kuckuck soll das Zeug holen!« rief er mir zu. »Es stinkt zum Himmel. Und ich werde dazu verurteilt sein, es so lange zu tragen, bis man uns abholt.«

Es gab keinen Zweifel über den Gegenstand seiner Abscheu. Die alte Frau war dabei, einen Liebes-Lei (Kranz) aus der Frucht der *Hala*, der Schraubenpalme oder Pandanus des südlichen Pazifiks, zu winden. Sie schnitt die zahlreichen Unterteilungen oder Schalen der Frucht glockenförmig auf, um sie dann auf die zusammengedrehte und zähe innere Rinde des Hau-Baumes aufzufädeln. Es stank gewiß zum Himmel, doch mir, einem Malihini, schien der Geruch eher weinig herb und fruchtig und nicht unangenehm.

Prinz Akulis Limousine war einen halben Kilometer von hier mit einem Achsenbruch liegengeblieben, und er und ich hatten in diesem laubenähnlichen Berghaus Schutz vor der Sonne gesucht. Bescheiden und mit Gras gedeckt war das Haus, aber es stand in einem kostbaren Garten voller Begonien, die ihre zarten Blüten etwa sechs Meter über unseren Köpfen ausbreiteten, Bäumen gleich mit ihren biegsamen Stämmen, die so dick wie der Arm eines Mannes waren. Hier erfrischten wir uns mit Trinkkokosnüssen, während ein Cowboy etwa zwanzig Kilometer zum nächsten Telefon ritt und einen Wagen aus der Stadt anforderte. Die Stadt selbst, Olokona, Metropole der Insel Lakanaii, konnten wir sehen, und zwar als einen Rauchfleck über der Küstenlinie, sobald wir über die sich kilometerweit ausdehnenden Zuckerfelder, die wellenumspülten Konturen des Riffs und den blauen Dunst des Ozeans zu der Insel Oahu hinüberschauten, die wie ein blasser Opal am Horizont schimmerte.

Maui ist die Insel der Täler und Kauai die Garteninsel Hawaiis, doch Lakanaii, die Oahu gegenüber liegt, ist heute ebenso wie schon von altersher als das Juwel der Gruppe bekannt. Weder die größte noch auch nur annähernd die kleinste, gilt Lakanaii doch als die unberührteste, die auf ihre wildromantische Art schönste und bei ihrer Größe fruchtbarste Insel des Archipels. Der Zuckerrohrertrag dort ist der höchste, ihre Bergrinder sind die fettesten, ihre Niederschläge am ergiebigsten, ohne je Überschwemmungen zu verursachen. Mit Kauai hat sie gemeinsam, daß sie zuerst entstanden und daher die älteste Insel ist, so daß sie genügend Zeit hatte, ihre Lava in fruchtbaren Boden zu verwandeln und die Bergschluchten zwischen den früheren Kratern so auszuwaschen, daß sie den Grand Canyons des Colorado gleichen mit ihren zahlreichen Wasserfällen, die Hunderte von Metern senkrecht herabstürzen oder sich in Nebelschleier auflösen und in der Luft verschwinden, um sanft und unsichtbar in einer Fata Morgana von Regenbogen als Tau oder leichte Schauer auf dem Grund der Schlucht niederzugehen.

Dennoch ist Lakanaii leicht zu beschreiben. Aber wie soll man Prinz Akuli schildern? Wenn man ihn begreifen will, muß man ganz Lakanaii durch und durch kennen. Außerdem muß man auch von der übrigen Welt einiges wissen. Erstens hat Prinz Akuli kein anerkanntes oder verbrieftes Recht darauf, als ›Prinz‹ angesprochen zu werden. Des weiteren bedeutet ›Akuli‹ so viel wie ›Tintenfisch‹. So daß Prinz Tintenfisch wohl kaum der würdige Titel für den direkten Nachfahren der ältesten und höchsten Alii Hawaiis sein dürfte – einem alten und vornehmen Geschlecht, in dem, wie einst bei den ägyptischen Pharaonen, Brüder und Schwestern sich auf dem Thron miteinander vermählten, da sie nicht unter ihrem Rang heiraten wollten, es auf der ganzen ihnen bekannten Welt aber niemanden gab, der über ihnen stand, und die Dynastie um jeden Preis fortgeführt werden mußte.

Ich habe Prinz Akulis singende Chronisten (die er von seinem Vater geerbt hatte) ihre endlos langen Genealogien vortragen hören, mit denen sie bewiesen, daß er der höchste Alii von ganz Hawaii war. Angefangen bei Wakea, der ihr Adam ist, und Papa, ihrer Eva, lassen sie sich durch so viele Generationen hindurch, wie es Buchstaben in unserem Alphabet gibt, bis zu Nanakaoko, dem ersten auf Hawaii geborenen Vorfahren, und dessen Frau Kahihiokalani zurückverfolgen. Später, doch immer auf höchster Ebene, spaltete sich ihre Linie von der Uas ab, der der Begründer der beiden separaten Königsgeschlechter von Kauai und Oahu war.

Im elften Jahrhundert nach Christus und den Chronisten von Lakanaii zufolge zu der Zeit, als Brüder und Schwestern untereinander heirateten, da es niemanden gab, der über ihnen stand, erhielt ihre Linie eine Auffrischung mit neuem edlen, ja beinahe göttlichem Blut. Ein gewisser Hoikemaha, der nach den Sternen und den alten Überlieferungen steuerte, traf mit einem großen Doppelkanu aus Samoa ein. Er heiratete eine niedrigere Alii von Lakanaii und kehrte dann, als seine drei Söhne erwachsen waren, mit ihnen nach Samoa zurück, um seinen eigenen jüngsten Bruder zu holen. Doch zusammen mit ihm brachte er auch Kumi, den Sohn Tui Manuas, dessen Adel der höchste in ganz Polynesien und der nur noch den Halbgöttern und Göttern untergeordnet war. So hatte das wertvolle Erbe Kumis vor acht Jahrhunderten Eingang in die Aliis von Lakanaii gefunden und war von ihnen in direkter Linie weitergegeben worden, um in Prinz Akuli bewahrt zu werden.

Ihn traf ich zum erstenmal im Offizierskasino der Black Watch in Südafrika, und er sprach mit einem Oxforder Akzent. Das war, kurz bevor dieses berühmte Regiment im Magersfontein völlig aufgerieben wurde. Das Recht, sich in diesem Kasino aufzuhalten, besaß er in eben dem Maße, in dem ihm auch der Akzent zustand, denn er war in Oxford erzogen worden und hatte ein Offizierspatent. Als Gast und Kriegsbeobachter befand sich Prinz Cupido bei ihm, so jedenfalls lautete sein Spitzname, obwohl er in Wirklichkeit Prinz von ganz Hawaii einschließlich Lakanaiis war und den offiziellen Titel Prinz Jonah Kuhio Kalanianaole führte. Er hätte der Herrscher über Hawaii sein können, wäre da nicht die Revolution der Haoles und die Annektierung gewesen – und das, obgleich Prinz Cupidos Alii-Geschlecht weniger nobel war als der Stammbaum des Prinzen Akuli, zu dem der Himmel selbst beigetragen hatte. Denn Prinz Akuli hätte König von Lakanaii und vielleicht von ganz Hawaii sein können, wäre sein Großvater nicht von dem ersten und größten der Kamehamehas vernichtend geschlagen worden.

Das war im Jahr 1810 gewesen, in der Blütezeit des Sandelholzhandels, und im gleichen Jahr kam auch der König von Kauai an die Reihe, hielt sich daraufhin ruhig und fraß Kamehameha aus der Hand. Prinz Akulis Großvater hatte in diesem Jahr seine Prügel bezogen und war unterworfen worden, weil er noch der »alten Schule« angehörte. Er hatte sich die Inselherrschaft nicht in Form von Schießpulver und Haoleschützen vorstellen können. Der weitsichtigere Kamehameha aber versicherte sich der Dienste der Haoles, einschließlich solcher Männer wie Isaac Davis, Maat und einziger Überlebender der niedergemetzelten Mannschaft des

Schoners *Fair American*, und John Young, gefangengenommener Bootsmann der Schnau *Eleanor*. Und Isaac Davis und John Young und noch etliche andere ihres unberechenbaren, abenteuerlustigen Schlages hatten mit sechspfündigen Bronzekanonen von den aufgebrachten Schiffen *Iphigenia* und *Fair American* die Kriegskanus zerstört und die Moral der zu Lande kämpfenden Krieger des Königs von Lakanaii zermürbt. Dafür bekamen sie von Kamehameha ordnungs- und abmachungsgemäß folgenden Lohn: Isaac Davis erhielt sechshundert ausgewachsene und fette Schlachtschweine und John Young fünfhundert Stück desselben, noch auf seinen gespaltenen Hufen herumlaufenden Schweinefleisches.

Und so entspringt aus all diesen Inzesten und Begierden der primitiven Kulturen, aus dem sich Vortasten des aufrechten Tieres in Richtung Mannhaftigkeit, aus all den blutigen Morden, brutalen Kämpfen und Paarungen mit den jüngeren Brüdern der Halbgötter der weltgewandte, mit einem Oxforder Akzent ausgestattete Prinz Akuli, Prinz Tintenfisch und doch ganz zwanzigstes Jahrhundert, reinblütiger Polynesier, eine lebende Brücke zwischen tausend Jahrhunderten, Kamerad, Freund und Reisegefährte, der aus seiner beschädigten Siebentausend-Dollar-Limousine steigt, sich mit mir zusammen in einem von der Außenwelt abgeschnittenen Begonienparadies fünfhundert Meter über dem Meer und Olokona, der Hauptstadt seiner Insel, wiederfindet und mir von seiner Mutter erzählt, die auf ihre alten Tage zu der althergebrachten Religion und Ahnenverehrung zurückkehrte und sich mit den Gebeinen all derer umgab, die in grauer Vorzeit ihre Vorfahren gewesen waren.

»Mit König Kalakaua hat diese Sammelleidenschaft begonnen, drüben auf Oahu«, fuhr Prinz Akuli fort. »Und seine Königin, Kapiolani, hat sich von seiner Marotte anstecken lassen. Sie sammelte alles – alte Makaloa-Matten, alte *Tapas*, alte Kalebassen, alte Doppelkanus und Idole, die die Priester vor der allgemeinen Zerstörung im Jahre 1819 gerettet hatten. Ich habe seit Jahren keinen Angelhaken aus Perlmutt mehr gesehen, aber ich möchte schwören, daß Kalakaua zehntausend davon angehäuft hat, ganz zu schweigen von den Fischhaken aus menschlichen Kieferknochen, den Federmänteln, Umhängen, Helmen, Steinäxten und Poi-Stampfern in Phallusform. Wenn er und Kapioilani ihre königlichen Rundreisen auf allen Inseln machten, mußten ihre Gastgeber ihre gesamten persönlichen Andenken verstecken. Denn theoretisch ist alles, was sein Volk besitzt, Eigentum des Königs, und bei Kalakaua waren, wenn es um die alten Dinge ging, Theorie und Praxis eins.

Von ihm hat mein Vater Kanau den Floh mit der Sammlerei ins Ohr gesetzt bekommen, und Hiwilani war damit ebenso angesteckt worden. Aber Vater war ein durch und durch moderner Mensch. Er glaubte weder an die Götter noch an die *Kahunas*, die Priester, oder an die Missionare. Er glaubte an nichts anderes als an Zuckeraktien, Pferdezucht und daran, daß sein Großvater ein Narr gewesen war, weil er nicht seinerseits ein paar Isaac Davise, John Youngs und etliche Bronzekanonen zusammengesucht hatte, ehe er gegen Kamehameha in den Krieg gezogen war. So sammelte er diese Raritäten nur aus Spaß an der Sache, doch meiner Mutter war es ganz ernst damit. Deshalb hat sie sich für Knochen begeistert. Ich erinnere mich auch, daß sie ein häßliches altes Steinidol besaß, das sie immer anzurufen pflegte und vor dem sie auf dem Boden herumkroch. Es befindet sich jetzt im Deacon-Museum. Ich habe es nach ihrem Tod dorthin gegeben, und ihre Gebeinsammlung ans Königliche Mausoleum nach Olokona.

Ich weiß nicht, ob du dich daran erinnerst, daß ihr Vater Kaaukuu war. Nun, so war es, und er war ein Hüne. Als sie das Mausoleum bauten, wurden seine schön gesäuberten und gut konservierten Gebeine aus ihrem Versteck geholt und dorthin gebracht. Hiwilani hatte einen alten Gefolgsmann, Ahuna. Sie stahl eines Nachts die Schlüssel von Kanau und schickte Ahuna, die Gebeine ihres Vaters aus dem Mausoleum zu entwenden. Ich weiß es. Und er muß ein Riese gewesen sein. Sie bewahrte ihn in einem ihrer großen Krüge auf. Eines Tages, als ich noch ein kleiner Knirps war und wissen wollte, ob Kaaukuu wirklich so groß war, wie die Überlieferung ihn machte, angelte ich seinen noch intakten Unterkiefer aus dem Behälter und der Umhüllung und hielt ihn mir vors Gesicht. Ich konnte meinen Kopf ganz durchstecken, und er blieb auf meinem Hals und den Schultern wie ein Pferdekummet liegen. Und es steckte noch jeder Zahn in dem Kiefer, weißer als Porzellan, ohne irgendein Loch, und der Zahnschmelz war nicht verfärbt oder abgesplittert. Ich erhielt die schlimmste Tracht Prügel meines Lebens für diese Beleidigung, wenn sie auch den alten Ahuna hereinrufen mußte, um ihr dabei zu helfen. Doch der Vorfall hatte auch sein Gutes. Sie faßte dadurch Vertrauen zu mir, weil ich keine Angst vor den Gebeinen der Toten hatte. Und dieser Streich verschaffte mir im Endeffekt auch meine Erziehung in Oxford, wie du gleich hören wirst, falls dieser Wagen nicht vorher eintrifft.

Der alte Ahuna war einer der wirklich Alten, dem das Zeichen des zum treuen Dienst geborenen Sklaven unauslöschlich eingebrannt war. Er wußte mehr über die Familie meiner Mutter und die meines Vaters als die beiden zusammen. Und er kannte als einziger Mensch auf der Welt die Begräbnisstätte, in der seit Jahrhunderten die Gebeine der meisten ihrer Vorfahren und der Kanaus versteckt worden waren. Kanau konnte dem alten Burschen, der ihn als einen Abtrünnigen ansah, das Geheimnis nicht entlocken.

Hiwilani kämpfte mit dem alten Kauz über viele Jahre hinweg. Wie sie ihr Ziel schließlich doch erreichte, ist mir ein Rätsel. Natürlich war sie auf den ersten Blick eine Anhängerin der alten Religion. Das mochte Ahuna dazu gebracht haben, etwas aufgeschlossener zu werden. Oder vielleicht hat sie ihm auch Angst eingejagt, denn sie wußte eine Menge über die Methoden der alten Huni-Zauberer, und sie verstand es, so viel Aufhebens zu machen, als stünde sie mit Uli, dem höchsten Gott aller Schamanen, auf vertrautestem Fuß. Sie konnte einen gewöhnlichen *Kahuna Lanaau*, also einen Medizinmann, ohne weiteres in die Tasche stecken, wenn es darum ging, zu Lonopuha und Koleamoku zu beten; sie konnte Träume und Visionen, Zeichen, Omen und Verdauungsstörungen unerhört gut deuten, führte dabei die Maiola-Medizinmänner vor, als seien sie keinen roten Heller wert, legte eine *Pule-Hoe*-Beschwörung hin, daß ihnen schwindelig wurde, und behauptete, daß ihr *Kahuna Hoenoho*, eine moderne Art von Spiritismus, die sie praktizierte, unerreicht sei. Ich habe selbst gesehen, wie sie den Wind einatmete, in eine Trance geriet und weissagte. Die *Aumakuas* waren ihre Brüder, wenn sie ihnen auf den Altären der verfallenen *Heiaus* Opfergaben darbrachte und dabei Gebete sprach, die für mich ebenso unverständlich wie schauerlich klangen. Und was den alten Ahuna anging, so konnte sie ihn dazu bringen, daß er sich zu Boden warf, jammerte und sich ins eigene Fleisch biß, wenn sie ihn mit einem geheimnisvollen Zauberspruch belegte.

Dennoch ist meine ganz private Meinung, daß es das *Anaana*-Getue war, das ihn schließlich mürbe machte. Sie schnitt ihm eines Tages mit einer Nagelschere eine Strähne aus seinem Haar. Diese Haarsträhne war das, was man bei uns *Maunu*, das heißt Köder, nennt. Und sie war sehr darauf bedacht, daß er erfuhr, daß sie ein Haarbüschel von ihm besaß. Dann ließ sie ihm die Warnung zukommen, daß sie es vergraben habe, und war jede Nacht völlig von ihren an Uli gerichteten Opfer- und Beschwörungsritualen in Anspruch genommen.«

»War das das richtige Zu-Tode-Beten?« fragte ich, als Prinz Akuli innehielt, um sich eine Zigarette anzuzünden.

»Ganz genau«, nickte er. »Und Ahuna fiel darauf herein. Zuerst versuchte er, das Versteck seines Haarköders herauszubekommen. Als ihm das nicht gelang, beauftragte er einen *Pahiuhiu*-Zauberer, es für ihn zu finden. Aber Hiwilani vereitelte seinen Plan, indem sie dem Zauberer drohte, *Apo Leo* bei ihm anzuwenden, das ist die Kunst, einer Person für immer die Sprache zu rauben, ohne ihr anderweitig zu schaden.

Dann fing Ahuna an, dahinzuschwinden und immer mehr wie ein Leichnam auszusehen. In seiner Verzweiflung wandte er sich an Kanau. Ich war zufällig dabei. Du hast ja bereits gehört, was für ein Mensch mein Vater war.

›Schwein!‹ nannte er Ahuna. ›Du dummes Schwein! Du stinkender Fisch. Stirb und hör endlich auf damit. Du bist ein Narr. Es ist alles Unsinn. Da steckt gar nichts dahinter. Der ewig betrunkene Haole Howard kann beweisen, daß die Missionare unrecht haben. Der billige Fusel beweist, daß auch Howard nicht recht hat. Die Ärzte sagen, er wird keine sechs Monate mehr leben. Selbst der billige Gin lügt. Auch das Leben ist ein Lügner. Und hier haben wir harte Zeiten und einen Verfall der Zuckerpreise. Meine Zuchtstuten sind vom Rotz befallen. Ich wünschte, ich könnte mich hinlegen und hundert Jahre schlafen, und wenn ich aufwachte, wäre der Zucker um hundert Punkte gestiegen.‹

Vater war selbst so etwas wie ein Philosoph, mit einem bitteren Witz und der Angewohnheit, kurze und treffende Sprüche vom Stapel zu lassen. Er klatschte in die Hände. ›Bring mir einen Highball‹, befahl er, ›nein, bring mir zwei Highballs.‹ Dann wandte er sich an Ahuna: ›Geh und stirb, alter Heide, du Überbleibsel der geistigen Finsternis, Pesthauch der Hölle, der du bist. Aber stirb nicht in diesem Haus. Ich wünsche Fröhlichkeit und Lachen und das süße Geriesel von Musik und die Schönheit jugendlicher Bewegungen, nicht das Krächzen kranker Kröten und immer noch auf wackligen Beinen um mich herumschleichender Leichname mit verdrehten Augen. Ich werde bald selbst so sein, wenn ich lange genug lebe. Und ich würde es ewig bedauern, wenn es mich zu früh dahinraffte. Weshalb, zum Teufel, habe ich nur diese letzten Zwanzigtausend in Curtis' Plantage gesteckt? Howard hat mich gewarnt, daß die Absatzkrise kommen würde, aber ich dachte, der Gin hätte ihm dieses Hirngespinst eingegeben. Und Curtis hat sich eine Kugel durch den Kopf gejagt, und sein Ober*luna* ist mit seiner Tochter durchgebrannt, der Zuckerchemiker hat Typhus, und alles bricht zusammen.‹

Er klatschte in die Hände und befahl seinen Dienern: ›Bringt mir meine Sänger herbei. Und die Hulatänzerinnen – viele. Und schickt nach dem alten Howard. Irgend jemand muß zahlen, und ich werde die sechs Monate, die er noch zu leben hat, um einen Monat verkürzen. Aber vor allem, Musik. Laßt Musik erklingen. Sie wirkt stärker als Alkohol und schneller als Opium.‹

Er mit seiner Droge Musik! Es war sein Vater, der alte Wilde, der auf einer französischen Fregatte eingeladen war und zum erstenmal ein Orchester hörte. Als das kleine Konzert vorüber war, fragte ihn der Kapitän, der wissen wollte, was ihm am besten gefallen hatte, welches Stück er noch einmal hören wollte. Nun, als Großvater mit seiner Beschreibung fertig war, was glaubst du, um welches Stück es sich da handelte?«

Ich gab mich geschlagen, während der Prinz sich noch eine Zigarette ansteckte.

»Nun, es war natürlich das erste. Nicht das erste wirkliche Stück, sondern das ihm vorausgehende Stimmen der Instrumente.«

Ich nickte amüsiert, und nachdem er nochmals einen besorgten Blick auf die alte Wahine und ihren halbfertigen Hala-Lei geworfen hatte, nahm Prinz Akuli seine Erzählung von den Gebeinen seiner Ahnen wieder auf.

»Es war etwa zu diesem Zeitpunkt, als der alte Ahuna Hiwilani gegenüber nachgab. Er gab nicht ganz nach. Er schloß mit ihr einen Vergleich. In diesem Moment komme ich ins Spiel. Wenn er ihr die Knochen ihrer Mutter und ihres Großvaters (der der Vater Kaaukuus war und der Überlieferung nach sogar noch viel größer als sein Riese von Sohn gewesen sein sollte) bringen würde, dann würde sie Ahuna den Köder aus seinem Haar zurückgeben, mit dem sie ihn zu Tode betete. Er seinerseits kam mit ihr überein, daß er ihr die geheime Begräbnisstätte all der früheren Aliis von Lakanaii nicht verraten brauchte. Doch er war zu alt, um das Abenteuer allein zu wagen, es mußte ihm jemand dabei helfen, der dadurch notgedrungen das Geheimnis erfahren würde – und dieser Jemand war ich. Ich war, neben meinem Vater und meiner Mutter, der höchste Alii, und sie standen nicht höher als ich.

So betrat ich die Szene, nachdem ich in das düstere Zimmer zu diesen beiden dubiosen Alten gerufen worden war, die sich mit den Toten beschäftigten. Was für ein Paar! – Mutter hoffnungslos fett bis zur Hilflosigkeit, Ahuna klapperdürr wie ein Skelett und ebenso zerbrechlich. Bei ihr hatte man den Eindruck, daß sie, wenn sie auf dem Rücken lag, sich nicht ohne Hilfe von Block- und Takelwerk umdrehen konnte; bei Ahuna glaubte man, daß er, dürr wie ein Zahnstocher, auseinanderbrechen würde, wenn man gegen ihn stieß.

Und als sie die Angelegenheit zur Sprache gebracht hatten, gab es weitere *Pilikia* (Schwierigkeiten). Die Haltung meines Vaters bestärkte mich in meinem Entschluß. Ich weigerte mich, auf Knochenraub auszuziehen. Ich sagte, ich mache mir nicht das geringste aus den Gebeinen all der Aliis meiner Familie und Rasse. Weißt du, ich hatte gerade Jules Verne entdeckt, den mir der alte Howard geliehen hatte, und las, bis mir der Kopf rauchte. Knochen? Wenn es Nordpole und Erdmittelpunkte und geschweifte Kometen gewesen wären, auf denen man im Weltraum zwischen den Sternen hätte umherreiten können! Natürlich wollte ich auf keine Expedition gehen, um Knochen zu holen. Ich sagte, daß mein Vater kerngesund und kräftig sei, daß er ja gehen und sich mit ihr alle Knochen, die er heimbrächte, teilen könne. Aber sie meinte, bei ihm sei das nur ein verdammtes Hobby, oder gebrauchte ähnliche, nur stärkere Ausdrücke gleichen Inhalts.

›Ich kenne ihn‹, versicherte sie mir. ›Er würde die Gebeine seiner Mutter bei einem Pferderennen oder beim Pokern verwetten.‹

Ich hielt zu Vater, was modernen Skeptizismus betraf, und gab ihr zu verstehen, daß die ganze Geschichte völliger Quatsch sei. ›Knochen?‹ sagte ich. ›Was sind schon Knochen? Selbst Feldmäuse und eklige Ratten und Küchenschaben haben Knochen, wenn auch die Schaben ihre Knochen auf der Außenseite anstatt im Fleisch mit sich herumtragen. Was den Menschen von den anderen Tieren unterscheidet‹, erklärte ich ihr, ›sind nicht die Knochen, sondern der Verstand. Also, ein Rind hat stärkere Knochen als ein Mensch, und ich habe mehr als einen Fisch gegessen, der mehr Knochen hat, während ein Wal mit seinen Knochen die ganze Schöpfung schlägt.‹

Es war eine ziemlich freimütige Sprache, wie es, wie du bereits seit langem weißt, unsere hawaiische Art ist. Im Gegenzug bedauerte sie ebenso unverblümt, daß sie mich nicht bei meiner Geburt zu Adoptiveltern gegeben hatte. Als nächstes beklagte sie, daß sie mich überhaupt je in die Welt gesetzt hatte. Und von da war es nur noch ein kleiner Schritt bis zu dem Einfall, mich mit dem *Anaana*-Zauber zu verhexen. Sie drohte mir damit, und ich tat das Tapferste, was ich je getan hatte. Der alte Howard hatte mir ein Messer mit vielen verschiedenen Klingen, Korkenziehern und allen möglichen Schikanen, einschließlich einer kleinen Schere, geschenkt. Ich begann, mir die Fingernägel zu schneiden.

›Hier‹, sagte ich, als ich ihr die abgeschnittenen Nägel in die Hand legte. ›Nur damit du siehst, was ich davon halte. Da hast du Köder und noch Ersatz dazu. Fang an und mache deinen Anaana-Zauber bei mir, wenn du kannst.‹

Ich habe gesagt, daß es tapfer war. Das war es wirklich. Ich war erst fünfzehn, und ich hatte mein ganzes Leben mitten in dieser zaubergläubigen Umgebung verbracht, während meine erst vor kurzem erworbene Skepsis kaum bis unter die Haut reichte. Ich mochte wohl im hellen Sonnenlicht ein Skeptiker sein. Aber ich fürchtete mich vor der Dunkelheit. Und in diesem dämmrigen Raum, um mich herum all die Gebeine der Toten in den großen Gefäßen, hatte mich die alte Dame wahrhaftig zu Tode erschreckt. Wie wir heute sagen, war ich auf hundertachtzig. Nur hielt ich mich tapfer und ließ mir nichts anmerken. Und ich hatte mit meinem Bluff Erfolg, denn meine Mutter warf mir die Nagelschnipsel ins Gesicht und brach in Tränen aus. Nun sind Tränen bei einer älteren, etwa zweihundertneunzig Pfund schweren Frau nicht besonders wirkungsvoll, und ich bluffte noch dreister.

Sie änderte ihre Angriffstaktik und ging dazu über, mit den Verstorbenen zu sprechen. Ach, mehr noch, sie rief sie herbei, und obwohl ich ganz darauf vorbereitet war, sie zu sehen, es aber dann doch nicht tat, erkannte Ahuna den Vater Kaaukuus in der Ecke, warf sich zu Boden und jammerte. Es half nichts; obwohl ich den alten Riesen fast vor Augen hatte, wollte er im Endeffekt doch nicht Gestalt annehmen.

›Laß ihn doch selbst reden‹, meinte ich. Aber Hiwilani fuhr fort, für ihn zu sprechen und mir sein feierliches Gebot aufzuerlegen, daß ich mit Ahuna zu der Begräbnisstätte gehen und die von meiner Mutter gewünschten Gebeine nach

Hause bringen müßte. Doch ich argumentierte: Wenn die Verstorbenen angerufen werden konnten, um Lebende langsam dahinsiechen zu lassen, und wenn die Toten sich von ihren Grabstätten in den Winkel ihres Zimmers begeben könnten, sei es nicht einzusehen, weshalb sie nicht dort in ihrem Zimmer ihre Knochen zurückließen, schon fertig zum Eintopfen, bevor sie sich verabschiedeten, um in die mittlere Welt, die Überwelt oder die Unterwelt zurückzukehren, oder wo immer sie sich sonst aufhalten mochten, wenn sie nicht gerade ihren gesellschaftlichen Verpflichtungen nachkamen.

Woraufhin Mutter auf den armen alten Ahuna losging oder vielmehr den Geist von Kaaukuus Vater auf ihn losließ, der angeblich dort in der Ecke lauerte, und Ahuna befahl, ihr die Begräbnisstätte zu verraten. Ich versuchte ihn zu unterstützen, indem ich ihm sagte, er solle den alten Geist doch das Geheimnis selbst preisgeben lassen, denn niemand würde es besser kennen als er, da er über ein Jahrhundert dort verbracht hatte. Aber Ahuna war noch vom alten Schlag. Nicht der kleinste Zweifel focht ihn an. Je mehr Angst ihm Hiwilani einjagte, um so heftiger wälzte er sich am Boden und um so lauter wehklagte er.

Doch als er dann damit begann, sich selbst zu beißen, gab ich mich geschlagen; aber davon einmal abgesehen fing ich an, ihn zu bewundern. Er war aus purem Gold, selbst wenn er ein Überrest aus der Zeit geistiger Finsternis war. Mit der grausam auf ihm lastenden Furcht vor dem Geheimnisvollen und in dem bedingungslosen Glauben an die Kraft von Hiwilanis Zauber war er hier zwischen zwei Treuepflichten hin- und hergerissen. Sie war seine lebende Alii, seine *Alii kapo*, [heilige Führerin]. Er mußte ihr ergeben sein, doch noch mehr fühlte er sich all den verstorbenen Aliis ihrer Familie verpflichtet, die ganz auf ihn angewiesen waren, damit ihre Gebeine nicht in ihrer Totenruhe gestört wurden.

Ich gab mich geschlagen. Aber auch ich stellte meine Bedingungen. Beharrlich hatte es mein Vater, ein Mann der neuen Schule, abgelehnt, mich zum Studieren nach England gehen zu lassen. Daß der Zuckerpreis verfiel, war für ihn Grund genug. Beharrlich hatte es auch meine Mutter, eine Anhängerin der alten Schule, abgelehnt, da ihr heidnischer Verstand zu unwissend war, um der Erziehung irgendeinen Wert beizumessen, während ihm doch genug Schlauheit innewohnte, um zu erkennen, daß Bildung den Glauben an alles Althergebrachte untergrub. Ich wollte lernen, wollte Wissenschaft, Kunst, Philosophie studieren, wollte alles erfahren, was der alte Howard wußte, alles, was ihn dazu befähigte, am Rand des Grabes furchtlos über den Aberglauben zu spotten und mir Jules Verne als Lektüre zu geben. Er hatte in Oxford studiert, ehe er sein wildes und stürmisches Leben begann, und er war es auch, der mir den Floh mit Oxford ins Ohr gesetzt hatte.

Am Ende hatten Ahuna und ich, die alte und die neue Schule, uns verbündet und hatten gesiegt. Mutter versprach, daß sie Vater dazu bringen würde, mich nach England zu schicken, selbst wenn sie ihn dazu zeitweilig in den Alkohol treiben müßte, was sein geliebtes Verdauungssystem durcheinanderbringen würde. Auch sollte mich Howard begleiten, so daß ich ihn würdig in England beerdigen konnte. Er war ein sonderbarer Kauz, der alte Howard, ein eigenwilliger Mensch, wie es kaum einen zweiten gab. Ich werde dir eine kleine Geschichte über ihn erzählen. Es war damals, als Kalakaua seine Reise um die Welt antrat. Du erinnerst dich, als Armstrong und Judd und der betrunkene Kammerdiener eines deutschen Barons ihn begleiteten. Kalakaua machte Howard den Vorschlag –«

Doch an dieser Stelle brach das lang gefürchtete Unheil über Prinz Akuli herein. Die alte Wahine hatte ihren Hala-Lei zu Ende geflochten. Barfuß, ohne jeden weiblichen

Schmuck, nur in ein formloses Stück verwaschener Baumwolle gewandet, mit altersverwittertem Gesicht und abgearbeiteten knotigen Händen krümmte sie sich unterwürfig vor ihm, stimmte leise ein Mele zu seinen Ehren an und legte ihm, immer noch in gebeugter Haltung, den Lei um den Hals. Es stimmte schon, die Hala roch überaus herb und stark, doch diese Geste und selbst die alte Frau besaßen für mich eine eigentümliche Schönheit. Meine Gedanken wanderten zu der Erzählung des Prinzen zurück, so daß sich mir unwillkürlich der Vergleich mit Ahuna aufdrängte.

Ach wahrhaftig, in Hawaii ein Alii zu sein, ist selbst in der zweiten Dekade des zwanzigsten Jahrhunderts keine leichte Sache. Der Alii, ganz und gar dem Neuen zugewandt, mußte sich auch gegenüber solchen völlig im Althergebrachten verhafteten Alten freundlich und hoheitsvoll verhalten. Und der Prinz ohne Königreich, seine geliebte Insel war längst von den Vereinigten Staaten annektiert und zusammen mit den übrigen hawaiischen Inseln zu einem Territorium vereint worden, dieser Prinz ließ sich den Widerwillen, den der Geruch der Hala in ihm auslöste, denn auch keineswegs anmerken. Er neigte huldvoll den Kopf, und seine königlichen, leutseligen Worte in reinem Hawaiisch würden, das wußte ich, das Herz der alten Frau bis zu ihrem Tode wärmen, wenn sie die Erinnerung an diesen wundervollen Augenblick heraufbeschwor. Die Grimasse, die er mir heimlich schnitt, hätte er nie gezogen, wenn er nicht völlig sicher gewesen wäre, daß sie der Alten entgehen würde.

»Und so«, fuhr Prinz Akuli fort, als die Wahine völlig verzückt davonwankte, »machten Ahuna und ich uns zu unserem Abenteuer als Grabräuber auf. Du kennst die Felsküste.«

Ich nickte, denn ich kannte den ungewöhnlichen Anblick dieser sich über viele Meilen der Wetterseite erstreckenden schroffen Abhänge aus Lavagestein sehr wohl, die, was Lande- und Ankerplätze anging, wirklich völlig unzugänglich waren mit ihren hohen, abweisenden und Hunderte von Metern emporragenden Steilwänden, deren Gipfel in Wolken und Regenschauer gehüllt waren und deren Sockel die Passatwogen zu weißschäumenden Wasserspeiern geformt hatten. Vom Meer bis zu den Regenwolken war die Luft von einer Myriade herabstürzender Wasserfälle durchsetzt, die Tag und Nacht im Mond- oder Sonnenschein zahllose Regenbogen hervorzauberten. Täler, die zwar als solche bezeichnet wurden, jedoch eher Spalten glichen, durchschnitten hier und da die zyklopischen Wände und führten in ein hohes und erschreckend senkrecht ansteigendes Hinterland, das größtenteils für Menschen nicht zugänglich war und nur von wilden Ziegen bevölkert wurde.

»Reichlich wenig kennst du davon«, entgegnete Prinz Akuli auf mein Nicken hin. »Du hast sie nur vom Deck eines Dampfers aus gesehen. Es gibt dort Täler, bewohnte Täler, aus denen es keinen Ausgang auf dem Landweg gibt und die nur mit dem Kanu an bestimmten Tagen während zweier Monate im Jahr zugänglich sind, wobei auch dann noch Gefahr für Leib und Leben besteht. Mit achtundzwanzig Jahren war ich einmal dort auf einem Jagdausflug. Schlechtes Wetter in der günstigen Zeit schnitt uns drei Wochen lang von der Außenwelt ab. Dann versuchten vier von meiner Gruppe und ich durch die Brandung hinauszuschwimmen. Drei von uns schafften es zu den Kanus, die auf uns warteten. Die anderen beiden wurden wieder auf den Sand zurückgeworfen, jeder mit einem gebrochenen Arm. Außer uns blieb die ganze Jagdgesellschaft danach noch zehn Monate bis zum nächsten Jahr dort. Und einer von ihnen war Wilson, von Wilson & Wall, der Zuckeragentur von Honolulu. Und er stand kurz vor seiner Heirat.

Ich habe eine Ziege, die von einem Jäger hoch über mir erlegt worden war, etwa neunhundert Meter tiefer vor meinen Füßen aufschlagen sehen. Glaube mir, in dieser ganzen Gegend schien es zehn Minuten lang Ziegen und Felsbrocken zu regnen. Ein Mann meiner Kanubesatzung stürzte auf dem Pfad zwischen den beiden kleinen Tälern Aipio und Luno ab. Er schlug zum ersten Mal sechshundert Meter unter uns auf und blieb schließlich auf einem Felsvorsprung hundert Meter weiter unten liegen. Wir haben ihn nicht begraben. Wir konnten nicht bis zu ihm hinunterklettern, und Flugzeuge waren damals noch nicht erfunden. Seine Gebeine ruhen nun dort und werden es, wenn es nicht zu einem Erdbeben oder Vulkanausbruch kommt, weiter tun, bis die Posaunen des Jüngsten Gerichtes erschallen.

Du meine Güte! Erst neulich, als unsere Werbekommission, die versucht, sich im Touristikgeschäft gegen Honolulu zu behaupten, die Ingenieure kommen ließ, um schätzen zu lassen, was es kosten würde, an der Felsküste eine landschaftlich reizvolle Straße für die Touristen zu bauen, lagen die niedrigsten Angebote bei einer Viertelmillion pro Meile.

Und Ahuna und ich, ein alter Mann und ein junger Bursche, brachen in einem mit Greisen bemannten Kanu dorthin auf! Der jüngste von ihnen, der Rudergänger, war über sechzig, während die übrigen es im Durchschnitt auf mindestens siebzig brachten. Sie waren zu acht, und wir fuhren in der Nacht los, damit uns niemand beim Ablegen beobachtete. Selbst diese Alten, auf die ihr ganzes Leben lang Verlaß gewesen war, kannten nicht mehr als den Zipfel des Geheimnisses. Und nur bis zu diesen Außenbezirken konnten sie uns bringen.

Und die Randzone war – so viel kann ich immerhin sagen – diese Randzone war Ponuloo Valley. Wir trafen am dritten darauffolgenden Nachmittag dort ein. Die alten Burschen waren keine kräftigen Ruderer. Es war eine seltsame Expedition in solche wilden Gewässer, bei der immer mal wieder einer unserer Geisterschiffsbesatzung zusammenbrach und sogar ohnmächtig wurde. Einer von ihnen starb dann tatsächlich am zweiten Morgen unserer Fahrt. Er bekam ein Seemannsgrab. Die heidnischen Zeremonien, die diese Grauköpfe beim Begräbnis ihres grauhaarigen Bruders veranstalteten, waren wirklich unheimlich. Und ich war erst fünfzehn und ihr Alii Kapo durch heidnisches Geblüt und das Recht erblicher heidnischer Herrschaft, ich hatte eine Vorliebe für Jules Verne und stand kurz vor meiner Abreise nach England, um dort zu studieren! Auf diese Weise lernt man. Kein Wunder, daß mein Vater ein Philosoph war, da seine eigene Lebenszeit die Menschheitsgeschichte vom Stadium des Menschenopfers und der Götzenverehrung über das der Hochreligionen bis hin zur Medusa des krassen Atheismus umspannte. Kein Wunder, daß ihm wie dem alten Prediger Salomo alle Dinge eitel schienen und er Ablenkung bei Zukkeraktien, Sängern und Hulatänzerinnen fand.«

Prinz Akuli sann einen Augenblick nach.

»Ach ja«, seufzte er, »ich habe selbst einige Zeitsprünge hinter mir.« Er rümpfte wegen des Geruchs, den der Hala-Lei verströmte und der ihn fast erstickte, angewidert die Nase. »Er stinkt nach den alten Zeiten«, kommentierte er. »Ich stinke nach der neuen Zeit. Mein Vater hatte recht. Das Süßeste von allem ist der um hundert Punkte gestiegene Zucker oder vier Asse beim Pokern. Wenn der Weltkrieg noch ein Jahr dauert, werde ich eine dreiviertel Million oder mehr einstreichen. Wenn morgen der Frieden ausbricht und die Preise entsprechend fallen, könnte ich hundert aufzählen, die meine direkte Unterstützung verlieren werden und in die Heime für alte Eingeborene gehen müssen, die mein Vater und ich schon seit langem für sie eingerichtet haben.«

Er klatschte in die Hände, und die alte Wahine beeilte sich herbeizuwanken, aufgeregt bemüht, ihm zu Diensten zu sein. Sie verbeugte sich vor ihm, als er einen Block Papier und einen Stift aus seiner Brusttasche zog.

»Jeden Monat, alte Frau unserer alten Rasse«, wandte er sich an sie, »wirst du durch freie Landpostzustellung ein Stück beschriebenes Papier erhalten, das du überall und bei jedem Ladenbesitzer gegen zehn Dollar in Gold eintauschen kannst. Das sollst du bekommen, solange du lebst. Schau! Ich mache die Eintragung hier und jetzt, mit diesem Stift auf diesem Papier. Und das tue ich, weil du von meiner Rasse bist und in meinem Dienst stehst und weil du mich an diesem Tag mit deinen Matten, auf denen wir sitzen konnten, und deinem dreifach gesegneten und dreifach köstlichen Lei-Hala geehrt hast.«

Er warf mir einen gequälten und skeptischen Blick zu und meinte:

»Und wenn ich morgen sterbe, werden die Anwälte nicht nur gegen die Aufteilung meines Eigentums gerichtlich vorgehen, sondern sie werden auch meine Stiftungen und meine Renten, die ich gewährt habe, und die Klarheit meines Verstandes anfechten.

Es war das richtige Wetter für die Jahreszeit; doch selbst dabei wagten wir es nicht, mit unseren schwachen Alten am Ruder zu landen, ehe sich nicht die halbe Bevölkerung von Ponuloo Valley unten an dem steilen kleinen Strand versammelt hatte. Dann beobachteten wir die Wellen, wählten die beste aus und ließen uns von ihr an den Strand tragen. Natürlich schlug das Kanu voll, und der Ausleger wurde zertrümmert, aber die Leute an der Küste zogen uns unverletzt aus der Brandung.

Ahuna gab seine Anweisungen. Nachts mußten alle in ihren Häusern bleiben und die Hunde angeleint und ihre Schnauzen zugebunden werden, damit sie nicht bellen konnten. Und während der Nacht machten Ahuna und ich uns heimlich auf den Weg, so daß niemand wußte, ob wir nach rechts oder links oder das Tal hinauf bis zum Ende gegangen waren. Wir hatten Dörrfleisch, hartes Poi und getrockneten

Aku bei uns, und von der Proviantmenge her wußte ich, daß wir mehrere Tage unterwegs sein würden. Was für ein Pfad! Eine Jakobsleiter zum Himmel, wahrhaftig, denn diese erste Pali, die fast senkrecht aufstieg, ragte neunhundert Meter über dem Meer empor, und wir erkletterten sie im Dunkeln!

Oben angelangt, außer Sichtweite des Tales, das wir hinter uns gelassen haben, schliefen wir bis zum Morgengrauen auf dem harten Fels in einer Nische, die Ahuna kannte und die so schmal war, daß wir ganz eingezwängt waren. Aus Furcht, daß ich mich im unruhigen Schlaf der Jugend zu heftig bewegen könnte, hatte der Alte seinen Arm um mich gelegt und sich auf der Außenseite ausgestreckt. Bei Tagesanbruch sah ich, weshalb. Zwischen uns und dem Klippenrand war weniger als ein Meter Platz. Ich kroch zur Kante und schaute hinunter, beobachtete, wie der Abgrund mit zunehmender Helligkeit immer bodenloser wurde, und zitterte aus Angst vor der Höhe, die mich überkam. Schließlich konnte ich die See erkennen, die über neunhundert Meter tief direkt unter uns lag. Und wir hatten das alles im Dunkeln bewältigt!

Unten im nächsten Tal, das sehr winzig war, fanden wir Spuren einer früheren Besiedlung, aber es waren keine Menschen mehr da. Abenteuerliche Fußpfade, die die schwindelerregenden Talwände hinauf- und hinunterführten, bilden die einzige Verbindung. Aber so mager und alt Ahuna auch war, er schien keine Erschöpfung zu kennen. Im zweiten Tal lebte ein alter Aussätziger, der sich hier versteckte. Er kannte mich nicht, und als Ahuna ihm erzählte, wer ich war, warf er sich mir zu Füßen, umklammerte sie fast und murmelte mit seinem lippenlosen Mund ein Mele über meine ganze Ahnenreihe.

Das nächste Tal erwies sich als *das* Tal. Es war lang und so eng, daß sein Boden nicht Raum für genügend Ackerland hatte, um Taro für eine einzige Person anzubauen. Es besaß auch keinen Strand, da der Wasserlauf, der sich hindurchschlängelte, eine mehrere hundert Meter hohe *Pali* hinunter ins Meer stürzte. Es war ein gottverlassener Ort voll nackter ausgewaschener Lava, auf der die Vegetation nur sehr selten Fuß fassen konnte. Kilometerweit folgten wir diesem sich windenden Spalt durch hoch aufgetürmte Wände hindurch, weit in das Gewirr des Hinterlandes hinein, das jenseits der Felsenküste liegt. Wie weit das Tal hineinreichte, weiß ich nicht, doch nach der Wassermenge des Baches zu urteilen, mußte es ein ordentliches Stück sein. Wir gingen nicht bis zum Ende des Tales. Ich konnte sehen, wie Ahuna all die Gipfel beäugte, und wußte, daß er nach natürlichen Orientierungspunkten Ausschau hielt, die nur ihm allein bekannt waren. Als wir endlich anhielten, geschah das mit abrupter Sicherheit. Seine Markierungslinien hatten sich gekreuzt. Er warf den Essensvorrat und die Kleidungsstücke, die er geschleppt hatte, zu Boden. Das war die Stelle. Ich sah nach beiden Seiten auf die harten, abweisenden Felswände ohne jede Vegetation und konnte mir in so einem nackten Steingrund keine Grabstätte vorstellen.

Wir aßen, dann zogen wir uns für unsere Aufgabe aus. Ahuna erlaubte mir nur, meine Schuhe anzubehalten. Er stand neben mir im gleichen Aufzug und ungeheuer dürr am Rand eines tiefen Beckens.

›Du wirst jetzt an dieser Stelle in das Bassin hinuntertauchen‹, sagte er. ›Suche die Auffaltung mit den Händen ab, wenn du hinuntertauchst, und in etwa eineinhalb Faden Tiefe wirst du ein Loch finden. Schlüpf mit dem Kopf voran hinein, aber langsam, denn die Lava ist scharf und du kannst dir Kopf und Körper daran aufschlitzen!‹

›Und dann?‹ wollte ich wissen. ›Du wirst feststellen, daß das Loch größer wird‹, lautete seine Antwort. ›Wenn du acht Faden weit durch den Gang geschwommen bist, tauchst du langsam auf, bis du merkst, daß dein Kopf in der Luft ist, über Wasser, im Dunkeln. Warte dort auf mich. Das Wasser ist sehr kalt.‹

Es hörte sich für meine Begriffe alles nicht sehr gut an. Ich dachte dabei gar nicht an das kalte Wasser und die Dunkelheit, sondern an die Knochen. ›Geh du zuerst‹, schlug ich vor. Aber er meinte, das ginge nicht. ›Du bist mein Alii, mein Prinz‹, sagte er. ›Es ist unmöglich, daß ich vor dir die geheiligte Grabstätte deiner königlichen Ahnen betrete.‹

Doch die Vorstellung gefiel mir nicht. ›Laß doch das Prinz-Getue‹, sagte ich ihm. ›So weit her ist es damit auch nicht. Du gehst voran, und ich werde dich niemals verraten.‹ ›Nicht nur die Lebenden müssen wir zufriedenstellen‹, mahnte er, ›sondern noch viel mehr die Verstorbenen. Auch können wir die Toten nicht belügen.‹

Wir verhandelten hin und her, und eine halbe Stunde lang befanden wir uns an einem toten Punkt. Ich wollte nicht, und er konnte einfach nicht. Er versuchte, mich umzustimmen, indem er an meinen Stolz appellierte. Er sang mir die Heldentaten meiner Ahnen vor, und, daran erinnere ich mich besonders gut, er sang von Mokomoku, meinem Urgroßvater, dem riesenhaften Vater des riesigen Kaaukuu, erzählte, wie Mokomoku in der Schlacht dreimal mitten unter seine Feinde sprang, mit jeder Hand einen Krieger beim Genick packte und ihre Köpfe gegeneinanderschlug, bis sie tot waren. Aber nicht das stimmte mich um. Mir tat der alte Ahuna wirklich leid, er war so außer sich vor Angst, daß die Expedition scheitern könnte. Und ich bewunderte den alten Burschen immer mehr, nicht zuletzt auch deswegen, weil er sich zum Schlafen zwischen mich und den Rand des Kliffs gelegt hatte.

So sagte ich mit der echten Befehlsgewalt eines Alii: ›Du wirst mir sofort folgen!‹ und sprang. Alles war so, wie er es gesagt hatte. Ich fand den Eingang zu dem unterirdischen Gang, schwamm vorsichtig hindurch, schnitt mir einmal die

Schulter an dem scharfen Lavagestein des Gewölbes auf und tauchte in der Dunkelheit wieder auf. Doch ehe ich bis dreißig zählen konnte, kam er neben mir an die Oberfläche, legte seine Hand auf meinen Arm, um sich zu vergewissern, daß ich da sei, und wies mich an, etwa dreißig Meter weit vor ihm herzuschwimmen. Dann bekamen wir Grund unter die Füße und kletterten hinaus auf die Felsen. Und immer noch kein Licht, und ich erinnere mich, heilfroh gewesen zu sein, daß wir uns in zu großer Höhe für Tausendfüßler befanden.

Er hatte eine fest verschlossene Kokosnußkalebasse mit Walfischtran mitgebracht, der wohl vor dreißig Jahren am Strand von Lahaina ausgeladen worden war. Aus seinem Mund nahm er ein wasserdichtes Behältnis für Streichhölzer, das aus zwei leeren, genau ineinander passenden Gewehrpatronen bestand. Er zündete den Docht an, der auf dem Öl schwamm, und ich sah mich um und war enttäuscht. Es war keine Grabkammer, sondern nichts anderes als eine Lavaröhre, wie man sie überall auf den Inseln antrifft.

Er drückte mir die Kalebasse mit dem Licht in die Hand und schickte mich vor auf den Weg, der, wie er mir versicherte, lang, aber nicht zu lang sein würde. Er war lang, mindestens eineinhalb Kilometer lang, wenn ich es nüchtern beurteile, obwohl er mir damals wie acht Kilometer vorkam, und er stieg steil an. Als mich Ahuna schließlich anhalten ließ, wußte ich, daß wir bald am Ziel sein würden. Er kniete mit seinen mageren, alten Gliedern auf dem scharfen Lavagestein und umklammerte mit seinen dürren Armen meine Knie. Meine freie Hand legte er auf seinen Kopf. Er sang mir mit seiner alten, gebrochenen und zitternden Stimme die Verse über meinen Stammbaum und meine ganz besonders hohe Alii-Würde vor. Und dann sagte er:

›Erzähle weder Kanau noch Hiwilani etwas von dem, was du nun zu sehen bekommst. Kanau ist nichts heilig. Er hat nur Zucker und Pferdezucht im Kopf. Ich weiß, daß er einen

Federumhang, den sein Großvater getragen hatte, für achttausend Dollar an diesen englischen Sammler verkaufte, und am nächsten Tag verlor er das Geld bei Wetten auf den Ausgang des Polospiels zwischen Maui und Oahu. Hiwilani, deine Mutter, ist voller Heiligkeit. Und sie hat zuviel davon. Sie wird alt und wirr im Kopf und ist der Zauberei verfallen.‹

›Nein‹, gab ich zur Antwort. ›Ich werde niemandem etwas sagen. Wenn ich es tun würde, dann müßte ich noch einmal hierherkommen. Und ich will nie wieder an diesen Ort zurückkehren. Ich will alles einmal probieren. Aber das hier werde ich kein zweites Mal versuchen.‹

›Es ist gut‹, meinte er und erhob sich, blieb aber etwas zurück, um mir den Vortritt zu überlassen. Er sagte auch: ›Deine Mutter ist alt. Ich werde ihr, wie versprochen, die Gebeine ihrer Mutter und ihres Großvaters bringen. Das wird sie zufriedenstellen, bis sie stirbt; falls ich vor ihr sterbe, mußt du dann dafür sorgen, daß alle Knochen ihrer Familiensammlung in das königliche Mausoleum gebracht werden.‹

Ich habe mir mal alle Museen auf den Inseln vorgeknöpft«, Prinz Akuli verfiel wieder in Slang, »und ich muß sagen, daß alle diese Sammlungen miteinander nicht an das herankommen, was ich in unserer Grabhöhle von Lakanaii gesehen habe. Bedenk nur, und das ist geschichtlich fundiert, daß wir den edelsten und ältesten Stammbaum der Inseln haben. Alles, von dem ich je geträumt oder gehört hatte, und noch viel mehr, war vorhanden. Es war ein wunderbarer Ort. Ahuna, der feierlich Gebete und Meles murmelte, ging umher und zündete verschiedene, mit Walfischtran gefüllte Kalebassenlampen an. Alle waren sie dort versammelt, die ganze hawaiische Rasse vom Urbeginn der Zeit an. Knochenbündel um Knochenbündel, alle fein säuberlich in Tapa eingewickelt, so daß es für die Nachwelt wie die Paketausgabe eines Postamtes aussah.

Und all die anderen Dinge! Kahilis, die sich, wie du

vielleicht weißt, aus Fliegenwedeln zu Symbolen der Königswürde entwickelt haben, bis sie schließlich größer als die Federbüsche an den Leichenwagen waren, mit Stielen von eineinhalb bis über dreieinhalb Meter Länge. Und was für Stiele! Aus dem Holz der *Kauila*, mit Einlegearbeiten aus Muscheln, Elfenbein und Bein und mit einer Kunstfertigkeit verziert, die bei unseren Handwerkern schon seit einem Jahrhundert ausgestorben ist. Es war wie ein jahrhundertealter Familiendachboden. Zum erstenmal sah ich Dinge, von denen ich nur gehört hatte, wie etwa die *Pahoas*, gefertigt aus Walfischzähnen und an geflochtenem menschlichen Haar aufgehängt, die nur von den höchsten Würdenträgern angelegt werden durften.

Da gab es die seltensten und ältesten Tapas und Matten, Umhänge und Leis, und Helme und Mäntel, alle von unschätzbarem Wert, und daneben noch die uralten Mäntel aus den Federn des *Mamo*, des *Iiwi*, des *Akakane* und des *O-o*. Ich sah einen der Mamo-Mäntel, der schöner war als das hervorragendste Exemplar im Bishop-Museum in Honolulu, das sie auf eine halbe bis eine Million Dollar schätzen. Du meine Güte, ich dachte damals, wie gut, daß Kanau nichts davon wußte.

So ein Durcheinander! Geschnitzte Gurden und Kalebassen, Muschelschaber, Netze aus *Olona*-Fasern, ein Berg von *Ie-Ie*-Körben und Angelhaken aus jeder Art von Knochen neben aus Muscheln gefertigten Blinkern. Musikinstrumente aus vergessenen Tagen – *Ukekes* und Nasenflöten, und *Kiokios*, die ebenfalls mit einem zugestopften Nasenloch gespielt wurden. Tabu-Poischüsseln und Fingerschalen, linkshändige Äxte der Kanugötter, Lampenschalen aus ausgehöhlter Lava, Steinmörser und Stößel und Poi-Stampfer. Und noch mehr Äxte, eine Unzahl von Äxten, schöne Exemplare mit einem Gewicht von dreißig Gramm aufwärts für die feineren kultischen Schnitzereien bis hin zu Vierzehnpfündern zum Bäumefällen, und alle mit den herrlichsten Griffen, die ich je gesehen habe.

Da waren auch *Kaekeekes* – du weißt schon, unsere alten Trommeln, ausgehöhlte Stammabschnitte von Kokospalmen, auf einer Seite mit Haifischhaut bespannt. Den ersten Kaekeeke ganz Hawaiis zeigte mir Ahuna und erzählte mir seine Geschichte. Er war offensichtlich sehr, sehr alt. Ahuna hatte Angst, ihn zu berühren, da er fürchtete, das altersmorsche Holz mit den immer noch daranhängenden Haifischhautfetzen würde unter seinen Händen zu Staub zerfallen. ›Das ist der allerälteste, der Vater aller unserer Kaekeekes‹, berichtete mir Ahuna. ›Kila, der Sohn Moikehas, brachte ihn aus Raiatea im Südpazifik mit. Und Kilas eigener Sohn, Kahai, war es, der die gleiche Reise unternahm, zehn Jahre lang unterwegs war und von Tahiti die ersten Brotfruchtbäume einführte, die auf hawaiischem Boden keimten und wuchsen.‹

Und Knochen über Knochen! Aufgereiht wie in der Paketausgabe eines Postamtes! Neben den kleinen Bündeln mit den langen Knochen gab es ganze, mit Tapa umwickelte Skelette, die in Einer-, Zweier- oder Dreierkanus aus kostbarem *Koa*-Holz lagen, mit geschwungenen Auslegern aus *Wiliwili*-Holz und eigentümlichen Paddeln, die mit dem *Io*-Fortsatz am Ende zu bedienen waren, der die Fortsetzung des Griffes nachahmte, wie ein Fleischspieß längs durch die flache Ruderblattseite gesteckt. Und ihre Waffen waren neben den leblosen Knochen, die sie einst geführt hatten, abgelegt – rostige alte Sattelpistolen, kurze Derringer-Pistolen, Revolver-Vorläufer, fünfläufige Gewehrkonstruktionen, lange Kentucky-Büchsen, im Tauschhandel von der John Company und Hudson's Bay erworbene Musketen, Schwerter aus Haifischzähnen, hölzerne Dolche, Pfeile mit Spitzen aus Fischbein, aus Schweine- und Menschenknochen und Speere und Pfeile mit feuergehärteten Holzspitzen.

Ahuna gab mir einen Speer in die Hand, dessen gut geschärfte Spitze aus dem langen Schienbein eines Mannes gefertigt war, und erzählte mir seine Geschichte. Doch zuvor wickelte er die langen Knochen, Arme und Beine, aus zwei Paketen aus, die unter der Umhüllung ordentlich wie ein Reisigbündel zusammengeschnürt waren. ›Das hier‹, sagte Ahuna und zeigte den erbärmlichen weißen Inhalt eines Päckchens, ›ist Laulani. Sie war die Frau Akaikos, dessen Gebeine, die jetzt in deiner Hand liegen – sie sind viel größer und männlicher, wie du feststellen kannst – vor dreihundert Jahren das Fleisch eines zweihundertsiebzig Pfund schweren und zwei Meter fünfzehn großen Mannes stützten. Und diese Speerspitze ist aus dem Schienbein Keolas gearbeitet, seinerzeit ein großer Ringer und Läufer. Und er liebte Laulani, und sie floh mit ihm. Doch in einer längst vergessenen Schlacht auf dem Sandstrand von Kalini durchbrach Akaiko die feindlichen Reihen, führte den Sturmangriff an und packte Keola, den Liebhaber seiner Frau, warf ihn zu Boden und schnitt ihm mit einem Messer aus Haifischzahn die Kehle durch. Auf diese Weise kämpften schon in alten Zeiten Männer um eine Frau. Und Laulani war so schön, daß Keola um ihretwillen zu einer Speerspitze verarbeitet werden sollte! Sie war gebaut wie eine Königin, ihr Körper ein einziges Gefäß der Anmut und des Liebreizes, und ihre Finger waren schon an der Mutterbrust mit *Lomi*-Massage in ihre grazile Form gebracht worden. Über zehn Generationen hinweg haben wir uns an ihre Schönheit erinnert. Die Sänger deines Vaters besingen sie heute noch in dem nach ihr benannten Hula. Das ist Laulani, die du in deinen Händen hältst.‹

Und als Ahuna geendet hatte, konnte ich gleichzeitig ernüchtert und befeuert von meiner Einbildungskraft auf die damalige Zeit blicken. Der alten Trunkenbold Howard hatte mir Tennyson geliehen, und ich hatte oft und lang über den ›Idylls of the King‹ gebrütet. Hier waren die drei, dachte ich –

Arthur, Lancelot und Guinevere. Das also, überlegte ich, war bei all dem herausgekommen, war das Endergebnis des Lebens und Kampfes, der Anstrengung und Liebe – daß die erschöpften Geister dieser längst Verstorbenen von einer fetten alten Frau und nichtswürdigen Zauberern angerufen, ihre Gebeine von Sammlern begehrt und bei Pferderennen und für eine Hand voller Asse verwettet oder zu Geld gemacht und in Zuckeraktien angelegt werden.

Für mich war es eine Erleuchtung. Ich lernte dort in der Grabhöhle die Lektion meines Lebens. Und zu Ahuna sagte ich: ›Den Speer mit der Spitze aus Keonas langem Knochen werde ich mir mitnehmen. Niemals werde ich ihn verkaufen. Ich werde ihn immer behalten.‹

›Und wozu‹? fragte er. Und ich entgegnete: ›Damit sein Anblick mir einen klaren Kopf macht und ich mit beiden Beinen auf der Erde bleibe. Damit ich begreife, daß nur von den großen Ausnahmen drei Jahrhunderte nach ihrem Tod genug für eine Speerspitze übrigbleibt.‹

Und Ahuna neigte sein Haupt und pries die Weisheit meines Urteils. Doch in diesem Augenblick riß die längst brüchige Olona-Schnur, und die bedauernswerten Frauenknochen Laulanis entglitten meinen Händen und fielen klappernd auf den felsigen Boden. Ein Schienbein, das irgendwie abgelenkt worden war, kullerte unter den dunklen Schlagschatten eines Kanubugs, und ich beschloß, daß es mir gehören sollte. So beeilte ich mich, Ahuna beim Aufklauben und Zusammenbinden der Knochen zu helfen, damit er sein Fehlen nicht bemerkte.

›Das hier‹, sagte Ahuna und stellte mir einen anderen meiner Ahnen vor, ›ist dein Urgroßvater Mokomoku, der Vater Kaaukuus. Schau dir nur an, wie groß seine Knochen sind. Er war ein Riese. Ich werde ihn tragen, denn mit dem langen Speer Keolas würde das für dich schwierig werden. Und das ist Lelemahoa, deine Großmutter, die Mutter deiner

Mutter, die du tragen wirst. Der Tag neigt sich, und wir müssen erst noch durch das Wasser nach oben zum Licht schwimmen, bevor die Finsternis die Sonne verschluckt!‹

Aber Ahuna, der die verschiedenen Lichtkalebassen auslöschte, indem er die Dochte im Walfischtran ertränkte, sah mich nicht, wie ich Laulanis Schienbein zu den Knochen meiner Großmutter legte.«

Das Hupen des Autmobils, das von Olokona heraufgeschickt worden war, um uns abzuholen, unterbrach die Erzählung des Prinzen. Wir verabschiedeten uns von der alten, jetzt mit einer Leibrente ausgestatteten Wahine und fuhren los. Nach einer halben Meile Fahrt nahm Prinz Akuli seine Erzählung wieder auf:

»Und so kehrten Ahuna und ich zu Hiwilani zurück, und zu ihrer großen Zufriedenheit, die bis zu ihrem Tod im folgenden Jahr anhielt, ruhten nun noch zwei weitere ihrer Vorfahren in ihrer Nähe in den Krügen ihres dämmrigen Zimmers. Sie hielt sich auch an unsere Abmachung und setzte meinem Vater so lange zu, bis er mich nach England schickte. Ich nahm den alten Howard mit, und er blühte wieder auf und strafte die Ärzte Lügen, so daß ich ihn erst drei Jahre später, nachdem er in den Schoß seiner Familie zurückgekehrt war, beerdigen mußte. Manchmal glaube ich, daß er der klügste Mensch war, den ich je kennengelernt habe. Ahuna, der letzte Hüter unserer Alii Geheimnisse, starb nach meiner Rückkehr aus England. Und an seinem Totenbett mußte ich ihm noch einmal versprechen, niemals die Stelle in diesem namenlosen Tal zu verraten und auch selbst nie dorthin zurückzukehren.

Manches andere, was ich zu erwähnen vergessen habe, sah ich jenes eine Mal in der Höhle. Da waren die Gebeine von Kumi, beinahe ein Halbgott, der Sohn Tui Manuas von Samoa, der vor langer, langer Zeit in meine Familie einheiratete und meinen Stammbaum durch seine Verwandtschaft mit dem Himmel veredelte. Und die Gebeine meiner Urgroßmutter, die in dem vierpfostigen Himmelbett, dem Geschenk Lord Byrons, geschlafen hatte. Und Ahuna deutete an, daß nach der Überlieferung dieses Geschenk seinen guten Grund gehabt hatte, ebenso wie das historisch belegte lange Verweilen der *Blonde* in Olokona. Und ich hielt ihre armen Knochen in meinen Händen – Knochen, die einst von sinnlicher Schönheit umhüllt waren, von Lebendigkeit und Geist durchdrungen, erfüllt mit Liebe und der liebevollen Wärme von Umarmungen, ineinander versunkenen Blicken und endlosen Küssen, die mich am Ende der ungeborenen Generationen hervorbrachten. Es war eine gute Erfahrung. Ich bin ein moderner Mensch, das stimmt. Ich glaube nicht an diesen Zauberkram von früher, und auch nicht an die Kahunas. Und doch sah ich in jener Höhle Dinge, die ich dir nicht zu nennen wage und die ich, seit der alte Ahuna starb, als einziger unter den Lebenden weiß. Ich habe keine Kinder. Mit mir endet eine lange Ahnenreihe. Wir leben im zwanzigsten Jahrhundert, und wir stinken nach Benzin. Dennoch werden diese anderen, ungenannten Dinge mit mir sterben. Ich werde die Begräbnisstätte niemals wieder aufsuchen. Noch wird irgendein Mensch sie in Zukunft erblicken, wenn nicht ein Erdbeben die Berge auseinandersprengt und die in ihrem Innersten verwahrten Geheimnisse ausspeit.«

Prinz Akuli verfiel in Schweigen. Mit sichtbarer Erleichterung entfernte er den Hala Lei von seinem Hals, und mit gerümpfter Nase und einem Seufzer ließ er ihn im dichten Lantanengebüsch neben der Straße verschwinden.

»Aber was ist mit dem Schienbein Laulanis?« fragte ich leise.

Er blieb stumm, während das Weideland an uns vorbeiflog und nach einer Meile in eine Zuckerrohrplantage überging.

»Ich habe es noch«, erwiderte er schließlich. »Und daneben liegt Keola, vor der Zeit erschlagen und zu einer Speerspitze verarbeitet aus Liebe zu der Frau, deren Schienbein nun neben seinem ruht. Ihnen, diesen beiden armseligen Knochen, schulde ich unendlichen Dank. In der Zeit, als ich zum Mann heranreifte, war ich von ihnen wie besessen. Ich weiß, daß sie den gesamten Verlauf meines Lebens und meine Denkrichtung änderten. Sie verhalfen mir zu Bescheidenheit und Demut in der Welt, und das Vermögen meines Vaters vermochte es nie, mich davon abzubringen.

Und oft, wenn eine Frau nahe daran war, meinen Verstand zu entmachten, suchte ich Laulanis Schienbein hervor. Und oft, wenn mich männliche Lebenslust in den Übermut und die Begehrlichkeit trieb, ging ich mit der Speerspitze, dem Überrest Keolas, zu Rate, der einst ein so schneller Läufer, ein so großer Ringer und Liebhaber und ein Dieb der Frau eines Königs gewesen war. Die nachdenkliche Betrachtung dieser beiden Knochen war stets eine große Hilfe für mich, und man könnte wohl sagen, daß ich meine Religion oder meine Lebensweise auf sie gegründet habe.“

DIE STERBLICHEN ÜBERRESTE KAHEKILIS

Über die hohen Koolau-Berge hinweg hatten sich ein paar Ausläufer des Passats verirrt, bewegten leicht die starren Bananenblätter, rauschten in den Palmen und brachten das zartblättrige Laub der Algoraba-Bäume zum Wispern. Nur in Abständen atmete die Natur so auf, denn ein Atmen war es, das Seufzen eines trägen hawaiischen Nachmittags. In den Pausen zwischen den sanften Atemzügen wurde die Luft schwer und würzig von dem Duft der Blumen und den Ausdünstungen der fetten, lebendigen Erde.

In der Nähe des niedrigen, bungalowartigen Hauses hielten sich viele Menschen auf, aber nur ein einziger schlief. Die übrigen schlichen auf Zehenspitzen umher und waren mucksmäuschenstill. Hinter dem Haus ließ ein kleines Kind ein dünnes, klägliches Wimmern hören, das selbst die hastig dargereichte Brust nicht zu beschwichtigen vermochte. Die Mutter, eine schlanke *Hapa-Haole* [Halbblut] im lose fallenden Holoku aus weißem Musselin eilte unter den Bananenstauden und Papaya-Bäumen davon, um das weinende Kind außer Hörweite zu bringen. Andere Frauen, Hapa-Haoles und reinrassige Eingeborene, sahen ihr besorgt nach, als sie das Weite suchte.

Vor dem Haus saßen zwanzig Hawaiianer im Gras. Allesamt kräftige Männer, muskulös und breitschultrig. Braunhäutig, mit leuchtenden braunen und schwarzen Augen, offenen und ebenmäßigen Zügen sahen sie ganz so aus, als seien sie ebenso freundlich, heiter und sanftmütig wie das Klima. Zu all dem schien ihre wilde Aufmachung im Widerspruch zu stehen. Aus ihren klobigen Ledergamaschen ragten die Griffe langer Messer. An den Hacken trugen sie großrädrige spanische Sporen. Wie eine Bande von Straßenräubern hätten sie ausgesehen, wären da nicht die Blumenkränze und die duftenden *Maile* gewesen, die ihre breitkrempigen Hüte krönten und so gar nicht zu dem übrigen Bild passen wollten. Einer von ihnen, der die köstliche, spitzbübische Schönheit eines Fauns und ebensolche Augen besaß, hatte sich eine flammendrote gefüllte Hibiskusblüte kokett hinters Ohr gesteckt. Eine *Poinciana regia,* die über ihren Köpfen wuchs, bot mit ihrem weitausladenden, schattenspendenden Baldachin – einem Flammenmeer scharlachroter Blüten, aus denen kleine Quasten gefiederter Staubfäden hingen – Schutz vor der Sonne. Von weit her und durch die Entfernung gedämpft, drang das schwache Stampfen ihrer angeleinten Pferde herüber. Aller Augen waren gespannt auf den einsamen Schläfer gerichtet, der etwa dreißig Meter entfernt unter den Johannisbrotbäumen rücklings auf einer *Lauhala*-Matte lag.

Waren die hawaiischen Cowboys schon groß, so übertraf der Schläfer sie noch. Auch war er, wie sein schneeweißes Haar und sein Bart bezeugten, viel älter als sie. Der Umfang seiner Handgelenke und die kräftigen, langen Finger ließen seine mächtige Gestalt ahnen, die unter den weiten Kattunhosen und dem offenen, knopflosen Hemd verborgen war, das einen Brustkasten freigab, dessen dichtes Haarkleid ebenso weiß wie das Kopf- und Barthaar des Mannes war. Die Tiefe und Breite dieses Brustkorbes, seine Spannkraft und die jetzt gelösten, gut entwickelten Muskeln zeugten von der knorrigen Kraft, die immer noch in ihm steckte. Im übrigen konnte auch keine Sonnenbräune und Wettergegerbtheit verbergen, was seine Haut verriet, daß er durch und durch Haole – ein Weißer – war.

Er lag auf dem Rücken, und mit jedem Atemzug hob und senkte sich sein langer weißer, von keinem Barbier gestutzter, himmelwärts ragender Bart, während sich die weißen Schnurrbarthaare wie die Borsten eines Stachelschweins beim Ausatmen rhythmisch sträubten und bei jedem Luftholen wieder anlegten. Ein junges, vierzehnjähriges, nur mit einem einfachen langen Hemd oder *Muumuu* bekleidetes Mädchen, eine Enkelin des Schläfers, kauerte neben ihm und verscheuchte mit einem Federwedel die Fliegen. Ihr Gesichtsausdruck verriet Besorgtheit, Nervosität und Ehrfurcht, als diene sie einem Gott.

Und wirklich war Hardman Pool, der schnauzbärtige Schläfer, für sie, wie auch für viele andere, ein Gott, eine Quelle des Lebens, eine Quelle der Nahrung und ein Born der Weisheit, ein Gesetzgeber, freundlicher Wohltäter, aber auch die Düsternis von Donner und Strafe – kurz, ein Gebieter, dessen Zeugungskraft vierzehn erwachsene Söhne und Töchter, sechs Urenkel und mehr Enkel, als er in seinen lichtesten Momenten aufzählen konnte, unter Beweis stellten.

Vor einundfünfzig Jahren war er mit einem offenen Boot in Laupahoehoe an der Luvküste Hawaiis gelandet. Das Boot war alles, was von dem Walfänger *Black Prince* aus New Bedford übriggeblieben war. Er selbst stammte aus New Bedford, war zwanzig Jahre alt und hatte, dank seiner Energie und Geschicklichkeit, als zweiter Steuermann auf dem untergegangenen Walfänger Dienst getan. Als er nach Honolulu kam und sich nach einer neuen Tätigkeit umsah, hatte er zuerst Kalama Kamaiopili geheiratet, dann als Lotse im Hafen von Honolulu gearbeitet, später eine Kneipe und ein Gästehaus eröffnet und sich schließlich, nach dem Tod von Kalamas Vater, auf dem ausgedehnten Weideland, das sie geerbt hatte, auf die Viehzucht verlegt.

Mehr als ein halbes Jahrhundert hatte er unter den Hawaiianern gelebt, und jeder gestand ihm zu, daß er ihre Sprache besser kannte als die meisten von ihnen selbst. Durch seine Ehe mit Kalama hatte er nicht nur ihren Grundbesitz, sondern auch ihren Häuptlingsrang erheiratet, und die Lehenstreue, zu der ihr das Volk kraft ihrer Abstammung verpflichtet war, wurde auch ihm erwiesen. Dazu kam, daß er selbst alle natürlichen Attribute eines Häuptlings besaß: die hünenhafte Gestalt, die Furchtlosigkeit, den Stolz und das hitzige Naturell, das keine Unverschämtheit, keine Beleidigung duldete, das selbst von der höchsten Machtentfaltung, die auf zwei Beinen daherkam, nicht eingeschüchtert werden konnte und das sich geringere Menschen nicht etwa durch irgendwelche unwürdigen Macht- oder Geldmittel, sondern durch eine leutselige Freigebigkeit verpflichten konnte, auf die auch ohne große Worte Verlaß war. Er kannte seine Hawaiianer in- und auswendig, kannte sie besser, als sie sich selbst – ihre polynesische Weitschweifigkeit, ihr redliches Wesen, ihre Gebräuche und ihre Geheimnisse.

Und mit einundsiebzig lag er jetzt, nach einem ausgedehnten Morgenritt über das Weidegebiet, zu dem er um vier Uhr aufgebrochen war, unter den Johannisbrotbäumen und hielt seine gewohnte Siesta, die kein Untergebener zu stören wagte oder einem Standesgenossen des großen alten Mannes zu stören gestattet hätte. Nur dem König war ein solches Recht eingeräumt, doch auch der König mußte schon bald die Erfahrung machen, daß eine Unterbrechung von Hardman Pools Siesta nur dazu führte, einen sehr gereizten und verdrießlichen Hardman Pool aus dem Schlaf zu reißen, der ihm geradeheraus unangenehme, aber wahre Dinge ins Gesicht sagen würde, die kein König gerne hörte.

Die Sonne brannte herunter. In der Ferne stampften die Pferde. Zwischen immer ausgedehnteren Abschnitten der Windstille seufzte und raschelte das schwächer werdende Passatlüftchen. Der Duft wurde schwerer. Die Frau brachte jetzt das Kind, das sich wieder beruhigt hatte, hinter das

Haus zurück. Die Johannisbrotbäume rollten ihre Blätter ein und fielen in der milden Luft ihrerseits in ein Mittagsschläfchen. Das Mädchen, nach wie vor von der ungeheuren Gewichtigkeit ihres Amtes überwältigt, wedelte weiter die Fliegen fort; und die zwanzig Cowboys sahen ihr dabei immer noch aufmerksam und schweigend zu.

Hardman Pool erwachte. Das nächste, im langsamen Rhythmus anstehende Ausatmen fand nicht statt. Und auch der lange weiße Schnurrbart hob sich nicht. Statt dessen blähten sich die Wangen unter dem Schnauzbart, die Lider hoben sich und gaben blaue, cholerische und sofort völlig klar blickende Augen frei; die rechte Hand griff nach der halb aufgerauchten Pfeife neben sich, während die Linke nach den Streichhölzern tastete.

»Bring mir meinen Gin mit Milch«, befahl er auf hawaiisch dem kleinen Mädchen, das, durch sein Erwachen erschreckt, ins Zittern geraten war.

Er steckte sich die Pfeife an, schien aber die Anwesenheit seiner wartenden Gefolgsleute erst zu bemerken, als ihm das Glas Gin mit Milch gebracht und von ihm geleert worden war.

»Nun?« fragte er plötzlich und wischte sich in der darauffolgenden Pause, als zwanzig Gesichter sich zu einem Lächeln verzogen und zwanzig dunkle Augenpaare freudig und wohlmeinend aufleuchteten, die letzten Tropfen Gin und Milch von seinen behaarten Lippen. »Warum sitzt ihr hier herum? Was wollt ihr? Kommt her zu mir.«

Zwanzig meist junge Riesen erhoben sich und schritten mit lautem Sporengeklirr zu ihm hinüber. Sie stellten sich vor ihm im Halbkreis auf, versuchten schüchtern, sich nicht mit den Schultern ins Gehege zu kommen. Ihre Gesichter lächelten entschuldigend und drückten gleichzeitig eine unabsichtliche und unbewußte Vertraulichkeit aus. Denn tatsächlich war Hardman Pool für sie mehr als nur ein Häuptling. Er war ihr älterer Bruder, ihr Vater oder ihr Patriarch, und er war, durch seine Frau und durch die Heiraten seiner vielen Kinder und Kindeskinder nach hawaiischer Gepflogenheit auf die eine oder andere Art mit ihnen allen verwandt. Das leichteste Runzeln seiner Stirn vermochte sie zu verwirren, sein Zorn sie in Angst zu versetzen, sein Befehl sie dem sicheren Tod anheimzugeben, und doch hätte andererseits keiner je daran gedacht, ihn anders als vertraulich mit seinem Vornamen ›Hardman‹ anzusprechen, der in ihrer Sprache zu Kanaka Oolea umgewandelt worden war.

Auf sein Nicken hin setzte sich der Halbkreis in das *Manienie*-Gras und wartete mit weiterhin entschuldigendem Lächeln, bis es ihm genehm sei.

»Was wollt ihr?« fragte er auf hawaiisch mit einer, wie sie wußten, nur aufgesetzten Schroffheit und Strenge.

Sie lächelten noch breiter und drehten und wendeten ihre ausladenden Schultern und Oberkörper so anmutig wie junge Hunde, die sich bei ihrem Herrn einschmeicheln und ihn beschwichtigen wollen. Hardman Pool griff sich einen von ihnen heraus.

»Nun, Iliiopoi, was willst *du* denn?«

»Zehn Dollar, Kanaka Oolea.«

»Zehn Dollar!« rief Pool, scheinbar entsetzt über die Nennung einer so ungeheuren Summe. »Soll das heißen, daß du dir eine zweite Frau nehmen willst? Denk an das, was die Missionare lehren. Immer nur eine Frau auf einmal, Iliiopoi, immer nur eine. Denn wer sich mehrere Frauen nimmt, kommt ganz sicher in die Hölle.«

Allseitiges Gekicher und blitzende, lachende Augen waren die Reaktion auf diesen Witz.

»Nein, Kanaka Oolea«, kam die Antwort. »Der Teufel weiß, daß es mich schon hart genug ankommt, *Kow-Kow* für eine einzige Frau und alle ihre Verwandten zu beschaffen.«

»Kow-Kow?« wiederholte Pool das von den Hawaiianern

für ihr eigenes *Paina* aus dem Chinesischen übernommene Wort für Essen. »Habt ihr Burschen denn heute Mittag hier kein Kow-Kow bekommmen?«

»Doch, Kanaka-Oolea«, meldete sich ein alter, völlig verschrumpelter Eingeborener zu Wort, der gerade vom Haus her zu der Gruppe gestoßen war. »In der Küche haben sie alle Kow-Kow bekommen, und reichlich dazu. Sie haben reingehauen wie verirrte Pferde, die man von den Lavafelsen heruntergeholt hat.«

»Und was willst du, Kumuhana?« wandte Pool sich dem Alten zu, während er gleichzeitig dem kleinen Mädchen bedeutete, ihm die Fliegen auf der anderen Seite zu verscheuchen.

»Zwölf Dollar«, sagte Kumuhana. »Ich möchte mir einen Esel und einen gebrauchten Sattel mit Zaumzeug kaufen, ich werde zu alt, meine Beine wollen mich nicht mehr tragen.«

»Warte«, befahl ihm sein Haole-Gebieter. »Darüber und über andere wichtige Angelegenheiten werde ich mit dir sprechen, sobald ich mit den anderen fertig bin und sie fort sind.«

Der runzlige Alte nickte und zündete sich eine Pfeife an.

»Das Kow-Kow in der Küche war gut«, begann Iliiopoi wieder und leckte sich die Lippen. »Der Poi war ausgezeichnet, das Schwein fett, der Lachsbauch stank nicht, der Fisch war vollkommen frisch und sehr reichlich, wenn auch die *Opihis* [winzige, an den Felsen klebende Schalentiere] gesalzen und daher zäh waren. Opihis darf man nie salzen. Wie oft habe ich dir schon gesagt, Kanaka Oolea, daß man Opihis nicht salzen soll. Ich bin voll von gutem Kow-Kow. Mein Bauch ist ganz schwer davon. Aber deshalb ist doch mein Herz nicht leicht, denn in meinem eigenen Haus, in dem meine Frau, die Tante der zweiten Frau deines vierten Sohnes, lebt und meine kleine Tochter und die alte Mutter meiner Frau und das Pflegekind der alten Mutter meiner Frau, ein

Krüppel, und die Schwester meiner Frau, die ebenfalls mit ihren drei Kindern bei uns wohnt, seit deren Vater an einer schlimmen Wassersucht gestorben ist –«

»Werden fünf Dollar euch alle einen oder mehrere Tage vor der Beerdigung bewahren?« unterbrach Pool die Aufzählung unwirsch.

»Ja, Kanaka Oolea, und sie reichen auch noch für einen neuen Kamm für meine Frau und etwas Tabak für mich.«

Aus einem Goldbeutel, den er aus der Hüfttasche seiner Kattunhose zog, holte Hardman Pool das Goldstück und warf es zielsicher in die hingehaltene Hand.

Ein Junggeselle, der sechs Dollar für neue Gamaschen, Tabak und Sporen verlangte, erhielt drei, desgleichen ein zweiter, der einen Hut brauchte, und einem dritten, der bescheiden um zwei Dollar bat, gab er vier, mit einem blumigen Kompliment wegen seiner Tapferkeit beim Einfangen eines jungen, wilden Bullen in den Bergen. Sie wußten, daß er gewöhnlich ihre Forderungen halbierte, deshalb verlangten sie schon von vornherein das Doppelte. Und Hardman Pool wußte, daß sie stets die doppelte Summe nannten und lächelte in sich hinein. Das war nun einmal seine Art, und überdies war es eine gute Art, mit seinen überaus zahlreichen Verwandten umzugehen, und schmälerte sein Ansehen in ihren Augen keineswegs.

»Und du, Ahuhu?« befragte er einen, dessen Name ›Giftkraut‹ bedeutete.

»Und das Geld für ein Paar Kattunhosen«, beschloß Ahuhu die Aufzählung der benötigten Dinge. »Ich bin viel und hart hinter deinem Vieh hergeritten, Kanaka Oolea, und da, wo meine Dungarees sich am Sattel gerieben haben, ist der Hosenboden durchgewetzt. Es wäre nicht gut, wenn man von einem von Kanaka Ooleas Cowboys, der auch ein Vetter der Halbschwester von Kanaka Ooleas Frau ist, sagen könnte, daß er sich schämen muß, wenn er aus dem Sattel steigt, es sei denn, er würde sich vor den Leuten, die ihm zuschauen, im Rückwärtsgang bewegen.«

»Du sollst Geld für ein Dutzend Paar Kattunhosen habe, Ahuhu«, meinte Hardman Pool jovial und warf ihm die benötigte Summe zu. »Es erfüllt mich mit Genugtuung, daß meine Familie meinen Stolz mit mir teilt. Nachher, Ahuhu, wirst du mir von deinem Dutzend Dungarees eine abgeben, sonst werde auch ich gezwungen sein, rückwärts zu gehen, da meine eigenen und einzigen Hosen ebenso abgetragen und ehrenrührig sind.«

Und unter herzlichem Gelächter über die abschließende witzige Bemerkung ihres Haole-Häuptlings brach die ganze prachtvoll gebaute, mit einem kindlichen Gemüt ausgestattete Gesellschaft zu den wartenden Pferden auf. Nur Kumuhana, der verhutzelte Alte, dem er zu warten geboten hatte, blieb noch.

Volle fünf Minuten saßen sie schweigend da. Dann befahl Hardman Pool dem kleinen Mädchen, ein Glas Gin mit Milch zu holen, und gab ihr, als sie es brachte, mit einer Kopfbewegung zu verstehen, daß sie es Kumuhana reichen sollte. Der setzte das Glas erst wieder ab, als er es ganz geleert hatte, worauf er mit hörbarem »A-a-ah« ausatmete und schmatzte.

»Viel *Awa* habe ich in meinem Leben getrunken«, meinte er nachdenklich. »Doch Awa ist nur das Getränk des gewöhnlichen Mannes, während der Haole-Schnaps ein Getränk für Häuptlinge ist. Awa hat nicht die Hitzigkeit des Schnapses, der dem Gefühl die Sporen gibt, der einen wachbeißt, was sehr wohltuend ist, denn es ist schön, lebendig zu sein.«

Hardman Pool lächelte und nickte zustimmend, und der alte Kumuhana fuhr fort:

»Er hat etwas Wärmendes an sich. Er wärmt den Bauch und die Seele. Er wärmt das Herz. Selbst Herz und Seele werden kalt, wenn man alt wird.«

»Du bist wirklich alt«, gab Pool zu. »Fast so alt wie ich.«

Kumuhana schüttelte den Kopf und murmelte: »Wäre ich nicht älter als du, dann würde ich so jung wie du sein.«

»Ich bin einundsiebzig«, sagte Pool.

»Auf diese Art weiß ich mein Alter nicht«, lautete die Antwort. »Was geschah zu der Zeit, als du geboren wurdest?«

»Laß sehen«, begann Pool zu rechnen. »Jetzt haben wir 1880. Ziehe davon 71 ab, und es bleiben 9. Ich wurde 1809 geboren, in dem Jahr, als Keliimaikai starb und als der Schotte Archibald Campbell in Honolulu lebte.«

»Dann bin ich wirklich älter als du, Kanaka Oolea. Ich kann mich noch gut an den Schotten erinnern, denn ich spielte damals zwischen den Grashäusern Honolulus und ging schon in der Wahine-Brandung von Waikiki zum Wellenreiten. Ich kann dich jetzt noch an die Stelle führen, wo das Grashaus des Schotten stand. Jetzt befindet sich genau dort die Seemannsmission. Doch ich weiß, wann ich zur Welt kam. Oft haben meine Großmutter und meine Mutter mir davon erzählt. Ich wurde geboren, als Madame Pele (die Feuer- oder Vulkangöttin) auf die Leute von Paiea zornig wurde, weil sie ihr keinen Fisch aus ihrem Fischteich opferten, und sie einen Lavastrom von Hualalai herabschickte und damit ihren Fischteich zuschüttete. Das geschah, als ich geboren wurde.«

»Das war im Jahr 1801, als James Boyd für Kamehameha in Hilo Schiffe baute«, ging Pool weiter im Kalender zurück; »damit wärst du also neunundsiebzig oder acht Jahre älter als ich. Du bist wirklich sehr alt.«

»Ja, Kanaka Oolea«, murmelte Kumuhana mit einem rührenden Versuch, seine eingesunkene Brust vor Stolz anschwellen zu lassen.

»Und du bist sehr weise.«

»Ja, Kanaka Oolea.«

»Und du kennst viele von den geheimen Dingen, die nur alten Leuten bekannt sind.«

»Ja, Kanaka Oolea.«

»Und da weißt du auch –« Hardman Pool brach mitten im Satz ab, um den anderen Alten um so nachdrücklicher mit dem starren Blick seiner wasserblauen Augen zu durchbohren und zu hypnotisieren. »Man sagt, die Gebeine Kahekilis seien aus ihrem Versteck geholt worden und würden heute im Königlichen Mausoleum liegen. Ich habe munkeln hören, daß du allein von allen Lebenden die Wahrheit kennst.«

»So ist es«, lautete die stolze Antwort. »Ich allein weiß Bescheid.«

»Nun, und liegen sie dort? Ja oder nein.«

»Kahekili war ein *Alii*, ein hoher Häuptling. Von ihm stammt deine Frau Kalama in gerader Linie ab. Sie ist eine Alii.« Der alte Vasall hielt inne und schürzte nachdenklich die schmalen Lippen. »Ich gehöre ihr, so wie alle meine Vorfahren ihren Vorfahren gehörten. Nur sie kann mir befehlen, die großen Geheimnisse zu offenbaren. Sie ist weise, zu weise, um von mir zu verlangen, dieses Geheimnis auszuplaudern. Dir, Kanaka Oolea, antworte ich nicht mit Ja und nicht mit Nein. Dies ist ein Geheimnis der Aliis, das selbst die Aliis nicht kennen.«

»Sehr gut, Kumuhana«, lobte Hardman Pool. »Doch du vergißt, daß auch ich ein Alii bin, und wenn meine gute Kalama von sich aus nicht zu fragen wagt, dann befehle ich es ihr. Ich kann auf der Stelle nach ihr schicken lassen und dich zwingen. Aber das wäre dumm, es sei denn, du zeigtest dich selbst doppelt so dumm. Erzähl mir dein Geheimnis, und sie wird nie davon erfahren. Die Lippen einer Frau müssen ausschwatzen, was immer ihr zu Ohren kommt. So sind die Frauen. Ich bin ein Mann, und ein Mann ist da ganz anders. Wie du wohl weißt, schließen sich meine Lippen über einem Geheimnis so fest wie die Saugnäpfe eines Tintenfisches am salzigen Felsen. Wenn du es nicht mir allein erzählen willst, dann wirst du es Kalama und mir zusammen sagen müssen, und ihre Lippen werden reden, so daß selbst der letzte *Malihini* über kurz oder lang erfahren wird, was sonst nur du und ich allein wissen würden.«

Lange saß Kumuhana schweigend da, überlegte hin und her und fand keinen Weg, sich der schlüssigen Logik dieser Beweisführung zu entziehen.

»Groß ist deine Haole-Weisheit«, räumte er schließlich ein.

»Ja oder nein?« nagelte ihn Hardman Pool fest.

Kumuhana sah sich erst nach allen Seiten um, dann blieb sein Blick auf dem Mädchen mit dem Fliegenwedel hängen.

»Geh«, befahl Pool der Kleinen. »Und komm erst wieder, wenn du mich in die Hände klatschen hörst.«

Hardman Pool sagte kein Wort mehr, selbst als das Mädchen im Haus verschwunden war, doch auf seinem Gesicht stand unerbittlich die Frage: »Liegen die sterblichen Überreste Kahekilis im Mausoleum? Ja – oder nein?«

Wieder blickte Kumuhana vorsichtig um sich, sah in das Geäst des Johannisbrotbaumes hinauf, als fürchtete er einen versteckten Lauscher. Seine Lippen waren ganz trocken. Mehrmals fuhr er sich mit der Zunge darüber, um sie zu befeuchten. Er setzte zweimal zum Sprechen an, brachte aber nur einen heiseren, unartikulierten Laut hervor. Und schließlich flüsterte er mit gesenktem Haupt so leise und feierlich, daß Hardman Pool seinen Kopf zu ihm herunterbeugen mußte, um ihn zu verstehen: »Nein.«

Pool klatschte in die Hände, und das kleine Mädchen kam bebend und aufgeregt aus dem Haus geeilt.

»Bring ein Glas Milch mit Gin für den alten Kumuhana«, ordnete Pool an; und zu Kumuhana gewandt: »Jetzt erzähle mir die ganze Geschichte.«

»Warte«, lautete die Antwort. »Warte, bis die kleine Wahine hier war und wieder fort ist.«

Und als das Mädchen verschwunden und Gin und Milch den dieser Mischung vorbestimmten Weg genommen hatten, wartete Hardman Pool ohne weiteres Drängen auf die Geschichte. Kumuhana preßte seine Hand gegen die Brust und hustete einige Male hintereinander hohl auf, um sich Mut zu machen; doch schließlich fing er von selbst an zu sprechen.

»Es war etwas Furchtbares in den alten Tagen, wenn ein Alii starb. Kahekili war ein großer Alii. Er wäre vielleicht König geworden, hätte er lange genug gelebt. Wer weiß? Ich war ein junger Mann, noch nicht verheiratet. Du weißt, Kanaka Oolea, wann Kahekili starb, und du kannst mir sagen, wie alt ich damals war. Er starb, als Gouverneur Boki hier in Honolulu das Hotel Blonde führte. Du hast davon gehört?«

»Ich war damals noch auf der Windseite von Hawaii«, erwiderte Pool. »Aber ich habe davon gehört. Boki richtete eine Schnapsbrennerei ein und pachtete Land in Manoa, um dort Zuckerrohr zu pflanzen, und Kaahumanu, der damals Regent war, annullierte die Pacht, riß das Zuckerrohr heraus und baute Kartoffeln an. Und Boki war wütend und bereitete sich auf einen Waffengang vor. Er versammelte seine Krieger und noch ein Dutzend Deserteure von Walfängern mit fünf Sechspfündern aus Bronze draußen in Waikiki –«

»Das war genau zu der Zeit, als Kahekili starb«, fiel ihm Kumuhana eifrig ins Wort. »Du bist sehr weise. Du weißt über vieles aus den alten Tagen besser Bescheid als wir alten Kanaken.«

»Das war 1829«, fuhr Pool selbstzufrieden fort. »Du warst achtundzwanzig Jahre alt, und ich war zwanzig und war gerade nach dem Brand der *Black Prince* mit dem offenen Boot an Land gekommen.«

»Ich war achtundzwanzig«, wiederholte Kumuhana. »Das

hört sich richtig an. Ich erinnere mich noch gut an Bokis Bronzekanonen in Waikiki. Zu dieser Zeit starb auch Kahekili in Waikiki. Die Leute glauben bis heute, daß seine Gebeine in das *Hale o Keawe*, das Mausoleum von Honaunau, in Kona gebracht worden –«

»Und viel später in das Königliche Mausoleum hier in Honolulu überführt worden sind«, fügte Pool hinzu.

»Es gibt auch einige, Kanaka Oolea, die bis heute glauben, daß Königin Alice sie mit den übrigen Gebeinen ihrer Ahnen in den großen Gefäßen ihres Taburaumes aufbewahrt. Alle haben sie unrecht. Ich weiß es. Die heiligen Überreste Kahekilis sind verschwunden, für immer und ewig dahin. Sie ruhen nirgendwo. Es gibt sie nicht mehr. Und viele Kona-Winde haben die Brandung von Waikiki zum Schäumen gebracht, seit jemand vor Augen hatte, was von Kahekili übrig war. Ich allein lebe noch von diesen Menschen; ich bin der letzte, und ich bin nicht froh darüber, Zeuge gewesen zu sein.

Denn sieh! Ich war ein Jüngling, und mein Herz war wie weißglühende Lava für Malia entbrannt, die im Hause Kahekilis lebte. Ebenso weiß glühte auch das Herz Anapunis für sie, wenn auch sein Herz, wie du gleich hören wirst, ganz schwarz war. Wir – Anapuni und ich – waren zu der Zeit, als Kahekili starb, auf einem Trinkgelage. Anapuni und ich gehörten zum einfachen Volk, wie alle Kanaken und Wahines bei diesem Zechgelage mit den einfachen Matrosen und den Mannschaften der Walfänger. Wir lagen auf den Matten am Strand von Waikiki in der Nähe des alten *Heiau* [Tempel], nicht weit von der Stelle, wo heute Wilders Strandkneipe ist, und tranken. Damals wurde mir ein für allemal klar, welche Unmengen von Alkohol die Haole-Seeleute vertragen können. Wir Kanaken hingegen bekamen von dem Whisky und Rum heiße, wirre Köpfe, die wie trockene Kürbisse rasselten.

Es war nach Mitternacht, ich erinnere mich noch gut, als

ich Malia, die ich noch nie zuvor bei einem Zechgelage erblickt hatte, über den nassen, harten Sandstrand kommen sah. Mein Hirn brannte wie rotglühende Höllenasche, als ich bemerkte, wie Anapuni, der ihr am nächsten und im Kreis gegenüber saß, sie anblickte. Oh, ich weiß, es waren der Whisky und der Rum und meine Jugend, die mich so in Wallung brachten; aber damals, in jenem Augenblick, beschloß ich in meiner Tollheit: Wenn sie zuerst mit ihm spräche und ihm gestattete, mit ihr zu tanzen, dann würde ich meine beiden Hände um seinen Hals legen und ihn in die Wahine-Brandung dort hinten zerren, ihn untertauchen und ertränken und so das Hindernis beseitigen, das zwischen ihr und mir stand. Denn du mußt wissen, daß sie sich nie zwischen uns entschieden hatte, und er war schuld daran, daß sie nicht schon längst die Meine war.

Sie war eine prachtvolle Frau mit der üppigen Figur einer Häuptlingstochter und noch schöner, als sie jetzt im schimmernden Mondlicht über den feuchten Sand auf uns zu kam. Selbst die Haole-Matrosen schwiegen plötzlich und starrten sie mit offenen Mündern an. Ihr Gang! Ich habe dich, Kanaka Oolea, von der Frau Helena erzählen hören, die den trojanischen Krieg verursachte. Von Malia kann ich sagen, daß ihretwegen mehr Männer die Mauern der Hölle gestürmt haben würden, als damals gegen die alte Stadt angerannt sind, von der du immer viel und lang zu erzählen pflegst, wenn du zu wenig Milch und zu viel Gin getrunken hast.

Ihr Gang! Im Mondschein dort, beim sanften Lichtschimmer der Quallen, die in der Brandung glühten wie die Rampenlichter, die ich in dem neuen Haole-Theater gesehen habe! Es war nicht der Gang eines Mädchens, sondern der einer Frau. Sie trippelte nicht vorwärts wie die kleinen Wellen, die sich zwischen vorgelagertem Riff und Strand kräuseln. In ihrer Art zu gehen lag etwas Erhabenes und Königinnenhaftes, gleich der Bewegung von Naturkräften, gleich dem rhythmischen Lavastrom, der sich von den Hängen des Kau herab ins Meer ergießt, gleich dem Wogen der riesigen, ebenmäßigen Seen unter dem Passat, dem Heben und Senken der vier großen Jahreszeiten, die Musik im ewigen Ohr Gottes sein mögen, für den gewöhnlichen, hektischen, kurzlebigen Menschen jedoch zu selten stattfinden, um sich zu einer Melodie zu formen.

Anapuni saß ihr am nächsten. Aber sie sah mich an. Hast du je einen Ruf gehört, Kanaka Oolea, der ohne Ton ist und doch lauter als die Tritonshörner Gottes? So rief sie mich über den Kreis der Trinkenden hinweg. Ich erhob mich halb, denn ich war noch nicht völlig betrunken, aber Anapunis Arm ergriff sie und zog sie an sich, und ich ließ mich wieder auf meinen Ellbogen sinken und sah voller Wut zu. Er wollte, daß sie sich an seine Seite setzte, und ich wartete. Setzte sie sich und tanzte sie dann mit ihm, dann, wußte ich, würde Anapuni, noch ehe der Morgen graute, ein toter Mann sein, von mir in der seichten Brandung erwürgt und ertränkt.

Seltsam, nicht war, Kanaka Oolea, ist diese Hitze, die man ›Liebe‹ nennt? Und doch ist sie nicht seltsam. Es muß so sein, wenn man jung ist, sonst würde die Menschheit nicht fortbestehen.«

»Deshalb muß auch das Verlangen nach der Frau stärker sein als der Wunsch zu leben«, stimmte Pool ihm zu. »Sonst würde es weder Männer noch Frauen geben.«

»Ja«, sagte Kumuhana. »Aber es ist viele Jahre her, seit die letzte Glut dieser Art in mir erlosch. Ich erinnere mich daran wie an einen früheren Sonnenaufgang – etwas Vergangenes eben. Und so wird man alt und kalt und trinkt Gin, nicht um der Tollheit willen, sondern der Wärme wegen. Und die Milch ist sehr nahrhaft.

Doch Malia setzte sich nicht zu ihm. Ich weiß noch, daß ihre Augen wild blickten, ihr Haar hing herab und wehte im Wind, als sie sich über ihn neigte und ihm etwas ins Ohr raunte. Und ihr Haar legte sich um ihn und hüllte ihn ein, als sie flüsterte, und dieser Anblick ließ mein Herz hart gegen die Rippen pochen und verwirrte mir den Kopf, bis ich kaum noch sehen konnte. Und mit aller Willenskraft beschloß ich, den Kreis zu durchqueren und sie zu holen, wenn sie nicht in wenigen Minuten zu mir herüberkäme.

Doch es sollte nicht soweit kommen. Erinnerst du dich an Häuptling Konukalani? Er selbst schritt auf den Kreis zu. Sein Gesicht war dunkel vor Zorn. Er packte Malia, nicht am Arm, sondern bei den Haaren, zerrte sie hinter sich her und verschwand. Und selbst heute verstehe ich es nur zur Hälfte. Ich, der ich ihretwegen Anapuni erschlagen wollte, ich erhob weder die Hand noch die Stimme, um dagegen zu protestieren, als Konukalani sie bei den Haaren fortzog – und auch Anapuni rührte sich nicht. Gewiß, wir waren einfache Männer, und er war ein Häuptling. Ich weiß. Aber warum sollten zwei einfache Männer, verrückt vor Verlangen nach einer Frau, in denen der Wunsch nach der Frau stärker als der Wunsch nach dem Leben war, warum sollten sie es zulassen, daß irgendein Häuptling, und sei es der oberste im Lande, diese Frau an den Haaren fortschleppte? Da sie sie mehr als ihr Leben begehrten – weshalb sollten diese beiden Männer sich davor fürchten, diesen einen Häuptling sofort und auf der Stelle zu erschlagen? Hier ist etwas, das stärker ist als das Leben, stärker als die Frau, aber was ist es – und warum ist es so?«

»Das will ich dir sagen«, meinte Hardman Pool. »Weil die meisten Männer Narren sind und deshalb von den wenigen weisen Männern in ihre Obhut genommen werden müssen. Das ist das Geheimnis der Führerschaft. Überall auf der Welt haben die Menschen Häuptlinge über sich. Auf der ganzen Welt hat es von jeher Häuptlinge gegeben, die den vielen törichten Menschen sagen mußten: ›Tut dies, tut das nicht. Arbeitet, und arbeitet so, wie wir es euch sagen, sonst werden eure Bäuche leer bleiben, und ihr werdet zugrunde gehen. Befolgt die Gesetze, die wir für euch gemacht haben, oder ihr werdet wie die wilden Tiere sein, und es wird keinen Platz für euch auf dieser Erde geben. Ihr würdet nicht existieren, wären nicht vor euch Häuptlinge gewesen, die euren Vätern befahlen und ihre Geschicke lenkten. Ihr hättet keine Nachfahren, würden wir euch nicht Vorschriften machen und jetzt euer Leben regeln. Haltet Frieden, seid anständig und putzt euch die Nase. Geht am Abend zeitig zu Bett und steht früh auf, wenn ihr Betten zum Schlafen haben und nicht wie das dumme Federvieh in den Bäumen nächtigen wollt. Es ist Zeit, Yams zu pflanzen, darum pflanzt jetzt. Jetzt, sagen wir, und nicht heute feiern und Hula tanzen und dann morgen oder an irgendeinem anderen der vielen sorglosen Tage Yams pflanzen. Bringt euch nicht gegenseitig um, und laßt die Frau eures Nachbarn in Ruhe. So vergeht euer Leben, denn ihr denkt immer nur an einen Tag auf einmal, während wir, eure Häuptlinge, für euch an alle Tage und an weit in der Zukunft liegende Tage denken.«

»Wie eine Wolke über dem Berggipfel, die sich herabsenkt und einen einhüllt und die man nur undeutlich als Wolke erkennt, so erscheint mir deine Weisheit, Kanaka Oolea«, murmelte Kumuhana. »Doch es ist traurig, daß ich als gemeiner Mann geboren wurde und alle meine Tage als gemeiner Mann verbringen sollte.«

»Das kommt daher, daß du selbst gemein bist«, versicherte ihm Hardman Pool. »Wenn ein Mann von niedriger Herkunft, aber nicht von niedrigem Wesen ist, so erhebt er sich, überwältigt die Häuptlinge und macht sich zum Häuptling über die Häuptlinge. Warum führst du nicht meine Ranch mit ihren vielen tausend Stück Vieh und wechselst je nach Regenfall die Weideplätze, wählst die Bullen aus und kümmerst dich um die Geschäfte und den Verkauf des Fleisches an die Segel- und Kriegsschiffe und an die Leute, die in den Häusern von Honolulu leben. Warum streitest du dich nicht mit Rechtsanwälten herum, hilfst mit, Gesetze zu machen, und sagst sogar dem König, welche Unternehmung klug für ihn und welche gefährlich ist? Warum tut nicht irgendein anderer Mann, was ich tue? Irgendeiner von all den vielen Männern, die für mich arbeiten, aus meiner Hand Nahrung empfangen und es mir überlassen, für sie zu denken? – mir, der schwerer arbeitet als irgendeiner von ihnen, der nicht mehr ißt als irgendeiner von ihnen, der auch nur auf einer Lauhala-Matte auf einmal schlafen kann wie irgendeiner von ihnen?«

»Ich bin jetzt nicht mehr in der Wolke, Kanaka Oolea«, meinte Kumuhana, und seine Miene hellte sich auf. »Ich sehe jetzt klarer. Mein ganzes Leben lang haben die Aliis, unter denen ich geboren wurde, für mich gedacht. Immer, wenn ich hungrig war, kam ich um Essen zu ihnen, so, wie ich jetzt in deine Küche komme. Viele Menschen essen in deiner Küche, und wir nehmen es als selbstverständlich hin, daß du an den Festtagen für uns alle fetten Stiere schlachtest. Deshalb komme auch ich, ein alter Mann, dessen Arbeitskraft keinen roten Heller die Woche mehr wert ist, heute zu dir und bitte dich um zwölf Dollar, um einen Esel und einen gebrauchten Sattel mit Zaumzeug zu kaufen. Deshalb haben dich auch unter diesen Johannisbrotbäumen vor einer halben Stunde zweimal zehn Toren um einen Dollar oder zwei, vier, fünf, zehn oder zwölf gebeten. Wir sind die Sorglosen der sorgenfreien Tage, die nicht zur rechten Zeit Yams pflanzen würden, wenn unser Alii uns nicht dazu zwänge, die nicht einen Tag selbst denken und die wissen, daß unser Alii, wenn wir im Alter zu nichts mehr nütze sind, sich etwas einfallen lassen wird, damit wir Kow-Kow in unseren Magen kriegen und ein Grasdach über unserem Kopf haben.«

Hardman Pool neigte zustimmend den Kopf und drängte: »Aber Kahekilis sterbliche Überreste. Der Häuptling Konukalani hatte gerade Malia an den Haaren fortgezerrt, und du und Anapuni bliebt, ohne etwas dagegen zu unternehmen, im Kreis der Trinkenden sitzen. Was war es denn, was Malia in Anapunis Ohr raunte, als sie sich über ihn beugte, so daß ihr Haar sein Gesicht verhüllte?«

»Daß Kahekili tot war. Das war es, was sie Anapuni zuflüsterte. Daß Kahekili tot, soeben gestorben war und daß die Häuptlinge, die allen im Hause befahlen, es nicht zu verlassen, darüber berieten, was mit seinem Leichnam geschehen sollte, noch bevor die Nachricht von seinem Tod ruchbar werden könnte. Daß der Hohepriester Eoppo sie zu einer Entscheidung drängte und daß sie, Malia, mit angehört hatte, daß niemand anderes als Anapuni und ich als Opfer ausgewählt worden waren, um den toten Kahekili auf seinem Weg zu begleiten und ihm danach und auf immer und ewig im Schattenreich jener anderen Welt zu dienen.«

»Das *Moepuu*, das Menschenopfer«, bemerkte Pool. »Und doch waren die Missionare damals schon neun Jahre im Land.«

»Und bereits im Jahr vor ihrem Eintreffen waren die Götzenbilder gestürzt und die Tabus gebrochen worden«, fügte Kumuhana hinzu. »Aber die Häuptlinge hielten noch an den alten Gebräuchen, der Sitte des *Hunakele*, fest und versteckten die Gebeine der Aliis dort, wo kein Mensch sie finden und Angelhaken aus ihren Kinnladen oder Pfeilspitzen aus ihren langen Knochen machen konnte, um damit zum Vergnügen auf Mäusejagd zu gehen. Schau, Kanaka Oolea!«

Der alte Mann streckte seine Zunge heraus, und Pool sah zu seiner großen Verwunderung, daß die Oberfläche dieses empfindlichen Organs von der Wurzel bis zur Spitze mit verschlungenen Tätowierungen bedeckt war.

»Das geschah nach der Ankunft der Missionare, etliche Jahre später, als Keopuolani starb. Auch schlug ich mir vier Schneidezähne aus und brannte mir auf dem ganzen Leib mit glühender Rinde Halbkreise ein. Und wer sich in jener Nacht vor die Tür wagte, wurde von den Häuptlingen erschlagen. Ebensowenig durfte in den Häusern ein Licht angezündet oder auch nur das leiseste Geräusch gemacht werden. Selbst Hunde und Schweine, die einen Laut von sich gaben, wurden getötet, und während dieser ganzen Nacht durften die Schiffsglocken der Haoles im Hafen nicht läuten. Es war etwas Furchtbares in jenen Tagen, wenn ein Alii starb.

Doch zurück zu der Nacht, in der Kahekili starb. Wir blieben noch weiter im Kreis der Trinkenden sitzen, nachdem Konukalani Malia an den Haaren fortgeschleppt hatte. Einige Haole-Matrosen murrten zwar, aber von ihnen gab es in jenen Tagen nur wenige im Land, und die Kanaken waren in der Überzahl. Und Malia wurde nie wieder von einem Menschen gesehen. Konukalani allein wußte, auf welche Weise sie ums Leben gekommen war, und er sprach nie darüber. Und wie sollten einfache Männer wie Anapuni und ich in späteren Jahren wagen, ihn danach zu fragen!

Nun hatte sie Anapuni, ehe sie fortgezerrt worden war, alles gesagt. Aber Anapunis Herz war schwarz. Mir sagte er kein Wort. Er verdiente den Tod, den ich für ihn geplant hatte. In dem Kreis befand sich ein riesiger Harpunenwerfer, dessen Gesang dem Gebrüll von Stieren glich; höchst erstaunt starrte ich auf ihn, wie er irgendein Lied von der See brüllte, und als ich dann wieder zu Anapuni hinüberblickte, war er verschwunden. Er war in die Berge geflohen, wo er sich sieben Monde lang bei den Vogelfängern verstecken konnte. Doch das erfuhr ich erst später.

Und ich? Ich saß noch da und schämte mich, daß mein Verlangen nach einer Frau nicht so stark wie mein sklavischer Gehorsam gegenüber einem Häuptling gewesen war. Und ich ertränkte meine Schande in Unmengen von Rum und Whisky, bis sich die ganze Welt um mich herum und in meinem Kopf drehte und das Kreuz des Südens am Himmel einen Hula tanzte und die Koolau-Berge ihre hohen Gipfel nach

Waikiki herunterneigten und die Brandung von Waikiki sie auf die Stirn küßte. Und der hünenhafte Harpunier brüllte immer noch, und sein Gebrüll klang mir als letztes in den Ohren, bevor ich auf die Lauhala-Matte zurücksank und wie ein Toter schlief.

Als ich aufwachte, dämmerte schon der Morgen herauf. Ein harter, nackter Fuß stieß mir in die Rippen. Wenn ich auch ungeheuer viel getrunken hatte, so waren es doch keine angenehmen Gefühle, die dieser Fuß bei mir hervorrief. Die Kanaken und Wahines, die an dem Gelage teilgenommen hatten, waren alle verschwunden. Ich allein war unter den schlafenden Matrosen zurückgeblieben, und der riesige Harpunier, der wie ein Wal schnarchte, hatte den Kopf auf meine Füße gelegt.

Noch mehr Fußtritte folgten, ich setzte mich auf und mußte mich übergeben. Doch der, der mich trat, war ungeduldig und wollte wissen, wo Anapuni sei. Und ich wußte es nicht und wurde dafür jetzt beidseitig von zwei ungeduldigen Männern malträtiert. Ich wußte auch nicht, daß Kahekili tot war. Dennoch ahnte ich, daß etwas Ernstes im Gange sein mußte, denn die beiden Männer, die mir die Tritte versetzten, waren Häuptlinge, und kein gemeiner Mann kroch hinter ihnen her, um ihre Befehle auszuführen. Der eine war Aimoku von Kaneohe, der andere Humuhumu von Manoa.

Sie befahlen mir mitzukommen, und es klang nicht sehr freundlich; und als ich aufstand, rollte der Kopf des Harpuniers von meinen Füßen herunter über den Rand der Matte in den Sand. Er grunzte wie ein Schwein, seine Lippen öffneten sich, und seine ganze Zunge fiel ihm aus dem Mund heraus auf den Sand. Er zog sie nicht zurück. Zum erstenmal wurde mir bewußt, wie lang die Zunge eines Menschen ist. Als ich sah, wie der Sand darauf klebte, wurde mir zum zweiten Mal übel. Der Tag nach einer durchzechten Nacht ist etwas Schreckliches. Ich war wie ausgeglüht, ausgebrannt und ausgetrocknet, mein ganzes Inneres fühlte sich an wie verglühte Schlacke, wie *Aa*-Lava, trocken und so sandig wie die Zunge des Harpuniers. Ich bückte mich nach einer halbgeleerten Trinkkokosnuß, aber Aimoku stieß sie mir aus meinen zitternden Fingern, und Humuhumu schlug mir mit der Handkante in den Nacken.

Seite an Seite gingen sie vor mir her, mit feierlichen, düsteren Gesichtern, und ich folgte ihnen auf den Fersen. Mein Mund stank nach Alkohol, mein Kopf war krank von dem schalen Dunst, der ihn umnebelte, und ich hätte mir die rechte Hand abhacken lassen für ein Glas Wasser, ein einziges Glas, ja nur einen einzigen Schluck. Und hätte ich es getrunken, so hätte es sich in meinem Bauch zischend verflüchtigt wie Wasser, das man auf heiße Röststeine gießt. Der Tag nach einer durchzechten Nacht ist etwas Furchtbares. Das Leben vieler Männer, die früh starben, habe ich vorübergehen sehen, seit ich zuletzt imstande war, solche irrwitzigen Trinkgelage der Jugend mitzumachen, die kein Maß kennt und sich nicht abschrecken läßt.

Als wir weitergingen, fing ich an zu begreifen, daß irgendein Alii gestorben sein mußte. Nicht ein Kanake lag schlafend im Sand oder stahl sich nach einer Liebesnacht heim, und keine Kanus waren wie sonst zum Fischfang ausgelaufen, wo doch um diese frühe Stunde und beim Gezeitenwechsel die Fische vor dem Riff am leichtesten ins Netz gehen. Als wir hinter dem Tempel, dem Heiau, zu der Stelle kamen, wo der große Kamehameha immer seine Briggs und Schoner anlanden ließ, sah ich, daß unter dem Kanuschuppen die Strohmatten von Kahekilis großem Doppelkanu abgenommen worden waren und daß sich viele Männer sogar jetzt bei Ebbe damit abplagten, es über den Sand zu ziehen und ins Wasser zu bugsieren. Aber alle diese Männer waren Häuptlinge. Und obwohl mir alles vor den Augen verschwamm, obwohl sich mein Kopf drehte und mein Inneres ausgebrannter Schlacke glich, vermutete ich, daß der Alii, der gestorben war, Kahekili sein mußte. Denn er war alt und von allen Aliis dem Tod am nächsten.«

»Wie ich gehört habe, hat sein Tod mehr zum Scheitern des Aufstands von Gouverneur Boki beigetragen als das Eingreifen Kekuanaoas«, bemerkte Hardman Pool.

»Es war Kahekilis Tod, der die Rebellion hintertrieb«, bestätigte Kumuhana. »Das einfache Volk floh, als sein Tod in jener Nacht bekannt wurde, und jeder begab sich in den Schutz der Grashäuser, zündete weder Feuer noch Pfeifen an, atmete nicht laut, blieb im Haus und war deshalb tabu für die Opferung. Und alle einfachen Krieger des Gouverneurs Boki ebenso wie seine Haole-Deserteure von den Schiffen flohen auf diese Weise, so daß die Bronzekanonen nicht bedient werden konnten und seine Handvoll Häuptlinge allein nichts auszurichten vermochte.

Aimoku und Humuhumu befahlen mir, mich dort, wo das große Doppelkanu zu Wasser gelassen wurde, auf den Sand zu setzen. Und als es schwamm, waren die Häuptlinge, die schwere Arbeit nicht gewohnt waren, durstig; und man befahl mir, auf die Palmen neben dem Kanuschuppen zu klettern und Trinkkokosnüsse herunterzuwerfen. Sie tranken und erfrischten sich, doch mich ließen sie nicht trinken.

Dann trugen sie Kahekili in einem neuen, eingeölten und polierten Haole-Sarg von seinem Haus zum Kanu. Der Sarg war von einem Schiffszimmermann angefertigt worden, der meinte, er müsse ein Boot bauen, das nicht lecken dürfte. Er war vollkommen dicht, und auf der Oberseite, dort, wo sich Kahekilis Gesicht befand, war nichts als dünnes Glas. Die Häuptlinge hatten das Außenbrett, das die Glasscheibe abdecken sollte, nicht aufgeschraubt. Vielleicht kannten sie sich mit Haole-Särgen nicht aus, für mich jedenfalls sollte sich ihre Unkenntnis als Glücksfall erweisen, wie du gleich sehen wirst.

›Da ist ja nur ein Moepuu‹, sagte der Priester Eoppo, als er mich im Kanu auf dem Sarg sitzen sah. Die Häuptlinge paddelten schon durch das Riff hinaus.

›Der andere ist fortgelaufen und hat sich versteckt‹, erwiderte Aimoku. ›Dieser hier ist der einzige, den wir erwischen konnten.‹

Und da wußte ich Bescheid. Alles wurde mir klar. Ich sollte geopfert werden. Und Anapuni war als zweites Opfer vorgesehen gewesen. Das war es, was Malia ihm bei dem Trinkgelage zugeflüstert hatte. Und sie war fortgeschleppt worden, ehe sie es mir verraten konnte. Und schwarz wie sein Herz war, hatte er mir nichts davon gesagt.

›Es müssen zwei sein‹, sagte Eoppo. ›So will es das Gesetz.‹ Aimoku hörte auf zu paddeln und blickte zum Ufer zurück, als wolle er umkehren und ein zweites Opfer holen. Aber mehrere Häuptlinge waren dagegen und meinten, daß alles gemeine Volk in die Berge geflohen oder unter Tabuschutz in den Häusern geblieben sei und daß es Tage dauern könne, ehe sie einen aufgriffen. Schließlich gab Eoppo nach, wenn er auch hin und wieder vor sich hinbrummte, daß das Gesetz zwei Moepuus fordere.

Wir paddelten weiter, am Diamond Head vorbei und bis zur Höhe des Koko Head, bis wir uns mitten im Molokai-Kanal befanden. Dort herrschte ziemlicher Seegang, obwohl der Passat nur leicht blies. Die Häuptlinge ließen die Paddel ruhen, mit Ausnahme der Rudergänger, die den Bug des Kanus am Wind und an der Dünung hielten. Und bevor sie weiterpaddelten, öffneten sie noch einige Kokosnüsse und tranken.

›Daß ich Moepuu bin, macht mir nicht so viel aus‹, sagte ich zu Humuhumu; ›doch bevor man mich opfert, würde ich gern etwas trinken.‹ Ich bekam nichts zu trinken. Aber ich hatte die Wahrheit gesagt. Mir war noch zu elend von dem vielen Whisky und Rum, als daß ich Angst vor dem Sterben gehabt hätte. Dann stank wenigstens mein Mund nicht mehr, und mein Kopf tat mir nicht mehr weh, und mein Inneres würde sich nicht mehr so trocken wie heißer Sand anfühlen. Am meisten aber litt ich vielleicht unter der Vorstellung der Zunge des Harpuniers, wie ich sie zuletzt voll Sand auf dem Sand liegen gesehen hatte. Ach, Kanaka Oolea, welche Tiere sind doch die jungen Männer, wenn es ans Trinken geht! Erst wenn sie so alt geworden sind wie du und ich, zügeln sie ihren unbändigen Durst und trinken mäßig wie wir beide.«

»Weil wir müssen«, stimmte Hardman Pool ihm zu. »Alte Mägen sind verbraucht und empfindlich, und wir halten maß, weil wir uns nicht trauen, mehr zu trinken. Wir sind weise, aber die Weisheit ist bitter.«

»Der Priester Eoppo sang ein langes Mele über Kahekilis Mutter und die Mutter seiner Mutter und all ihre Mütter, bis zurück zu den Anfängen«, fuhr Kumuhana fort. »Und es schien, als müßte ich an meiner sandheißen Ausgedörrtheit sterben, ehe er zu einem Ende kam. Und er rief alle Götter der unteren Welt, der mittleren und der oberen Welt an, daß sie für den toten Alii, der ihnen jetzt übergeben würde, sorgen, ihn freundlich aufnehmen und die Verwünschungen – es waren schreckliche Flüche – ausführen sollten, mit denen er alle belegte, die sich jetzt oder in Zukunft an den sterblichen Überresten Kahekilis vergriffen und seine Knochen zur vergnüglichen Jagd auf Schädlinge mißbrauchten.

Weißt du, Kanaka Oolea, der Priester redete in einer ganz anderen Sprache, und ich weiß, daß es die Priestersprache, die alte Sprache war. Maui nannte er nicht Maui, sondern Maui-Tiki-Tiki und Maui-Po-Tiki. Und die Göttin Hina, Mauis göttliche Mutter, nannte er Ina. Und Mauis Göttervater nannte er manchmal Akalana und manchmal Kanaloa. Merkwürdig, daß einer, der dem Tod geweiht und sehr durstig ist, solche Dinge in Erinnerung behält. Und ich erinnere mich, daß der Priester Hawaii als Vai und Lanai als Ngangai bezeichnete.«

»Das waren die Maori-Namen«, erklärte Hardman Pool, »und die samoanischen und tonganischen Namen, die die Priester vor langer Zeit von ihren ersten Reisen aus dem Süden mitbrachten, als sie Hawaii entdeckten und sich hier niederließen.«

»Groß ist deine Weisheit, o Kanaka Oolea«, gestand ihm der Alte feierlich zu. »Ku, der unser Himmelsgewölbe trägt, nannte der Priester Tu und auch Ru, und La, unseren Sonnengott, nannte er Ra –«

»Und Ra war der Sonnengott der Ägypter vor langer, langer Zeit«, unterbrach ihn Pool mit einem Fünkchen zusätzlichen Interesses. »Wahrlich, ihr Polynesier seid weit herumgekommen in Zeit und Raum, seit es euch gibt. Es ist ein weiter Weg vom alten Ägypten jener Zeit, als Atlantis noch nicht untergegangen war, bis zum jungen Hawaii im nördlichen Pazifik. – Aber erzähl weiter, Kumuhana. Erinnerst du dich sonst noch an andere Einzelheiten dessen, was der Priester Eoppo sang?«

»Ganz zum Schluß«, berichtete Kumuhana weiter, »sang er etwas, das ich wortwörtlich behalten habe, obwohl ich halbtot war und bald unter dem Messer des Priesters sterben sollte. Hör zu! Es klang so.«

Und mit zittriger Fistelstimme, die den Ton nicht zu halten versuchte, sang der alte Mann.

»Ein Totenlied der Maori, ganz unverkennbar«, rief Pool aus, »von einem Hawaiianer mit tätowierter Zunge gesungen! Wiederhole es noch einmal, und ich werde es dir ins Englische übersetzen.«

Und als der andere es wiederholt hatte, sprach er es langsam auf Englisch nach:

»Doch der Tod ist nichts Neues.
Der Tod ist und war von je, seit der alte Maui starb.

Da lachte Pata-Tai laut auf
Und weckte den Koboldgott,
Der ihn in zwei Stücke riß und einsperrte,
So daß die Abenddämmerung heraufkam.«

»Und schließlich«, fuhr Kumuhana fort, »wurde ich doch nicht geopfert. Eoppo, das tödliche Messer in der Hand und bereit, den Streich zu führen, stach nicht zu. Und ich? Was fühlte und dachte ich? Oft, Kanaka Oolea, habe ich seither bei dem Gedanken daran gelacht. Ich fühlte großen Durst. Ich wollte nicht sterben. Ich wollte Wasser trinken. Ich wußte, daß ich sterben würde, und ich mußte immer wieder an die tausend Wasserfälle denken, die ungenutzt die *Palis* [Klippen] an der Luvseite der Koolau-Berge herabstürzen. Ich dachte nicht an Anapuni. Ich war zu durstig. Ich dachte nicht an Malia. Ich war zu durstig. Aber immer wieder hatte ich die mit trockenem Sand bedeckte Zunge des Harpuniers vor Augen, so wie ich sie zuletzt im Sande liegen gesehen hatte. Meine Zunge fühlte sich ebenso an. Und auf dem Boden des Kanus rollten viele Trinkkokosnüsse umher. Doch ich wagte nicht zu trinken, denn sie waren Häuptlinge, und ich war ein gemeiner Mann.

›Nein‹, sagte Eoppo, und befahl den Häuptlingen, den Sarg über Bord zu werfen. ›Es sind nicht zwei Moepuus, deshalb soll es keinen geben.‹

›Opfere den einen!‹ riefen die Häuptlinge.

Aber Eoppo schüttelte den Kopf und sprach: ›Wir können Kahekili nicht nur mit den Tarospitzen auf seinen Weg schicken.‹

›Ein halber Fisch ist besser als gar keiner‹, zitierte Aimoku das alte Sprichwort.

›Nicht bei der Beisetzung eines Alii‹, erwiderte der Priester prompt. ›So will es das Gesetz. Wir können bei Kahekili nicht knausern und ihm nur die Hälfte des Opfers geben, das ihm zusteht.‹

So wurde ich also in dem Augenblick, als der Sarg über Bord ging, nicht getötet. Und es war merkwürdig, wie ich mich sofort des Lebens zu freuen begann. Und Malia kam mir wieder in den Sinn, und ich fing an, Rachepläne gegen Anapuni zu schmieden. Und mit dem Blut, das mich frisch durchströmte, wurde mein Durst noch zehnmal stärker, und Zunge, Mund und Kehle schienen mir so sandig wie die Zunge des Harpuniers. Da der Sarg über Bord war, saß ich nun auf dem Boden des Kanus. Eine Kokosnuß rollte mir zwischen die Beine, und ich schloß sie über ihr. Als ich sie jedoch aufhob, schlug mir Aimoku mit der Paddelkante auf die Hand. Sieh nur!«

Er hielt die Hand hoch und zeigte zwei Finger, die ganz verkrümmt waren, da man sie ihm nicht wieder eingerenkt hatte.

»Ich hatte keine Zeit, an meinen Schmerz zu denken, denn Schlimmeres stand mir bevor. Alle Häuptlinge schrien laut auf vor Entsetzen. Der Sarg war nicht gesunken, das Kopfende ragte aus dem Wasser. Es tanzte achteraus auf den Wellen. Und da das Kanu ohne Führung war, wurde es von See und Wind auf den Sarg zugetrieben. Die Scheibe war gerade zu uns hergedreht, so daß wir Kahekilis Gesicht und Kopf durch das Glas sehen konnten; und er grinste uns durch das Fenster an. Er schien bereits in der anderen Welt zu leben und zornig auf uns zu sein und mit der Macht der anderen Welt seinen Zorn an uns auslassen zu wollen. Auf und nieder tanzte er, und das Kanu trieb immer näher und näher.

›Töte ihn!‹ ›Laß ihn bluten!‹ ›Stoß ihm das Messer ins Herz!‹ So riefen die Häuptlinge in ihrer Furcht Eoppo zu. ›Über Bord mit den Tarospitzen!‹ ›Gib dem Alii seinen halben Fisch!‹

Eoppo, obgleich ein Priester, fürchtete sich ebenfalls, und der Verstand schwand ihm beim Anblick Kahekilis in dem Haole-Sarg, der nicht sinken wollte. Er packte mich beim

Haar, zog mich hoch und hob das Messer, um es mir ins Herz zu stoßen. Und in mir regte sich keinerlei Widerstand. Wieder wußte ich nur, daß ich sehr durstig war, und dicht vor meinen Augen, die mir fast übergehen wollten, baumelte die sandbedeckte Zunge des Harpuniers.

Doch ehe das Messer niedersausen und mich durchbohren konnte, geschah das, was mich rettete. Akai, der Halbbruder des Gouverneurs Boki, wie du dich erinnern wirst, war Steuermann des Kanus und deshalb im Heck des Bootes dem Sarg und seinem Toten, der nicht sinken wollte, am nächsten. Außer sich vor Angst stieß er mit der Spitze des Paddels wild darauflos, um den eingesargten Alii, der darauf versessen zu sein schien, wieder an Bord zu kommen, abzuwehren. Die Paddelspitze traf das Glas. Das Glas zerbrach –«

»Und der Sarg sank sofort«, fiel Hardman Pool ein, »da die Luft, die ihn über Wasser gehalten hatte, durch die zerbrochene Glasscheibe entwich.«

»Der Sarg sank sofort, da er von dem Schiffszimmermann wie ein Boot gebaut worden war«, bestätigte Kumuhana. »Und ich, der ich ein Moepuu war, wurde wieder ein Mensch. Und ich lebte, wenn ich auch vor Durst tausend Tode starb, ehe wir den Strand von Waikiki erreichten.

Und daher, Kanaka Oolea, ruhen die Überreste Kahekilis nicht im Königlichen Mausoleum. Sie liegen auf dem Grund des Molokai-Kanals, wenn sie sich nicht schon längst in treibende Schlammschlieren verwandelt haben oder, von inzwischen selbst verendeten Korallentieren verzehrt, ihrerseits Teil des Korallenriffs geworden sind. Von den Menschen bin ich der einzige Lebende, der Kahekilis sterbliche Hülle im Kanal von Molokai versinken sah.«

In der Pause, die darauf folgte und in der Hardman Pool in tiefes Nachdenken versunken war, leckte sich Kumuhana immer wieder die Lippen. Schließlich brach er das Schweigen:

»Die zwölf Dollar, Kanaka Oolea, für den Esel und den gebrauchten Sattel und das Zaumzeug?«

»Die zwölf Dollar wären dein«, entgegnete Pool, und gab dem Alten sechseinhalb Dollar, »befände sich nicht unter dem Gerümpel in meinem Stall Zaumzeug und Sattel, wie du sie brauchst; und beides will ich dir geben. Mit diesen sechseinhalb Dollar kannst du dir den dazu passenden Esel von dem *Pake* [Chinesen] in Kokako kaufen, der mir erst gestern sagte, daß er so viel kosten würde.«

So saßen sie da. Pool, der in Gedanken immer wieder das Totenlied der Maori, das er gehört hatte, hersagte und besonders an der Zeile »So daß die Abenddämmerung heraufkam« Gefallen fand, die seinem Schönheitsempfinden vollkommen entsprach. Kumuhana, der sich die Lippen leckte und erkennen ließ, daß er noch auf etwas wartete. Schließlich brach er das Schweigen.

»Ich habe lange gesprochen, Kanaka Oolea. Die Feuchtigkeit in meinem Mund hält nicht mehr so lange vor wie in meiner Jugend. Mir scheint, der Durst, der mich quälte, als ich die Zunge des Harpuniers vor mir sah, hat mich erneut überfallen. Der Gin mit Milch, Kanaka Oolea, ist sehr gut für eine Zunge wie die des Harpuniers.«

Ein flüchtiges Lächeln huschte über Pools Gesicht. Er klatschte in die Hände, und das kleine Mädchen kam herbeigelaufen.

»Bring ein Glas Gin mit Milch für den alten Kumuhana«, befahl Hardman Pool.

DAS KIND DES WASSERS

Verdrossen hörte ich dem endlosen Gesang des alten Kohokumu zu; er handelte von den Taten und Abenteuern Mauis, jenes prometheischen Halbgotts Polynesiens, der mit am Firmament befestigten Haken trockenes Land aus den Tiefen des Ozeans heraufholte, der das Himmelszelt emporhob, unter dem die Menschen zuvor auf allen vieren kriechen mußten, weil nicht genug Platz da war, um aufrecht zu stehen, und der die Sonne mit ihren sechzehn, in Schlingen gefangenen Beinen zum Stehen gebracht und ihr die Einwilligung abgenötigt hatte, den Himmel langsamer zu durchwandern – denn die Sonne war offensichtlich eine Gewerkschaftlerin und für den Sechs-Stunden-Tag, während Maui für den nicht gewerkschaftlich organisierten Betrieb und eine Arbeitszeit von zwölf Stunden eintrat.

»Das ist jetzt«, sagte Kohokumu, »aus Königin Liliuokalanis eigenem Familien-Mele:

›Maui wurde unzufrieden und bekämpfte die Sonne
Mit einem Fallstrick, den er legte.
Und den Winter gewann die Sonne,
Und den Sommer eroberte Maui...‹«

Da ich selbst auf den Inseln geboren bin, kannte ich die hawaiischen Mythen besser als dieser alte Fischer, wenn ich auch nicht jenes phänomenale Gedächtnis besaß, das ihn befähigte, sie endlose Stunden lang vorzutragen.

»Und du glaubst das alles?« fragte ich ihn in der wohlklingenden hawaiischen Sprache.

»Es ist vor langer Zeit geschehen«, überlegte er. »Ich habe

Maui nie mit eigenen Augen gesehen. Aber alle unsere Ahnen erzählen uns seit altersher diese Geschichten, so wie ich, ein alter Mann, sie meinen Söhnen und Enkeln erzähle, die sie wiederum an ihre Söhne und Enkel und alle künftigen Nachfahren weitergeben werden.«

»Du glaubst also«, wiederholte ich hartnäckig, »dieses Lügenmärchen, daß Maui die Sonne wie einen wilden Stier mit dem Lasso eingefangen hat, und auch diesen anderen Schwindel, daß er den Himmel von der Erde hochstemmte?«

»Ich gelte nicht viel, und ich bin nicht sehr gescheit, o Lakana«, entgegnete mein Fischer. »Und doch habe ich die hawaiische Bibel gelesen, die uns die Missionare übersetzt haben, und da stand geschrieben, daß euer Großer Mann, der ganz am Anfang steht, Erde und Himmel, Sonne, Mond und Sterne und alle Arten von Tieren, von den Pferden bis zu den Kakerlaken, von den Tausendfüßlern und Stechmükken bis zu den Meerasseln und Quallen, und Mann und Frau und alles übrige in nur sechs Tagen erschaffen hat. Nun, Maui hat bei weitem nicht so viel getan. Er hat überhaupt nichts *erschaffen*. Er hat die Dinge lediglich in Ordnung gebracht, und er hat viel, sehr viel Zeit gebraucht, um diese Verbesserungen durchzuführen. Und es ist jedenfalls viel leichter und viel sinnvoller, die kleine Lüge zu glauben als die große.«

Und was konnte ich darauf schon antworten? Mit dem Argument der Vernunft hatte er mich geschlagen. Außerdem tat mir der Kopf weh. Und das komische war – wie ich mir selbst eingestehen mußte –, daß die Evolution uns klipp und klar beweist, daß der Mensch sich auf allen vieren fortbewegte, ehe er zum aufrechten Gang gelangte, daß die Astronomie bestätigt, daß die Rotationsgeschwindigkeit der Erde sich ständig verringert und dadurch die Tageslänge zugenommen hat und daß die Seismologen der Auffassung sind, alle hawaiischen Inseln seien durch Vulkantätigkeit vom Meeresboden emporgewachsen.

Zum Glück sah ich, wie eine Bambusstange, die in etwa hundert Metern Entfernung auf dem Wasser trieb, sich plötzlich aufrichtete und einen wahren Veitstanz vollführte. Das lenkte uns von der fruchtlosen Diskussion ab, und Kohokumu und ich tauchten unsere Paddel ein und eilten mit unserem kleinen Auslegerkanu zu dem tanzenden Stab. Kohokumu griff nach der Leine, die am dicken Ende der Stange befestigt war, und holte sie mit beiden Händen ein, bis schließlich ein etwa siebzig Zentimeter langer *Ukikiki*, der sich bis zum Schluß heftig wehrte, seinen nassen Silberleib in der Sonne aufblitzen ließ und mit dem Schwanz auf dem Boden des Kanus einen Trommelwirbel zu schlagen begann. Kohokumu hob einen sich windenden, schleimigen Tintenfisch auf, biß ihm mit seinen Zähnen bei lebendigem Leib ein Stück Köderfleisch heraus, befestigte den Köder an dem Haken und ließ Leine und Gewicht über Bord fallen. Die Stange schwamm flach auf dem Wasser, und das Kanu trieb langsam davon. Während Kohokumu den Halbkreis überblickte, den zwanzig solcher flach auf dem Wasser liegenden Stangen bildeten, wischte er sich die Hände an seinem nackten Oberkörper ab und stimmte den ermüdenden und jahrhundertealten Gesang von Kuali an:

»Oh, der große Angelhaken Mauis!
Manai-i-ka-lani – festgemacht am Firmament!
An einer irdenen Schnur hängt der Haken,
Ausgeworfen vom hochaufragenden Kauiki!
Sein Köder ist der rotschnäblige Alae
Der Hina geweihte Vogel!
Er sinkt, sich heftig wehrend
Und unter Qualen sterbend
Tief hinab auf Hawaii!

An der Angel hängt das Land unter dem Wasser,
Es schwimmt hinauf, hinauf zur Oberfläche,
Hina jedoch verbarg eine Schwinge des Vogels
Und brach das Land unter dem Wasser entzwei!
Der Köder dort unten wurde geschnappt
Und sogleich von den Fischen,
Den Ulua der schlammigen Tiefen, verschlungen!«

Seine Greisenstimme war rauh und kratzig, da er auf einem Leichenschmaus am Abend zuvor zuviel Dünnbier getrunken hatte, was nicht gerade dazu beitrug, mich weniger reizbar zu machen. Mein Kopf schmerzte. Der grelle Glanz der Sonne auf dem Wasser tat meinen Augen weh, außerdem war ich mehr als nur ein wenig seekrank von dem heftigen Geschaukle des Auslegerkanus auf der bewegten See. Die Luft stand. Auf der Leeseite von Waihee, zwischen dem weißen Strand und dem Riff, milderte nicht der leiseste Windhauch die drückende Schwüle. Ich glaube wirklich, mir war viel zu übel, als daß ich mich dazu hätte aufraffen können, das Fischen aufzugeben und an Land zu gehen.

Mit geschlossenen Augen lehnte ich mich zurück und verlor jedes Zeitgefühl. Ich vergaß sogar, daß Kohokumu sang, und wurde erst wieder daran erinnert, als er aufhörte. Ein Ausruf brachte mich dazu, meine Augen der stechenden Sonne preiszugeben. Er starrte durch das Nautiskop in die Tiefe.

»Es ist ein großer«, sagte er, reichte mir das Gerät und glitt mit den Füßen voraus ins Wasser.

Er tauchte ohne einen Spritzer und die kleinste Welle ein, drehte sich im Meer und schwamm nach unten. Ich verfolgte seinen Weg durch das Nautiskop, das nichts weiter als ein etwa siebzig Zentimeter langer, rechteckiger, nach oben hin offener Kasten mit einer den Boden wasserdicht verschließenden gewöhnlichen Glasscheibe ist.

Nun war Kohokumu eine Nervensäge, und seine Redseligkeit machte mich ganz krank, aber als ich beobachtete, wie er hinuntertauchte, konnte ich nicht umhin, ihn zu bewundern. Weit über siebzig Jahre alt, schlank wie eine Gerte und verschrumpelt wie eine Mumie, tat er etwas, wozu nur wenige junge Athleten meiner Rasse imstande sein würden. Bis zum Grund waren es zwölf Meter. Dort konnte ich, zum Teil sichtbar, doch größtenteils unter der Auswölbung eines Korallenstocks verborgen, sein Ziel erkennen. Seine scharfen Augen hatten den herausragenden Fangarm eines Tintenfisches entdeckt. Noch als er auf ihn zuschwamm, wurde der Tentakel langsam eingezogen, so daß nichts mehr von dem Tier zu sehen war. Doch das flüchtige Erscheinen dieses Tentakelstückchens ließ bereits vermuten, daß sein Besitzer ein Tintenfisch von beachtlicher Größe sein mußte.

Der Druck in einer Tiefe von zwölf Metern ist schon für einen jungen Mann keine Kleinigkeit, doch diesem Alten schien er nichts auszumachen. Ich bin sicher, daß es ihm nie in den Sinn kam, sich dadurch beeinträchtigt zu fühlen. Unbewaffnet, bis auf einen kurzen *Malo* oder Lendenschurz völlig nackt, ließ er sich von dem riesigen Tier, das seine Beute werden sollte, nicht abschrecken. Ich sah, wie er sich mit der rechten Hand an dem Korallenstock festhielt und seinen linken Arm bis zur Schulter in die Öffnung steckte. Eine halbe Minute verstrich, in der er mit der linken Hand herumzutasten und herumzuwühlen schien. Dann kam ein mit unzähligen Saugnäpfen bewehrter und heftig um sich schlagender Fangarm nach dem andern zum Vorschein. Sie packten seinen Arm und wanden und schlangen sich wie Nattern um seinen Körper. Plötzlich quoll mit einem Ruck der ganze Tintenfisch, ein richtiger Krake oder Polyp, hervor.

Doch der alte Mann hatte keine Eile, wieder in sein eigentliches Element, die Luft über dem Wasser, zu gelangen. Dort unten in zwölf Metern Tiefe, umklammert von einem Polypen, der von einer Fangarmspitze zur anderen einen Durchmesser von drei Metern hatte und den kräftigsten Schwimmer ohne weiteres ertränken konnte, tat er kaltblütig und ganz beiläufig das einzig Richtige, um über das Ungeheuer Herr zu werden. Er stieß sein mageres Habichtsgesicht direkt mitten hinein in die schleimige, sich windende Masse und biß mit seinen paar alten Hauern in das Herz und Lebenszentrum dieses Körpers. Nachdem das erledigt war, kam er langsam wieder nach oben, wie es jeder Schwimmer tun sollte, der aus der Tiefe hochsteigt und großen Druckunterschieden ausgesetzt ist. Am Kanu und noch während er im Wasser war und sich das gräßliche, ihn umklammernde Ding abschälte, brach der unverbesserliche alte Halunke in den Triumph-*Pule* aus, den schon unzählige Generationen von Krakenfängern vor ihm gesungen hatten:

»O Kanaloa der geweihten Nächte!
Steh aufrecht auf dem festen Boden!
Steh auf dem Boden, wo der Krake liegt!
Steh auf und hole den Kraken aus tiefer See!
Erhebe dich, o Kanaloa!
Reg dich! Reg dich! Weck den Kraken auf!
Laß den Kraken, der platt daliegt, erwachen! Laß den Kraken, der ausgestreckt am Boden liegt ...«

Ich verschloß Augen und Ohren und bot ihm nicht einmal meine Hilfe an, da ich genau wußte, daß er auch so in das schwankende Boot zurückklettern konnte und dabei nicht im mindesten Gefahr lief, es zum Kentern zu bringen.

»Ein prachtvoller Tintenfisch«, dröhnte er. »Es ist ein Wahine, ein weibliches Exemplar. Ich werde dir jetzt das Lied von der Kauri-Muschel vorsingen, der roten Kauri-Muschel, die wir als Köder für den Tintenfisch verwendeten –«

»Du hast dich gestern abend bei der Beerdigung schändlich benommen«, lenkte ich ihn ab. »Man hat mir alles über dich erzählt. Du hast viel Radau gemacht. Du hast gesungen, bis alle taub waren. Du hast den Sohn der Witwe beleidigt. Du hast Bier gesoffen wie ein Schwein. Dieses Gebräu ist nicht gut für dein hohes Alter. Eines Tages wirst du noch tot aufwachen. Du müßtest eigentlich heute ein Wrack sein...«

»Ha!« kicherte er. »Und du, der du kein Bier getrunken hast, der du noch nicht einmal geboren warst, als ich schon ein alter Mann war, der du gestern mit der Sonne und den Hühnern schlafen gegangen bist – du bist heute völlig am Boden zerstört. Kannst du mir das erklären. Meine Ohren dürsten danach, das zu erfahren, so wie meine Kehle gestern abend dürstete. Und sieh einer an, ich bin heute, wie jener Engländer mit seiner Jacht zu sagen pflegte, in sehr guter Form, in verteufelt guter Form.«

»Ich geb's auf mit dir«, entgegnete ich achselzuckend. »Nur eins ist klar, nämlich daß der Teufel dich nicht haben will. Der Ruf deiner Singerei ist dir vorausgeeilt.«

»Nein«, antwortete er nach sorgfältiger Überlegung. »Das ist es nicht. Der Teufel wird sich über mein Kommen freuen, denn ich habe einige sehr schöne Lieder für ihn und Skandal- und Klatschgeschichten von den hohen Aliis, die ihn zum Lachen bringen werden. Deshalb laß mich dir das Geheimnis meiner Geburt erklären. Die See ist meine Mutter. Ich wurde während eines von Kona kommenden Sturmes im Kanal von Kahoolawe in einem Doppelkanu geboren. Von ihr, der See, meiner Mutter, erhielt ich meine Kraft. Immer wenn ich wie heute in ihre Arme zurückkehre, um mich von ihr an die Brust drücken zu lassen, werde ich wieder stark, und zwar unverzüglich. Sie ist für mich die Milchspenderin, die Quelle des Lebens –«

»Erinnert an Antaeus!« dachte ich.

»Eines Tages«, fuhr der alte Kohokumu in seiner Erzählung fort, »wenn ich wirklich alt bin, werden die Leute von mir berichten, ich sei im Meer ertrunken. Aber das wird nur ein Hirngespinst der Menschen sein. In Wahrheit bin ich dann in die Arme meiner Mutter zurückgekehrt, um dort unter ihrem Herzen bis zu meiner Wiedergeburt zu ruhen, wenn ich als feuriger, strahlender Jüngling wie einst Maui selbst in seiner goldenen Jugend wieder zum Sonnenlicht emporsteigen werde.«

»Eine seltsame Religion«, bemerkte ich.

»Als ich jünger war, habe ich mir meinen armen Kopf über seltsamere Religionen zerbrochen«, entgegnete mir der alte Kohokumu. »Aber höre, du junger Weiser, auf die Weisheit meines Alters. Das eine weiß ich: Nun da ich älter werde, suche ich weniger nach der Wahrheit, die von außen kommt, und entdecke mehr von der Wahrheit, die in mir selbst liegt. Weshalb ist mir der Gedanke gekommen, daß ich zu meiner Mutter zurückkehre und von dort dem Licht wiedergeboren werde? Du weißt es nicht. Auch ich weiß es nicht, außer daß dieser Gedanke ohne ein gedrucktes Wort und ohne mir von einer Menschenstimme eingeflüstert worden zu sein, ohne jede Eingebung von anderswoher in mir selbst entstanden ist, in den Tiefen meines Innern, das so tief ist wie die See. Ich bin kein Gott. Ich erschaffe keine Dinge. Deshalb habe ich auch diesen Gedanken nicht erschaffen. Ich kenne weder seinen Vater noch seine Mutter. Er stammt aus alten Zeiten, bevor es mich gab, und deshalb ist er wahr. Der Mensch erschafft keine Wahrheit. Der Mensch, sofern er nicht blind ist, erkennt die Wahrheit nur, wenn er sie sieht. Ist dieser Gedanke, den ich gedacht habe, ein Traum?«

»Vielleicht bist du es, der ein Traum ist«, lachte ich. »Und ich und der Himmel und das Meer und das felsenfeste Land sind Träume, lauter Träume.«

»Ich habe mir das oft überlegt«, versicherte er mir ganz ernsthaft. »Es kann gut sein. Letzte Nacht träumte mir, ich sei eine Lerche, eine wunderschön singende Lerche am Himmel, wie die Lerchen über den Hochlandweiden des Haleakala. Und ich flog empor, der Sonne entgegen und sang, sang, wie der alte Kohokumu niemals gesungen hat. Ich erzähle dir jetzt, daß mir träumte, ich sei eine Lerche, die in den Lüften sang. Aber kann nicht ich, mein wahres Ich, die Lerche sein? Und kann nicht das, was ich dir jetzt erzähle, der Traum sein, den ich, die Lerche, gerade träume? Wer bist du, um mir das zu bejahen oder zu verneinen? Wagst du es, mir zu sagen, daß ich keine Lerche bin, die schläft und träumt, sie sei der alte Kohokumu?«

Ich zuckte die Schultern, und er fuhr triumphierend fort.

»Und woher willst du wissen, ob du nicht der alte Maui selbst bist, der schläft und träumt, er sei John Lakana und unterhalte sich mit mir in einem Kanu? Und kann es nicht sein, daß du selbst als der alte Maui aufwachst und dich vor Lachen ausschüttest und sagst, du hättest einen komischen Traum gehabt, in dem dir träumte, du seist ein Haole?«

»Ich weiß nicht«, gab ich zu. »Außerdem würdest du mir nicht glauben.«

»In Träumen steckt viel mehr, als wir wissen«, versicherte er mir mit großem Ernst. »Träume gehen weit, weit zurück, vielleicht bis zu der Zeit vor allem Anbeginn. Vielleicht hat der gute Maui nur geträumt, er habe Hawaii vom Meeresgrund heraufgezogen? Dann wäre dieses Land Hawaii nur ein Traum, und du und ich und der Krake dort kämen nur in Mauis Traum vor? Und die Lerche auch?«

Er seufzte und ließ den Kopf auf die Brust sinken.

»Und ich zerbreche mir den Kopf über Geheimnisse, die nie gelüftet werden können«, fuhr er fort, »bis ich müde werde und vergessen möchte, und deshalb trinke ich Bier und gehe zum Fischen und singe alte Lieder und träume, ich sei eine Lerche, die hoch oben in den Lüften singt. Das gefällt mir am besten von allem, und das träume ich oft, wenn ich viel Bier getrunken habe –«

In sehr niedergeschlagener Stimmung spähte er durch das Nautiskop in die Lagune hinunter.

»Eine Weile wird nichts anbeißen«, verkündete er. »Die Haie streifen auf der Suche nach Beute umher, und wir werden warten müssen, bis sie fort sind. Und damit die Zeit nicht zu lang wird, will ich dir das Lied an Lono beim Kanuanlanden singen. Du erinnerst dich daran:

›Gib mir den Baumstamm, o Lono!
Gib mir die Hauptwurzel des Baumes, o Lono!
Gib mir das Gehör des Baumes, o Lono! –‹«

»Um der Barmherzigkeit willen, singe nicht!« unterbrach ich ihn. »Ich habe Kopfschmerzen, und dein Gesinge tut mir weh. Du magst ja heute in verteufelt guter Form sein, aber deine Kehle ist eingerostet. Da ist es mir lieber, wenn du über Träume sprichst oder mir irgendwelche Lügenmärchen auftischst.«

»Es ist schade, daß du krank bist, dabei bist du noch so jung«, gab er gutgelaunt nach. »Und ich werde auch nicht mehr singen. Ich werde dir etwas erzählen, das du nicht kennst und wovon du noch nie gehört hast; etwas, das kein Traum und keine Lüge ist, sondern von dem ich weiß, daß es sich wirklich ereignet hat. Vor nicht allzulanger Zeit lebte hier am Strand bei eben dieser Lagune ein kleiner Junge, der Keikiwai hieß, was, wie du weißt, Kind des Wassers heißt. Er war wirklich ein Kind des Wassers. Seine Götter waren die Meeres- und Fischgötter, und er verstand von Geburt an die Sprache der Fische, was die Fische nicht wußten, bis es die Haie eines Tages herausfanden, als sie ihn sprechen hörten.

Das trug sich folgendermaßen zu. Schnelle Läufer hatten die Nachricht gebracht, daß der König eine Reise um die Insel machen würde, und die Einwohner von Waihee angewiesen, ihm ein Luau, ein Festmahl, zu bereiten. Wenn der König eine Reise machte, war es für die wenigen Einwohner solch kleiner Ortschaften immer sehr mühsam und schwierig, die Mägen seiner vielen Begleiter zu füllen. Denn er kam stets mit seiner Gemahlin und deren Damen, mit seinen Priestern und Zauberern, seinen Tänzern, Flötenspielern, Hulasängern, Kriegern und Dienern sowie seinen Oberhäuptlingen und deren Frauen und Zauberern und Kriegern und Dienern.

Manchmal hatte seine Reiseroute in kleinen Ansiedlungen wie Waihee Abmagerung und Hunger zur Folge. Doch ein König muß bewirtet werden, und es ist nicht gut, ihn zu erzürnen. So vernahm Waihee die Nachricht von seinem Kommen wie die Warnung vor einer Katastrophe, und alle, die Nahrung von Feld, Teich, Gebirge oder aus dem Meer lieferten, waren eifrig dabei, Vorräte für das Festmahl herbeizuschaffen. Und siehe, alles wurde zusammengetragen, vom erlesensten königlichen Taro bis zu den Zuckerrohrsprossen zum Braten, von Opihis bis zum Limu, vom Geflügel bis zu wilden Schweinen und mit Poi gefütterten jungen Hunden – alles, außer einem. Die Fischer konnten keinen Hummer fangen.

Nun muß man wissen, daß Hummer des Königs Lieblingsspeise war. Er zog ihn jedem anderen *Kow-kow* [Essen] vor, und seine Läufer hatten besonders darauf hingewiesen. Und da gab es nun keine Hummer, und es ist nicht gut, den Bauch eines Königs zu erzürnen. Zu viele Haie hielten sich innerhalb des Riffs auf. Das war das Problem. Ein junges Mädchen und ein alter Mann waren schon von ihnen gefressen worden. Und von den jungen Männern, die es wagten, nach Hummern zu tauchen, war einer verschlungen worden, und ein anderer verlor eine Hand und einen Fuß.

Doch da war Keikiwai, das Kind des Wassers, erst elf Jahre alt, aber selbst ein halber Fisch und der Sprache der Fische mächtig. Die Häuptlinge kamen zu seinem Vater und baten ihn inständig, das Kind des Wassers nach Hummern auszuschicken, um den Bauch des Königs zu füllen und seinen Zorn abzuwenden.

Was nun geschah, wurde miterlebt und beobachtet. Denn die Fischer und ihre Frauen, die Taropflanzer, die Vogelfänger und die Häuptlinge und ganz Waihee, sie alle kamen herbei und traten von der Felskante zurück, auf der das Kind des Wassers stand und zu den Hummern tief unten am Meeresgrund hinunterblickte.

Und ein Hai, der mit seinen Katzenaugen hinaufschaute, beobachtete ihn und holte mit dem Signal ›Frisches Fleisch‹ in der Haisprache alle Haie in der Lagune herbei. Denn auf diese Weise arbeiten die Haie zusammen, deshalb sind sie auch so stark. Und die Haie kamen dem Ruf nach, bis vierzig von ihnen versammelt waren, lange und kurze, magere und dicke, vierzig an der Zahl; und sie sprachen miteinander und sagten: ›Seht euch diesen Leckerbissen von einem Kind an, diese köstliche Portion süßen Menschenfleisches, ohne das Salz des Meeres, dessen wir schon überdrüssig sind, schmackhaft und gut verträglich, ein köstlicher Genuß, der unter unseren Herzen nur so schmelzen wird, wenn unsere Bäuche ihn aufnehmen und ihm seine Süße entziehen.‹

Sie sagten noch viel mehr: ›Er ist gekommen, um Hummer zu fangen. Wenn er hineinspringt, gehört er einem von uns. Er ist nicht wie der Greis, den wir gestern fraßen, vor Alter zäh und trocken, und auch nicht wie die jungen Burschen, deren Gliedmaßen zu harte Muskeln hatten, sondern zart, so zart, daß er uns im Schlund zergehen wird, ehe er in den Magen gelangt. Wenn er hinabtaucht, werden wir uns auf ihn stürzen, und der Glückspilz unter uns wird ihn bekommen und, schwupps, wird er, mit einem Biß und auf einmal geschluckt, im Bauch des Glücklichsten unter uns verschwunden sein.‹

Und Keikiwai, das Kind des Wassers, hörte die Verschwörung, da er die Sprache der Haie verstand; und er richtete in der Hai-Sprache ein Gebet an Moku-halii, den Gott der Haie, und die Haie hörten es und winkten einander mit ihren

Schwanzflossen zu und zwinkerten mit ihren Katzenaugen zum Zeichen, daß sie seine Rede verstanden. Und dann sagte er: ›Ich werde nun nach einem Hummer für den König tauchen. Und mir wird nichts geschehen, weil der Hai mit dem kürzesten Schwanz mein Freund ist und mich beschützen wird.‹

Und mit diesen Worten hob er einen Brocken Lavagestein auf und warf ihn mit einem mächtigen Plumps einige Meter entfernt ins Wasser. Die vierzig Haie schwammen eiligst zu der Stelle, während er tauchte, und als sie entdeckten, daß sie ihn verfehlt hatten, war er schon auf dem Grund gewesen, wieder hochgekommen und kletterte aus dem Wasser zurück an Land, in der Hand einen dicken Hummer, einen Wahine-Hummer voller Eier für den König.

›Ha!‹ machten die Haie, höchst verärgert. ›Da ist ein Verräter unter uns. Dieser Leckerbissen von einem Kind, dieses süße Häppchen, hat es bestätigt und hat den einen unter uns bloßgestellt, der ihn gerettet hat. Laßt uns nun die Länge unserer Schwänze messen!‹

Was sie dann auch taten, in einer langen Reihe, Seite an Seite, wobei die mit den kurzen Schwanzflossen schwindelten und sich streckten, um länger zu erscheinen, und die mit den längeren schwindelten und sich streckten, um nicht ihrerseits übervorteilt und an Länge übertroffen zu werden. Sie waren sehr wütend auf den einen mit dem kürzesten Schwanz und stürzten sich von allen Seiten auf ihn und fraßen ihn auf, bis nichts mehr von ihm übrig war.

Wieder lauschten sie, während sie darauf warteten, daß das Kind des Wassers hineinsprang. Und wieder richtete das Kind des Wassers sein Gebet in der Sprache der Haie an Moku-halii und sagte: ›Der Hai mit dem kürzesten Schwanz ist mein Freund und wird mich beschützen.‹ Und wieder warf das Kind des Wassers einen Lavabrocken ins Meer, diesmal etliche Meter weit auf die andere Seite. Die Haie stürzten darauf zu und stießen in ihrer Hast zusammen. Dabei peitschten ihre Schwanzflossen und spritzten so heftig, daß das Wasser voller Schaum war und sie nichts sehen konnten, und jeder dachte, ein anderer verschlinge den Leckerbissen. Und das Kind des Wassers kam herauf und kletterte abermals mit einem dicken Hummer für den König heraus.

Und die neununddreißig Haie maßen ihre Schwänze und fraßen den mit dem kürzesten auf, so daß es nur noch achtunddreißig Haie waren. Und das Kind des Wassers fuhr fort mit dem, was ich geschildert habe, und auch die Haie machten weiter so, wie ich es erzählt habe, und für jeden Hai, den seine Brüder fraßen, wurde wieder ein dicker Hummer für den König auf den Felsen gelegt. Natürlich gab es viel Zank und Streit unter den Haien, als sie ihre Schwänze maßen. Doch am Ende war alles korrekt und mit rechten Dingen zugegangen, denn als nur noch zwei Haie übrig waren, waren es auch die beiden größten der ursprünglich vierzig Haie.

Und das Kind des Wassers behauptete wieder, daß der Hai mit dem kürzesten Schwanz sein Freund sei, narrte die beiden Haie erneut mit einem Lavabrocken und brachte noch einen Hummer herauf. Jeder der beiden Haie bezichtigte den anderen, er besitze den kürzeren Schwanz, und sie kämpften miteinander, um sich gegenseitig aufzufressen, und der mit dem längeren Schwanz gewann –«

»Halt, o Kohokumu!« unterbrach ich ihn. »Vergiß nicht, daß dieser Hai bereits –«

»Ich weiß, was du sagen willst«, schnitt er mir das Wort ab. »Und du hast recht. Er brauchte sehr lange, um den neununddreißigsten Hai zu fressen, denn in dem neununddreißigsten Hai steckten schon die neunzehn anderen Haie, die er gefressen hatte, und in dem vierzigsten Hai die neunzehn anderen Haie, die er verschlungen hatte, und er hatte auch nicht mehr den gleichen Appetit wie zu Anfang. Aber du darfst nicht vergessen, daß er schon von vornherein ein sehr großer Hai war.

Er brauchte so lange, um den anderen Hai und die neunzehn Haie, die dieser im Bauch hatte, zu fressen, daß er immer noch fraß, als die Dunkelheit hereinbrach und die Leute von Waihee mit all den Hummern für den König heimgingen. Und fanden sie nicht den letzten Hai am nächsten Morgen tot am Strand? Sein Leib war von der Völlerei geplatzt und klaffte weit.

Kohokumu kam nun zu Ende und hielt meinem Blick mit seinen verschmitzten Augen stand.

»Halt, o Lakana!« kam er den Worten zuvor, die mir auf der Zunge lagen. »Ich weiß, was du als nächstes sagen willst. Du willst sagen, daß ich das ja nicht mit meinen eigenen Augen gesehen habe und daß ich deshalb nicht sicher weiß, was ich dir erzähle. Aber ich weiß es doch und kann es dir auch beweisen. Mein Vater kannte den Enkel des Onkels von Keikiwais Vater. Außerdem ist dort auf der Felsspitze, auf die ich mit meinem Finger zeige, die Stelle, wo das Kind des Wassers stand und von wo es hinuntersprang. Ich habe dort selbst nach Hummern getaucht. Es ist ein ausgezeichneter Platz für Hummer. Ich habe dort auch oft Haie bemerkt. Und dort am Grund sind, was ich am besten wissen muß, weil ich sie gesehen und gezählt habe, die neununddreißig Lavabrocken, die das Kind des Wassers, wie ich es dir schilderte, hineingeworfen hat.«

»Aber –«, begann ich.

»Ha!« unterbrach er mich erneut. »Sieh nur! Während wir jetzt reden, haben die Fische wieder angefangen zu beißen.«

Er deutete auf drei Bambusstangen, die sich aufgerichtet hatten, einen wilden Tanz vollführten und anzeigten, daß drunten an den Leinen Fische am Haken hingen, die sich heftig wehrten. Als er sich nach seinem Paddel bückte, brummte er in meine Richtung:

»Natürlich weiß ich es. Die neununddreißig Lavasteine liegen immer noch dort. Du kannst sie selbst zählen, wann immer du willst. Natürlich weiß ich es, und ich weiß es ganz genau.«

DIE STARKE BRANDUNG

Den Touristinnen unter dem Laubdach der Hau-Bäume, die den Strand vor dem Moana-Hotel säumen, blieb die Luft weg, als Lee Barton und seine Frau Ida aus den Umkleidekabinen traten. Und als das Paar an ihnen vorbei zum Sand hinunterging, rangen sie immer noch um ihre Fassung. Nicht etwa, daß Lee Barton etwas an sich gehabt hätte, das ihnen den Atem raubte. Diese Damen waren nicht von der Sorte, denen beim Anblick eines nur mit einem Badeanzug bekleideten männlichen Körpers der Atem stockte, gleichgültig mit welchen prächtigen Proportionen und schwellenden Muskeln so ein Körper auch ausgestattet sein mochte. Dennoch würde der Anblick seiner Gestalt Trainer und Sportlehrer zu einem anerkennenden Schnauben verleitet haben. Nur hätten sie nicht so wie die Frauen nach Luft geschnappt, bei denen diese Reaktion Ausdruck moralischer Entrüstung war.

Ida Barton war die Ursache ihrer mißbilligenden Irritation. Bereits der erste Blick, den sie von ihr erhaschten, löste dieses tiefe Mißfallen aus. Sie dachten – mit solcher Inbrunst betrogen sie sich selbst –, daß sie über ihren Badeanzug entrüstet wären. Doch Freud hat aufgezeigt, wie manche Menschen immer dann, wenn Erotik ins Spiel kommt, dazu neigen, eine Sache durch eine andere zu ersetzen und an diesem Ersatz so heftig Anstoß zu nehmen, als liefere er den wahren Grund.

Ida Bartons Badeanzug war, was Damenbadeanzüge angeht, sehr hübsch. Aus feinster, dichtgewebter schwarzer Wolle mit weißem Besatz und einem weißen Gürtel, war er hochgeschlossen, kurzärmelig, mit angesetztem kurzen Röckchen. Ebenso kurz wie der Rock war auch die Beinbekleidung. Und doch waren viele der Damen am Strand vor dem angrenzenden Outrigger-Club, die ins Wasser gingen oder wieder herauskamen, ohne daß jemand bei ihrem Anblick nach Atem rang, viel gewagter gekleidet. Ihre Badeanzüge mit kurzen Beinen und Röcken paßten ihnen wie angegossen, waren jedoch ärmellos, wie es bei Herrenbadeanzügen üblich ist, mit tiefausgeschnittenen Armlöchern, und zeigten durch die entblößten Achselhöhlen, daß die Trägerinnen mit dem 1916 üblichen Dekolleté vertraut waren.

Es war also nicht der Badeanzug Ida Bartons, wenn die Damenwelt sich auch gerne dieser Täuschung hingeben wollte. Es waren in erster Linie ihre Beine, oder sagen wir, es war ihre gesamte Erscheinung, dieses süße und funkelnde Juwel ihrer Weiblichkeit, das die Anwesenden aus dem seelischen Gleichgewicht brachte. Ob Witwe, verheiratete Frau oder junges Mädchen, die allesamt ihre schlaffen Muskeln schonten oder ihren Treibhausteint im Schatten des Laubdaches der Hau-Bäume pflegten, sie alle empfanden die unmittelbare Herausforderung, die von ihr ausging. Denn sie war auch eine Bedrohung und mit ihrer Überlegenheit ein Angriff auf den von ihnen gewählten, mehr oder weniger erfolgreichen Lebensplan.

Doch sie sprachen es nicht aus. Sie erlaubten sich nicht einmal, es zu denken. Sie glaubten, es sei der Badeanzug, und sagten das auch den anderen gegenüber, ohne die zwanzig viel gewagter gekleideten, aber nicht so gefährlich schönen Frauen zu beachten. Hätte man aus den Seelen dieser mißbilligenden Geschöpfe herausfiltern können, was der Verdammung von Idas Badeanzug zugrunde lag, so wäre man auf den von sexueller Eifersucht erfüllten Gedanken gestoßen, *daß es keiner Frau, die so schön war wie diese, gestattet sein dürfte, ihre Schönheit zu zeigen.* Es war ihnen gegenüber einfach nicht fair. Welche Chance blieb ihnen bei einer so unübersehbaren bar gefährlichen Rivalin schließlich noch, Männer zu erobern?

Sie hatten recht. Denn Stanley Patterson sagte zu seiner Frau, die sich wie er im Sand neben dem kleinen Süßwasserbach trocknen ließ, den die Bartons auf ihrem Weg zum Strand des Outrigger-Clubs durchwateten:

»Großer Gott, Herr über alles, was Modell sitzt, schau sie dir an! Meine Liebe, hast du je eine kleine Frau mit einem solchen Paar Beine gesehen? Schau nur, wie rund und wohlgeformt sie sind. Es sind Knabenbeine. Ich habe Federgewichte im Boxring mit solchen Beinen gesehen. Und dabei sind es doch auch unverkennbar Frauenbeine. Da besteht kein Zweifel. Die geschwungene Linie dieses Oberschenkels auf der Vorderseite! Und die sie genau ergänzende Fülle auf der Rückseite! Und wie sich die einander gegenüberliegenden Kurven zum Knie hin verjüngen, zu einem Knie, das wirklich ein Knie ist! Mich juckt es in den Fingern. Wenn ich jetzt etwas Ton hier hätte.«

»Es ist ein vollkommenes menschliches Knie«, stimmte ihm, nicht weniger überwältigt, seine Frau zu, denn wie ihr Mann war auch sie Bildhauerin. »Schau nur, wie sich das Gelenk unter der Haut bewegt. Es hat Form und ist glücklicherweise nicht unter einer Fettschicht begraben.« Sie schwieg und seufzte, als sie an ihre eigenen Knie dachte. »Es ist fehlerfrei und schön und zierlich. Welch eine Anmut! Wenn ich je die Anmut eines Körpers gesehen habe, dann jetzt. Wer sie wohl ist?«

Stanley Patterson, der sie immer noch gebannt anstarrte, übernahm wieder seinen Part des Chorus.

»Hast du gesehen, daß bei ihr die runden Muskelkissen auf der Knieinnenseite, die die meisten Frauen x-beinig erscheinen lassen, fehlen. Es sind Knabenbeine, fest und trittsicher –«

»Und doch reizende Frauenbeine, weich und rund«, beeilte sich seine Frau hinzuzufügen. »Und schau, Stanley! Sieh nur, wie sie auf den Fußballen geht. Sie wirkt dadurch so leicht wie eine Schwanendaune. Jeder Schritt scheint ein wenig über der Erde zu schweben, und jeder weitere hebt sie noch ein bißchen höher, bis man den Eindruck erhält, sie fliege oder sei gerade im Begriff, aufzusteigen ...«

Soweit Stanley Patterson und seine Frau. Aber sie waren Künstler und sahen sie deshalb mit anderen Augen, während die Spießruten der anderen Blicke Ida Barton überall auf den Lanais (Veranden) des Outrigger-Clubs und im Schatten der Hau-Bäume des dicht angrenzenden Seaside-Hotels verfolgten. Der größte Teil des Publikums im Outrigger bestand nicht aus Touristen, sondern aus Clubmitgliedern und Leuten, die schon seit langem auf Hawaii lebten. Und sogar diese Frauen rangen nach Atem.

»Es ist einfach unanständig«, meinte Mrs. Black zu ihrem Mann Hanley. Sie selbst war eine um die Taille herum viel zu füllige Matrone von fünfundvierzig, die auf den Hawaii-Inseln geboren war und nie etwas von Ostende gehört hatte.

Hanley Black bedachte die strafbare Formlosigkeit seiner Frau und ihren prallen vorsintflutlichen Badeanzug mit einem vernichtenden Blick. Sie waren lange genug miteinander verheiratet, so daß er mit seiner Meinung nicht hinter dem Berg hielt.

»Der Badeanzug dieser fremden Dame läßt deinen eigenen unanständig aussehen. Du erscheinst wie ein Geschöpf, das sich schmählich bemüht, unter einem grotesken Gewand irgendeine geheime Scheußlichkeit zu verbergen.«

»Sie hat die Körperhaltung einer spanischen Tänzerin«, sagte Frau Patterson zu ihrem Mann, denn die beiden waren in dem kleinen Bach hinter ihrem Traumbild hergewatet.

»Beim heiligen Georg, das ist wahr«, stimmte Stanley Patterson ihr bei. »Sie erinnert mich an Estrellita. Der Torso gerade ausgeprägt genug, schlanke Taille, nicht zu mager in der Bauchgegend, mit Muskeln wie ein junger Boxer, der seinen Leib gestählt hat, um die Schläge nicht fürchten zu müssen. Sie braucht sie, um sich so zu halten und als Gegengewicht zur Rückenmuskulatur. Sieh nur diese muskulöse Rückenlinie! Wie bei Estrellita.«

»Wie groß, meinst du, wird sie sein?« erkundigte sich seine Frau.

»Das täuscht bei ihr«, war die taxierende Antwort. »Sie könnte etwa einen Meter fünfundfünfzig, vielleicht auch einen Meter sechzig oder einen Meter dreiundsechzig messen. Das kommt durch ihre Art zu gehen, die du als fast schwebend bezeichnet hast.«

»Ja, das ist es«, stimmte Frau Patterson zu. »Es ist ihre Energie, diese unbändige Lebenskraft, die sie scheinbar auf den Zehenspitzen gehen läßt.«

Stanley Patterson dachte eine Weile darüber nach.

»Ja, genau«, rief er aus. »Sie ist eigentlich ziemlich klein. Ich würde ihr ohne Schuhe einen Meter achtundfünfzig geben. Und als Gewicht würde ich ihr höchstens neunundvierzig, fünfzig, äußerstenfalls zweiundfünfzig Kilo zugestehen.«

»Sie wiegt bestimmt keine fünfzig Kilo«, behauptete seine Frau im Brustton der Überzeugung.

»Und angezogen und noch dazu mit ihrer Haltung (die der Vitalität und Willenskraft entspringt) würde ihre kleine Statur niemandem auffallen.«

»Ich kenne diese Art Frau«, nickte seine Frau. »Du begegnest ihr irgendwo in der Gesellschaft, und du hast das Gefühl, als sei sie, obwohl nicht unbedingt eine grazile, große Frau, doch sehr viel größer als der Durchschnitt. Und nun ihr Alter?«

»Das kannst du am besten einschätzen«, wich er aus.

»Sie könnte fünfundzwanzig, aber ebensogut achtunddreißig sein ...«

Doch Stanley Patterson hatte ihr unhöflicherweise gar nicht zugehört.

»Es sind nicht nur ihre Beine!« rief er bewundernd aus. »Es ist ihre gesamte Erscheinung. Sieh nur die Zartheit ihres Unterarms. Und die sanft ansteigende Linie bis zur Schulter. Und dieser Bizeps! Er ist kräftig. Ich möchte wetten, daß sie ihn ganz beachtlich anspannen kann...«

Keiner Frau, viel weniger noch einer Ida Barton, hätte die Wirkung verborgen bleiben können, die sie am Strand von Waikiki hervorrief. Aber statt sie glücklich und ein wenig stolz zu machen, irritierte es sie nur.

»Diese falschen Frauenzimmer«, lachte sie ihrem Mann zu. »Und wenn man bedenkt, daß ich vor fast genau einem Drittel Jahrhundert hier geboren bin! Aber damals waren sie noch nicht so schlimm. Vielleicht weil es damals keine Touristen gab. Ja, Lee, genau an diesem Strand vor dem Outrigger habe ich schwimmen gelernt. Wir kamen immer mit Papa in den Ferien und an den Wochenenden hierher und kampierten in einer Grashütte, die eben an der Stelle stand, wo jetzt die Damen des Outrigger-Clubs ihren Tee einnehmen. Und Tausendfüßler fielen von dem Strohdach auf uns herab, während wir schliefen, und wir aßen alle Poi und Opihis und rohen *Aku*, und niemand hatte besonders viel an beim Schwimmen und Fischen, und es gab keine richtige Straße zur Stadt. Ich erinnere mich, daß sie bei starken Regenfällen manchmal so überschwemmt war, daß wir mit dem Kanu in die Stadt fahren mußten, über das Riff und dann durch den Hafen von Honolulu.«

»Wenn mich nicht alles täuscht«, fügte Lee Barton hinzu, »war das gerade zu der Zeit, als ein gewisser junger Bursche hierherkam, um auf seiner Rundreise für ein paar Wochen zu bleiben. Ich muß dich damals am Strand gesehen haben – eines von den Kindern, die wie die Fische schwammen. Ja, gütiger Gott, die Frauen hier ritten alle im Herrensitz, und das war lange, bevor die übrige weibliche Gesellschaft dies nicht mehr als unsittlich ansah und auch dazu überging, gleichzeitig beide Seiten eines Pferdes zu benutzen. Damals lernte ich selbst an diesem Strand schwimmen. Du und ich, wir haben vielleicht sogar auf den gleichen Brechern das Wellenreiten geübt, oder ich habe dir vielleicht eine Handvoll Wasser in den Mund gespritzt, und du hast mir dafür die Zunge herausgestreckt –«

Unterbrochen durch das hörbare, entrüstete Nach-Luft-Schnappen eines altjüngferlich wirkenden weiblichen Wesens, das sich in ihrer unmittelbaren Nähe in einem ungeheuer häßlichen Badeanzug sonnte, bemerkte Lee Barton, wie seine Frau sich unwillkürlich und fast sichtbar verkrampfte.

»Ich finde das amüsant«, sagte er zu ihr. »Dadurch werden deine kräftigen, kleinen Schultern nur noch kräftiger. Es mag dich vielleicht befangen machen, aber es gibt dir auch gleichzeitig ein unwahrscheinliches Selbstvertrauen.«

Denn, das muß man vorausschicken, Lee Barton war ein Übermensch ebenso wie seine Frau Ida, oder zumindest waren sie Personen, die von unerfahrenen Buchrezensenten so bezeichnet wurden, von oberflächlichen Männern und Frauen, akademisch verbildeten, saft- und kraftlosen Kritikern, die aufgrund des jämmerlichen Existenzniveaus, auf dem sie sich bewegen, nicht mehr imstande sind, großartige Menschen wahrzunehmen, die ihren Horizont übersteigen. Dieses traurige Völkchen, Echos einer längst überlebten Vergangenheit und aufdringliche, selbsternannte Sargträger der Gegenwart und Zukunft, die, Eunuchen gleich, nur stellvertretend leben und als Platzhalter fremder Sinnlichkeit agieren, behauptet, da sie selbst, ihre Umgebung und ihre beschränkten Lebensäußerungen mittelmäßig und banal sind, daß kein Mann und keine Frau über das Mittelmaß und das Banale hinausgelangen kann.

Da ihnen selbst Großartigkeit fehlt, sprechen sie der ganzen Welt Großartigkeit ab, zu feige für das Außergewöhnliche und den Heldenmut, versichern sie, daß Außergewöhnlichkeit und Heldenmut allerspätestens im Mittelalter aufgehört hätten zu existieren; selbst nur flackernde kleine Lichter, sind ihre schwachen Augen geblendet, so daß sie die flammenden Feuer anderer Seelen, die ihren Himmel erleuchten, nicht sehen. Da sie nicht mehr Kraft besitzen, als man sie Pygmäen zugestehen mag, können sie sich nicht vorstellen, daß anderen ein größeres Potential innewohnt. Früher gab es Riesen; doch diese Riesen sind, wie ihnen ihre modrigen Bücher erzählen, längst ausgestorben, und nur ihre Gebeine sind noch übrig. Weil man nie Berge gesehen hat, gibt es auch keine Berge.

Im Morast ihres in selbstzufriedener Weise auf Ewigkeit angelegten Bauernteiches behaupten sie, daß es außer in Märchenbüchern, alten Sagen und abergläubischen Überlieferungen keine hellgewandeten, leuchtenden Figuren mit strahlenden Mienen geben könne. Da sie nie Sterne erblickt haben, leugnen sie die Sterne. Da sie nie die leuchtenden Pfade, noch die Sterblichen gesehen haben, die auf ihnen wandeln, bestreiten sie die Existenz der Lichtpfade ebenso wie die Existenz der strahlenden Menschen, die sich auf diese Lichtpfade wagen. Weil sie die verengten Pupillen ihrer Augen für den Mittelpunkt der Welt halten, stellen sie sich das Universum nach ihrem eigenen Bild vor, machen ihre dürftigen Persönlichkeiten zu armseligen Maßstäben, mit denen sie die hell glänzenden Seelen messen wollen, indem sie sagen: »So groß sind alle Seelen und nicht größer; es ist unmöglich, daß es größere geben sollte, als wir es sind, und unsere Götter wissen, welche imposante Statur wir haben.«

Aber alle oder doch beinahe alle am Strand verziehen Ida ihren Badeanzug und ihre Figur, als sie ins Wasser ging. Eine Berührung ihrer Hand am Arm ihres Mannes, eine Andeutung und Aufforderung in ihrem lachenden Gesicht, und die beiden rannten ein halbes Dutzend Schritte, als wären sie eins, und sprangen gleichzeitig wie eine Person von dem festen, nassen Sand des Strandes ab, wobei ihre Körper in der Luft flache Kurven beschrieben, bevor sie ins Wasser tauchten.

Es gibt in Waikiki zwei Brandungen: die große Sturzseenbrandung, die weit draußen hinter der Sprungplattform tost, und die kleinere, sanftere, Wahine- oder Frauenbrandung, die sich am Ufer selbst bricht. Hier ist es sehr flach, so daß man dreißig oder mehr Meter waten kann, bevor es tief wird. Und doch erzeugt die Wahine-Brandung manchmal bis eineinhalb Meter hohe Wellen, so daß der feste Sandboden in Ufernähe einen Meter oder auch nur zehn Zentimeter tief unter der tobenden Gischt liegen kann. Vom Strand aus hier hineinzutauchen, sich im schnellen Lauf abzustoßen und durch die Luft zu fliegen, sich mitten im Flug zu drehen, so daß die Fersen nach oben und der Kopf nach unten schauen, und mit dem Kopf voran in das Wasser hineinzutauchen, dazu muß man die Wellen ganz genau kennen, den richtigen Zeitpunkt abschätzen und geübt und gewandt sein, um in solch wechselnde Wassertiefen mit einem schönen, furchtlosen Kopfsprung so flach wie nur möglich einzutauchen.

Es ist ein hübscher und gewagter Trick, den man sich nicht an einem Tag aneignen kann. Er kann überhaupt nicht ohne den einen oder anderen sanften Aufprall auf dem Meeresboden gelernt werden, wobei mancher einer Schädelfraktur oder einem Genickbruch nur um Haaresbreite entgangen ist. Hier an dieser Stelle, wo die Bartons so traumhaft schön ins Wasser sprangen, hatte sich zwei Tage zuvor ein Leichtathlet von der Stanford Universität das Genick gebrochen. Er hatte den Zeitpunkt des Steigens und Absinkens einer Wahine-Welle falsch eingeschätzt.

»Eine Berufssportlerin«, kommentierte Mrs. Black spöttisch Ida Bartons Bravourstück.

»Irgend so eine Sensationsdarstellerin vom Varieté«, war eine der vergleichbaren Bemerkungen, mit denen die im Schatten lagernden Damen einander selbstzufrieden beruhigten; sie fanden durch den sonderbaren geistigen Vorgang der Selbsttäuschung Genugtuung in der allein vom Geld bestimmten gesellschaftlichen Unterscheidung zwischen jemandem, der für sein Essen arbeiten mußte, und ihnen, die das nicht zu tun brauchten.

An diesem Tag herrschte in Waikiki eine hohe Brandung. Die Wahine-Brandung war sogar für die geübten Schwimmer rauh genug. Doch weiter hinaus, in die Kanaken- oder Männerbrandung, wagte sich niemand. Nicht daß den zwanzig oder mehr jungen Wellenreitern, die am Strand herumlagen, der Mut fehlte; vielmehr wußten sie nur zu gut, daß selbst ihre größten Auslegerkanus vollaufen und ihre Surfbretter in dem Sichbrechen und Herabstürzen der donnernden Wassermassen umschlagen würden. Sie selbst, jedenfalls die meisten von ihnen, hätten schwimmen können, denn es ist möglich, Brecher zu durchtauchen, die man mit Kanus und Surfbrettern nicht bewältigen kann. Doch sie waren von Honolulu nach Waikiki gekommen, um auf den Wellen zu reiten, sich aus dem Schaum zu erheben, um aufrecht in voller Größe frei über dem Wasser zu stehen und gleichsam beflügelt oder wie dahinstürmende Rosse auf den Strand zuzurasen. Nur das reizte sie.

Der Steuermann des Kanus Nummer Neun, selbst ein langjähriges Mitglied des Outrigger-Clubs und mehrmaliger Medaillengewinner im Langstreckenschwimmen, hatte nicht gesehen, wie die Bartons ins Wasser gesprungen waren und erspähte sie erst hinter der letzten Girlande der Badenden, die sich an den Halteleinen anklammerten. Von da an ließ er sie von seinem günstigen Posten auf dem oberen Lanai nicht mehr aus den Augen. Als sie an dem Stahlgerüst vorbeischwammen, wo ein paar der kühnsten Kunstspringer sich vergnügten, murmelte er verärgert »Verdammte Malihinis!« vor sich hin.

Nun heißt ›Malihini‹ soviel wie Neuankömmling, Greenhorn, und trotz ihres eleganten Schwimmstils wußte er, daß nur Malihinis sich in die Rinne hinter der Sprungplattform wagen würde. Deshalb war der Bootsführer der Nummer Neun so verärgert. Er ging zum Strand hinunter, ließ hier und da ein leises Wort fallen und stellte eine Mannschaft aus den kräftigsten Wellenreitern zusammen. Dann kehrte er mit einem Fernglas bewaffnet zu seinem Lanai zurück. Eher beiläufig trug die sechsköpfige Besatzung die Nummer Neun dicht an das Wasser, sah nach, ob die Paddel und alles andere in Ordnung waren, um schnell ablegen zu können, und streckte sich dann wieder unbekümmert auf den Sand. An ihnen lag es, daß niemand bemerkte, daß irgend etwas im Gange war, wenn sie auch ab und zu verstohlene Blicke hinauf zu ihrem Steuermann warfen, der angestrengt durch sein Fernglas schaute.

Der Kanal war durch den Zufluß von Süßwasser entstanden. Korallen können nicht im Süßwasser leben. Was die starke Strömung verursachte, die in dieser Rinne herrschte, war der ungeheure, landeinwärts gerichtete Wellengang des Meeres. Da das hochaufgetürmte Wasser vom Strand aus zurückflutete und doch durch den unaufhörlichen Ansturm der Kanaken-Brandung jedesmal wieder zurückgetrieben wurde, gelangte es nur durch den Kanal und in Form einer Widersee unter den Brechern hindurch zurück ins Meer. Selbst im Kanal türmten sich die Wellen, jedoch nicht zu der herrlichen Schreckensgröße wie rechts und links davon. Deshalb konnte ein Kanu oder ein verhältnismäßig kräftiger Schwimmer sich in den Kanal wagen. Doch mußte der Schwimmer wirklich kräftig sein, um gegen den Sog anzukommen. Das war auch der Grund, weshalb der Steuermann der Nummer Neun seine Wache fortsetzte und weiterhin gemurmelte Verwünschungen gegen die Malihinis ausstieß. In seiner Verärgerung war er sicher, daß diese beiden Malihinis ihn dazu zwingen würden, die Nummer Neun zu Wasser zu lassen, um sie zu retten, sobald sie merkten, daß die Strömung zu stark war, um an Land zu schwimmen. Hätte er sich in ihrer mißlichen Lage befunden, dann würde er nach links abgeschwenkt sein und auf den Diamond Head zugehalten haben, um sich von den Wellenbergen der Kanakenbrandung an Land spülen zu lassen. Aber er war auch ein ganzer Kerl, ein bronzefarbener Herkules von zweiundzwanzig, der reinrassigste Weiße, der je von einer subtropischen Sonne mahagonibraun gefärbt worden war und dessen wohlproportionierter und muskulöser Körper den herrlichen Formen des Fürsten Kahanamoku glich. Auf einer Strecke von hundert Metern hätte ihn der amtierende Weltmeister um genau eine Sekunde geschlagen, aber bei einer Entfernung von mehreren Kilometern konnte er dafür den Champion ständig umkreisen.

Außer dem Bootsführer und seiner Mannschaft wußte keiner von den vielen Hunderten von Menschen am Strand, daß die Bartons die Sprungplattform hinter sich gelassen hatten. Alle, die sie beim Hinausschwimmen beobachtet hatten, gingen davon aus, daß sie sich zu den anderen auf der Plattform gesellt hatten.

Plötzlich sprang der Bootsführer auf das Verandageländer, hielt sich mit einer Hand an einem Pfeiler fest und visierte die beiden punktgroßen Köpfe erneut durch sein Glas an. Seine Vermutung bestätigte sich. Die beiden Narren waren aus dem Kanal heraus in Richtung Diamond Head abgedreht und befanden sich genau seewärts vor der Kanakenbrandung. Noch schlimmer, gerade, als er hinsah, schickten sie sich an, durch die Kanakenbrandung hindurch an Land zu schwimmen.

Er warf einen raschen Blick hinunter auf das Kanu, und als

er noch hinschaute und die scheinbar müßig herumliegende Mannschaft ruhig aufstand und ihre Plätze neben dem Kanu einnahm, um es zu Wasser zu lassen, fällte er seine Entscheidung. Ehe das Kanu in dem Kanal auf gleicher Höhe sein konnte, würde es mit dem Mann und der Frau schon vorbei sein. Und angenommen, das Kanu erreichte sie, so würde es in dem Augenblick, da es sich in die Brandung wagte, vollschlagen, und selbst der beste Schwimmer unter ihnen hätte wenig Aussicht, einen Menschen zu retten, den die Wucht der großen Sturzseen auf dem Meeresgrund zu Brei zerstampfte.

Der Steuermann sah, wie die erste Kanakenwoge, zwar groß an sich, jedoch klein im Vergleich mit ihren Genossen, sich seewärts hinter den beiden winzigen Schwimmern erhob. Dann sah er sie Seite an Seite kraulen, lang ausgestreckt auf der Oberfläche, mit den Gesichtern unter Wasser, während ihre Füße wie Propeller wirbelten und ihre Arme mit schnellen Schlägen wie Dreschflegel arbeiteten, als sie versuchten, Tempo zu machen, um sich der Geschwindigkeit der sie einholenden Welle anzupassen, so daß sie von ihr erfaßt und mitgenommen wurden, anstatt hinter ihr zurückzubleiben. Auf diese Weise würden sie, wenn sie kaltblütig und geschickt genug waren, vor dem Kamm auf der Welle zu reiten, anstatt hochgeschleudert und zerschmettert oder kopfüber in den Abgrund gestürzt zu werden, auf den Strand zustürmen, getrieben nicht von ihrer eigenen Kraft, sondern von der Gewalt der Woge, mit der sie eins geworden waren.

Und sie schafften es! »Was für Schwimmer«, sagte der Steuermann der Nummer Neun leise zu sich selbst. Gespannt beobachtete er sie weiter. Die besten Schwimmer könnten sich bis zu etwa hundert Meter weit auf so einer Welle halten. Aber konnten sie das? Wenn ja, dann hätten sie ein Drittel ihres Weges durch jene Gefahrenzone bewältigt, der sie sich selbst ausgeliefert hatten. Die Frau jedoch, er hatte so etwas erwartet, blieb zuerst zurück, da ihr Körper dem Wasser nicht so eine große Angriffsfläche bot wie der ihres Mannes. Nach etwa zwanzig Metern ging sie unter. Von dem Tonnengewicht des über ihr zusammenschlagenden Wassers wurde sie nach unten gedrückt und war nicht mehr zu sehen. Ihr Mann folgte ihr, und beide kamen, hinter der Welle schwimmend, die sie verloren hatten, wieder zum Vorschein.

Der Bootsführer sah die nächste Welle zuerst. »Wenn sie auf der zu reiten versuchen, dann gute Nacht«, murmelte er, denn er wußte, daß es den Schwimmer noch nicht gab, der mit ihr fertig werden würde. Selbst noch ohne Schaumbart, war dieser Wellenberg doch der Vater aller Bärtigen, eineinhalb Kilometer lang erhob er sich schon viel weiter draußen als die anderen, türmte seine kompakten Massen höher und höher, bis er den Horizont verdeckte und wie ein Riese seine Genossen überragte, ehe sein Gischtbart zu wachsen begann und sein Kamm sich zum Überschlagen ausdünnte.

Doch es war offensichtlich, daß der Mann und die Frau sich mit hohem Wellengang auskannten. Keinen einzigen schnellen Zug machten sie vor der Welle. Der Bootsführer klatschte ihnen innerlich Beifall, als er sah, wie sie sich zur Welle umdrehten und auf sie warteten. Es war ein Bild, das von allen Menschen am Strand nur er allein sah, herrlich deutlich und lebhaft durch sein Vergrößerungsglas. Die Wellenwand war wirklich eine Wand, die immer höher und höher und ganz oben immer dünner wurde, bis sie eine Transparenz erreichte, die die Farben der untergehenden Sonne durch das Grün und Blau des Meeres schimmern ließ. Das Grün lichtete sich zu einem helleren Ton, der, noch als er hinsah, ins Blaue überging. Doch es war ein leuchtender Edelstein mit unzähligen funkelnden rosé- und goldfarbenen Sprenkeln, die im Sonnenlicht glitzerten. Weiter hinauf zum sprießenden Bart des ansteigenden Wellenkamms wurde die Farborgie immer intensiver, bis sie sich schließlich in ein sprühendes Kaleidoskop ineinander verschwimmender Regenbogen verwandelte.

Vor der Wellenfront waren die Köpfe des Mannes und der Frau nur als zwei winzige Punkte sichtbar. Lebendige Punkte waren es, die sich tollkühn zwischen die blinden Elementargewalten wagten und den titanischen Schlägen der See die Stirn boten. Das Gewicht dieser herabstürzenden Urwelle, die sich jetzt über ihren Köpfen auftürmte, konnte einen Mann betäuben oder einer zarten Frau die Knochen brechen. Der Bootsführer der Nummer Neun bemerkte nicht, daß er den Atem anhielt. Auch den Mann hatte er ganz vergessen, er dachte nur an die Frau. Verlor sie den Kopf oder den Mut oder setzte sie ihre Muskeln für einen Augenblick falsch ein, dann konnte sie durch diesen gigantischen Schlag dreißig Meter oder weiter durch die Luft geschleudert werden und würde mit verrenkten Gliedern hilflos und halb erstickt weitertreiben, um auf dem Korallengrund zermalmt und von der Unterströmung ins offene Meer hinausgespült zu werden, wo sie dann jener Haiart, die zu feige ist, sich lebendes Menschenfleisch zu holen, als Futter gedient hätte.

Warum tauchten sie nicht tief und beizeiten unter, fragte sich der Bootsführer, anstatt bis zum letzten Augenblick zu warten, wenn es vielleicht schon zu spät war! Er sah, wie die Frau den Kopf wandte und dem Mann zulachte und wie er seinerseits mit einer Kopfdrehung reagierte. Der Gischtbart, der über ihnen hing, zuerst cremeweiß, dann ins Rosé- und Goldfarbene hinüberschäumend, wurde in einem Sprühregen von Juwelen emporgeschleudert. Der frische ablandige Passatwind fing diese Bartfransen, blies sie zurück und meterhoch in die Luft. Und da tauchten sie, Seite an Seite, im Abstand von zwei Metern, geradewegs in den Wellenüberhang hinein, der sich eben chaotisch auflöste und zusammenfiel. Wie Insekten, die in den Kelchwindungen irgendeiner prachtvollen, riesigen Orchidee verschwinden, so verschwanden sie, als Schaumbart und Wellenkamm, Sprühregen und Juwelen mit der Wucht vieler Tonnen zusammenstürzten und donnernd genau dort niederschmetterten, wo sie sich noch vor einem Augenblick befunden hatten.

Hinter der Woge, die sie durchtaucht hatten, sah man sie schließlich nebeneinander, immer noch im Abstand von zwei Metern mit gleichmäßigen Zügen auf den Strand zuhalten, bis sie sich von der nächsten Welle mitnehmen lassen oder sich ihr zudrehen und durch sie hindurchschwimmen würden. Der Bootsführer der Nummer Neun bedeutete seiner Mannschaft mit einem Winken, daß er sie nicht mehr brauchte, setzte sich mit einem unbestimmten Gefühl von Müdigkeit auf das Geländer des Lanai und beobachtete weiterhin die Schwimmer durch sein Fernglas.

»Wer und was sie auch sein mögen«, murmelte er, »sie sind jedenfalls keine Malihinis. Sie können einfach keine Malihinis sein.«

Die Brandung in Waikiki ist nicht jederzeit, ja sogar nur selten so stark; und an den folgenden Tagen erregten Ida und Lee Barton, die häufig am Strand und im Wasser zu sehen waren, weiterhin verächtliches Interesse in den Herzen der Touristinnen; die Führer der Auslegerkanus hingegen sorgten sich nicht mehr um sie, wenn sie im Wasser waren. Sie beobachteten, wie das Paar hinausschwamm und in der blauen Ferne verschwand, und wenn sie Glück hatten, konnten sie es Stunden später zurückkehren sehen, oder auch nicht. Der springende Punkt war, daß die Bootsführer sich wegen ihrer Rückkehr keine Gedanken mehr machten, weil sie *wußten*, daß sie wiederkommen würden.

Der Grund hierfür war, daß sie keine Malihinis waren. Sie gehörten dazu. Mit anderen Worten, oder vielmehr mit dem kraftvollen hawaiischen Ausdruck, sie waren *Kamaaina*. Kamaaina-Männer und -Frauen von vierzig erinnerten sich an

Lee Barton noch aus ihren Kindheitstagen, als er wirklich ein Malihini gewesen war, wenn auch ein sehr junger. Seither hatte er nach etlichen langen Aufenthalten den Titel eines Kamaaina erlangt.

Ida Barton ihrerseits wurde von jungen Matronen ihres Alters (die sich insgeheim fragten, wie sie es schaffte, ihre Figur zu halten) mit Umarmungen und herzlichen hawaiischen Küssen begrüßt. Großmütter bestanden darauf, sie zum Tee einzuladen und in alten Gärten vergessener Häuser, die ein Tourist nie zu Gesicht bekommt, in Erinnerungen zu schwelgen. Kaum eine Woche nach ihrer Ankunft ließ die schon betagte Königin Liliuokalani nach ihr schicken und beklagte sich, daß sie vernachlässigt würde. Und alte Männer auf kühlen und dufterfüllten Lanais erzählten ihr mit zahnlosen Mündern vom Großpapa Kapitän Wilton, der zwar vor ihrer Zeit gelebt hatte, aber an dessen ungestüme Heldentaten und Schelmenstücke, die ihnen von ihren Vätern erzählt worden waren, sie sich mit Vergnügen erinnerten – Großpapa Kapitän Wilton oder David Wilton oder »Hansdampf«, wie ihn die Hawaiianer in jenen längst vergangenen Tagen zärtlich genannt hatten – Hansdampf, ehemaliger Nord-West-Händler, der gottlose, herumlungernde, schifflose und schiffbrüchige Skipper, der in Kailua am Strand gestanden und die allerersten Missionare begrüßt hatte, die mit der Brigg *Thaddeus* im Jahr 1820 angelandet waren, und der wenige Jahre später mit einer ihrer Töchter durchgebrannt war, um sie zu heiraten, zur Ruhe kam und den Kamehamehas lange Zeit und umsichtig als Finanzminister und Leiter der Zollbehörde diente und der als Fürsprecher und Vermittler zwischen den Missionaren auf der einen und den Strandräubern, den Händlern und den hawaiischen Häuptlingen auf der kunterbunten anderen Seite tätig gewesen war.

Aber auch Lee Barton wurde nicht übergangen. Inmitten all der Diners und Mittagessen, der Luaus und abendlichen

Poi-Essen, der Schwimm- und Tanzveranstaltungen als liebevolles Aloha ihnen beiden zu Ehren wurde seine Freizeit von der Bande lebhafter junger Burschen aus den alten Kohala-Tagen in Anspruch genommen, die seither erfahren mußten, daß sie über eine Verdauung und andere innere Funktionen verfügten, und die sich an so etwas wie ein gesetztes Leben gewöhnt hatten, die nicht mehr so oft lärmend zechten, sondern dafür viel Bridge spielten und oft zum Baseball gingen. Ähnlich verhielt es sich mit der alten Pokerclique aus Lee Bartons jüngeren Tagen, die jetzt um höhere Einsätze und Limits spielte, während sie Mineralwasser und Orangensaft trank und die letzte Jackpot-Runde unweigerlich auf Mitternacht festsetzte.

Da tauchte in all dem Veranstaltungsrummel Sonny Grandison auf, geboren auf Hawaii und hier eine führende Persönlichkeit, der trotz seiner jugendlichen einundvierzig Jahre das ihm angebotene Amt des Gouverneurs ausgeschlagen hatte. Auch hatte er vor einem Vierteljahrhundert Ida Barton in der Brandung von Waikiki untergetaucht, und noch früher, als er die Ferien auf der großen Lakanaii-Ranch seines Vaters verbrachte, hatte er sie und mehrere andere Knirpse im zarten Alter zwischen fünf und sieben Jahren auf haarsträubende Weise in seine Jungenbande »Die Kannibalen-Kopfjäger« oder »Die Schrecken von Lakanaii« eingeführt. Und davor wiederum hatten sein Großpapa Grandison und ihr Großpapa Wilton gemeinsame geschäftliche und politische Interessen verfolgt.

Erzogen in Harvard, war er eine Zeitlang ein um die Welt ziehender Forscher und Gesellschaftsliebling gewesen. Nach seiner Dienstzeit auf den Philippinen hatte er als Insektenkundler verschiedene Expeditionen durch Malaysia, Südamerika und Afrika begleitet. Mit einundvierzig war er immer noch Bevollmächtigter des Smithsonian Institute, während seine Freunde behaupteten, er verstünde mehr von Zuckerrohrschädlingen als die besten Insektenkundler die er und die mit ihm befreundeten Zuckerrohrpflanzer in der Versuchsstation beschäftigten. Ein wichtiger Mann in seiner Heimat, war er Hawaiis bekanntester Repräsentant im Ausland. Es war ein Gemeinplatz unter vielgereisten Hawaiianern, daß, wo auch immer auf der Welt sie ihre Heimat erwähnten, die erste Frage unweigerlich lautete: »Und kennen sie Sonny Grandison?«

Kurzum, er war der Sohn eines reichen Vaters, der es zu etwas gebracht hatte. Die ererbte Million hatte er auf zehn Millionen vermehrt, während er gleichzeitig die wohltätigen Spenden und Stiftungen beibehalten hatte und sie sogar durch seine eigenen noch in den Schatten stellte.

Aber das war noch nicht alles. Seit zehn Jahren Witwer ohne Nachkommenschaft, war er die beste und begehrteste Partie auf ganz Hawaii. Er war groß, schlank und elegant, mit brünettem Haar und kraftvollen Gesichtszügen, hatte die durchtrainierte Figur eines Sprinters ohne jeden Ansatz von Bauch. Kerngesund und stets bester Laune, stach er in jeder Runde hervor, und seine langsam ergrauenden Schläfen (im Kontrast zu seiner jugendlich straffen Haut und den strahlenden, lebhaften Augen) ließen ihn sogar noch distinguierter erscheinen. Trotz der gesellschaftlichen Verpflichtungen, die seine Zeit in Anspruch nahmen, und trotz seiner vielen Ausschußsitzungen, Vorstandstreffen und politischen Konferenzen fand er noch Zeit, die Polomannschaft von Lakanaii zu mehr als nur einem gelegentlichen Sieg zu führen, und auf seiner Heimatinsel wetteiferte er mit den Baldwins von Maui in der Zucht und Einfuhr von Polopferden.

Wenn bei einem Mann und einer Frau von auffallender Stärke und Lebenskraft ein zweiter und ebenso auffallend starker und vitaler Mann auf den Plan tritt, dann droht die Gefahr einer auffallend starken und vitalen Dreieckstragödie.

Und in der Terminologie des gewöhnlichen Volkes würde man eine solche Dreieckstragödie wohl als »erstklassig« und »unmöglich« beschreiben. Da von ihm der Wunsch und der Wagemut ausging, war es vielleicht Sonny Grandison, der sich zuerst der Situation bewußt wurde, wenn er sich auch sehr beeilen mußte, um der gefühlsmäßigen Einsicht einer Frau wie Ida Barton zuvorzukommen. Jedenfalls und unstrittig war der letzte von den dreien, der etwas merkte, Lee Barton, der dann auch prompt weglachte, was unmöglich wegzulachen war.

Als er zum erstenmal etwas wahrnahm – das sah er schnell ein –, war es bereits so spät, daß die Hälfte seiner Gastgeber und Gastgeberinnen schon Bescheid wußten. Wenn er sich zurückerinnerte, dann fiel ihm auf, daß seit einiger Zeit bei jedem gesellschaftlichen Ereignis, zu dem er und seine Frau eingeladen waren, Sonny Grandison ebenfalls unter den Gästen war. Wo immer sich die beiden aufgehalten hatten, waren sie zu dritt gewesen. Ob man nach Kahuku oder Haleiwa, nach Ahuimanu oder zu den Korallengärten von Kaneohe aufbrach, ob man auf dem Koko Head Picknick machte und schwamm, irgendwie wollte es der Zufall stets, daß Ida in Sonnys Wagen mitfuhr oder daß beide von jemand anderem mitgenommen wurden. Ob bei Tanzveranstaltungen, Luaus, Abendessen oder Ausflügen, immer war es dasselbe, alle drei waren dabei.

Nachdem Lee Barton sich dessen bewußt geworden war, konnte er nicht umhin, die Freude zu registrieren, die Ida jedesmal zeigte, wenn sie sich in Sonny Grandisons Gesellschaft befand, und auch ihre Bereitwilligkeit, mit ihm im selben Wagen zu fahren, mit ihm zu tanzen oder im Gleichtakt Tänze auszulassen, entging ihm nicht länger. Den besten Beweis aber lieferte Sonny Grandison selbst. Obgleich er ein einundvierzigjähriger, starker und erfahrener Mann war, konnte sein Gesicht doch seine Gefühle ebensowenig verbergen, wie ein ganz gewöhnlicher Bursche von zweiundzwanzig mit seiner

Liebe hinter dem Berg halten kann. Trotz der Selbstbeherrschung und Zurückhaltung seiner vierzig Jahre gelang es ihm nicht, mit seinem Gesicht seine Seele so gut zu kaschieren, daß der gleichaltrige Lee Barton nicht mit Leichtigkeit in dieser Seele hätte lesen können. Und oft, wenn Ida sich mit anderen Frauen unterhielt und das Gespräch auf Sonny kam, hörte Lee Barton, wie sie ihrer Sympathie für Sonny Ausdruck verlieh oder ihrer fast zu wortreichen Wertschätzung seines Polospiels, seiner Arbeit überall auf der Welt und seiner großartigen Leistungen im allgemeinen.

Über Sonnys Gedanken und Gefühle war sich Lee nicht im Zweifel. Die waren für jedermann offenkundig. Wie aber stand es um Ida, mit der er seit einem Dutzend Jahren eine wunderbare Liebesehe führte? Er wußte, daß Frauen, seit jeher das rätselhafte Geschlecht, jederzeit zu unvermuteter Heimlichkeit fähig waren. Bedeutete ihre offene Kameradschaftlichkeit gegenüber Sonny nur die Fortsetzung und das Wiederaufleben ihrer Kindheitsbeziehungen? Oder verbarg sich dahinter, auf die subtilere und geheimnisvollere weibliche Art, eine Herzensregung und Erwiderung von Gefühlen, die sogar jene übertrafen, die auf Sonnys Gesicht zu lesen waren?

Lee Barton war verstört. Die zwölf Ehejahre, in denen er das Zusammenleben mit seiner Frau vollkommen und aufs höchste genossen hatte, hatten ihm bewiesen, daß sie, was ihn anging, die einzige auf der Welt war und daß die Frau noch nicht geboren, geschweige denn in Erscheinung getreten war, die ihr auch nur für einen Moment in seinem Herzen, seiner Seele und seinem Gehirn den Rang ablaufen konnte. Es gab keine Frau, die ihn von ihr hätte fortlocken oder sie in den vielfältigen Beglückungen, die er ihr verdankte, hätte übertreffen können.

Sollte das dann, so fragte er sich mit der gefürchteten Ungewißheit aller liebenden Ehemänner, ihre erste »Affäre«

sein? Er quälte sich selbst mit dieser immer wiederkehrenden Frage, und zum Erstaunen der aus klugen Burschen mittleren Alters bestehenden geläuterten Pokerrunde von Kahala wie auch als Entschädigung für die eifrigen Nachforschungen der gastgebenden und eingeladenen Damen fing er an, King William Whisky anstelle von Orangensaft zu trinken, das Limit beim Pokern hochzudrücken, des Nachts mit seinem eigenen Wagen ziemlich rücksichtslos über die Straßen nach Pali und zum Diamond Head zu jagen und sich vor dem Mittag- oder Abendessen mehr von den Old Fashioned Cocktails und Scotch Highballs zu genehmigen, als ein Mann normalerweise trinken sollte.

In all den Jahren ihrer Ehe hatte sie ihm sein Kartenspiel stets nachgesehen. Diese Nachsicht war ihm zur Gewohnheit geworden. Aber nun, da dieser Zweifel aufgetaucht war, schien es ihm, als ob sie ihn zu seinen Pokerpartien noch ermuntern würde. Ein anderer entscheidender Punkt, der seiner Aufmerksamkeit nicht entgehen konnte, war, daß Sonny Grandison bei den Poker- und Bridgerunden schmerzlich vermißt wurde. Er schien zu beschäftigt zu sein. Nun, wo war wohl Sonny, während er, Lee Barton, spielte? Bestimmt nicht immer in Komitees und Aufsichtsratssitzungen. Lee Barton überzeugte sich davon. Er erfuhr ohne Mühe, daß Sonny bei solchen Gelegenheiten öfter als sonst dort zu finden war, wo man auch Ida antreffen konnte – bei Tanzveranstaltungen, Abendeinladungen oder Schwimmparties im Mondschein. Und eben an dem Nachmittag, als er Arbeitsüberlastung vorgeschützt hatte, um nicht mit Lee, Longhorne Jones und Jack Holstein einen Bridgewettkampf im Pacific Club austragen zu müssen, hatte er in Dora Niles' Haus mit drei Damen, von denen eine Ida war, Bridge gespielt.

Als Lee Barton einmal von einer nachmittäglichen Besichtigung der großen Trockendockanlage in Pearl Harbor zurückkehrte und dabei mit größter Geschwindigkeit fuhr, um vor dem Abendessen noch Zeit zum Umkleiden zu haben, überholte er Sonnys Wagen; und der einzige Passagier, den Sonny nach Hause fuhr, war Ida. Eine Woche später, er hatte in der Zwischenzeit nicht mehr Karten gespielt, kam er eines Abends von einer Herrengesellschaft im Universitäts-Club nach Hause, kurz bevor Ida von dem Poi-Essen und Tanzabend bei den Alstones zurückkehrte. Und Sonny hatte sie nach Hause gebracht. Major Franklin und seine Frau waren vorher von ihnen, wie sie erwähnten, in Fort Shafter am anderen Ende der Stadt und meilenweit vom Strand entfernt abgesetzt worden.

Lee Barton, der schließlich auch nur ein Mensch und ein Mann war und als Mensch und Mann Sonny stets mit aller Freundlichkeit begegnete, litt insgeheim bittere Qualen. Nicht einmal Ida ahnte, daß er litt; und sie führte ihr fröhliches, sorgloses und mit Lachen erfülltes Leben weiter, ihres eigenen Herzens sicher, wenn auch ein wenig erstaunt über die zunehmende Anzahl der Cocktails, die ihr Mann vor dem Essen zu sich nahm.

Scheinbar hatte sie, wie stets, Zugang zu allem, was ihn bewegte, doch nun wußte sie weder etwas von seiner ungeahnten Qual noch von den langen, parallel laufenden Kolonnen geistiger Buchführung, die sich von Augenblick zu Augenblick und Tag und Nacht in seinem Kopf zu einem Endresultat zusammenaddierten. Die eine Kolonne bestand aus den unzweifelhaft spontanen Ausdrucksformen ihrer gewohnten Liebe und Fürsorge für ihn, ihren vielen Handlungen, mit denen sie für sein Wohlbefinden sorgte, ihn um Rat fragte und seinen Rat befolgte. In einer anderen Reihe, in der noch mehr Posten aufgeführt wurden, tauchten ihre Äußerungen und Taten auf, die er nur als zweifelhaft einordnen konnte. Waren sie das, was sie zu sein schienen? Oder trieb sie, gewollt oder ungewollt, damit ein doppeltes Spiel?

Die dritte Kolonne, die längste von allen und die für die Regungen des menschlichen Herzens bedeutsamste, war mit Posten angefüllt, die sich direkt oder indirekt auf Ida und Sonny Grandison bezogen. Lee Barton machte diese Buchführung nicht freiwillig. Er konnte einfach nicht anders. Gern hätte er es vermieden. Aber in seinem ziemlich geordneten Verstand nahmen die Eingangsposten ganz von selbst und fast ohne sein Zutun automatisch ihren Platz in den betreffenden Spalten ein.

In seiner verzerrten Sehweise, die offenbar die unbedeutendste Einzelheit vergrößerte, was er sich zumindest halbwegs eingestand, nahm er Zuflucht zu MacIlwaine, dem er einst einen sehr großen Dienst erwiesen hatte. MacIlwaine war der Chef der Kriminalpolizei. »Ist Sonny Grandison ein Frauenheld?« hatte Barton ihn gefragt. MacIlwaine hatte darauf nicht geantwortet. »Dann ist er ein Frauenheld«, hatte Barton erklärt. Und immer noch hatte der Chef der Kriminalpolizei nichts gesagt.

Kurz darauf las Lee Barton den schriftlichen Bericht durch, bevor er ihn wegen seiner Brisanz zerstörte. Nicht belastend, nicht wirklich belastend, faßte er zusammen; aber auch nicht makellos nach dem Tod seiner Frau vor zehn Jahren. Es war eine Liebesheirat gewesen, die in der Gesellschaft von Honolulu beinahe Berühmtheit erlangt hatte, denn die beiden waren vollkommen ineinander vernarrt gewesen, nicht nur vor, sondern auch nach ihrer Heirat und bis zu dem tragischen Tod seiner Frau, die mit ihrem Pferd an die dreihundert Meter tief vom Nahiku-Pfad abgestürzt war. Und lange Zeit danach, stellte MacIlwaine fest, hatte Grandison keinerlei Interesse an irgendeiner anderen Frau gezeigt. Und was dann auch immer gewesen war, es war stets sehr anständig zugegangen. Nie auch nur eine Spur von Klatsch oder Skandal; und die ganze Gesellschaft mußte es schließlich als gegeben hinnehmen, daß er ein Mann war, der nur eine einzige Frau geliebt hatte und der nie wieder heiraten würde. Von den kleinen Affären, die aufnotiert waren, behauptete MacIlwaine, daß Sonny Grandison keine Ahnung hätte, daß ein anderer als die Hauptbeteiligten selbst etwas davon wüßte.

Barton überflog mit einem Blick, beinahe beschämt, die verschiedenen Namen und Ereignisse, bevor er das Dokument den Flammen übergab. Er war überrascht. Jedenfalls war Sonny überaus diskret gewesen. Als er auf die Asche starrte, überlegte Barton, wieviel von seiner eigenen Jugend, seiner Junggesellenzeit, wohl in den Akten des guten, alten MacIlwaine verwahrt war. Im nächsten Augenblick stieg ihm die Schamröte ins Gesicht, Scham vor sich selbst, über sich selbst. Wenn MacIlwaine so viel über das Privatleben der Mitglieder der Gesellschaft wußte, hatte dann nicht er, Idas Ehemann, ihr Beschützer und Verteidiger, in MacIlwaines Kopf einen Verdacht gegen sie geschürt?

»Hast du irgend etwas auf dem Herzen?« fragte Lee an diesem Abend seine Frau, als er ihren Schal hielt, während sie noch letzte Hand an ihre Garderobe legte.

Das entsprach ganz ihrer alten und erfolgreichen Übereinkunft, offen miteinander zu sein, und er wunderte sich, während er auf ihre Antwort wartete, weshalb er so lange gezögert hatte, sie zu fragen.

»Nein«, lächelte sie. »Nichts Bestimmtes... später... vielleicht...«

Sie wurde ganz davon in Anspruch genommen, sich im Spiegel zu betrachten, während sie etwas Puder auf die Nase tupfte und dann wieder abwischte.

»Du kennst mich, Lee«, fügte sie nach dieser Unterbrechung hinzu. »Ich brauche Zeit, um mir über die Dinge auf meine Art klarzuwerden, wenn es überhaupt etwas gibt, worüber ich mir klarwerden muß; aber wenn es soweit ist, erfährst du es immer. Und oft finde ich schließlich heraus, daß überhaupt nichts dahintersteckte, und dann brauchtest du dich damit gar nicht erst zu belasten.«

Sie breitete die Arme für ihn aus, damit er ihr den Schal umlegen konnte – ihre starken kleinen Arme, die so geschickt und stählern im Kampf mit den Brechern sein konnten, und die doch nur Frauenarme waren, rund, warm und weiß, entzückend, wie Frauenarme sein sollen, mit festen, unter sanft gerundeten Linien und feiner, glatter Haut verborgenen Muskeln, die sich, wenn sie wollte, nach Belieben anspannen ließen.

Er betrachtete sie nachdenklich, von heftigem Schmerz gequält und voller Sehnsucht nach Verständnis – so zart schien sie ihm, so zerbrechlich wie dünnes Porzellan, das ein starker Mann ohne weiteres zerdrücken konnte.

»Wir müssen uns beeilen!« rief sie, als er sich beim Zurechtrücken des leichten Schals über ihrem reizenden leichten Kleid zu lange verweilte. »Wir werden zu spät kommen. Und wenn es oben in Nuuanu regnet, werden wir noch den zweiten Tanz versäumen.«

Er nahm sich vor, zu beobachten, mit wem sie den zweiten Tanz tanzen würde, als sie vor ihm durch den Raum zur Tür ging; dabei erfreute sich sein Auge an ihrem, wie er es so oft bei sich genannt hatte, von geistigem und körperlichem Adel zeugenden Gang.

»Findest du nicht, daß ich dich durch meine allzu häufigen Pokerpartien vernachlässige?« versuchte er es nochmals auf indirektem Weg.

»Himmel, nein! Du weißt doch, daß ich es gern habe, wenn du deine Kartenorgien feierst. Sie wirken belebend auf dich. Und du hast dich da sehr gebessert, bist viel vernünftiger geworden. Ja, es ist fast schon Jahre her, daß du länger als bis ein Uhr nachts aufgeblieben bist.«

Es regnete nicht oben in Nuuanu, und an dem klaren Passathimmel über ihnen war jeder Stern zu sehen. Nachdem sie rechtzeitig bei den Inchkeeps angelangt waren, konnte Lee Barton feststellen, daß seine Frau den zweiten Tanz mit Grandison tanzte – was zwar an sich nichts Ungewöhnliches war, aber umgehend als Posten in Bartons geistigen Kontobüchern aufgelistet wurde.

Bedrückt und unruhig schlenderte er eine Stunde später, da er keine Lust hatte, den vierten Mann bei einem Bridgespiel in der Bibliothek abzugeben, und einigen jungen Matronen entfliehen wollte, in den großzügig angelegten Park hinaus. Er schritt über den Rasen und gelangte am anderen Ende zu einer Cereushecke mit ihrer nächtlichen Blütenpracht. Jede Knospe, die sich nach Einbruch der Dunkelheit öffnete und mit der heraufziehenden Morgendämmerung zu welken begann, vertrocknete und abfiel, lebte nur diese eine Nacht. Die großen, cremeweißen Blüten mit einem Durchmesser von dreißig Zentimetern oder mehr, die wächsern und liliengleich als weißleuchtende Anziehungspunkte das Dunkel der Nacht mit ihrem verlockenden Duft durchdrangen, waren in ihrer kurzlebigen Pracht wunderschön anzusehen.

Doch der Weg entlang der Hecke war voll von Menschen, die sich paarweise zwischen den Tänzen fortgestohlen hatten oder während des Tanzens herauskamen, sich dabei mit leisen, gedämpften Stimmen unterhielten und das Wunder der Blumenliebe betrachteten. Vom Lanai wehten die zärtlichen Liebesklänge des von den jungen Sängern vorgetragenen »Hanalei« herüber. Undeutlich erinnerte sich Lee Barton – vielleicht war es aus irgendeiner Novelle von Maupassant – an den Abbé, der, von der Idee besessen, daß Gottes Plan hinter allen Dingen stecke, keine Erklärung für die Nacht finden konnte, bis er schließlich entdeckte, daß sie der Liebe geweiht war.

Diese eindeutige Bestimmung der Nacht, wie sie Blumen und Menschen verrieten, schmerzte Barton. Er ging im weiten Bogen auf einem gewundenen Pfad, der sich am Rande der Rasenfläche im Schatten der Topffrucht- und Johannisbrotbäume entlangzog, wieder zum Haus zurück. In der Dunkelheit, dort, wo sein Pfad wieder ins Freie führte, sah er zum Greifen nahe auf einem anderen Weg im Dunkeln ein Paar stehen, das sich in den Armen lag. Die leidenschaftlich erregten, leisen Worte des Mannes hatten ihn aufmerken lassen, so daß er hinsah. Der Mann spürte seine Gegenwart; augenblicklich schwieg die Stimme, und die beiden verharrten reglos und verstohlen in ihrer Umarmung.

Er ging weiter, betrübt von dem Gedanken, daß im Dunkel der Bäume sich fortsetzte, was jene, die an der blühenden Hecke entlangschlenderten, dort unter freiem Himmel begonnen hatten. Oh, er kannte dieses Spiel von früher, als kein Schatten zu finster, kein listiges Versteck zu geheim war, um Schutz für ein kurzes Liebesglück zu gewähren. Im Grunde genommen waren die Menschen wie die Blumen, überlegte er. Ehe er wieder in das lästige Räderwerk des Lebens, in das er hineingehörte, zurückkehrte, blieb er im Schein der erleuchteten Lanais stehen und starrte, obwohl er kaum etwas sah, auf die herrliche Prachtentfaltung scharlachroter, gefüllter Hibiskusblüten. Und plötzlich verdichtete sich all das, was er durchlitt, all das, was er gerade beobachtet hatte – von der des Nachts blühenden Hecke und den Menschen, die Liebesworte flüsternd zu zweit lustwandelten, bis zu dem Paar, das sich verstohlen, wie Diebe in der Nacht, in den Armen lag –, zu einer Parabel des Lebens, ausgelöst von dem nur einen Tag lang blühenden Hibiskus, auf den er jetzt, am Ende dieses kurzen Daseins, blickte. Zur vollen Blüte aufspringend nach der Morgendämmerung, zuerst schneeweiß, dann unter der wärmenden Sonne sich rosa verfärbend und mit Einbruch der Dunkelheit, aus der sie und ihre Schönheit nie wieder auftauchen würden, in ein tiefes Rot überwechselnd, erschien ihm diese Blume wie ein Sinnbild des menschlichen Lebens und seiner Leidenschaft.

Welche weiteren Bedeutungen er sonst noch abgeleitet

hätte, sollte er nie erfahren, denn aus der Richtung der Johannisbrot- und Topffruchtbäume erklang von fern Idas unverkennbar heiteres und fröhliches Lachen. Er schaute nicht hin, aus Furcht, das zu sehen, was er erwartete, sondern zog sich hastig, fast stolpernd, die Stufen hinauf auf den Lanai zurück. Obwohl er auf den Anblick gefaßt war, wurde er, als er den Kopf wandte und in seiner Frau und Sonny eben das Paar wiedererkannte, das er in seiner Heimlichkeit beobachtet hatte, plötzlich von einem Schwindel befallen, blieb stehen, hielt sich mit einer Hand an einem Pfeiler fest und lächelte leer zu der Sängergruppe hinüber, die mit ihrem Refrain *»Honi ka ua wikiwiki«* die Sinnlichkeit der Nacht noch verstärkte.

In der nächsten Sekunde hatte er sich die Lippen mit der Zunge befeuchtet, bekam sein Gesicht und seinen Körper wieder in die Gewalt und scherzte mit Mrs. Inchkeep. Doch er durfte keine Zeit verlieren, um nicht dem Paar begegnen zu müssen, das er jetzt die Stufen hinter sich heraufkommen hörte.

»Ich habe das Gefühl, daß ich am Verdursten bin«, erzählte er seiner Gastgeberin, »und daß mich nur ein Highball retten kann.«

Sie lächelte zustimmend und deutete mit einem Kopfnikken zum Raucherlanai hinüber. Als der Tanzabend zu Ende ging, fanden sie ihn dort, wo er mit den älteren Herren über die Zuckerpolitik diskutierte.

Ein ganzer Konvoi von einem halben Dutzend Wagen brach nach Waikiki auf, und es ergab sich, daß man ihn dazu einteilte, die Leslies und die Burnstons nach Hause zu bringen, doch entging ihm nicht, daß Ida zusammen mit Sonny auf der Fahrerbank seines Wagens saß. Infolgedessen war sie vor ihm zu Hause und bürstete sich das Haar, als er heimkam. Der Abschied vor dem Zubettgehen war auf den ersten Blick wie immer, wenn er sich auch bei seinem erfolgreichen Bemühen, ganz zwanglos zu erscheinen, mächtig zusammennehmen mußte, als er daran dachte, wessen Lippen sich vor den seinen zuletzt auf Idas Mund gepreßt hatten.

War denn eine Frau wirklich das völlig unmoralische Geschöpf, als das es von den deutschen Pessimisten dargestellt wird, ging es ihm durch den Kopf, als er sich, schlaflos und unfähig zur Lektüre, unter seiner Leselampe hin und her wälzte. Nach einer Stunde stand er auf, öffnete seine Hausapotheke und nahm ein starkes Schlafmittel. Eine Stunde später nahm er, aus Furcht vor seinen Gedanken und einer schlaflosen Nacht, noch ein Pulver. Im Abstand von einer Stunde wiederholte er diese Dosierung noch zweimal. Doch die Wirkung der Droge setzte so langsam ein, daß schon der Morgen heraufdämmerte, ehe sich seine Augen schlossen.

Um sieben Uhr war er wieder wach, sein Mund war trocken, und er fühlte sich benommen und schläfrig, döste jetzt aber immer nur für einige Minuten ein. Er gab den Gedanken an Schlaf auf, frühstückte im Bett und widmete sich der Morgenzeitung und den Magazinen. Doch die Wirkung des Medikaments hielt an, und während des Frühstücks und der Morgenlektüre übermannte ihn immer wieder für kurze Zeit die Müdigkeit. Beim Duschen und Ankleiden erging es ihm ebenso, und wenn ihm auch das Medikament wenig Vergessen während der Nacht geschenkt hatte, so war er doch dankbar für die träumerische Lethargie, die den Morgen über von ihm Besitz ergriffen hatte.

Erst als seine Frau aufstand und heiter wie immer, lächelnd und schelmisch, entzückend anzusehen in ihrem Kimono, sein Zimmer betrat, überkam ihn die verrückte Launenhaftigkeit, die das Opium in seinem Körper bewirkte. Und da sie ihm trotz ihrer alten Abmachung, offen miteinander zu sein, unzweideutig zu verstehen gab, daß sie ihm nichts mitzuteilen hatte, begann er seine Opiumlüge aufzubauen. Auf ihre Frage, wie er geschlafen hätte, entgegnete er:

»Schlecht. Zweimal haben mich Krämpfe in beiden Füßen aus dem Schlaf gerissen. Ich hatte fast Angst davor, wieder einzuschlafen. Aber sie sind nicht wieder aufgetreten, wenn meine Füße jetzt auch höllisch wehtun.«

»Letztes Jahr hattest du das auch«, erinnerte sie ihn.

»Vielleicht entwickelt es sich zu einem saisonbedingten Leiden«, lächelte er. »Die Krämpfe sind nicht stark, aber es ist scheußlich, wenn man davon aufwacht. Sie werden vor heute abend nicht wiederkommen, falls sie sich überhaupt wiederholen, aber in der Zwischenzeit fühle ich mich, als hätte ich Stockschläge auf die Fußsohlen erhalten.«

Am Nachmittag desselben Tages sprangen Lee und Ida Barton wieder in das seichte Wasser vor dem Strand des Outrigger Clubs und schwammen mit gleichmäßigen Zügen an der Sprungplattform vorbei, hinaus ins tiefe Wasser hinter der Kanakenbrandung. So ruhig war die See, daß sie, als sie nach zwei Stunden kehrtmachten und sich anschickten, in aller Ruhe durch die Kanaken-Brandung in Richtung Strand zu schwimmen, das Meer ganz für sich allein hatten. Die Brecher waren nicht groß genug, um zu reizen, und die letzten gelangweilten Wellenreiter und Kanuten waren an Land gegangen. Plötzlich drehte sich Lee auf den Rücken.

»Was ist los?« rief Ida ihm aus zehn Metern Entfernung zu.

»Mein Fuß – ein Krampf«, antwortete er ruhig, wenngleich er die Worte mühsam zwischen den zusammengebissenen Zähnen herauspreßte.

Das Opium benebelte ihn noch, und er spürte keinerlei Erregung. Er beobachtete sie, wie sie mit so gleichmäßigen und ruhigen Zügen auf ihn zuschwamm, daß er ihre Selbstbeherrschung bewunderte, wenn ihn auch gleichzeitig Zweifel überfielen bei dem Gedanken, daß sie nur deshalb so gelassen war, weil sie sich so wenig aus ihm oder, besser, auf einmal so viel mehr aus Grandison machte.

»Welcher Fuß?« fragte sie, als sie ihre Beine nach unten sinken ließ und anfing, neben ihm Wasser zu treten.

»Der linke, aua! Jetzt sind es beide.«

Er zog die Knie an, als sei es eine unwillkürliche Reaktion, drückte den Kopf und die Brust nach oben aus dem Wasser und verschwand in einem der harmlosen Brecher. Nachdem er höchstens ein paar Sekunden unter Wasser gewesen war, kam er prustend wieder hoch und legte sich auf den Rücken.

Fast mußte er grinsen, doch es gelang ihm, sein Grinsen in eine schmerzhafte Grimasse zu verwandeln, denn sein vorgetäuschter Krampf war Wirklichkeit geworden. Zumindest in einem Fuß spürte er es, und die Muskeln zogen sich schmerzhaft zusammen.

»Der rechte schmerzt am meisten«, stieß er hervor, als sie sich daran machte, den Krampf wegzumassieren. »Aber es ist besser, wenn du mir vom Leib bleibst. Ich hatte früher schon Krämpfe, und ich weiß, daß ich dich dann leicht mit hinunterziehen könnte, wenn es schlimmer wird.«

Anstelle einer Antwort griff sie nach seinen harten, verknoteten Muskeln und fing an zu massieren, zu drücken und den Fuß zu beugen.

»Bitte«, preßte er zwischen den Zähnen hervor. »Du mußt von mir wegbleiben. Laß mich einfach nur hier treiben – ich werde den Knöchel und die Zehengelenke hin und her bewegen, und dann wird der Krampf verschwinden. Ich habe das früher auch schon so gemacht und weiß, wie man damit umgehen muß.«

Sie gehorchte, blieb jedoch, mühelos wassertretend, an seiner Seite und ließ ihn nicht aus den Augen, um die Fortschritte seines Selbstheilungsversuchs beurteilen zu können. Aber Lee Barton bog die Gelenke und spannte die Muskeln vorsätzlich in die falsche Richtung, so daß der Krampf sich nur noch verschlimmerte. Während seines Anfalls im Jahr zuvor hatte er, wenn ihn das Leiden beim Lesen im Bett überfiel, gelernt, sich zu entspannen und die Krämpfe durch bestimmte Bewegungen zu überwinden, ohne sich bei der Lektüre stören zu lassen. Jetzt jedoch machte er es genau umgekehrt, er verstärkte den Krampf, der, zu seinem freudigen Erschrecken, prompt auch auf die rechte Wade übersprang. Vor Schmerz schrie er auf, verlor anscheinend seine Selbstbeherrschung, versuchte, sich aufzurichten, und wurde von der nächsten Welle nach unten gedrückt. Er kam wieder hoch, spuckte Wasser und trieb mit ausgebreiteten Armen an der Oberfläche, während Ida seine krampfende Wade mit den starken Fingern ihrer kleinen Hände ergriff.

»Ist schon gut«, sagte sie, während sie ihn bearbeitete. »Ein solcher Anfall dauert nicht sehr lang.«

»Ich wußte nicht, daß sie so schlimm sein können«, stöhnte er. »Wenn es nur nicht weiter hinaufzieht. Man fühlt sich dabei so hilflos.«

In plötzlicher Panik packte er sie an beiden Oberarmen, versuchte, auf ihr aus dem Wasser zu klettern, wie etwa ein Ertrinkender auf ein Ruder zu klettern versucht, und tauchte sie unter. Ehe er sie freigab, wurden ihr beim Unterwasserkampf die Gummikappe heruntergerissen und die Haarnadeln herausgezogen, so daß sie, als sie nach Luft schnappend an die Oberfläche kam, kaum etwas sah, weil das nasse Haar auf ihrem Gesicht klebte. Er war auch sicher, daß sie aufgrund des Überraschungseffekts eine Menge Wasser geschluckt haben mußte.

»Bleib weg!« warnte er sie mit gespielter Verzweiflung, als er sich ausgestreckt treiben ließ.

Aber ihre Finger gruben sich schon tief in die wirklich schmerzenden Wadenmuskeln, und er konnte keine Furcht bei ihr feststellen.

»Es kriecht herauf«, murmelte er zwischen den fest zusammengepreßten Zähnen, wobei das Murmeln selbst schon ein halb unterdrücktes Stöhnen war.

Er machte, wie bei einem neuen Anfall, das ganze rechte Bein steif, was zwar für seine tatsächlich vorhandenen kleineren Krämpfe sehr schmerzhaft war, wodurch aber die Muskeln seines Oberschenkels derart angespannt wurden, daß sie tatsächlich krampfartig verhärtet schienen.

Die Droge wirkte immer noch in seinem Kopf, so daß er dieses grausame Spiel fortsetzen konnte, während er gleichzeitig die Selbstbeherrschung und Willensstärke bewunderte, die ihr im Gesicht geschrieben standen. Auch den tödlichen Schrecken in ihren Augen sah er und dahinter, noch tiefer, ihren Mut, ihre hochherzige Denkweise und ihre Entschlossenheit, die nicht klein beigaben.

Und überdies verkündete sie nicht in billiger Ergebung so etwas wie: »Ich will mit dir sterben«. Statt dessen sagte sie ruhig und rief damit seine Bewunderung hervor: »Entspanne dich. Laß dich so weit sinken, bis nur noch deine Lippen über Wasser sind. Ich werde dir den Kopf hochhalten. Jeder Krampf muß irgendwann einmal aufhören. Noch nie ist ein Mensch an Land an einem Krampf gestorben. Dann sollte ein guter Schwimmer ihn auch im Wasser überleben. Er muß irgendwann einmal seinen Höhepunkt erreichen und vorübergehen. Wir sind beide gute Schwimmer – und bewahren einen kühlen Kopf –«

Er verzerrte sein Gesicht und zog sie absichtlich unter Wasser. Aber als sie wieder hochkamen, war sie immer noch an seiner Seite, hielt seinen Kopf, während sie weiter Wasser trat und sagte:

»Entspanne dich. Ganz ruhig. Ich werde deinen Kopf über Wasser halten. Steh es durch. Du mußt durchhalten. Kämpfe nicht dagegen an. Laß ganz locker – auch vom Kopf her, und dein Körper wird auch locker werden. Gib nach. Erinnerst du dich, wie du mir beigebracht hast, der Unterströmung nachzugeben.«

Ein für so eine leichte Brandung ungewöhnlich großer

Brecher türmte sich über ihnen auf, und Lee kletterte wieder auf ihr nach oben und versenkte beide, als der Wellenkamm sich überschlug und niederstürzte.

»Vergib mir«, murmelte er zwischen qualvoll zusammengebissenen Zähnen, als sie beide wieder nach Luft schnappen konnten. »Und laß mich los.« Er sprach abgehackt, mit schmerzerfüllten Pausen zwischen den Sätzen. »Es ist nicht nötig, daß wir beide ertrinken. Ich muß sterben. Der Krampf wird jeden Moment meinen Bauch erreichen, und dann werde ich dich mit hinunterziehen und dich nicht mehr loslassen können. Bitte, bitte, meine Liebe, bleib weg von mir. Einer von uns ist genug. Du hast noch vieles, wofür du leben mußt.«

Sie sah ihn so voller Vorwurf an, daß die letzte Spur von Todesfurcht aus ihren Augen verschwunden war. Es war, als hätte sie überdeutlich gesagt: »Ich lebe nur für dich.«

Dann galt Sonny ihr nicht soviel wie er! – war Bartons jubilierende Schlußfolgerung. Aber er erinnerte sich daran, wie er sie unter den Topffruchtbäumen in Sonnys Armen gesehen hatte, und blieb weiter unversöhnlich. Außerdem war es das Gift, das noch in ihm steckte und ihm diese Grausamkeit eingab. Wenn er schon einmal einen Härtetest begonnen hatte, drängte der Mohnsaft, dann sollte es auch kein Kinderspiel werden.

Er krümmte sich zusammen und ging unter, tauchte wieder auf und versuchte scheinbar verzweifelt, sich auszustrecken, damit er sich treiben lassen konnte. Und sie wich nicht von seiner Seite.

»Es ist zuviel!« stöhnte, schrie er fast. »Ich kann nicht mehr. Ich muß untergehen. Du kannst mich nicht retten. Bleib weg von mir und rette dich selbst.«

Doch sie blieb bei ihm, bemühte sich, seinen Mund hochzuhalten, damit das Salzwasser nicht eindrang, und sagte: »Es ist schon gut. Es ist schon gut. Jetzt ist es gerade am schlimmsten. Halte es nur noch eine Minute aus, dann wird es besser werden.«

Er schrie auf, krümmte sich zusammen, packte sie und zog sie mit hinunter. Und fast hätte er sie ertränkt, so gut spielte er sein eigenes Ertrinken. Doch sie verlor zu keinem Zeitpunkt den Kopf oder gab der Furcht vor dem Tod, der so schrecklich nahe war, nach. Jedesmal, wenn sie den Kopf aus dem Wasser strecken konnte, versuchte sie auch ihren Mann hochzuziehen, während sie ihn keuchend und nach Luft schnappend ermutigte: »Entspanne dich ... Entspanne dich ... Locker ... Laß locker ... Gleich ... jetzt gleich ... wirst du das Schlimmste überstanden haben. Egal, wie sehr es schmerzt ... es geht vorbei ... Jetzt ist es schon besser ... nicht wahr?«

Und dann zog er sie wieder nach unten, ging noch weiter mit seiner Mißhandlung, ließ sie literweise Salzwasser schlucken, in der Gewißheit, daß es ihr nicht wirklich schaden würde. Manchmal kamen sie kurz hoch, um sekundenlang im Sonnenschein an der Oberfläche Luft zu holen, dann aber tauchten sie wieder unter, von ihm nach unten gezogen, von den sich überschlagenden Brechern überrollt und in die Tiefe geschleudert.

Obwohl sie kämpfte, um sich seinem Griff zu entwinden, versuchte sie doch in den Augenblicken, wenn er sie freigab, nicht, von ihm fortzuschwimmen, sondern kam, mit schwindender Kraft und einem Kopf, in dem sich alles drehte, immer wieder zu ihm zurück, um ihn zu retten. Als es seiner Meinung nach genug, mehr als genug war, wurde er ruhiger, ließ sie los und streckte sich an der Wasseroberfläche aus.

»A-a-h«, seufzte er lange, fast genüßlich und sprach mit Pausen dazwischen, um Atem zu schöpfen. »Es ist vorbei. Ich komme mir vor wie im Himmel. Meine Liebe, ich bin zwar immer noch mit Wasser vollgepumpt, aber allein dadurch, daß der Krampf vorbei ist, fühle ich mich wie neugeboren.«

Sie versuchte keuchend zu antworten, schaffte es aber nicht.

»Mir geht es gut«, versicherte er ihr. »Wir lassen uns am besten treiben, um auszuruhen. Streck dich auch aus, damit du wieder zu Atem kommst.«

Eine halbe Stunde lang trieben sie Seite an Seite in der friedlichen Kanaken-Brandung dahin. Ida Barton ließ als erste erkennen, daß sie sich erholt hatte, indem sie fragte:

»Und wie fühlst du dich jetzt, mein liebster Mann?«

»Ich fühle mich, als ob mich eine Dampfwalze überrollt hätte«, erwiderte er.

»Und du, mein armer Liebling?«

»Ich fühle mich wie die glücklichste Frau der Welt. Ich bin so glücklich, daß ich fast weinen könnte, aber ich bin sogar dafür zu glücklich. Du hast mich furchtbar erschreckt. Ich dachte schon, ich würde dich verlieren.«

Lee Bartons Herz hämmerte. Sie erwähnte mit keinem Wort, daß sie selbst hätte sterben können. Das war dann Liebe, wirkliche Liebe, die sich bewiesen hatte – die größte Liebe, die über dem Geliebten sich selbst vergaß.

»Und ich bin der stolzeste Mann der Welt«, sagte er zu ihr, »weil meine Frau die tapferste Frau der Welt ist.«

»Ach was, tapfer«, widersprach sie. »Ich liebe dich. Ich wußte erst, wie sehr, wie sehr ich dich wirklich liebe, als ich dich zu verlieren glaubte. Und jetzt laß uns machen, daß wir an Land kommen. Ich möchte mit dir allein sein, in deinen Armen, während ich dir erzähle, was du alles für mich bedeutest und immer für mich sein wirst.«

In einer halben Stunde erreichten sie, kräftig und gleichmäßig schwimmend, den Strand und gingen über den festen, nassen Sand zwischen den sich sonnenden Müßiggängern hindurch.

»Was haben Sie beide da draußen getrieben?« fragte einer der Bootsführer des Outrigger Clubs. »Faxen gemacht?«

»Ja, Faxen«, antwortete Ida Barton mit einem Lächeln.

»Wir sind die Dorfspaßvögel, wissen Sie«, versicherte ihm Lee Barton.

Diesen Abend verbrachten die beiden, nachdem sie ihre Verabredungen abgesagt hatten, in einem großen Sessel und hielten sich in den Armen.

»Sonny reist morgen mittag ab«, erwähnte sie beiläufig und ohne jeden Zusammenhang mit ihrer Unterhaltung. »Er fährt an die malaiische Küste, um nachzusehen, was aus seiner Holz- und Gummigesellschaft geworden ist.«

»Das ist das erste, was ich höre«, brachte Lee trotz seiner Überraschung heraus.

»Ich war die erste, die es erfuhr«, fügte sie hinzu. »Er hat es mir gestern abend erzählt.«

»Auf dem Ball?«

Sie nickte.

»Ziemlich plötzlich, nicht wahr?«

»Sehr plötzlich.« Ida befreite sich aus den Armen ihres Ehemannes und setzte sich auf. »Und ich möchte mit dir über Sonny sprechen. Ich habe noch nie zuvor ein wirkliches Geheimnis vor dir gehabt. Ich hatte eigentlich nicht die Absicht, es dir je zu erzählen. Aber heute, draußen in der Kanaken-Brandung, wurde mir plötzlich klar, daß etwas zwischen uns ungesagt geblieben wäre, wenn wir beide den Tod gefunden hätten.«

Sie stockte, und Lee, der schon halb vorausahnte, was kommen würde, tat nichts, um ihr zu helfen, außer daß er mit seiner Hand ihre Hand umschloß und sie drückte.

»Sonny hat wohl etwas – den Kopf verloren – meinetwegen«, stotterte sie. »Du hast es sicher bemerkt. Und ... und gestern abend bat er mich, mit ihm durchzubrennen. Wozu ich nie bereit gewesen wäre ...«

Lee Barton wartete immer noch.

»Ich gebe ja zu, daß ich nicht im geringsten böse auf ihn war – nur besorgt und bekümmert. Ich gebe auch zu, daß ich selbst ein wenig, vielleicht sogar etwas mehr als ein wenig, den Kopf verloren hatte. Deshalb war ich freundlich und sanft zu ihm gestern abend. Ich bin nicht töricht. Mir war klar, daß es so kommen mußte. Und – ach, ich weiß, ich bin nur eine schwache, eitle Frau – ich war stolz darauf, daß ein solcher Mann von mir, von einer kleinen Frau wie mir, aus dem Gleichgewicht gebracht worden war. Ich ermutigte ihn noch. Ich habe dafür keine Entschuldigung. Der gestrige Abend wäre nicht so verlaufen, wenn ich ihn nicht ermutigt hätte. Und als er mich gestern abend fragte, war das meine Schuld, nicht seine. Und ich sagte zu ihm, nein, es sei unmöglich – weshalb, solltest du wissen, ohne daß ich es dir zu wiederholen brauche. Und ich war mütterlich zu ihm, sehr mütterlich. Ich gestattete ihm, mich in seine Arme zu nehmen, lehnte mich an ihn und ließ mich zum erstenmal – weil ich wußte, daß es auch das allerletzte Mal war – von ihm küssen und küßte ihn. Du – ich weiß, daß du es verstehst –, es war meine Absage an ihn. Und ich habe Sonny nicht geliebt. Ich liebe ihn auch jetzt nicht. Ich habe immer dich geliebt, und nur dich.«

Sie wartete und fühlte, wie sich der Arm ihres Mannes um ihre Schulter legte und sich unter ihren Arm schob, und sie ließ ihn gewähren, als er sie zu sich herabzog.

»Du hast mir tatsächlich mehr als nur ein bißchen Sorgen bereitet«, gab er zu, »bis ich schließlich fürchtete, dich zu verlieren. Und –«. Er brach in offensichtlicher Verlegenheit ab, nahm sich dann aber mutig zusammen. »Na ja, du weißt, du bist die einzige Frau für mich. Genug der Worte.«

Sie tastete in seiner Tasche nach der Streichholzschachtel und entfachte ein Zündholz für ihn, damit er sich seine längst erloschene Zigarre anstecken konnte.

»Nun«, sagte er, als sich der Rauch um sie kräuselte, »so wie ich dich kenne, durch und durch kenne, kann ich nur sagen, daß ich Sonny bedaure, weil ihm all das entgangen ist – schrecklich bedaure, aber daß ich mich meinetwegen genauso darüber freue. Und noch etwas: In fünf Jahren muß ich dir eine Geschichte erzählen, eine köstliche und aberwitzige Geschichte – über mich und darüber, wie ich mich dir gegenüber zum Narren gemacht habe. In fünf Jahren. Hältst du die Verabredung ein?«

»Ich werde sie einhalten, und wenn es in fünfzig Jahren wäre«, seufzte sie und kuschelte sich näher an ihn.

MEIN HAWAIISCHES ALOHA

Hawaii ist die Heimat schanghaiter Männer und Frauen und der Nachkommen dieser Männer und Frauen. Sie hatten nie die Absicht gehabt, ihr Leben dort zu verbringen. Seit es die ersten Weißen hierher verschlug, ist nur sehr selten jemand für immer geblieben, der von vornherein mit dem festen Plan kam, sich auf Hawaii niederzulassen. Aus irgendeinem Grund verliebt man sich einfach in die Inseln, so wie man sich plötzlich in eine Frau verliebt. Ebensowenig, wie man sich vornehmen kann, eine bestimmte Frau zu lieben, kann man sich vornehmen, Hawaii zu lieben. Man sieht jemanden und mag ihn oder mag ihn nicht. Bei Hawaii scheint es immer Liebe auf den ersten Blick zu sein. Jene Menschen, für die diese Inseln geschaffen wurden, oder vielmehr, die für diese Inseln geschaffen wurden, sind vom ersten Augenblick ihrer Bekanntschaft an vollkommen hingerissen. Sie schließen sie in ihr Herz und werden von ihnen ins Herz geschlossen.

Ich erinnere mich an einen guten Freund, der den Entschluß faßte, nach Hawaii zu kommen und sich hier für immer niederzulassen. Er packte seine Frau und seine ganze Habe einschließlich des Gartenschlauches, Rechens und der Hacke zusammen, sagte »leb wohl, du stolzes Kalifornien« und machte sich auf den Weg. Nun war er ein Dichter, sein Blick und seine Seele waren für Schönheit empfänglich, und es war zu erwarten, daß er sein Herz an Hawaii verlieren würde, so wie es vor ihm Mark Twain, Stevenson und Stoddard verloren hatten. So kam er denn an mit Frau, Gartenschlauch, Rechen und Hacke. Allein der Himmel weiß, welche Vorstellungen er gehabt haben muß. Tatsache ist, daß er keinerlei Schönheit, nichts Reizvolles und Wunderbares entdeckte. Sein Aufenthalt auf Hawaii, so kurz er auch ausfiel, war für ihn ein entsetzlicher Alptraum. Im Handumdrehen hatte ihn Kalifornien wieder. Bis heute spricht er mit wehleidiger Verbitterung über seine Erlebnisse, wenn er auch nie erwähnt, was aus seinem Gartenschlauch, dem Rechen und der Hacke geworden ist. Der Boden hatte sich ihm gegenüber bestimmt nicht von der knauserigen Seite gezeigt!

Anders war es bei Mark Twain, der noch lange nach seinem Besuch über Hawaii schrieb: »Kein fremdes Land auf der ganzen Welt hat einen so tiefen, starken Reiz auf mich ausgeübt wie dieses; kein anderes Land konnte mich, ob ich nun schlief oder wachte, ein halbes Leben lang so ganz und gar in den Bann schlagen. Andere Dinge entfallen mir, aber Hawaii haftet in der Erinnerung; andere Dinge ändern sich, aber dieses Land bleibt, wie es war. Für mich wehen seine balsamischen Lüfte immerfort, funkeln seine sommerlichen Gewässer im Sonnenlicht; das rhythmische Schlagen seiner Brandung klingt noch in meinen Ohren; ich sehe seine üppig bewachsenen Klippen vor mir, seine herabstürzenden Wasserfälle, die Federbüsche der Palmen, die sich träge am Ufer wiegen, seine fernen Gipfel, die wie Inseln aus dem Wolkenmeer ragen; ich kann den Geist seiner einsamen Waldungen spüren, kann das Plätschern der Bäche hören; in meiner Nase habe ich noch den Duft der Blumen, die schon vor zwanzig Jahren verwelkt sind.«

Über den ersten Oberrichter unter den Kamehamehas kann man lesen, daß er sich eigentlich auf dem Weg um das Kap Hoorn nach Oregon befand, als er sich dazu verleiten ließ, auf Hawaii zu bleiben. Wahrhaftig, Hawaii ist eine wunderschöne Frau, die um vieles überzeugender und verführerischer ist als ihre Schwestern, die Sirenen des Meeres.

Der junge Seemann Archibald Scott Cleghorn hatte keineswegs die Absicht, sein Schiff zu verlassen; doch er sah Prinzessin Likelike, Prinzessin Likelike sah ihn, und er blieb und wurde der Vater von Prinzessin Kaiulani und nahm über viele Jahre hinweg eine ehrenvolle Position ein. Er war nicht der erste junge Mann, der abmusterte, und auch nicht der letzte. Einer, bei dem dieses Ereignis noch nicht so lange zurückliegt und den ich gut kenne, kam vor einigen Jahren bei einer Segelregatta mit einer Jacht vom Festland hier an. So kurz war sein Urlaub, der ihm als Kassierer von seiner Bank bewilligt worden war, daß er plante, mit einem Schnelldampfer zurückzufahren. Er ist noch immer hier. Und es sieht so aus, als würden seine Kinder und Kindeskinder auch noch hier sein.

Ein anderer ehemaliger Bankkassierer ist Louis von Tempsky, der Sohn des letzten britischen Offiziers, der im Maori-Krieg fiel. Seine Bank in Neuseeland beurlaubte ihn für ein Jahr. Was er unbedingt sehen wollte, war Kalifornien. Er fuhr los. Sein Schiff machte einen Zwischenstop in Hawaii. Es war die gleiche alte Geschichte. Das Schiff fuhr ohne ihn weiter. Seine Bank in Neuseeland sah ihn nie wieder, und es vergingen viele Jahre, ehe er Kalifornien in Augenschein nahm. Aber es reizte ihn nicht. Und heute, umringt von seinen Söhnen und Töchtern, blickt er von dem hügeligen Weideland der Haleakala-Ranch auf eine halbe Welt und auf ganz Maui herab.

Dann waren da die Gays und die Robinsons. In den guten alten Tagen, als die Familien noch groß und patriarchalisch waren, hatten sich diese schottischen Pioniere, die überall auf der Welt Neuland erschlossen, in Neuseeland angesiedelt. Nach einiger Zeit beschlossen sie, nach Britisch-Kolumbien auszuwandern. Zu ihrem Besitz zählte auch ein voll ausgerüstetes Schiff, das von einem der Söhne geführt wurde. Wie mein Dichterfreund aus Kalifornien schafften sie ihre ganze Habe an Bord. Doch anstelle des Gartenschlauchs, Rechens und der Hacke nahmen sie ihre Pflüge, Eggen und alle anderen landwirtschaftlichen Geräte mit. Auch ihre Pferde, Rinder und Schafe nahmen sie mit. Sobald sie in Britisch-Kolumbien ankamen, würden sie unverzüglich in der Lage sein, sich anzusiedeln, das Ackerland zu bestellen, und brauchten sich keine Ernte entgehen lassen. Doch das Schiff legte, wie es in jenen Tagen der Segelschiffahrt üblich war, in Hawaii an, um Wasser, Obst und Gemüse an Bord zu nehmen. Die Gays und die Robinsons sind noch immer hier, oder vielmehr ihre hochangesehenen Kinder und jüngeren Enkel und Urenkel; denn Hawaii schloß sie wie die Prinzessin Likelike in die Arme, und es war Liebe auf den ersten Blick. Sie erwarben Land auf Kauai und Niihau, und die zweihundertfünfzig Hektar, die letztere Insel mißt, sind bis heute noch vollständig in ihrem Besitz.

Ich frage mich, ob selbst die Missionare, die ein Jahrhundert zuvor mit ihren Windjammern Kap Hoorn umsegelten, im entferntesten daran dachten, den Rest ihrer Tage auf Hawaii zu verbringen. Das ist auf der ganzen Welt nicht ihre Art. Sie sind zwar immer mit dem Entschluß an abgelegene Orte gereist, ihr Leben dem Ruhm Gottes und der Bekehrung der Heiden zu weihen, hatten aber stets die feste Absicht, nach Erfüllung ihrer Pflicht ihre letzten Jahre in der Heimat zu verbringen. Doch Hawaii kann Missionare ebenso leicht verführen wie Matrosenjungen und Bankkassierer, und diese spezielle Gruppe von Missionaren war von den Reizen dieser Insel so hingerissen, daß sie auch im Alter nicht nach Hause zurückkehrten. Ihre Gebeine ruhen hier, in dem Land, in das sie kamen, um es schließlich mehr als ihr eigenes zu lieben. Und sie sowie ihre Söhne und Töchter spielten und spielen eine große Rolle bei der Entwicklung Hawaiis.

In den Annalen der Missionare ist eine solch einmütige und bereitwillige Annahme eines neuen Landes einmalig. Und noch ein anderes, ebenso einmaliges Vorkommnis in der

Geschichte der Missionare muß am Rande erwähnt werden. Nie sind Missionare, zumindest die allerersten, ausgezogen, um ein heidnisches Land seinen Götzen zu entreißen, und fanden es bei ihrer Ankunft bereits befreit vor, und zwar aus eigener Kraft befreit, während sie noch unterwegs waren. Im Jahr 1819 stöhnte ganz Hawaii unter der strengen Herrschaft der alten Götter, deren Sprachrohre die Priester und deren Botschaften die angsteinflößenden, grausamen und ungerechten Tabus waren. 1819 kamen die ersten Missionare in Boston zusammen und machten sich auf die lange Schiffsreise um das Kap Hoorn. 1819 stürzten die Hawaiianer aus eigenem Entschluß, ohne Beratung oder Beeinflussung von außen ihre Götter und schafften die Tabus ab. Im Jahre 1820 fand die lange Fahrt der Missionare ein Ende, und sie landeten auf Hawaii, wo sie ein Land und ein Volk ohne Götter und ohne Religion vorfanden, das bereitwillig der Unterweisung harrte.

Doch um auf das zurückzukommen, was ich eingangs erwähnte: Hawaii ist die Heimat schanghaiter Männer und Frauen, die nicht durch einen Knüppelhieb über den Kopf oder eine mit einem Betäubungsmittel vermischte Flasche Whisky, sondern durch Liebe zum Bleiben veranlaßt worden sind. Hawaii und die Hawaiianer sind ein liebevolles und liebenswertes Land und Volk. An ihrer Sprache sollt ihr sie erkennen – und in welchem anderen Land als diesem ist die gebräuchlichste Grußformel nicht »Guten Tag« oder »Wie geht's«, sondern »Liebe«? Dieser Gruß lautet *Aloha* – Liebe, ich liebe dich, alles Liebe für dich. Guten Tag – was ist an einer derartigen unpersönlichen Bemerkung über das Wetter schon dran? Wie geht es – das ist eine zwar persönliche, doch eher beiläufige Frage. Aber Aloha! Das ist die positive Versicherung der eigenen herzlichen Zuneigung. Alle meine Liebe für dich! Ich liebe dich! Aloha!

Dann versuchen Sie sich einmal ein Land vorzustellen, das

so lieblich und liebevoll ist wie ein solches Volk. Hawaii vereint all das in sich. Nicht vollkommen tropisch, sondern eher subtropisch, im Auslaufgebiet des Nordostpassats (der unter den Winden die Stellung einnimmt, die der Wein unter den Getränken besitzt) gelegen, mit einer Landschaft, die von palmenbestandenen Korallenstränden bis zu schneebedeckten, viertausend Meter hohen Gipfeln aufsteigt; nie waren so viele unterschiedliche Klimazonen auf einem einzigen Fleckchen Erde zu finden. Die Einwohner halten noch wie zu alten Zeiten, ja heute noch mehr, an dem Brauch fest, ein Stadthaus, ein Haus am Meer und ein Berghaus zu besitzen. Alle drei Häuser sind mit dem Automobil vielleicht nur eine halbe Stunde voneinander entfernt, und doch entsprechen sie in ihren klimatischen und landschaftlichen Unterschieden einem Haus an der Fifth Avenue oder dem Riverside Drive, einem Lager im Adirondack-Gebirge und einem Winterdomizil in Florida. Dazu kommt noch ein zwölfmonatiger Jahreszeitenzyklus, der in jeden einzelnen Tag hineingepackt ist.

Ich will versuchen, das zu verdeutlichen. Der New Yorker muß für die Adirondacks bis zum Sommer, für den Strand von Florida bis zum Winter warten. Doch auf Hawaii, sagen wir auf der Insel Oahu, kann ein Einwohner von Honolulu täglich entscheiden, in welchem Klima und in welcher Jahreszeit er den Tag verbringen will. Er hat die freie Auswahl. Ja, und mehr noch: Er kann in seinen Adirondacks aufwachen, in seiner Stadt zu Mittag essen, die Einkäufe erledigen und in den Club gehen, den Nachmittag an seinem Palm Beach zubringen und dort zu Abend speisen und dann zum Schlafen in die beißende Kälte seines Adirondack-Lagers zurückkehren.

Und was für Oahu gilt, gilt auch für die anderen großen Inseln dieser Gruppe. Klima und Jahreszeit können nach Belieben gewählt werden, mit zahllosen überraschenden Variationen als Dreingabe. Nehmen wir an, jemand ist leidend und sucht ein für einen Kranken zuträgliches Klima. Eine Nachtfahrt auf einem Dampfer von Honolulu aus wird ihn zu der leewärts gelegenen Küste der Hauptinsel bringen. Dort, zwischen den Kaffeebäumen auf den Hängen von Kona, etwa dreihundertfünfzig Meter über Kailua und der sich kräuselnden See, wird er das perfekte Klima für einen Schonungsbedürftigen finden. Es ist das Land der morgendlichen Windstille, des nachmittäglichen Regenschauers und der abendlichen Ruhe. Nie gehen rauhe Lüfte. Ein- oder zweimal im Jahr bläst vierundzwanzig oder achtundvierzig Stunden lang eine steife Brise von Süden, Kona-Wind genannt. Sonst gibt es keinerlei Turbulenzen, zumindest keine Luftbewegungen, die kräftig genug wären, um diesen Namen zu verdienen. Es sind nicht einmal leichte Brisen. Es ist ein Fächeln, das am Tag und in der Nacht seine Richtung ändert. Unter der Sonne erwärmt sich das Land und saugt die milde Seeluft an. Nachts strahlt das Land die Hitze schneller ab, die See bleibt wärmer und holt sich die schwach mit Blumenduft getränkte Bergluft zurück.

So ist das Klima von Kona, wo niemand im Traum daran denkt, auf ein Thermometer zu schauen, wo jeden Nachmittag ein erfrischender Frühlingsregen fällt und wo man weder Frost noch Hitzschlag kennt. All das wird durch die hochaufgetürmten Bergstöcke des Mauna Kea und Mauna Loa ermöglicht. Auf ihrer anderen Seite, den windwärts gelegenen Hängen der Hauptinsel entlang der Hamakua-Küste, bläst der Passat oft genug mit einer Stärke von fünfundsechzig Kilometern in der Stunde. Sollte ein »Wasserfrosch« aus Oregon Heimweh nach dem gewohnt feuchten heimischen Wetter bekommen, wird er triefende Linderung an den windwärts gelegenen Küsten Hawaiis und Mauis finden, angefangen von Hilo im Süden mit einer durchschnittlichen jährlichen Regenmenge von dreihundertachtzig Zentimetern bis hin zum Nahiku-Distrikt im Norden hinter Hana, wo eine Niederschlagsmenge von zehneinhalb Metern innerhalb eines einzigen Jahres belegt ist. Auch beim Regen hat man die Wahl zwischen fünfhundert, fünfzig, dreizehn und zweieinhalb Zentimetern. Ja, und außerdem kann es vierundsechzig Kilometer von Nahiku entfernt, an den leewärts gelegenen Hängen des House of the Sun, der der größte erloschene Vulkan der Erde ist, vorkommen, daß es innerhalb von einem Dutzend Jahren nicht ein einziges Mal regnet. Das Vieh verbringt sein Dasein, ohne je eine Pfütze zu sehen, und Pferde scheuen bei fließendem Wasser oder versuchen, es mit den Zähnen zu zermahlen.

All diese Beispiele wären beliebig zu vermehren, und die Behauptung, daß nirgends sonst so viele Klimazonen an einem Ort vereint sind, ließe sich noch mit der Feststellung ergänzen, daß man nirgendwo so viele Landschaftsformen auf einem Fleck findet. Die Vielfalt ist unendlich groß, von den Lavaküsten des südlichen Puna bis hin zu den mit Booten übersäten Sandstränden Kauais. Auf jeder Insel können halsbrecherische Kletterpartien zuhauf unternommen werden. Man kann jenseits der Baumgrenze auf den schneebedeckten Gipfeln des Mauna Kea oder des Mauna Loa vor Kälte zittern, umkommen vor Hitze unter den Banyan-Bäumen im verschlafenen, alten Lahaina, im klaren Ozeanwasser schwimmen, das an zehntausend Stränden wie Champagner perlt, oder Nacht für Nacht in Decken eingehüllt auf den Bergwiesen der großen Weidegebiete verbringen, um jeden Morgen vom Gesang der Lerchen und dem frischen, lebhaften Frühlingslüftchen geweckt zu werden. Aber nie und nimmer wird man, wohin man sich auch wendet, auf unserem Hawaii einen Hurrikan, einen Tornado, einen Schneesturm, Nebel oder fünfunddreißig Grad im Schatten erleben. Derart unangenehme Wetterlagen sind meteorologisch unmöglich, versichern uns die Experten. Als Hawaii als das Paradies des

Stillen Ozeans bezeichnet wurde, hat man ihm nicht den Namen gegeben, der ihm tatsächlich gebührt. Zum Stillen Ozean sollte man noch die restlichen sieben Meere samt den darinliegenden Inseln hinzufügen. »Neapel sehen und sterben« – hier muß es heißen: *Hawaii sehen und leben*.

ANHANG

NACHWORT

Es ist die Südsee, die um 1620 Francis Bacons Schiffsreisende auf ihrem imaginären Weg von Peru nach Japan und China durchqueren müssen: eine unerforschte Region mit mythischer Ausstrahlung, in der sie – man hätte es fast erwarten können – auf einen utopischen Staat, Neu-Atlantis nämlich, stoßen. Während der nächsten Jahrhunderte vermuten waghalsige Seefahrer dort in allem Ernst die legendäre »Terra Australis Incognita«, und unzählige »Robinsone«, so Immanuel Kant in seinem Kommentar zu J. J. Rousseau, treibt die Suche nach dem »reinen Genuß eines sorgenfreien in Faulheit verträumten oder mit kindischem Spiel vertändelten Lebens«, treibt der Wunsch »zur Rückkehr in jene Zeit der Einfalt und Unschuld« eines »goldenen Zeitalters«. Ohne Zweifel: Europäer fühlen sich – von Montaigne über Chateaubriand und Herder bis zu Stevenson und Gauguin – immer wieder fasziniert von der – vermuteten oder selbst erfahrenen – vermeintlichen Ursprünglichkeit und Wildheit, die sich inmitten der südpazifischen Wasserwüste plötzlich auftut. Allerdings: von Anfang an treibt unerschrockene Seefahrer und Entdeckungsreisende auch die Suche nach neuen kolonialen Märkten in die Südsee, und sind sie gefunden, strömen nicht nur die sprichwörtlichen Europamüden in die paradiesischen Refugien, sondern auch Missionare und Händler, die nach dem Rechten sehen. Der eine oder andere muß dann wohl auch das Schicksal jenes Captain James Cook erleiden, der die Neuen Hebriden, die Salomonen und 1778 schließlich die nach seinem aristokratischen Freund und Gönner benannten Sandwich-Inseln entdeckt, um – als er 1779 noch einmal zur größten dieser Inseln vulkanischen Ursprungs, nach Hawaii, zurückkehrt – von Eingeborenen erschlagen zu werden. Andere, wie Herman Melville, dessen autobiographischer Erstlingsroman *Taipi. Ein Blick auf polynesisches Leben* (1846) die Lektüre der Cookschen Berichte und der Schilderungen des Tahiti-Entdeckers Louis-Antoine de Bougainville verrät, vermitteln zwar das Bild eines sorglosen und sexuell freizügigen Lebens; aber das Paradies der Südsee hat auch bei Melville neben dem Reiz des Exotisch-Fremden seine düsteren Seiten: den Kannibalismus, wie sein Held ahnt.

Trotzdem: der junge, dem »sozialen Abgrund« seines proletarischen Elends entfliehende Jack London ist von derartigen Schilderungen fasziniert, vor allem von Melvilles Zeichnung der paradiesisch scheinenden Marquesas-Inseln. Nie wieder – so bemerkt er später in seinem Seereisebuch *Die Fahrt der Snark* (1911) – sei er vom Traum dieser »terra australis« losgekommen. Freilich sind es nicht Tahiti oder Samoa, nicht die Marquesas oder die Salomonen, die den inzwischen weltberühmten Autor jener in der trostlosen Eiswüste Alaskas spielenden Erzählungen anlocken: es ist Hawaii, es ist Waikiki Beach, es sind die gewaltigen, aus dem Meer emporragenden Vulkankrater, der Haleakala etwa auf der Nachbarinsel Maui mit seinen etwa 33 Kilometern Umfang, es ist das noch liebliche, erst Jahrzehnte später zu traurigem Ruhm gelangende Pearl Harbor, es sind vor allem die Menschen, deren Grußwort »Aloha« – »meine Liebe sei mit dir« – für London die Andersartigkeit, den Unterschied zum kapitalistischen Konkurrenzkampf und zum Elend der Großstädte so sinnfällig macht.

Bevor Jack London aber den Spruch »Neapel sehen und sterben« in das Motto »Hawaii sehen und leben« umformulieren sollte, durfte der begeisterte Melville-Leser jene Inseln, die für ihn an die Stelle der Marquesas traten, vorerst nur aus der Ferne sehen: als der siebzehnjährige Matrose 1893 auf dem Robbenfänger »Sophia Sutherland« vorbeisegelte. Elf Jahre später machte der Reporter London auf seinem Weg in das Kriegsgebiet des russisch-japanischen Konfliktes im Januar 1904 für einen Tag in Waikiki Station, und sechs Monate später genoß er erneut in Honolulu Sonne und Wellen. 1905 kam er urplötzlich auf die Idee, es jenem wagemutigen Captain Joshua Slocum gleichzutun, der zwischen 1895 und 1898 mit seiner kleinen Jacht »Spray« den Erdball umrundet hatte. Deshalb entwarf und baute er, von manchem belächelt und verspottet, aber zielstrebig, wie er nun einmal war, ohne alle professionelle Hilfe die eigene Jacht, die »Snark«, benannt in Anspielung auf Lewis Carrolls *The Hunting of the Snark*. Der Stapellauf wurde – zuletzt durch das Erdbeben in San Francisco im April 1906 – immer wieder verzögert: nicht, wie ursprünglich vorgesehen, am 1. Oktober 1906, sondern erst am 23. April 1907 verließ das Schiff die Docks an der Franklin Street in San Francisco. Einige hundert Freiwillige hatten sich gemeldet, um in die Crew aufgenommen zu werden – Millionärssöhne und Professoren, Doktoren und Rancher, Sozialisten und Stenographen. Aber London nahm neben seiner zweiten Frau Charmian nur noch ihren Onkel Roscoe Eames, den zum Koch erkorenen Martin Johnson, einen später berühmten Afrika-Filmer, Herbert Stolz, einen jungen Studenten der Stanford-Universität, und einen japanischen Kajütenjungen mit. London meinte, für alles vorgesorgt zu haben: aber Eames kannte eben nur die Bucht von San Francisco und war als Navigator auf hoher See ein Versager. Jack London selbst mußte erst noch den Umgang mit dem Sextanten üben, Martin Johnson konnte gerade einmal Biskuits backen, und für Bert Stolz erwies sich die für Notfälle eingebaute Maschine als Rätsel. Und außerdem: die Orangen froren ein, Kerosindämpfe machten die Karotten ungenießbar und den Aufenthalt unter Deck zu einem Wagnis, Kohle war in verrotteten Säcken angeliefert worden, der Dynamo versagte, das Rettungsboot war leck. Obwohl London statt der zunächst eingeplanten 7000 Dollar nicht weniger als 30000 Dollar investiert hatte, schien die Snark auf dem Weg in ein Fiasko. Als die Jacht nach 27 Tagen doch noch im Hafen von Honolulu einlief, hatte man die Seeabenteurer bereits aufgegeben. Es war ein Fiasko, das später zum endgültigen Abbruch der Reise führen sollte, das aber London zunächst zu einem zweimonatigen Aufenthalt auf den Inseln zwang, um in der Zeit bis zum 15. August die Jacht reparieren zu lassen.

Aber im Grunde war es ein produktives Fiasko. Denn London sollte ein Inselreich kennenlernen, dessen Bewohner Ende des 18. Jahrhunderts unter dem König Kamehameha politisch geeint worden waren, die dann von Missionaren, wenig später von amerikanischen und europäischen Händlern und Investoren heimgesucht wurden, zwei Verfassungen nach amerikanischem Vorbild (1840 und 1852) erhalten hatten und nach der Annexion Kaliforniens (1853) das Interesse der sich immer weiter nach Westen ausdehnenden Vereinigten Staaten auf sich zogen: Zuckerrohrplantagen gingen in amerikanischen Besitz über, Lohnarbeiter wurden aus China und Japan importiert, 1887 wurde in Pearl Harbor ein Marinestützpunkt eingerichtet, und im Verlauf der unblutigen Revolution von 1893, die zur Absetzung der letzten Königin führte, forderte mancher den Anschluß an die USA. Nachdem am 4. Juli 1894 die Unabhängigkeit erklärt worden war und 1895 die formelle Abdankung der Königin erfolgte, annektierten die USA am 12. August 1898 – es war die Zeit des expansionistischen spanisch-amerikanischen Krieges – dann tatsächlich Hawaii, das aber erst 1959 zum fünfzigsten Bundesstaat erklärt wurde.

Jack London fand in Hawaii ein wahres Naturparadies – ein Naturparadies allerdings mit einer kolonialen und gemischtrassigen Gesellschaft, an der Spitze die alte Aristokratie und die neuen amerikanischen Kapitalisten: eigentlich eine delikate Situation für einen Sozialisten, der den für die Zeitschrift *Cosmopolitan* des Zeitungszaren W. R. Hearst geschriebenen Essay zum Thema »Was das Leben für mich bedeutet« mit der Zuversicht beschlossen hatte, daß ihm zu kämpfen vergönnt sein werde, »das Brecheisen in der Faust, Schulter an Schulter mit den Intellektuellen, den Idealisten, den klassenbewußten Arbeitern, den Hebel ansetzen zu können und das ganze Gebäude zum Wanken zu bringen«. Hatte er, während er sich auf Hawaii aufhielt, jenen Klang des »aufsteigenden Holzschuhs und des herabsteigenden polierten Stiefels« vergessen, den er zum Schluß des Essays zum Symbol gesellschaftlichen Umsturzes erklärt hatte? Es schien so zu sein: London dinierte mit seiner Frau im Royal Hawaiian Hotel, verkehrte mit Richtern, Kongreßabgeordneten, Finanzmagnaten, er traf sich mit der früheren Königin Liliuokalani, fischte bei Fackellicht mit dem Prinzen David Kawanakoa, war Gast auf der Ranch Lorrin A. Thurstons, des Verlegers des *Pacific Commercial Advertiser*.

Thurston war es allerdings auch, der London zu einer Rede vor hawaiischen Industriellen über sein Lieblingsthema, die Revolution, animierte. Und zum Erstaunen der Gastgeber besuchte London – ausgerechnet am Nationalfeiertag, dem 4. Juli – die Leprakolonie auf Molokai, auf jener zerklüfteten Insel, die wenige Jahrzehnte zuvor der belgische Priester und Missionar Pater Damien zum Ort seines heldenhaften Dienstes an den Kranken erkoren hatte, eine Insel, die als Verbannungsort für die Leprakranken des Landes diente. Allerdings schreibt er dann im Snark-Reisebuch, die Sensationspresse habe die Schrecken Molokais übertrieben, er, Jack London, zöge jederzeit diese »glückliche Kolonie« einem Leben in den »Jauchegruben« des Londoner Ostens oder der New Yorker East Side vor. Jack Kersdale, der amerikanische Held der Erzählung »Leb wohl, Jack«, weist sogar mit fast den gleichen Worten wie London selbst darauf hin, daß sich nach der Einführung eines relativ sicheren bakteriologischen Tests zahlreiche nach Molokai Verbannte, die nachträglich für gesund erklärt wurden, strikt geweigert hätten, die Kolonie wieder zu verlassen – London fügt hinzu, sie seien schließlich als Helfer und Krankenschwestern geblieben.

Trotz dieser Argumente zeichnete London in den seit Juni 1909 in verschiedenen Zeitschriften veröffentlichten Lepra-geschichten, die später in die Sammlung *The House of Pride* (1912) aufgenommen wurden, ein völlig anderes Bild, ein Bild, das bei Einheimischen doch einige Empörung hervorrief. Denn in »Koolau, der Aussätzige« etwa dramatisiert London – ganz im Gegensatz zu den Bemerkungen im Snark-Reisebuch – den Widerstand von Leprakranken gegen die zwangsweise Deportierung, und er wählt dafür sogar noch die Binnenperspektive der Betroffenen selbst. Die geben durchaus stichhaltige Gründe für ihren Widerstand, der sich vor dem Hintergrund einer paradiesisch anmutenden Landschaft abspielt. Die Erzählung beginnt mit der Anklagerede des von der Lepra gezeichneten Helden gegen die europäisch-amerikanischen Missionare und Händler, die sich – so betont er – doppelzüngig des Landes bemächtigt und die dann die Plantagenwirtschaft eingeführt hätten, mit der Folge, billige chinesische Sklavenarbeiter importieren zu müssen und auf diese Weise die Lepra einzuschleppen. Koolau und seine dreißig Männer und Frauen verstehen nicht, daß man sie ihres Bodens berauben und in das Gefängnis der fernen Leprastation werfen darf. Die Verstümmelten und Entstellten, »Ausrutscher und Verirrungen eines wahnsinnigen Gottes, der an der Maschinerie des Lebens herumgespielt« hatte, in deren »verwesenden Körpern immer noch das Leben liebte und sich sehnte«, ziehen sich in unwegsames Gelände zurück, trotzen den Angriffen der Soldaten, werden aber schließlich auf brutale Weise in die Knie gezwungen. Bis auf den schußgewaltigen Koolau, einen ehemaligen Cowboy, geben die Überlebenden auf. Koolau hält sich noch zwei Jahre lang im unwegsamen Gebirge, dann stirbt er, sich an die »Unversehrtheit seiner ungezügelten Jugend« erinnernd, aber immerhin in Freiheit.

London griff mit »Koolau, der Aussätzige« auf die Historie Hawaiis zurück. Es war übrigens der Vater seines Begleiters Bert Stolz, der auf Kauai, wo die Geschichte spielt, als Deputy Sheriff beim Versuch, die Leprakranken wieder einzufangen, getötet wurde. Eine typische Jack London-Story also, in deren Mittelpunkt der heldenhaft kämpfende einzelne steht, der am Leben und an der Freiheit hängt, der allem trotzt, aber schließlich doch – Opfer der »Verirrungen eines wahnsinnigen Gottes« – unterliegt.

Wenn die *Alaskaerzählungen* den Kampf des vitalen Individuums gegen die Erstarrung des Eises dramatisieren, tragen die *Südseegeschichten* auch noch die Handschrift des Sozialisten London, der in den Mittelpunkt von »Leb wohl, Jack« und »Der Sheriff von Kona« Weiße – Amerikaner – stellt: sie gehören zur administrativen und gesellschaftlichen Elite Hawaiis, sie glauben sich als Herren gegen die Lepra gefeit. Sozialkritik also? So scheint es zunächst. »Der Sheriff von Kona« etwa ist eine Rahmenerzählung, die auf der paradiesischen Insel Hawaii spielt, dem »Land immerwährender Stille«. Der Binnenerzähler, ein junger Amerikaner, seit achtzehn Jahren hier, berichtet von einem auf der Insel geborenen, kerngesunden Supermann, dessen Optimismus nie zu erschüttern war. Als der Sheriff ein versteckt gehaltenes leprakrankes Mädchen suchen läßt, spricht ihm deren Bruder das Recht dazu ab: er selbst sei – und das stimmt, er weiß es nur nicht – von der Krankheit befallen. Damit rückt die eigentliche Lepra-Problematik in den Hintergrund: im Zentrum der Geschichte steht die psychologisch packende Zeichnung eines scheinbar in sich ruhenden Menschen, dessen Sicherheit urplötzlich zusammenbricht. Zwar weiß London mit der Befreiung des ehemaligen Sheriffs durch wagemutige Freunde – der Erzähler wird dabei von einem Leprakranken in die Hand gebissen, wartet sieben Jahre lang auf die Krankheitssymptome – doch noch ein gehöriges Maß an abenteuerlicher Spannung in die Geschichte zu bringen. Aber der Schwerpunkt liegt auf den psychischen Reaktionen, und das auf die gleiche Weise wie in »Leb wohl, Jack«. Jack Kersdale, Missionarssohn, mit Universitätsstudium in Yale, erfolgreicher Kaufmann, Zuckerplantagenbesitzer, Millionär, ein physischer und intellektueller Supermann, immer mit dem Lächeln absoluter Selbstsicherheit: er weiß genauestens über die Lepra Bescheid, und er rechtfertigt, mit den bereits genannten Gründen, die Politik der Ausgrenzung. Als ihm ein wunderschönes polynesisches Mädchen, in das sich viele Weiße verliebt hatten, eine Sängerin mit einer himmlischen Stimme, von Deck aus ihr Lebewohl zuruft, bricht Kersdale – wie der Sheriff von Kona – zusammen: hatte er doch nichts von ihrer Krankheit gewußt. Auch hier spürt man die Sozialkritik Londons, aber die Bemerkung des Ich-Erzählers, »daß wir mitten im Leben vom Tod umfangen sind«, deutet auf eine tiefere Aussagedimension. Auch in den *Südseegeschichten* geht es, wie in den *Alaskaerzählungen*, um den Kampf des Individuums gegen die Erstarrung des Todes. Aber während im Norden Schnee und Eis allgegenwärtig sind, ist Hawaii ein Paradies, in dem Siechtum und Tod durch die Lepra ausgegrenzt zu sein scheinen. Und das Erschrecken, dem Tod wider Erwarten ganz nahe zu sein, ließ sich in den »rein fiktiven Geschichten«, wie London sie einem Freund gegenüber bezeichnete, sehr viel eindringlicher darstellen als mit manch anderem Motiv.

Andererseits kann London trotz allem das Unrecht der Klassengesellschaft darstellen, den unerträglichen gesellschaftlichen Snobismus der Weißen brandmarken. So etwa in der Geschichte »Das Haus des Stolzes«: Sie handelt von dem sich seines »überlegenen Geistes, seines großen Reichtums und des hohen Ranges, den er in der Geschäftswelt Hawaiis einnahm«, sicheren Sohn eines englischen Missionars, der sich wie ein Musterbeispiel puritanischer Selbstgerechtigkeit ausnimmt und auf alles und jeden herabschaut. Dieser selbsternannte geistige Aristokrat muß urplötzlich erfahren, was alle wissen: daß Joe Garland, zur Hälfte von Eingeborenen abstammend, den er überall aus Gründen der Moral verfolgt, in Wahrheit sein Halbbruder ist.

Auch hier der Sturz: »Es war, als habe er plötzlich erfahren, daß sein Vater ein Aussätziger gewesen sei und daß er auch in seinem eigenen Blut den Keim dieser schrecklichen Krankheit mit sich herumtragen könnte.« Aber Percival Ford kleistert sich, ohne viel zu überlegen, eine Rechtfertigung zusammen: Der Vater, ein Missionar, war zwar schon auf dem richtigen Weg, aber erst Percival hat auf der Leiter der moralischen Evolution eine höhere Stufe erklimmen können. Dem weißen Rassisten fallen also, so zeigt London eindringlich, beizeiten die passenden Argumente ein, und er kann sich dann auch noch des Geldes bedienen, um den an den Fehltritt des Vaters erinnernden Halbbruder aus dem Land zu verbannen.

Die Faszination, die vom Thema Lepra ausging, hatte zweifellos für den während seiner letzten Lebensjahre körperlich gezeichneten London auch persönliche Gründe. Aber jenseits der gesellschaftskritischen Aspekte ist doch auch der Zusammenhang mit den *Alaskaerzählungen* unübersehbar. Die vermeintlichen Herren – die moralischen, intellektuellen, physischen Supermenschen – müssen erfahren, daß sie mitten im Leben bereits mit dem Tod konfrontiert sind. In dieser Hinsicht ähneln sie jenem einsamen Helden in Londons Meistererzählung »Feuermachen«, deren zweite und endgültige Version nicht zufälligerweise während der Reparatur der Snark entstand. Auch wenn London häufig aus finanziellen Gründen vieles zu schnell, ohne zu korrigieren, ohne zu überarbeiten, niederschrieb: wenn man genauer liest, tun sich Zusammenhänge auf, die in einer integrierten »Philosophie des Lebens« gründen. Das gilt auch für jene *Südseegeschichten*, die nicht auf einer der Inseln Hawaiis spielen, die aber Londons Ernüchterung über die Zerstörung jener paradiesischen Welt offenbaren, die er aus der Lektüre Melvilles in Erinnerung hatte: Während die Bewohner der Marquesas einst ihre Feinde kannibalisch zu verspeisen pflegten, sind sie nunmehr selbst zum kannibalischen Opfer der durch die Weißen eingeschleppten Mikroorganismen geworden, »von denen sie jetzt gefressen werden« (London schrieb später auch einen Science-fiction-Roman zum Thema der Vernichtung der Menschheit durch Mikroorganismen – *The Scarlet Plague*, 1915). Gefressen werden sie – so machen andere *Südseegeschichten* wie die hier nicht aufgenommenen Titel »The Terrible Solomons« oder »Mauki« deutlich – im übertragenen Sinn von den weißen Eroberern.

Ihnen fällt dann auch schon einmal einer ihresgleichen zum Opfer, wie während des hochdramatischen Sturms in »Parlays Perlen«, der Geschichte eines Franzosen, der durch seine Heirat mit einer Herrin über ein Atoll nahe Tahiti nach deren Tod zum »König« avanciert, aber seine in Frankreich erzogene Tochter verliert, als er sie wegen eines Hurrikans nicht rechtzeitig in Papetee abholen kann: Die feine Gesellschaft Tahitis schneidet die nicht Reinrassige. Sie, die aufgrund ihrer französischen Erfahrungen auf derartiges nicht vorbereitet ist, begeht Selbstmord. Mehr als fünfzehn Jahre später will der alte Vater, der inzwischen tonnenweise Perlen auf dem Atoll angehäuft hat, ohne jemals auch nur eine zu verkaufen, Rache nehmen. So kündigt er eine Auktion an, hoffend, daß die einlaufenden Schiffe in die Falle eines Hurrikans gehen werden. Aber nicht nur sie, sondern auch der geistesverwirrt-überhebliche Parlay selbst, der Herr über die Naturgewalten zu sein glaubt, wird Opfer des verheerenden Sturms – und zugleich jene raffgierigen Geister, die er gerufen hat und die nicht einmal – einer von ihnen jedenfalls – vor einem Mordversuch zurückschrecken.

Die bisher genannten Erzählungen wurden während der drei Jahre nach Beendigung der Seereise veröffentlicht, die London wegen zahlreicher Krankheiten abbrechen mußte. Es war eine Zeit ehrgeiziger Pläne – vor allem des Ausbaus und der Vergrößerung der Ranch fünfzig Meilen nördlich von San Francisco nahe dem kleinen Ort Glen Ellen. London wollte Landwirtschaft auf wissenschaftlicher Basis betreiben, baute sterile Schweineställe, pflanzte mit hohen Kosten Eukalyptusbäume, kaufte eine teure Zuchtstute. Aber die Ranch wurde zu einem Alptraum, die finanziellen Probleme verschärften sich trotz der täglich tausend Worte, die London wie eh und je zu Papier brachte; denn auch Investitionen in ein neues lithographisches Verfahren etwa oder in die Verfilmung des *Seewolfs* erwiesen sich als Fehlschläge. Hinzu kamen persönliche Probleme – eine Fehlgeburt Charmians, der eigene Alkoholismus, Rheuma, Nierenkoliken, schließlich im August 1913 der Brand des fast fertiggestellten »Wolfhauses«, jenes in den Augen der sozialistischen Freunde einigermaßen suspekten feudalen Bauwerks. Aber auch jene die Öffentlichkeit irritierenden Widersprüche mehrten sich: So hatte sich London etwa in einem offenen Brief freimütig auf die Seite der »Sozialisten, Anarchisten, Landstreicher, Hühnerdiebe, Geächteten und unerwünschten Bürger der Vereinigten Staaten« geschlagen und unverhohlen mit den mexikanischen Revolutionären sympathisiert – der boxende Held in der Erzählung »Der Mexikaner« gehört zu ihnen, aber die späteren Berichte über den Krieg in Mexiko für *Collier's Magazine* ließen – so jedenfalls die Zeitschrift *The Nation* –

auf einen Autor schließen, der sich offensichtlich die »Finger nach den Millionen von Golddollars (leckte), die dem rechtmäßigen Besitzer, dem mexikanischen Peon, von den räuberischen Handlangern des internationalen Kapitals entrissen worden waren«.

Jack Londons von Problemen überschattete persönliche und berufliche Situation, die zweifellos die zahlreichen Widersprüche und unvermittelten ideologischen Kehrtwendungen erklären hilft, schlägt sich auf direkte Weise in den Kurzgeschichten und Erzählungen dieser Zeit nieder: Neben den profitorientierten und zuweilen rassistischen Figuren begegnet man häufig Gestalten, deren Menschlichkeit und Opferbereitschaft offensichtlich das idealisierte Bild eigener Sehnsüchte sind. Derartiges trifft ohne Zweifel auf die zuerst im September 1909 im *London Magazine*, dann in der Sammlung *Südseegeschichten* veröffentlichte Erzählung »Der Heide« zu. Der Ich-Erzähler, ein Perlenhändler, rettet, nachdem das Schiff in einem höllischen Hurrikan untergegangen ist – London schildert ihn ebenso mitreißend wie in »Parlays Perlen« –, einen Kanaken, den der holländische Kapitän einen »schwarzen Heiden« schimpft und den er mit Gewalt von einem Wrackteil vertreibt. Oto'o – so der Name dieses »edlen Wilden« – klammert sich voller Dankbarkeit an den durchaus profitorientierten und mit Arbeitskräften handelnden Weißen: Nachdem sie gleich nach der gemeinsamen Rettung zum Zeichen der Freundschaft die Namen getauscht haben, wird Oto'o, der eigentlich gegen seinen Willen zum Geschäftspartner und gemeinsamen Schiffseigner avanciert, zum zivilisierenden und humanisierenden Einflußfaktor im Leben des Weißen und seiner Familie. Nach siebzehn Jahren endet die Brüderschaft jedoch jäh, als Oto'o – wie London selbst ein Materialist mit Wissen um die Endgültigkeit des Todes – sein eigenes Leben zur Rettung des mit dem Boot Gekenterten und von einem Hai Umkreisten einsetzt. Oto'o ist mutig, aber nicht aggressiv, ein Heide ohne christliche Moralvorstellungen, aber ein guter Mensch. Er verkörpert zu diesem Zeitpunkt, unmittelbar nach der Snark-Fahrt, bereits das, was London mehr als fünf Jahre später in seiner Einleitung zu der von Uptain Sinclair herausgegebenen Anthologie sozialer Protestliteratur *The Cry for Justice* (1915) als die wichtigsten ethischen Grundsätze bezeichnet, die eine zutiefst ungerechte Welt – Ungerechtigkeit lastet er nicht Gott und der Natur an, sondern dem Menschen – brauche: Sympathie, Mitgefühl, Selbstlosigkeit. Die in der Anthologie vertretenen Sozialisten hätten sich, so London, nicht am kapitalistischen Profit, sondern am Ideal des »Dienstes« orientiert. Eine sich zum Besseren hin entwickelnde Gesellschaft dürfe sich nicht länger durch Gewalt dominieren lassen, müsse vielmehr »Liebe, Dienst am anderen, Brüderlichkeit« praktizieren.

Die 1916 entstandenen letzten Hawaiigeschichten – London hatte nach 1912 zeitweilig das Schreiben von Kurzerzählungen eingestellt – dokumentieren den Bruch mit der proletarischen Vergangenheit, der 1916 im Austritt aus der Sozialistischen Partei gipfelt. London weicht – allerdings nicht unbedingt zu seinem Schaden – vor den persönlichen und beruflichen Problemen endgültig ins Reich der Phantasie, der hawaiischen Geschichte, der alten Mythen aus. Während der erneuten längeren Aufenthalte auf den Inseln 1915 und 1916 gilt er schon als »Kamaaina«, als ein alter Haiwaiianer. Jack London ist jedoch offensichtlich bereits ein gezeichneter, ein todkranker Mann – Rheumaanfälle, Nierenentzündung, Urämie und die Angst, er könne eine Geschlechtskrankheit haben, setzen ihm seit längerem zu. Aber er sammelt nicht nur medizinische Fachliteratur, er vertieft sich seit einiger Zeit auch in die Psychoanalyse, sieht sich bei der Lektüre C. G. Jungs – einiges ist gerade unter dem Titel *Psychology of the Unconscious* in englischer Sprache erschienen – »auf der Schwelle zu einer Welt, die so neu, so schrecklich, so wunderbar ist, daß ich mich fast fürchte, hinüberzuschauen«. So unterstreicht er in der Einleitung zur amerikanischen Ausgabe Stellen über die Symbolik der Wiedergeburt und über die Figur der Mutter auch eine Bemerkung über den »Charakter und die Intelligenz, die es möglich machen, sich zu überwinden, die eigene nackte Seele zu schauen und die damit verbundenen Schmerzen und Leiden zu ertragen«.

Vom Unterbewußten ist gelegentlich in der Erzählung »Als Alice zur Beichte ging« die Rede. Diese Geschichte der in den Bann des religiösen Erweckungspredigers Abel Ah Yo gezogenen fünfzigjährigen Alice Akana, Besitzerin eines Hula-Hauses, erinnert noch am ehesten an den alten Jack London, auch wenn der humoristisch-distanzierte Ton nicht allzuoft in seinem Werk zu finden ist. Abel, der sich eigentlich als Judas sieht, aber seine öffentlichen Erweckungsaktionen in Honolulu auf eine Umdeutung der biblischen Gestalt gründet, die er zum Diener Gottes macht, kann Alice zwar auf den Weg der geistigen Erneuerung leiten, aber sie bringt es lange Zeit nicht fertig, öffentlich über ihre Vergangenheit – und das ist die Vergangenheit der feinen Gesellschaft Honolulus – zu reden. Als es dem wortgewaltigen Abel dann doch mit einigen Tricks gelingt, nutzen die bereits angelaufenen Beschwichtigungsversuche alter Bekannter nichts mehr: Dafür kommen jene aus der Oberschicht, die etwas zu verbergen haben, zum ersten Mal in die Veranstaltungen Abels, für den Gott ein Abbild aller Rassen der Welt ist und dessen Lehren den Anstrich des Demokratischen haben. Es liegt nahe, in dem rhetorisch versierten Abel, der die Doppelzüngigen und Heuchler zum Erzittern bringt, jenen seine intellektuellen Gegner niederredenden London zu sehen, dem seine ehemaligen Parteifreunde eben den Vorwurf machten, er habe sie, Judas gleich, verraten. Freilich lehrt Abel-Judas so manchen das Fürchten, ohne allerdings verhindern zu können, daß man ein Komitee gründet: um den nächsten, der vielleicht peinliche Geheimnisse ausplaudert, organisiert zu kaufen.

Andererseits entwirft London in den beiden Rahmenerzählungen »Auf der Makaloa-Matte« und »Die sterblichen Überreste Kahekilis« ein durchaus positives Bild der hawaiianischen Führungsschicht. »Auf der Makaloa-Matte« ist die Geschichte der gut sechzigjährigen Bella Castner, die während eines Besuches bei ihrer Schwester Martha Scandwell von einem tiefgreifenden Jugenderlebnis erzählt, als sie, mit neunzehn Jahren dem puritanisch-asketischen Arbeitstier George Castner vermählt, dem Prinzen Lilolilo begegnete und das von Liebe und Wärme geprägte Leben Hawaiis kennenlernte. In gewisser Weise – allerdings eher oberflächlich psychoanalytisch orientiert – bringt die bereits sehr alte Bella erzählend ins Bewußtsein zurück, was sie zuvor offensichtlich nie jemandem verraten hatte, und London kontrastiert auf eindringliche Weise zwei unterschiedliche Lebensweisen: die des sparsamen, nur auf Gewinn und Mehrung des Besitzes gerichtete, letztlich unsoziale Art, mit der George Castner seine Zukunft plant, und die Weltoffenheit, die Freude am anderen, die das alte Hawaii auszeichnete: Kontraste, die sich in unterschiedlichen Farben und in der atmosphärischen Zeichnung der Natur, des Hauses, der Menschen spiegeln. Im Grunde handelt es sich um die Vision eines Lebens, wie es London auf seiner Ranch führen wollte, mit Dutzenden von täglichen Besuchern, mit wilden Saufgelagen, kindlichen Späßen und Scherzen (von der Verschwendung Londons profitierten freilich häufig genug Schmarotzer).

Die Binnenerzählung von »Die sterblichen Überreste Kahekilis« ist die Erinnerung des alten Kumuhana an ein Ereignis im Jahr 1829, kurz nach der Ankunft der Missionare: an den Tod des Häuptlings Kahekili, dessen Gebeine später angeblich ins Mausoleum in Honaunau auf Kona umgebettet wurden, der aber in Wirklichkeit während der rituellen Todeszeremonie draußen auf dem Meer in einem als Sarg gebauten Boot im Meer versank. Kumuhana weiß davon, weil er durch eine Reihe von Zufällen nicht wie vorgesehen während der Zeremonie geopfert wurde. Die Binnenerzählung, die auf diese Weise in mündlicher Überlieferung eine vorchristliche Vergangenheit mit Reminiszenzen an die größere Maori-Geschichte evoziert – eine durch gleichsam feudale Stammesstrukturen und Menschenopfer geprägte Vergangenheit –, wird mit dem Rahmen kontrastiert: London präsentiert den 1829 nach Hawaii gekommenen Hardman Pool, einen weißen Rancher, dem Kumuhana fünfzig Jahre später das Geheimnis der Gebeine verrät, als einen wahren Patriarchen, der nicht etwa nimmt, sondern seiner Großfamilie (er hat vierzehn Kinder) Leben und Liebe und noch dem geringsten Arbeitsuntüchtigen oder Alten das Lebensnotwendige freigebig spendet. Auch diese Figur des sich gelegentlich über die Notwendigkeit des benevolenten Führers in einer Welt manipulierbarer Massen auslassenden Hardman Pool scheint den Vorstellungen Londons von einer wahren gesellschaftlichen Ordnung zu entsprechen. London kontrastiert zwar die grausame Vergangenheit mit der durch den Einfluß der Weißen veränderten Zivilisation der Gegenwart – jedenfalls auf der Ranch Pools –, aber die resignative und auf die politischen Realitäten der Jahre des Ersten Weltkriegs nicht mehr eingehende regressiv-agrarische Vision, die auch dem ehrgeizigen Ranch-Projekt von Glen Ellen zugrunde lag, macht die Entfremdung von den Sozialisten verständlich.

Während die Begegnung zwischen Pool und Kumuhana, so die Fiktion, im Jahr 1880 stattfindet, also noch vor der Annexion Hawaiis durch die Vereinigten Staaten, spielt die Rahmenerzählung von »Gebeine« während des Ersten Weltkriegs. Auch hier ist das Thema die Frage nach der Geschichte Hawaiis und der Rolle, die sie für die Gegenwart spielen kann. Prinz Akuli, in Oxford erzogen, berichtet während einer reparaturbedingten Unterbrechung einer Autofahrt auf der Insel Lakanaii einem weitgehend im Hintergrund bleibenden Rahmenerzähler von einem entscheidenden Erlebnis seiner Jugend: als er in Begleitung des alten Ahuna die Knochenstätte der hawaiischen Großen vergangener Jahrhunderte sehen durfte. In dieser Geschichte wird die psychoanalytisch-mythologische Wende Londons besonders deutlich: Ahuna ist der einzige, der den Ort kennt, und er fungiert, nach einer langen Fahrt mit dem Boot übers Meer, entlang einer steil abfallenden Küste – das Boot wird von alten Männern gerudert, die bereits dem Tode nahe sind – als Initiationsführer. Nachdem der Alte und der Junge die Nacht in einer Felsnische verbracht haben, tauchen sie in einen See mit unterirdischem Zugang zu einer Höhle. Dort finden sie die Gebeine, von denen Akulis Mutter, besessen vom Knochensammlertick, einige haben will (sie bewahrt alte Gebeine überall im Haus in großen Gefäßen auf, während der Vater, ein moderner Skeptiker, weder an die alten Götter noch an den von den Missionaren verkündeten christlichen Gott glaubt). Akuli wird offensichtlich von dem weisen, geheime Kenntnisse besitzenden Ahuna in die wahre Bedeutung von Geschichte und Sein eingeführt – jedenfalls deuten Bilder wie Bootsfahrt, Höhle, Wasser, Eintauchen hin auf das mythische Thema der Neugeburt, das London leicht mokant verfremdet, weil im Rahmen der christlichen Religion proklamiert, bereits in »Als Alice zur Beichte ging« angeschlagen hatte. Akuli und Ahuna finden die Gebeine, und der Junge nimmt heimlich das zu einer Speerspitze geformte Schienbein eines Mannes mit, der mit der Frau des Königs geflohen war und von ihm dann im Kampf getötet wurde. Der später in Oxford erzogene und also die Moderne akzeptierende Prinz Akuli bewahrt jedoch das Vermächtnis der Gebeine: »Ihnen, diesen beiden armseligen Knochen, schulde ich unendlichen Dank. In der Zeit, als ich zum Mann heranreifte, war ich von ihnen wie besessen. Ich weiß, daß sie den gesamten Verlauf meines Lebens und meine Denkrichtung änderten. Sie verhalfen mir zu Bescheidenheit und Demut in der Welt, und das Vermögen meines Vaters vermochte es nie, mich davon abzubringen ... Die nachdenkliche Betrachtung dieser beiden Knochen war stets eine große Hilfe für mich, und man könnte wohl sagen, daß ich meine Religion oder meine Lebensweise auf sie gegründet habe.«

Derartige mythische Dimensionen weist auch die kurze Erzählung »Das Kind des Wassers« auf, die London am 2. Oktober 1916, wenige Wochen vor seinem Tod am 22. November, fertigstellte. Ihr Kern ist das Gespräch zwischen dem Skeptiker John Lakana – Keaka Lakana war Londons Name auf Hawaii – und Kohokumu, einem alten Taucher, für den das Meer die wahre Mutter ist, die ihn wiedergebären wird, bis er zur Sonne emporschreitet. Dies, so betont der Alte, sei Weisheit, die nicht von außen komme, aus Büchern, von anderen Menschen, sondern aus dem Inneren, aus »den Tiefen meines Innern, das so tief ist wie die See«. Und es handelt sich für ihn nicht um eine menschliche Fiktion, sondern im Sinne von C. G. Jung um Archetypen, die unabhängig vom einzelnen in der Tiefe der Existenz schlummern und nur erkannt werden müssen. Der Alte erzählt dann die Geschichte Keikiwais, des »Wasserbabys«: »Seine Götter waren die Meeres- und Fischgötter, und er verstand von Geburt an die Sprache der Fische, was die Fische nicht wußten, bis es die Haie eines Tages herausfanden, als sie ihn sprechen hörten.« Als der König sich angesagt hat und zu seiner Bewirtung nur noch die Hummer aus der Tiefe des Wassers geholt werden müssen, tauchen vierzig Haie auf. Keikiwai versteht die Sprache der Haie, die ihn töten wollen, und er überlistet sie, die sich gegenseitig selbst zerfleischen, bis nur noch einer übrigbleibt. Die Natur ist – ebenso wie die menschliche Gesellschaft – durch Kampf und Not gekennzeichnet. Menschlicher Verstand und Hinhorchen auf die Natur, so der Mythopoet London, machen den Menschen zum Sieger: dies sicherlich eine tragische Einsicht für einen Mann, der seinen eigenen Tod nicht mehr abzuwenden vermag, gerade als er in der Südsee, in Hawaii, so etwas wie sein individuelles Neu-Atlantis gefunden hat.

Uwe Böker

EDITORISCHE NOTIZ

Textgrundlage der Übersetzung der in diesem Band versammelten *Südseegeschichten* sind die Erstausgaben der amerikanischen Erzählsammlungen Jack Londons. Im folgenden werden jeweils auch die Originaltitel der Erzählungen angegeben.

The House of Pride (Das Haus des Stolzes)
Leb wohl, Jack (Good-bye, Jack)
Der Sheriff von Kona (The Sheriff of Kona)
Koolau, der Aussätzige (Koolau the Leper)
Chun Ah Chun
Das Haus des Stolzes (The House of Pride)

South Sea Tales (Südseegeschichten)
Der Heide (The Heathen)

On the Makaloa Mat (Auf der Makaloa-Matte)
Auf der Makaloa-Matte (On the Makaloa Mat)
Die starke Brandung (The Kanaka Surf)
Als Alice zur Beichte ging (When Alice Told her Soul)
Gebeine (Shin-Bones)
Die sterblichen Überreste Kahekilis (The Bones of Kahekili)
Das Kind des Wassers (The Water Baby)

The Son of the Sun (Ein Sohn der Sonne)
Parlays Perlen (The Pearls of Parlay)

Cosmopolitan (1916)
Mein hawaiisches Aloha (The Hawaiian Aloha)

ZEITTAFEL

1876 Jack London (eig. John Griffith London) wird in San Francisco geboren.

1880 Umsiedlung auf eine Farm nach Alameda, Kalifornien.

1881 Einschulung.

1886 Umzug der Familie nach Oakland.

1887 Gelegenheitsarbeiten neben der Schule, Zeitungsjunge.

1891 Arbeit in einer Konservenfabrik.

1893 Matrose auf dem Robbenfänger »Sophia Sutherland«. Niederschrift der Erzählung *Typhoon off the Coast of Japan (Taifun vor der japanischen Küste)*.

1894 Jack London schließt sich »Kellys Arbeitslosenarmee« auf ihrem Protestmarsch nach Washington an. Nach dem Scheitern des Marsches lebt er als Tramp, wird wegen Landstreicherei verhaftet und kehrt nach Oakland zurück.

1895 Besuch der »Oakland High School«, Verbindungen zur »Socialist Labor Party«.

1896 London schreibt sich an der »University of California« in Berkeley ein. Publikation von Aufsätzen und Erzählungen. Mitglied der »Socialist Labor Party«.

1897 Er verläßt die Universität, um als freier Schriftsteller seinen Lebensunterhalt zu verdienen. Der Erfolg bleibt jedoch aus. Am 12. März Einschiffung nach Alaska, um als Goldgräber sein Glück zu versuchen.

1898 Nach erfolgloser Goldsuche Rückkehr nach Oakland. Jack London fristet sein Dasein als Verfasser von Kurzgeschichten; Gelegenheitsarbeiten.

1899 Veröffentlichung von *An Odyssey of the North (Eine Odyssee des Nordens)* in der Zeitschrift »Atlantic Monthly«.

1900 Veröffentlichung der Kurzgeschichtensammlung *The Son of the Wolf (Der Sohn des Wolfs)*. Heiratet Elizabeth (Bessy) Maddern.

1901 Geburt Joan Londons. Veröffentlichung der Kurzgeschichtensammlung *The God of His Fathers (Der Gott seiner Väter)*. Eintritt in die »Socialist Party«.

1902 Veröffentlichung des Romans *A Daughter of the Snows (An der weißen Grenze)*, der Kurzgeschichtensammlung *Children of the Frost (In den Wäldern des Nordens)* und des Jugendbuchs *The Cruise of the Dazzler (Joe unter Piraten)*. Reise nach England. Geburt der zweiten Tochter Bess (Becky) London.

1903 Veröffentlichung des Romans *The Call of the Wild (Ruf der Wildnis)*, des Briefwechsels mit Anna Strunsky *The Kempton-Wace Letters* und der Reportage *The People of the Abyss (Die Menschen des Abgrunds)*.

1904 Reise nach Japan, Korrespondent im Russisch-Japanischen Krieg. Veröffentlichung des Romans *The Sea-Wolf (Der Seewolf)* und des Erzählbandes *The Faith of Men (Das Vertrauen der Menschen)*.

1905 Veröffentlichung des Romans *The Game (Das Spiel)*, des Erzählbandes *Tales of the Fish-Patrol (Austernpiraten)* und des Essaybandes *The War of the Classes (Der Klassenkampf)*. Nach der Scheidung von seiner ersten Frau heiratet er Charmian Kittredge.

1906 Publikation des Romans *White Fang (Wolfsblut)* und des Erzählbandes *Moon Face and Other Stories (Das Mondgesicht)*. Umzug nach Glen Ellen, Kalifornien.

1907/08 Veröffentlichung des Romans *The Iron Heel (Die eiserne Ferse)* sowie der Erzählbände *Love of Life (Liebe zum Leben)*, *Before Adam (Vor Adam)* und *The*

Road (Abenteuer des Schienenstrangs). Reise in die Südsee mit Charmian.

1909 Erscheinen des Romans *Martin Eden*. Die geplante Weltumsegelung auf der »Snark« muß aus Krankheitsgründen unterbrochen werden.

1910 Publikation des Erzählbandes *Lost Face (Verlorenes Gesicht)*, des Essaybandes *Revolution* und des Romans *Burning Daylight (Lockruf des Goldes)*.

1911 Veröffentlichung von: *South Sea Tales (Südseegeschichten), When God Laughs and Other Stories (Nur Fleisch), Adventure (Die Insel Berande), The Cruise of the Snark (Die Fahrt der Snark)*.

1912 Es erscheinen: *A Son of the Sun (Ein Sohn der Sonne), The House of Pride* und *Smoke Bellew (Alaska Kid, Kid & Co.)*. Jack London und Charmian umsegeln als Passagiere des Viermasters »Dirigo« Kap Hoorn.

1913 *The Abysmal Brute (Die Bestie des Abgrunds)* und *John Barleycorn (König Alkohol)* erscheinen.

1914 Veröffentlichung von *The Valley of the Moon (Das Mondtal), The Mutiny of the Elsinore (Die Meuterei auf der »Elsinore«)* und des Erzählbands *The Strength of the Strong*.

1915 Jack London wird Kriegskorrespondent in Mexiko. Veröffentlichung der Romane *The Scarlet Plague* und *The Star Rover (Die Zwangsjacke)*.

1916 Reise nach Hawaii. Austritt aus der »Socialist Party«. Am 22. November stirbt London auf seiner Ranch in Kalifornien an einer Medikamentenüberdosis.

Jack London

Alaska – Erzählungen
Aus dem Amerikanischen von Rainer von Savigny
Ausgewählt und mit einem Nachwort von Uwe Böker
Band 10141

Ruf der Wildnis/Wolfsblut
Herausgegeben und mit einem Nachwort von
Ulrich Horstmann
Band 10142

Südseegeschichten
Ausgewählt und mit einem Nachwort von Uwe Böker
Aus dem Amerikanischen von Renate Sandner
Band 10144

Der Seewolf
Roman
Herausgegeben und mit einem Nachwort –
unter Mitarbeit von Georg Heinemann und Josef Pesch –
aus dem Amerikanischen von Ulrich Horstmann
Band 10140

Fischer Taschenbuch Verlag

fi 1618 / 2

Amerikanische Erzähler

Ernest Hemingway
Wem die Stunde schlägt
Roman. Aus dem Amerikanischen von Paul Baudisch
Band 408

Arthur Miller
Laßt sie bitte leben
Short Stories
Aus dem Amerikanischen von Harald Goland
Band 11412

Sylvia Plath
Die Bibel der Träume
Erzählungen, Prosa aus den Tagebüchern
Aus dem Amerikanischen von
Julia Bachstein und Sabine Techel
Band 9515

Thornton Wilder
Theophilus North
oder Ein Heiliger wider Willen
Roman. Aus dem Amerikanischen von Hans Sahl
Band 10811

Tennessee Williams
Moise und die Welt der Vernunft
Roman. Aus dem Amerikanischen von Elga Abramowitz
Band 5079

Amerikanische Erzähler

Mark Helprin
Eine Taube aus dem Osten
und andere Erzählungen
Aus dem Amerikanischen von Hans Hermann. Band 9580

Richard Ford
Wildlife
Wild Leben
Roman. Aus dem Amerikanischen von Martin Hielscher
Band 11299

Bobbie Ann Mason
Shiloh und andere Geschichten
Erzählungen. Aus dem Amerikanischen von
Harald Goland. Band 5460

Jayne Anne Phillips
Maschinenträume
Roman. Aus dem Amerikanischen von Karin Graf
Band 9199

Robert M. Pirsig
Zen und die Kunst, ein Motorrad zu warten
Roman. Aus dem Amerikanischen von Rudolf Hermstein
Band 2020

Anne Tyler
Nur nicht stehenbleiben
Roman. Aus dem Amerikanischen von Günther Danehl
Band 11409

Fischer Taschenbuch Verlag

fi 541 / 7